本书为新疆社科基金项目"新疆当代多民族文学中的中华民族共同体意识研究"（22BZW060）、新疆大学博士科研基金启动项目"中国当代'底层文学'的叙事研究"、新疆"天池计划"领军人才项目"共同体美学视域下的新疆多民族文学研究（1919—2022）"的阶段性成果。

现当代中国经典作家及作品新论

高志 著

辽宁人民出版社

图书在版编目（CIP）数据

现当代中国经典作家及作品新论 / 高志著. — 沈阳:
辽宁人民出版社, 2023.9
ISBN 978-7-205-10769-7

Ⅰ. ①现… Ⅱ. ①高… Ⅲ. ①中国文学—现代文学—
文学研究②中国文学—当代文学—文学研究 Ⅳ. ①I206.6

中国国家版本馆CIP数据核字（2023）第100357号

出版发行：辽宁人民出版社
　　　　　地址：沈阳市和平区十一纬路25号　邮编：110003
　　　　　电话：024-23284321（邮　购）　024-23284324（发行部）
　　　　　传真：024-23284191（发行部）　024-23284304（办公室）
　　　　　http://www.lnpph.com.cn
印　　刷：辽宁新华印务有限公司
幅面尺寸：170mm×240mm
印　　张：18.5
字　　数：300千字
出版时间：2023年9月第1版
印刷时间：2023年9月第1次印刷
责任编辑：贾　勇
封面设计：高鹏博
版式设计：隋　治
责任校对：吴艳杰
书　　号：ISBN 978-7-205-10769-7

定　　价：75.00元

目 录 CONTENTS

第一章

还原文学现场：鲁迅《阿Q正传》中的图画意识

鲁迅的《阿Q正传》具有鲜明的图画特征，这与作者对美术的理解和兴趣有着不可分割的关系。鲁迅将其美术观有意无意地渗透到小说中，"画"出了"沉默的国民的魂灵"这一所指，关涉阿Q的各个事件是其能指，能指无限接近所指，却无法抵达，这就是文本张力存在和争讼产生的深层原因，"作为语言艺术的文学作品而言，如果'能指＝所指'，那就了无意趣了"[①]。鲁迅将阿Q还原为一个具体的社会的人，而不是一个单纯的符号，这与作者最初的设想（让阿Q自行其是，而不是规划其具体行程）相一致，鲁迅既敢于"大胆假设"，又重视"小心求证"，重视故事的自然推进，关注细节的来龙去脉，画出"沉默的国民魂灵"，还原了《阿Q正传》的本来面目。文章从驳启蒙论、革命论和创作初衷，"画前"准备（时间、历史问题），构图理念与阿Q造型，构图空间（远近、出入、互看）四个方面来论证。图像意识的分析是打开《阿Q正传》的一把钥匙，旨在祛除小说附着物和外在的意念添加。从本质上讲，小说《阿Q正传》就是一篇即写即登的文学作品，而不应过度阐释或应时代所需而任意附说，对其再解读，既可以厘清小说创作本意和表象之间的复杂关系，条分缕析鲁迅思想的复杂来源，又可以断定小说是启蒙论、象征寓言、革命断裂论还是纯粹的文学作品，这是该小说解读的关键点。

鲁迅的《阿Q正传》是世界性的经典力作，它被不断地阅读和阐释，这

---

① 陈俊：《阿Q革命在〈阿Q正传〉中的能指与所指》，《鲁迅研究月刊》2010年第3期。

得力于小说本身的张力以及鲁迅思想源点的多元性。从其思想性解读到本体研究，从文化研究到审美性剖析，研究者对《阿Q正传》的研读长盛不衰。有些学者关注其语图问题，从小说的插图入手，研究不同版本《阿Q正传》中插图和文本的互补、互证、延伸的关联。杨剑龙对顾炳鑫、刘岘关于《阿Q正传》中的插画或木刻的研究进行点评，认为刘岘对照故事重点情节，"以阿Q的命运与麻木心态构成插图的叙事线索，努力画出沉默的国民的灵魂"[①]，顾炳鑫绘出8幅插图凸显"严谨中蕴灵秀、写实里融夸张的风格"[②]；郑蕾从"大众化实践"角度研究插画、版画和连环画，发掘其内植的"消费逻辑"[③]；张乃午研究语图关系的一般规律，指出小说和图像有不同的面貌，"文学的图像化并非将语言一一坐实，而是选择性地模仿语象"[④]。由此可见，研究者对小说配图、木刻、版画等研究较为集中，而对小说中的图像意识的研究还没有展开，这是《阿Q正传》研究中的空白点。对《阿Q正传》图画意识的研究，是打开小说深刻内涵的一把钥匙，它既可以厘清小说创作的本意和表象之间的复杂关系，追索鲁迅驳杂的思想来源，又可以找到解决小说是启蒙论、象征寓言还是革命断裂论分歧的结点。因此，研究鲁迅美术思维的表达和小说呈现的图像功能是本章的重中之重。

① 杨剑龙：《论刘岘对〈阿Q正传〉的图像阐释》，《中国现代文学研究丛刊》2018年第8期。

② 杨剑龙：《论顾炳鑫的〈阿Q正传〉插图画辑》，《江苏社会科学》2019年第3期。

③ 郑蕾："大众化"实践与〈阿Q正传〉——〈阿Q正传〉插图研究》，《鲁迅研究月刊》2010年第11期。

④ 张乃午：《〈阿Q正传〉语图关系研究》，《山东社会科学》2016第12期。

第一节　驳启蒙论、革命论与创作初衷

鲁迅的《阿Q正传》创作构想已经酝酿了十几年，作者"要画出这样的沉默的国民的魂灵来"[①]。"沉默"是作者期待中的人物典型特征，也是中国文化尊崇和熏陶出的人格类型，这是传统中国人的自然存在品格。鲁迅身处"五四"文化语境，对传统文化的抨击有过之而无不及，自然对"沉默"的国民魂灵有先入为主的批判和启蒙意识，在《药》《孔乙己》《祝福》《明天》等小说中予以文学表达，据此来推断鲁迅的启蒙文学主张的存在不无道理。冯雪峰认为小说与杂文思想形成互文，具有"伟大的战斗的启蒙主义者所特有的思想批判的特色"[②]，阿Q是"黑暗鬼魂"[③]的代表，他的论述成为其后一批学者研究的旗帜，并在新的研究工具和方法的运用中得到承继和拓展。汪晖从叙事者角度阐述小说启蒙维度，"'我'——叙事层面中一个超然冷峻的全知视角……是小说的叙述与象征、隐喻构成的体系中的命运预言家、先知、智者"[④]。汪卫东认为小说对国民劣根性的展示不是局部的，"而是整体表现"[⑤]。张旭东则以后现代、后殖民批评方法来审视《阿Q正传》（这也是其研究的主要路径），认为"阿Q是一个符号，一个被符号系统规定的'能指'（signifier），它是被一个特定的语言世界和象征秩序所支配和制造出来的"[⑥]。这是典型的文化解读法，其将作品及人物视为社会的巨型能指，弃除了作品

[①] 鲁迅:《鲁迅全集》(第七卷)，人民文学出版社 2005 年版，第 84 页。

[②] 冯雪峰:《论〈阿Q正传〉》，载冯雪峰:《雪峰文集》(第四卷)，人民文学出版社 1985 年版，第 109 页。

[③] 冯雪峰:《论鲁迅》，载冯雪峰:《雪峰文集》(第四卷)，人民文学出版社 1985 年版，第 2 页。

[④] 汪晖:《反抗绝望:鲁迅及其文学世界》，生活·读书·新知三联书店 2008 年版，第 317 页。

[⑤] 汪卫东:《〈阿Q正传〉:鲁迅国民性批判的小说形态》，《鲁迅研究月刊》2011 年第 11 期。

[⑥] 张旭东:《中国现代主义起源的"名""言"之辩:重读〈阿Q正传〉》，《鲁迅研究月刊》2009 年第 1 期。

的虚构性和作品的在地性，有否认作品非虚构性的巨大嫌疑，虽然提供了研究的别一路径，但有先入为主的嫌疑，有武断和笼统的遗憾，因此其并不是解读的有效构型，毋庸置疑，从本质上讲，这是知识分子的启蒙逻辑。还有的学者从启蒙的宏大叙事中逃离出来，发掘新的启蒙路径，从个人存在哲学角度研究人存在的合理性和意义问题，"认清自身这种被抛状况，不顾与生俱来的致命的缺陷而奋起自我解剖才能刻画出中国人的魂灵……才是中国人的'灵'的新生"[1]。唐复华最终将存在主义的研究成果，同归到"新人""救国"的启蒙主旨中，也没有挣脱启蒙思路的束缚。

而 20 世纪 80 年代之前的一些学者由于身处革命语境和左翼批评场域，他们采取无产阶级意识形态的批评立场和阐释系统，将小说归于革命关联说。冯雪峰认为鲁迅的"现实主义是在探寻中国革命的道路"[2]，而耿庸批判冯雪峰使用僵化的超阶级观点看待鲁迅，对于农民革命力量"'怀疑'不足、继以'悲观'"[3]，耿庸站在新的时代意识形态的基点上反驳冯雪峰，对鲁迅解读有武断嫌疑，这种研究方式在新中国成立后成为主导模式。陈涌认为鲁迅的《阿Q正传》"虽然混杂着农民的原始的报复性，但他终究认识了革命是暴力……毫不犹豫地要把地主阶级的私有财产变为农民的私有财产"[4]。石一歌接续了"革命说"，他在《鲁迅传》中认为《阿Q正传》对资产阶级革命软弱性缺陷的文学表达，印证了"资产阶级再也不能领导中国革命了"[5]的历史结论，他们是从革命的本质和历史经验角度以二元对立的观点论断无产阶级革命和资产阶级革命优劣的。20 世纪 80 年代后的学者利用新的分析术语、概念和工具，研究阿Q的奴隶、奴才、精神胜利法以及个人与共同体的关系。许子东在《"奴隶"、"奴才"与"奴隶性"——重读〈阿Q正传〉》中，理清阿Q性

---

① 唐复华：《阿Q的三重悲剧——读〈阿Q正传〉》，《鲁迅研究月刊》2003 年第 2 期。

② 冯雪峰：《论〈阿Q正传〉》，载冯雪峰：《雪峰文集》（第四卷），人民文学出版社 1985 年版，第 116 页。

③ 耿庸：《〈阿Q正传〉研究》，载耿庸：《文学：理想与遗憾》，上海辞书出版社 2004 年版，第 119—120 页。

④ 陈涌：《论鲁迅小说的现实主义——〈呐喊〉与〈彷徨〉研究之一》，《人民文学》1954 年第 11 期。

⑤ 石一歌：《鲁迅传》（上册），上海人民出版社 1976 年版，第 70 页。

格的复杂性纠缠和呈现形态，并借用汪晖的"短二十世纪"概念对小说进行盖棺论定，指出"土谷祠之梦是对'短二十世纪'中国革命的长预言（长久有效的预言）"①。汪晖在《阿 Q 生命中的六个瞬间——纪念作为开端的辛亥革命》和《鲁迅文学世界中的"鬼"与"向下超越"》中解构"精神胜利法说法"的合法性，思考革命的重复性和连续性问题，通过本能和意识的纠缠关注现实问题，提出"对历史'起源'或纪念碑式的历史叙事的回归，也是试图对全球化时代新的革命主体的寻找与命名"②。罗岗则从"知识分子与民众的关系"来思考革命的有效性问题。总而言之，对《阿 Q 正传》革命因素的挖掘和再解读是在小说之外寻找社会、时代症候，并将现实和历史勾连起来，这是文学社会性、功利性的彰显抑或价值的放大，这是否符合小说的创作本意值得进一步商榷。

无论是启蒙论还是革命论都有现实影子和历史经验、时代的印证，所以据此断然否定这些研究有失公允。但小说并不仅仅是社会、历史和文化的反映（这是现实主义创作的要求，而大多作家在创作时并不抱有主义和因循某种创作流派，而是根据创作内在需要进行创作实践），甚至可以说某些创作仅是作者游戏、抒情或记录现实之作，并不附加重大社会意义，但由于作品主题的复杂性，创作方法的杂糅性，意义的含混性、高概括性和文本众多空白处，才会使研究者有更多的阐释空间，甚至出现穿凿附会、任意攀附的强制阐释和意义越界及夸大。这既与作品包容性和含混性、作家论定、时代语境有重大关系，又与研究者、批评者的知识结构、性格、研究路向和时代背景、现实需要有密切关联，因此鲁迅《阿 Q 正传》社会文化解读具有合理性。但此种解读还是遮蔽了很多具有价值的探索，不太符合鲁迅的创作初衷。

鲁迅《阿 Q 正传》是为《晨报副刊》孙伏园编辑的"开心话"栏目创作的作品，孙伏园"正在晨报馆编副刊，不知是谁的主意，忽然要添一栏称为

---

① 许子东：《"奴隶"、"奴才"与"奴隶性"——重读〈阿 Q 正传〉》，《现代中文学刊》2019 年第 5 期。

② 吴宝林：《重返中国革命话语？——论近年对〈阿 Q 正传〉的几种新解》，《中国现代文学研究丛刊》2017 年第 1 期。

'开心话'的了，每周一次，他就来要我写一点东西"①。孙伏园接手《晨报副刊》后进行改革，第五版变成单张，重视刊物的娱乐性和大众化传播功能，专门在星期日开辟了"开心话"栏目，他向鲁迅约稿，"好玩""开心"成为此栏目的重要标准，这可从孙伏园编辑《中央副刊》时的言说窥见一斑："要用学术的眼光，有趣味的文笔，对于眼前（包括时间的与地域的）发生的事情，记载和批评；至于表现形式嘛，可以是'不成形的小说，伸长了的短诗，不能演的短剧，描写风景人情的游记，和饶有文艺趣味的散文'等等。"②当然并不是说该小说是游戏之作，而是栏目所需和鲁迅早年素材积累，"阿Q的影像，在我心中似乎确已有了好几年"③。由于在序和第一章中多添加滑稽因素，以及阿Q形象的真实性，引起某些人对号入座，引起高一涵等人的批评和寻根溯源探究作者情况，视之为揭"黑幕"之作，而到第二章时，编者将其移到"新文艺"栏目。由此可证，阿Q具有真实性，并非抽象之人物，且具有跨时代性，这可在鲁迅与斯诺对谈中得到印证。斯诺向鲁迅请教问题，中国已经进行第二次革命了，"难道你认为现在阿Q依然跟以前一样多？"鲁迅回答："更坏。他们现在管理着国家哩。"④阿Q的存在具有超时代性，也就是说，阿Q是现实存在的个体，他的性格、精神意识、需求具有共通性，即人性的东西，虽然有时代意识的纠缠，但仍然凸显出来，"我还恐怕我所看见的并非现代的前身，而是其后，或者竟是二三十年之后"⑤。这也是小说具有世界影响的根本原因。因此，可以看出，阿Q是在地性的，小说的世界性也证明其超越意识形态界域，摒弃外在的启蒙和革命说，使小说回归到自然书写之域，也是《阿Q正传》书写的初衷和研究的他者路径，抑或其正是小说研究的主径。

在《阿Q正传》中，鲁迅意欲"画出这样的沉默的国民的魂灵来"⑥，由

---

① 鲁迅：《〈阿Q正传〉的成因》，《北新》1926年12月18日。

② 伏园：《中央副刊的使命》，《中央副刊》1927年3月22日。

③ 鲁迅：《〈阿Q正传〉的成因》，《北新》1926年12月18日。

④ ［美］史沫特莱等：《海外回响：国际友人忆鲁迅》，河北教育出版社2000年版，第28页。

⑤ 鲁迅：《〈阿Q正传〉的成因》，《北新》1926年12月18日。

⑥ 鲁迅：《鲁迅全集》（第七卷），人民文学出版社2005年版，第84页。

"画"字凸显了鲁迅的图画思维，表明了他要运用图画的思维和方法来进行文学创作。"这"而不是"那"，这一单数的特指，道出了阿 Q 形象的独特性区别于他者。"样"：存在形态，即文中的"阿 Q 行状"，具有生动的画面感，阎连科经常使用该民间口语词。"国民的魂灵"既承认了阿 Q 的国民身份，又将阿 Q 塑造成"沉默的国民的魂灵"的代表，张旭东将阿 Q 看作一个象征符号，以詹姆逊的后现代殖民理论来解读阿 Q。从这一角度来讲，他的"阿 Q 就是中国"[①] 的"寓言"说就合情合理了。而笔者认为，张旭东却有意无意地忽略了限定词"画""这""样"，搁置了阿 Q 形象的独特性的一面，只关注其"国民"共性，张旭东仅仅将后者作为解读小说的钥匙，有断章取义之嫌。

鲁迅在行文中突破了写作的初衷，人为地将阿 Q 排除到"乡村共同体"外。阿 Q"无名无姓"没有历史的纠缠，也就是说他有了一个新的起点，即革命、创造、开辟新世界的质素，从阿 Q 经历、行状（反抗、恋爱、革命）来看，也的确印证他的"非沉默"行状。"沉默"这一人物特征预设，也许是鲁迅针对阿 Q 最终未冲出专制罗网的结局而说的，抑或是鲁迅汲取木刻（黑白对比、线条突出）"狠"的特征，痛恨阿 Q 的窝囊、懦弱、愚昧，发泄"哀其不幸，怒其不争"的怒气，也与鲁迅"绝望的抗争"的偏执相关联。

"沉默的魂灵"是独一的还是"共同体"的？鲁迅如何"画"出的？他的创作期待和现实作品有怎样的裂隙？鲁迅如何用图画的思维、技巧、形式去介入文学创作，这是鲁迅的独特所在，还是创作的失败之笔？这些问题将在下节予以深入考察和解决。

---

① 张旭东:《中国现代主义起源的"名""言"之辩：重读〈阿 Q 正传〉》,《鲁迅研究月刊》2009 年第 1 期。

第二节　"画前"准备：时间、历史问题

鲁迅《阿Q正传》的创作有充足的前期准备，"阿Q的影像，在我心目中似乎却已有了好几年"[①]，这种准备是建立在鲁迅所见所闻的基础上，可以说，阿Q是社会文化的产物，他与传统和历史是分不开的。阿Q的性格变异、精神畸形是专制社会的症候，因此，张旭东将阿Q解读为社会"符号或观念"并非空穴来风，但仅仅将其视作一个符号或抽象的概念，有僵化、武断之嫌，这种"做减法"的缺点就是简单地以共性取代个性，容易被认定为套作卢卡契"总体性"和詹姆逊"寓言"理论的嫌疑。

鲁迅心中的阿Q不是一个符号，而是一个鲜活的个体，虽然他具有"沉默"的总体特征，但是这并不能否认阿Q性格、精神、心理和行状的复杂性，它远远超过一般国民的较为简单的存在形态，所以，在两个月的写作时段内，鲁迅不断寻找阿Q的多种面相和人生行状。并且阿Q的性格和精神的形成是一个流动变异的过程，而非静态的石化物，"'大团圆'倒不是'随意'给他的。至于初写时可曾料到……我仿佛记得，没有料到"[②]。有的研究者将阿Q的精神抽象为"国民性"和"精神胜利法"，这是启蒙论调，不可谓不对，只是显得呆板与程式化，因此，"启蒙论"遭到"革命论"的颠覆和改写，例如20世纪30年代持左翼立场的研究者与20世纪80年代持新左翼立场的研究者研究观念的悬殊，后者从阿Q的地位、职业、居所、财产与历史文化的断裂及乡村共同体的崩溃来寻索和印证革命萌芽的有无，"'革命'意味着'现代'的开端"[③]。无论启蒙观还是革命论，都说明阿Q是传统社会的现实存在，鲁

---

① 鲁迅：《〈阿Q正传〉的成因》，《北新》1926年12月18日。

② 鲁迅：《〈阿Q正传〉的成因》，《北新》1926年12月18日。

③ 罗岗：《阿Q的"解放"与启蒙的"颠倒"——重读〈阿Q正传〉》，《华东师范大学学报》（哲学社会科学版）2013年第1期。

迅则"依自己的观察"①塑造人物，而不单纯虚构形象，所以，阿Q不是抽象的符号和象征物。

但这也不能否定阿Q形象的文学性。在《二十四孝图》中，鲁迅陈述了自己的人物造型心得，"人物的模特儿也一样，没有专用过一人，往往嘴在浙江，脸在北京，衣服在山西，是一个拼凑起来的角色"②。这如同图画造型，"所写的常是一鼻，一嘴，一毛，但合起来，已几乎是或一形象的全体"③。阿Q造型是国民性格、行状、精神的综合体，不是散乱的集合，他是有中心性格和精神的立体的人，而上述研究者有意夸大和凸显人物的中心性格，从而遮蔽了人物的丰富性。鲁迅并没有忽略阿Q的多元性格，也没有否认他多种精神支脉的存在，从本质上讲，鲁迅将"沉默的国民的魂灵"还原为一个活生生的个人，这才能使阿Q的"共性"和"个性"和谐并存。当然，此处的"个性"并非指启蒙意义上的"个性"，而是从人类学意义上讲的，即个体的独特性，共性也非丸尾常喜所说的"遵循'本质'"④的类型化，而是共通的人性和社会性。

鲁迅创作前的准备是一个情感升华、材料集聚的过程，而图画创作（尤其是写意画）也需要画者有充足的准备。不仅需要搜集素材，提高修养，锤炼技能，还需厘清画作与再现、画者与作品、观看者与作品之间的关系。画者是图画的制作者，他的思想和视角决定着画作的呈现、内涵和外延，"鲁迅的文学创作中充满了援图入文式的图像性实践，其作品中的色彩感、线条感、构图感明显。具体而言，鲁迅作品充满了版画的视觉感、白描线条感以及造型艺术感"⑤。画作的主要职能是再现客观事物，由于事物是由物质外形、光线、部件顺序组合而成，细微的操作差异都会影响作品的生产效果，画者的个性决定着客体独一无二的呈现效果，不同的画者对同一的客体也会再现出不同的作品。因此，画者要想如实再现客体是不可能的，从这个层面来讲，

---

① 鲁迅：《鲁迅全集》（第四卷），人民文学出版社2005年版，第357页。
② 鲁迅：《鲁迅全集》（第四卷），人民文学出版社2005年版，第527页。
③ 鲁迅：《鲁迅全集》（第五卷），人民文学出版社2005年版，第402页。
④ ［日］丸尾常喜：《〈阿Q正传〉再考——关于"类型"》，郭伟译，《鲁迅研究月刊》2007年第9期。
⑤ 张乃午：《〈阿Q正传〉语图关系研究》，《山东社会科学》2016第12期。

画者就是客体再现的终极障碍。

虽然鲁迅有前期的酝酿和揣摩，但是他也是阿 Q 及其行状再现（准确地说是演绎而不是再现）的障碍，因为鲁迅并不知道阿 Q 人生具体经历了什么，而是随着写作的推进，阿 Q 行状和性格才逐渐推演出来，"中国倘不革命，阿 Q 便不做，既然革命，就会做的……人格恐怕并不是两个……大团圆不是随意给的"①。所以说阿 Q 及其事件称不上再现，只能说是演绎。鲁迅是阿 Q 故事的制作者和顺水推舟者，其主体性的凸显会阻碍阿 Q 及其故事表现的真实性，因为叙述者鲁迅走向前台，介入小说之中，破坏了故事的客观性和连贯性，这一类似传统"说书"艺术方式，隔断了故事要素之间的有机联系。并且它还异于"说书"的固定模式，"说书"是以"定场诗"或者"神话传说"代入，提供的是一个严肃的开场，而鲁迅使用的是现代的叙述方式，以谐谑喜剧的方式否定了故事的神圣性、历史性和严肃性，而美国学者威廉·莱尔认为《阿 Q 正传》的结构方式"是中国和西方两种方法的愉快结合"②。笔者认为这虽然为阐释提供了多重空间，但中西方法的杂糅在一定程度上破坏了小说叙事的完整性，从而将小说推向割裂，违和使阿 Q 自行其是的自然状态受到干扰。

鲁迅将阿 Q 的出场限定在一个"无根无缘"的位点，阿 Q 既是无历史无血缘联系的独异存在，又是宗族和乡村共同体的他者，他被设定成尴尬的个体存在。第一人称"我"的介入，由于无法确定文章的名目，不符合立传的通例，被传者名姓的模糊，叙事者面临为阿 Q "立传"的艰难。阿 Q 被隔绝于传统文化、历史、宗族之外，他无法被传统文化归纳和书写，也不能被专制社会、宗族制容纳，甚至于连血缘关系也因名姓模糊而被隔断。所以阿 Q 失去了前因先史，俨然一个天生石造"孙悟空"式的存在物，由此可以理解他的"反抗性"和"革命性"。他的行状是否算得上真正的革命还是有待商榷的，因为革命本意是推翻前置的专制、压迫制度，争取个体的解放，而阿 Q

---

① 鲁迅：《鲁迅全集》（第三卷），人民文学出版社 2005 年版，第 397 页。

② ［美］威廉·莱尔：《故事的建筑师语言的巧匠》，尹慧珉译，载乐黛云编：《国外鲁迅研究论集》（1960—1980），北京大学出版社 1981 年版，第 352 页。

的革命需求不是推翻旧文化和体制，仅专注于财物、地位和女人的获取，他并不反对压迫制度，没有"取而变之"的内在动机和思想深度，而是想着"取而代之"，所以仅仅将阿 Q 的失败归因于辛亥革命宣传不到位和革命不彻底并不恰当。

阿 Q 被排除在旧的社会文化体系之外，为阿 Q 的出场设定了喜剧的调子，这也应了鲁迅创作的初衷，也是鲁迅启蒙声音和阿 Q 声音自行其是之间的矛盾。从根本上说，它与康德的"人是自己的"启蒙本质是有区别的，康德强调的是个人为中心的民主思想，而笔者所说的阿 Q 声音是指依照其社会地位、性格、身体条件、家庭情况、经济条件和文化结构，在中国 20 世纪上半期前的语境中自然生活、为人处世的概括，而非从中国语境分离出的西方产物（鲁迅曾试验过，子君、涓生、吕纬甫、魏连殳等皆以失败告终）。鲁迅塑造阿 Q 正是着重本土乡村边缘人物的生存是否有转机而切合中国语境的试验，在小说中，现在的"我"寻找阿 Q 过去的历史，最终失败，这预示着写作成为一个断裂的书写。文学本是时间的艺术，它以语言来组织事件的各要素，形成一个连贯的系统，需要前因后果的交代和推理，而图画或美术是空间艺术，它凭借光线、线条、颜色完成二维或三维的空间展示，美术作品是相对独立的单个存在，即使是连环画或系列画作，每一幅作品也是完整的独立存在，"诗被理解为语言艺术，它具有听觉性、动态性、时间性、连续性的特点；画是凭借线条和色彩等自然符号建构起来的艺术，具有视觉性、静态性、空间性、整体性等特点"①。

鲁迅创作的《阿 Q 正传》是约稿之作，他每每面临催稿的尴尬，小说以连载的形式发表，一周一篇，"小说叙事就是对这一'系列事件'的再现"②。因此，小说的各章节是一个个独立的文本，不大受时间和记忆遗忘的干扰，即各章节是一个个能指，它们都指向一个所指"沉默的国民的魂灵"，实际上，每章的创作都是在总体观照下的创作，这些能指仅是单个的"能指"，它

---

① 郑二利：《米歇尔的"图像转向"理论解析》，《文艺研究》2012 年第 1 期。
② 倪浓水：《论〈阿 Q 正传·序章〉的边缘性因子对文本的悬置意义》，《浙江社会科学》2006 年第 1 期。

们的集合并不能取代所指，反过来说，单个能指的缺席也不会影响所指的地位和权威性，也就是说，如果鲁迅不在孙伏园不当值期间以"大团圆"形式迅速结束小说，终结了阿Q，"到最末一章，伏园倘在，也许会压下，而要求放阿Q多活几星期的罢"[1]。那么阿Q的故事将持续不断地无限演绎下去，这种无限演绎或延异犹如词与物的关系，能指永远指向所指，却永远无法抵达。能指的无限性，印证了鲁迅"画""沉默的国民的魂灵"的艰难，难以企及。就画者来论，这些具体画作相当于能指，而画者理念、思想就是所指。如果每一章都是一幅或几幅画，那么这些具体的国民造型就是能指，它们的数量和个体画作的质量的集合并不等同于所指，它们永远都指向所指，但永难抵达。

图画是空间艺术，单个画作没有明显的前史可循，系列画作互文或连贯，形成一个叙事整体，产生意义，这一点与鲁迅的创作不谋而合。在《阿Q正传》序中，鲁迅以语言操作者的优势消除了阿Q的前史，由此开始，一幅幅关于阿Q的画作应运而生：优胜记略、续优胜记略、恋爱的悲剧、生计问题、从中兴到末路、革命、不准革命、大团圆。笔者所说的"应运"就是指每一幅画作的生产只是作者的因缘机巧，具体操作是：围绕"沉默的魂灵"这个核心进行持续推演。每两幅画作之间可以加入相同主题不同故事的画作，这些章或者说画作的顺序是依照朴素唯物主义观点或进化论观点设定，它们是一个渐进的过程，此论是从颠覆旧文化制度和启蒙革命视角出发的。阿Q的走向只能按此顺序进行，但中间仍可以不断地扩充类型画作的数量，这类画作组成叙事的完整流程，看似不可更改。但如果将设定的前提改变，如果前提置换成唯心主义、后革命或后现代理论，那么这些画作顺序也可以颠倒或重组。由此可见，鲁迅一方面隔断了阿Q的历史，一方面又操作阿Q的后续行程；一方面让阿Q自由行事、生产故事，一方面又前置了阿Q的必然结局。这貌似冲突，实质上存在一致性，都是指向"画出沉默的国民的魂灵"的预设，各章节只是据此进行的推演品，并且每一章节都可以有替代者，但章节具体细节是依据总体设置结合现实情况推演出来的，它们是不易更改的。

---

[1] 鲁迅：《〈阿Q正传〉的成因》，《北新》1926年12月18日。

鲁迅主观隔断了阿 Q 与历史、宗族和文化的关联，这是确凿的事实，这在现实中不能说不存在，只能说概率太小了。鲁迅赋予阿 Q 足够的革命动机和压力，但是阿 Q 后续表现却仍然不给力，小打小闹，甚至算不上打闹，只是革命的"腹诽"而已，最终还赔了性命，他附带着从反面论证了中国革命、启蒙的艰难与困境。1918 年 10 月 15 日，李大钊在《新青年》五卷五号上发表了《庶民的胜利》和《布尔什维主义的胜利》，宣传无产阶级革命。《阿 Q 正传》发表于 1921 年底，鲁迅不可避免地阅读到相关材料，这无形中影响了他的创作，由此可知，鲁迅在思考中国无产阶级革命的可能性问题，而研究者将《阿 Q 正传》定位于反思辛亥革命，是有所欠缺的。按照无产阶级学说，无产阶级是革命的主体和新社会的主人。鲁迅按照唯物论设置人物、安排其行状顺序和革命的前因后果，在唯物论驱动下，无产者的革命却走向了失败，这是鲁迅对无产阶级革命学说的反思和质疑。实际上，鲁迅将赤贫者阿 Q 作为革命者，而没有将马克思思想武装的工人阶级或共产党员作为革命主体，这是有时代原因和认知局限的，因为当时中国共产党刚刚成立，无产阶级革命还没有展开，鲁迅的认知是探索性的，随着时代的发展，鲁迅迫于与创造社同人论争的压力，大量阅读和翻译马克思著作，对无产阶级理论有了新的认识，如果此时创作《阿 Q 正传》，将是另一番风貌。

综上所述，《阿 Q 正传》是鲁迅的"试验品"，它是鲁迅"画沉默的国民的魂灵"中的独异个体，"沉默的国民的魂灵"可以有很多画像，不仅限于阿 Q，还有阿 X、阿 Y 等，也可以是有血缘关系而无土地财产的贫民形象，还可以是有土地却无法养活全家的贫农……鲁迅在唯物论和马斯洛需求理论前提下为阿 Q 画像，是一种极端实验，这些画像隔断了时间（历史），让人物自我推演，完成一幅幅画作。

鲁迅为何要为阿 Q 画像？他是遵循什么美学理念为阿 Q 立像和作传的？阿 Q 的形象是否完成了鲁迅的"画"的预设？

第三节　美术思想、构图理念与阿Q造型

在鲁迅短暂忙碌的一生中，美术尤其是民间艺术是鲁迅的挚爱，它们无时无刻不陪伴着鲁迅的生活、阅读和写作，成为鲁迅精神和心灵的休憩地，它们也是鲁迅艺术思维的重要来源。周作人曾说："鲁迅小时候喜欢绘画，这与他后来艺术活动很有关系的，但是他的兴趣并不限于画面，又扩充到文字上边去。"[①]从儿时起，鲁迅对绣像小说非常喜欢，他收藏《荡寇志》《西游记》《三国演义》等经典名著的绣像本，可以说鲁迅的启蒙是从这些图画开始的，绣像小说具有直观性和生动性，符合儿童的阅读心理，"满足他幼稚的爱美的天性"[②]。鲁迅不单单鉴赏绣像小说，还喜欢上了临摹和拓写，这也为鲁迅"沉默期"抄古书、古碑打下了兴趣和技术的坚实基础。另外，鲁迅还搜购绘图本的艺术作品，如《山海经》《尔雅音图》《点石斋从画》《诗画舫》《康宁珂夫画集》《世界美术全集》等，还有花木苗卉的图谱《花镜》，他还重视文集、译文集的封面图画的选择和设计，并常常亲自参与设计、草稿和定稿的探讨。因为图画是空间再现或表现的直观艺术类型，对图画的搜集和亲身实践无形中培育了鲁迅对线条、空间和光线的独特感受和理解。图画不同于文学，它为鲁迅的创作提供了不同思维、技巧和输出路径，这是鲁迅文学创作呈现独特风貌和丰富意味的根源之一。鲁迅热衷于版画（木刻和石刻）的搜集和收藏，如将《祭塔》《天台山》《越虎城》《铁弓缘》《四平山》《木阳城》《天河配》搜集整理，编集出版。

鲁迅的美术思想散见于《阿长与〈山海经〉》《二十四孝图》《无常》以及一些杂文、日记和书信中，如在《鲁迅全集·集外集拾遗》中，收录《近代木刻选集·小引》及附记、《梅菲尔德木刻士敏土之图·序言》、《新俄画选》、

---

① 周作人：《鲁迅的青年时代》，河北教育出版社2002年版，第20页。
② 鲁迅：《鲁迅全集》（第二卷），人民文学出版社2005年版，第259页。

《比亚兹莱画选·小引》等，这些篇目的介绍不是本文重点，兹略。重点是这些篇章彰显了鲁迅的美术观，如在《比亚兹莱画选·小引》中，鲁迅发现比亚兹莱是"讽刺家""理智的人"，善用"抽象的装饰"，鲁迅称赞他是一个善于吸收他者优点的人，抛弃日本画作的实在性，而趋向西方画作技艺，"表现在黑白底锐利而清楚的影和曲线中"①。在《梅菲尔德木刻士敏土之图》中，鲁迅从图画着色、线条变化着手分析了日本图画风格的转变，重点是鲁迅赞美日本图画生长蜕变能力和日本图画的东亚性的承续。并认为图画反映了"一切秩序的蜕变的历史"②，并将绘画与文章写实性做了比较，"写实地显示心境，绘画本难于文章"③，由此看出，鲁迅不仅关心美术作品的技巧，还重视艺术品的社会功能。再如，在《新俄画选·小引》中，鲁迅述及 19 世纪俄国绘画的历史，认为俄国绘画历史上大多追随西欧潮流，直到 90 年代，移动展览会派"斥模仿，崇独立"④，俄国画派才走向独立，左派画家（受到西方立体派和未来派的影响）到十月革命时期达到全盛，但破坏之大，建设不足，"虽属新奇，而为民众所不解"⑤。而以泰忒林和罗直兼珂为首的"构成派"，认为美术画家的职责重点不在于抽象的色彩和形式技巧，"而在解决具体底事务的构成上的任何的课题"⑥。鲁迅重视美术的社会功能，并且强调美术的通俗化、平民化和落地性，要破旧立新，重要的在于后者，这些评论折射了鲁迅的美学观和图画意识，鲁迅将他的美术认知渗透到文学创作之中，如"画眼睛"白描手法的运用（它不仅是传统的文学创作技巧，更是版画和绣像创作的核心技巧），鲁迅曾说："只要觉得够将意思传给别人了，就宁可什么陪衬拖带也没有……新年买给孩子看的花纸上，只有主要的几个人（但现在花纸却多有背景了）……所以我不去描写风月，对话也绝不说到一大篇。"⑦

---

① 鲁迅：《鲁迅全集》（第七卷），人民文学出版社 2005 年版，第 357 页。
② 鲁迅：《鲁迅全集》（第七卷），人民文学出版社 2005 年版，第 381 页。
③ 鲁迅：《鲁迅全集》（第七卷），人民文学出版社 2005 年版，第 381 页。
④ 鲁迅：《鲁迅全集》（第七卷），人民文学出版社 2005 年版，第 361 页。
⑤ 鲁迅：《鲁迅全集》（第七卷），人民文学出版社 2005 年版，第 361 页。
⑥ 鲁迅：《鲁迅全集》（第七卷），人民文学出版社 2005 年版，第 361 页。
⑦ 鲁迅：《鲁迅全集》（第四卷），人民文学出版社 2005 年版，第 526 页。

　　鲁迅亲身参与美术实践，在书信《致章廷谦》中，述及自己画扇面、画无常的经历，与许广平通信常常以小白象作为签名画，还临摹《二百册孝图》。鲁迅美术水平并不算高，他也有自知之明，经常将作品的配画任务交给专业画家，而他本人出思路、方案或提要求，"我以为应该用中国纸，因为洋纸太滑，能使线条模糊"①。这说明鲁迅对美术有自己的理解，且重视语图的一致性、协调性和互文性，因此，在他的文学创作中无意识地运用和发挥了绘画的技巧和功能。

　　从儿时起，鲁迅就对图画有浓厚的兴趣，迷恋《山海经》中的奇特故事，收藏画册、搜集绘画书、描摹画像、画插图，主要原因有两种，一种是图画是直觉艺术，易于接受，它契合儿童的天性、认知水平和兴趣点；另一种原因则是图画具有社会文化功能，它凭借图示的形式扩大信息的传播范围，"不但喜欢赏玩，尤能发生感动，造成精神上的影响"②。鲁迅认为美术是一种传达思想和启蒙教育的有效形式。这种认知和经验的获得与鲁迅幼时的教育是分不开的，在《朝花夕拾》中，鲁迅出生在书香门第、官宦之家，与大自然亲近的欲望遭到旧式教育的破坏，死记硬背，愚昧的孝故事，枯燥的文言，虚假的情感，他对此深恶痛绝，但又无法逃脱，因此只有在枯燥的私塾教育之余，搜集、阅读图画书，绣像、连环画、图谱、版画，只要带图的都成为鲁迅涉猎的对象。

　　但这并不能说明鲁迅对所有内容的图画都持赞赏态度，也不能说明鲁迅感兴趣的只有图画。从《二十四孝图》可以看出，鲁迅对古代孝行为的讽刺与嘲笑，但他并不是否定"孝"（鲁迅对父母的孝即是明证）文化本身，而是否定愚昧的"孝"和非科学的"孝"，"卧冰求鲤""郭巨埋儿""割骨疗亲"等愚孝行为成为鲁迅批评的焦点。《开河记》记载蒸死小孩事件，这类图画破坏了儿童的阅读"乐趣"，鲁迅也是憎恨的。鲁迅的批评是建立在读图的基础上，图画的构图方式不仅强化了作者的内心感情，增强了感受力，还拓展了作者的想象力，如鉴赏"卧冰求鲤"图画时，认为南方冬天的冰面只有

---

① 鲁迅：《鲁迅全集》（第十二卷），人民文学出版社2005年版，第509页。

② 鲁迅：《鲁迅全集》（第一卷），人民文学出版社2005年版，第330页。

一层薄冰，不能支撑孩子身体的重量，落水后，鲤鱼还没游过来，小孩就淹死了，鲁迅切合实际的联想和推测否定了荒谬的"为孝"方式，这也说明了图画本身功能强大，开放的艺术形式激发了读者的想象力，并斥责了社会文化的虚伪。由此可见，图画是一种复杂的社会文化复合体，米歇尔认为："把图像当作视觉性（visuality）、机器（apparatus）、体制、话语、身体和喻形（figurality）之间的一种复杂的相互作用。"① 阅读这些图册，鲁迅的美术观粲然可见。鲁迅崇尚健康、科学的美术，他在《拟播布美术意见书》中申明自己的美学主张，认为美术包括三个质素，"一曰天物，二曰思想，三曰美化"② 。"天物"即天然存在的事物，未经文化、社会的浸染，这是原始的朴素美学，鲁迅引申出"力"的崇拜，当然，这里隐含着尼采的"超人"和"强力哲学"质素，当然，这也不是鲁迅的专有名词，梁启超的"少年中国说"、沈从文的"原始生命力"崇拜、莫言对野性生命力的致敬，它们见证了近百年中国对强者哲学的想象和诉求。鲁迅在《摩罗诗力说》《文化偏至论》中凸显了意志力的时代功用，还在《"连环图画"辩护》中提到文艺复兴时期米开朗基罗的名画《亚当的创造》，传达"雄健的男性身体"崇拜的思想，"身体的雄健"只是"美"的一个组成要素，而不是美的全部。

　　日本求学时期的"幻灯片事件"是鲁迅美学思想完善的关节，鲁迅认识到："凡是愚弱的国民……也只能做毫无意义的示众的材料和看客……所以我们的第一要著，是在改变他们的精神。"③ 就"幻灯片事件"而言，竹内好认为其不是"文学拯救"④ 而是"回心"说和宗教"救赎"说，汪晖认为是"身体、感觉的政治化前提"⑤ ，但他们有一个共同的特点，就是从不同角度说明鲁迅对思想的重视，强调思想的渐进和积极性，美术旨归是"助成奋斗，向上，美

---

① ［美］W. J. T. 米歇尔：《图像转向》，载陶东风、金元浦主编：《文化研究》（第3辑），天津社会科学院出版社2002年版，第17页。

② 鲁迅：《鲁迅全集》（第八卷），人民文学出版社2005年版，第45页。

③ 鲁迅：《鲁迅全集》（第一卷），人民文学出版社2005年版，第439页。

④ ［日］竹内好：《近代的超克》，李冬木、赵京华、孙歌译，生活·读书·新知三联书店2005年版，第56—57页。

⑤ 汪晖：《阿Q生命中的六个瞬间：纪念作为开端的辛亥革命》，《现代中文学刊》2011年第3期。

化的诸种行动"①。也就是说美术具有激发向善、向美、向上的功能，这就将那些龌龊的、恶劣的、丑化的东西排除在美术之外，裸体画、猥亵画、春宫图则是美术的"他者"，据此鲁迅痛斥中国社会是将美术变为"丑术"的染缸，"学了体格未匀称的裸体画，便画猥亵画；学了明暗还未分明的静物画，只能画招牌画"②。美术还有第三种要素，即美化。鲁迅肯定和承认美术的艺术性，美术也是一种表现艺术，而不仅仅是再现行为，并且这种表现是以向美为旨归的，而不是丑化，美术应该有内容和主旨的区分。美化是美饰的倾向，而不是说一定写美的东西，丑的事物也可以写，只要传达作者的批判精神和向美旨归即可。如阿Q形象是丑的，"烂疮疤""瘦伶仃""黄辫子""欺软怕硬""严守男女之大防""旧毡帽"，他是鲁迅"沉默的国民的魂灵"的具象化，是传达鲁迅批判、同情和理解意旨的，所以，阿Q不仅仅是抨击的对象。鲁迅原来将阿Q设计成一个可笑的人物，并以油滑的腔调来展示，《阿Q正传》第一章刊登在《晨报副刊》孙伏园主持的"开心话"栏目，"因为要切'开心话'这题目，就胡乱加上些不必要的滑稽，其实在全篇里也是不相称的"③。发表"序"后，鲁迅反过来重新认识阿Q与序言，"序"将阿Q置于历史、文化、宗族之外，阿Q具备了无产阶级革命的必要条件。鲁迅从第二章开始进行阿Q革命行程的实验，但鲁迅并没有有意指挥阿Q去恋爱、革命，而是先在历史文化断裂的前提下逼着阿Q一步步走向"大团圆"。鲁迅没有将阿Q性格弱点放在批判的中心位置，他认为阿Q也是身不由己，所谓的"精神胜利法"只是社会的产物，并且是一步步形成的，而不是先在的、天然的、个人的属性，所以，鲁迅对阿Q的感情是复杂的，同情、理解和怜悯是主要方面，批判并不处在情感的中心，由此可见，启蒙论、辛亥革命反思论也有牵强附会之嫌。

总而言之，鲁迅的美术观重视社会的教化功能，归根结底是社会观，"美

---

① 鲁迅：《鲁迅全集》（第十三卷），人民文学出版社 2005 年版，第 163 页。
② 鲁迅：《鲁迅全集》（第一卷），人民文学出版社 2005 年版，第 330 页。
③ 鲁迅：《鲁迅全集》（第三卷），人民文学出版社 2005 年版，第 396 页。

术可以表见文化；美术可以辅翼道德；美术可以救援经济"①。鲁迅一生都在以笔为刀，虽然偶尔怀疑文学的社会功效和启蒙的有效性，但鲁迅从没有放弃对文学启蒙的信仰。《狂人日记》《在酒楼上》《孤独者》《范爱农》《伤逝》《起死》等作品质疑了启蒙的有效性，反思启蒙高蹈的缺陷，发现了启蒙主体与民间社会相脱离的现实和二者融合的困境，鲁迅对启蒙的认知是一个由上到下的过程，无怪乎汪晖将《阿 Q 正传》解读为"向下的探索"的经典。

　　阿 Q 形象就是一幅木刻，它讲求线条粗细、光线明暗和人体结构特征如实再现。鲁迅以俭省的笔墨、白描的手法将阿 Q 活灵活现地呈现出来。他首先将木刻技术引入中国，并"使木刻由匠技成为艺术"②。鲁迅曾经谈起木刻艺术的诀窍："木刻究竟绘画，所以要先学好素描，此外，远近法的紧要不必说了，还有要紧的就是明暗法。木刻只有白黑两色，光线一错就是一塌糊涂。"③素描与油画相对，是绘画两种类型之一，丰子恺认为素描"须极注意于自然物形态之要点而充分描出之"④。并且他对素描的过程进行循序渐进的说明，"初学描写物，以人头为最佳。其方法画者对于模型（即指人头），先定相宜之位置，使形态光线均得宜……由粗笔渐及细笔者，先画粗略之大轮廓，及五官大致之位置，用笔宜粗。既见其大体已正确，乃渐渐修改各部分及于细处"⑤。由丰子恺的素描心得可以推想鲁迅的人物塑造情况，他将木刻等美术心得运用到阿 Q 形象塑造之中。

　　远近法的使用。阿 Q 本人的行动的再现用近景，而他人视野中的阿 Q 或叙述者视角下的阿 Q 用的是远景，远景是阴暗的，近景是明亮的，阴阳构图法凸显了人物塑造的层次感，避免了人物平面化的效果。鲁迅在《优胜记略》中先"画"头，"烂疮疤"是"特相"，这一"特相"是阿 Q 的缺陷，是阿 Q 形象的中心，形象缺陷的抵抗机制即"精神应激"，产物就是精神胜利法，这

① 张望：《鲁迅论美术》，人民美术出版社 1982 年版，第 3 页。

② 郎绍君：《论中国现代美术》，江苏人民美术出版社 1988 年版，第 3 页。

③ 鲁迅：《鲁迅书信集》（下卷），人民美术出版社 1976 年版，第 971 页。

④ 丰子恺：《丰子恺全集》（第四卷）艺术理论艺术杂著卷（十），海豚出版社 2016 年版，第 18 页。

⑤ 丰子恺：《丰子恺全集》（第四卷）艺术理论艺术杂著卷（十），海豚出版社 2016 年版，第 18—19 页。

种"特相"（"烂疮疤"到精神胜利法的系列能指）就是从"头"开始的，头在造型的前面、明处，精神在后面、暗处，并且随着写作的推进，精神胜利法的各个能指浮出水面，用明暗法、线条法来展示，它们就是暗色的细线条，它们共同支撑起明亮粗线条的"特相"（精神胜利法推及"烂疮疤"），具有审美功效，"中国美术中的线，不仅具有装饰性，而且包含了作者的情感、气质、学养、功力，以及对象的质感、力度、神韵"①。

阿Q形象的诞生和"特相"的生产需要系列能指来完成，爱情需要活动、事件，鲁迅是如何安排阿Q活动的？鲁迅是如何将构图中的空间意识运用到小说之中的？"沉默的国民的魂灵"画的轨迹是什么样态？

---

① 林蓝：《线·代释——中国美术中线的特征及其发展》，《美术学报》2005年第4期。

第四节 构图的空间问题：远近、出入、互看

从第二章开始，阿Q由远及近，由暗处走向光亮处，由后台走上前台，阿Q的出场是空间的转换，他由被控到开始自主演绎故事，边缘与中心位置移动，这并不是说阿Q占据了社会活动的中心位置，而是说作为文学形象的他开始发声。鲁迅通过空间的置换建构了阿Q形象。

阿Q活动的空间有几个重点地方：土谷祠、未庄街道、赵太爷家及附近、城中、尼姑庵、衙门，鲁迅设置的这几个空间涵盖了阿Q贫雇农身份可能活动的区域，为阿Q"沉默的国民的魂灵"的表演布展了典型空间，每一个空间，每一次活动，可以称为一个独特的事件，优胜记略、续优胜记略、革命、恋爱悲剧、生计问题、不准革命、大团圆，每一次事件都是一幅或系列图画，其中空间中心和边缘的布置不仅仅是技巧问题，还隐含着鲁迅的美学理念。如在"优胜记略"中，"有一个老头子颂扬道：'阿Q真能做！'这时阿Q赤着膊，懒洋洋的瘦伶仃的正在他面前，别人也摸不着这话是真心还是讥笑，然而阿Q很喜欢"[1]。这可以看作一幅图，老头子处在侧面，仰视阿Q，夸赞他，阿Q则位于画面中间，然而形象并不高大，甚至有些猥琐，这可能是鲁迅有意为之，然而空间错置恰恰凸显了事理的悖论，画出了"沉默的国民的魂灵"的其中一个面相，"在一个空间里，每一种要素仿佛都服从唯一的造型表现和相似原则"[2]。阿Q喜欢他人夸赞，并且并不细辨其中真伪，这是特定文化下的国民性格的典型特征，也说明阿Q并没有与历史文化完全割裂，仍有相互纠缠、无法割舍之处，因为阿Q就是在这样的社会、文化和政治中成长起来的，所以，他恋爱、革命的失败也是情有可原的。此处否定了文化断裂前提下的"革命论"，其实文化并没有完全断裂，阿Q身上仍存留文化的

---

[1] 鲁迅：《鲁迅全集》（第一卷），人民文学出版社2005年版，第525页。
[2] 林贤治主编：《福柯集》，上海远东出版社1998年版，第264页。

印记。

鲁迅将场景图像化、简化、焦点化，并将阿 Q 放在画面焦点上，但也没有忽略边缘位置的要素。他利用光线明暗法将边缘人、物、事淡化、模糊化，凸显阿 Q 的中心地位，如在未庄赛神会上，戏台、锣鼓成为画作远景，而阿 Q 及银元成为图画近景、中心，鲁迅的用意在于批判阿 Q 嗜赌的品性，更重要的是指出阿 Q 不可能成为人生的赢家，即使在赌桌上也是如此，"不幸赢了一回"却又"输了"，鲁迅设置阿 Q 角色的"狠"，不留一点余地，并不完全是先行理念在作祟，而是认为传统文化和专制社会下的"阿 Q"无法获得传统社会的丁点权益让渡，老舍笔下的祥子也是类似人物，不同的是，祥子本身有上进心，最后虽然沦为"白食者"（透视出老舍态度的温和性），但是还为祥子留了一条生路，原因就在于老舍的性格、思想与鲁迅的差异。

空间按构图原则布置，增强了小说的生动性、鲜活化，也强化了小说的深广度。如何布置？鲁迅兼取中西构图法。在《阿 Q 正传》中，他吸取诗画一体的传统营养，将题诗改为白话铺垫、引申（暂称为"题话"），画面由人物对话、活动构成，"题话"与图画之间是互证、互补、引申的关系，鲁迅常用的是借"题话"交代人物心理活动，交代者可以是叙述者，也可以是阿 Q，这两种相异空间的不同声音就构成了声音的空间层次。阿 Q 声音是画面的中心，叙述者声音退到画面之外，这种纵深感强化了画面的景深度。如阿 Q 与王胡斗法画面的片段：

> "癞皮狗，你骂谁？"王胡轻蔑的抬起眼来。阿 Q 近来虽然比较的受人尊敬，自己也更高傲些，但和那些打惯的闲人们见面还胆怯，独有这回却非常勇武了。这样满脸胡子的东西，也敢出言无状么？ ①

王胡和阿 Q 处在画面的中心，除了二者之间的对话声音外，叙述者的声音和阿 Q 本人的声音作为画面延伸的触媒存在。引文中从"阿 Q"到"勇武了"交代了交战中阿 Q 的社会地位及当下精神状态的"因由"，这些信息支撑

---

① 鲁迅：《鲁迅全集》（第一卷），人民文学出版社 2005 年版，第 521 页。

了阿Q的作战状态和行状。鲁迅将阿Q还原为一个具体的社会的人，而不是单纯的一个符号，这与作者最初的设想（让阿Q自行其是，而不是规划其具体行程）相一致，但鲁迅又是怎么协调"画出国民的沉默的魂灵"的构想与人物具体可信之间的关系的呢？鲁迅运用了"大胆设想，小心求证"的方式，当然，这些假设和推演是有深厚的生活经验基础的。引文"这样满脸胡子的东西，也敢出言无状么？"主体的认定就比较困难，如果从其顺承前句功用角度来断定，它是叙述者的声音，这样理解就将鲁迅置于阿Q的位置上，叙述者也就暂时变成了阿Q，这倒符合让阿Q自行其是的"原意"，自己演绎故事的初衷。但也可以理解为阿Q本人的声音，因为前后句的语言风格不同，前句是陈述，后句是"说话"，"阿Q自己的时间出现了……读者也就容易被带到阿Q的时间里"[①]。如果搁置风格问题，后句就可视作阿Q的心理话语，我们暂且将它的话语权主体的认定问题搁置不论，这种不同声音的"题话"促成了异空间的形成，并拉伸了画面的深广度，这种写作技法在小说中俯拾皆是，为避冗赘，兹略。

鲁迅吸取题画诗的营养，并有意识地将其渗入创作之中，使画面的空间感增强。鲁迅把"题话"与人物对话、行动很好地结合起来，完成了起承转合的任务，可以说，鲁迅很重视故事的自然推进，关注细节的来龙去脉，这也说明，细节的真实极大地支撑了"画出国民的沉默的魂灵"的构想。

在小说中，图画空间的安排，还有一个显著的特点就是阿Q与他人的"互看"。由于不同的身份、思想、历史和性格，阿Q呈现出独异性特征，这也符合鲁迅类型化创作原则，也是民间美术创作的内在要求，"它从一类相似的事物中抽象出它们的共同形式"[②]阿Q是具体的个人，但阿Q汇聚了"沉默的国民的魂灵"的众多类型，所以他者从阿Q身上看到了自己的某些面影子，但又不愿意承认，就遗忘相同点，夸大异点，讽刺、嘲笑阿Q。而阿Q从自我出发，发掘、发挥身上的独异之处，心理上取得优胜，如在"续优胜

---

① 谢俊：《启蒙的危机或无法言语的主体——谈〈阿Q正传〉中的叙事声音》，《中国现代文学研究丛刊》2019年第1期。

② 左汉中：《中国民间美术造型》，湖南美术出版社2006年版，第237页。

记略"阿Q调笑尼姑事件中，他借助专制文化传统将尼姑看作"异端"，而在尼姑眼里，阿Q行为恶劣到"断子绝孙"，讽刺的是，尼姑也是借助了传统文化（不孝有三，无后为大），他们敌对地互看，使用的思想武器却殊途同归，证明了传统文化存在内在矛盾。在阿Q与旁人的互看中，阿Q与王胡战败后调戏尼姑，希望重树自己的社会地位，就向更弱者发起攻击，旁人观看这场闹剧，既满足了他们"四铭式"肉欲的视觉期待，又触动了自己虚伪的面目本质，但他们心虚或者欲望未得到完全满足，他们的欲望是由阿Q完成的，他们的视觉并不能代替阿Q的触觉，所以酒店里的人是"九分得意地笑"而不是"十分"，实际上，他们是阿Q的他者，也是别一个"阿Q"。

阿Q接触尼姑皮肤后，"滑腻"感触发了阿Q的情欲，再加上吴妈错误地谈论话题，"老爷卖小"，阿Q的"遗忘""文化断裂""压抑"促使阿Q直白地没有任何媒介和过渡地表白"爱情"，吴妈将这种"没有媒妁之言"的冲动视作流氓行为，而阿Q只觉得"有些糟"，这既呼应了阿Q文化断裂的出场说，又吻合了受压抑者的决绝态度，阿Q认为一切无所谓，任何困境都要依赖自己的心理建构。而赵太爷、秀才们是礼教文化的维护者，对阿Q违逆行为的处理方法，就是将其驱逐出乡村共同体，避免阿Q这个"异端"引起乡村共同体的混乱与恐慌。不同主体的观看形成不同的话语，不同的话语建构出不同的空间秩序。

图画除了人物间互看外，还涉及读图者与图画的互看。读图者会批评、认同或以中立的态度来鉴赏图画，画者做出回应，接受或否定读图者的看法。在"革命事件"和"大团圆事件"的图画中，存在类似上文的互看模式，乡绅对革命的专揽，阿Q视革命为物欲、情欲和地位欲实现的途径，归根结底，革命在他们那里只是工具；而在读者那里，读者反思的是革命的本质和革命如何有效运行的问题。"大团圆"中，阿Q发现看客眼睛是可怕的吃人的"狼眼"，从而"狂人式"的觉醒为小说画上了"光明的尾巴"，未庄人"自然说阿Q坏"，看客希望看到阿Q的"死亡表演"，而读者看到的是悲哀、革命困境、国民愚昧以及"光明的尾巴"，还有人对号入座，要与鲁迅打官司，鲁迅在其他场合否定了对号入座者，从福柯的理论来看，这反而维护了创作或画作的独立性和权威性，"就绘画而言，就是不能让人看见那个安排其视觉秩序的人……一旦画家也被人观看，他作为绝对主体的权威性和真理性立刻就瓦解了"①。

鲁迅说："表面上是一张画或一个雕像，其实是他的思想与人格的表现。"② 由此可知，《阿 Q 正传》是系列"沉默的国民的魂灵"的画像，每一张画作都是能指，他们共同指向"沉默的国民的魂灵"。

鲁迅一生对美术有浓厚的兴趣，对美术也有独到的见解，其中启蒙思想是重要组成部分。他吸取中西美术长处，将美术思维贯穿到《阿 Q 正传》的创作之中，小说呈现出强烈的图画意识，鲁迅以此为契机画出了"沉默的国民的魂灵"。小说中阿 Q 的事件序列只是这个所指中的几个能指，它们并不能够抵达所指，只是无限地接近它，就像"大团圆"中鲁迅笔下的"圆"，接近于圆，但永远不会圆满；同样，对小说图画意识的论证，鲁迅也只是找到了几个能指，典型与否还存在疑问，更不用说完美地印证论点了，所以，还需要更多的研究成果来支撑，笔者只是抛砖引玉。

---

① 马云龙：《再现的崩溃：重申福柯的绘画主张》，《文艺研究》2018 年第 4 期。
② 鲁迅：《鲁迅全集》（第一卷），人民文学出版社 2005 年版，第 330 页。

第二章

沈从文小说新论：牧歌与反牧歌的二元归一

沈从文小说具有独特的艺术风格，其小说具有牧歌性与反牧歌性的双重色调，且牧歌性是表面的，是显的，反牧歌性是内在的，是隐的。反牧歌性的实质是紧张、残酷、不自然，在沈从文小说创作中则体现为生命与外在环境以及生命本体的极度紧张，具体包括残酷的生存环境对生命的挤压破坏、人的扭曲异化、等级统治对生命的残害、生命偶然性的无奈这四方面的内容。反牧歌性作为沈从文文学思想的主要部分，并作为背景底色，伏在作品下，是作品内在的本质，体现了沈从文对现实的关注以及对生命存在状态的忧虑，体现了作者的"五四"启蒙主义思想。牧歌性的实质就是和谐，给人以平和、优美、自然的感觉，在沈从文作品中则是作者表面的悠扬的情调，它通过平和的文字叙述、优美的自然画面、美好的人性来显现，主要体现为人与自然及社会的和谐。沈从文小说中表面的牧歌性与内在的反牧歌性在作品中犹如一枚硬币的两面。消除反牧歌性，实现牧歌性世界，最终使二者在现实中统一起来，是沈从文的美学理想，也是社会理想。

牧歌（pastoral）源自古希腊文学术语，是一种表现牧人田园生活情趣的文学体裁。忒奥克里托斯（约前310—前250）是最早的牧歌作家。罗马诗人维吉尔也写牧歌性的诗歌并且对后代文人创作影响深远，他用纯朴的诗句描写理想化的田园生活，超越现实的世界，表达了他的政治理想，其实是借牧歌的形式歌颂罗马帝国的光荣。14—17世纪，牧歌备受青睐，古典式的牧歌和牧歌主题的田园小说和田园戏剧大量出现，如莎士比亚的戏剧《皆大欢喜》、西班牙作家蒙特马约尔的《狄安娜》、意大利作家桑纳扎罗的《阿卡迪亚》等。许多牧歌体的作品常常借此种体裁表现了生命与自然以及社会的和谐，歌德《赫尔曼与窦绿苔》便是著名的例子。由此可看出：牧歌最初是诗人用以表现草原上牧羊人悠闲自在、舒适自然、安逸纯朴的生活，主要指人与自然的和谐，人与社会的和谐，人按照自然的要求生活，不违背人的自然本能，人的身心才能健康发展；人与人之间坦诚、淳朴、真挚，其实质是和谐、不紧张，这就是牧歌的本质，即牧歌性；反牧歌性则与其相对而言，也就是紧张、残酷、扭曲、不自然，表现为生命与生命本体以及生命与外在世界的紧张。

沈从文是"京派"的代表作家，他的小说以独异于主流意识形态的姿态出现，小说表面呈现出缓和、自然、悠扬、和谐的牧歌情调，大多数研究者由此认为沈从文的小说是牧歌性的，如夏志清认为沈从文小说风格是"可以称为（牧歌）型的"[①]，陈国恩认为沈从文的小说"把五四浪漫抒情小说推向一个尊和谐为美的极致的田园牧歌的新阶段"[②]，还有研究者认为沈从文的《边城》是牧歌性的，刘西渭说"边城是一部 idyllic 杰作"[③]，汪伟也说其有"牧歌风"和"牧歌情调"[④]，这固然很有道理，但笔者通过对沈从文全集细读，发现这牧歌性只是作者回忆性的假设，只是通过优美的文字净化现实的紧张、残酷、扭曲后的假象。沈从文许多作品透露出残害生命、本能压制扭曲的人与内在本能以及外界的紧张，就是牧歌情调浓重的公认的代表性作品也渗透着这种紧张，使作品表现出内在的反牧歌性。例如在《边城》中，生命偶然导致二老的惨剧，误会引起翠翠爷爷极度悲伤，这种现实的反映使作品映射出内在的紧张、不和谐的反牧歌性，这是作品内涵的更本质的特征。也有人看到其小说创作中的人性扭曲、摧残生命、生命偶然而导致的悲剧，看到了反

① 夏志清：《中国现代小说史》，刘绍铭译，台北传记文学出版社 1985 年版，第 210 页。

② 陈国恩：《三十年代的"最后一个浪漫派"——历史与现实交汇点的沈从文》，《武汉大学学报》（哲学社会科学版）1999 年第 4 期。

③ idyllic 意为"田园诗的"，即"牧歌情调"，参见刘西渭：《〈边城〉与〈八骏图〉》，《文学季刊》1935 年第 3 期。

④ 汪伟：《读〈边城〉》，《北平晨报·学园》1934 年 6 月 7 日。

牧歌性的现实，如洪耀辉发现了"隐藏于田园视景背后的狰狞与险恶，沉潜在田园牧歌声中的愤怒和呐喊"[①]，张根柱则认为沈从文写湘西时氤氲着"牧歌情调"，但其中有"忧郁之气"，这源自作者"对现实的清醒认识和对未来的深切的忧患意识"[②]。

此处进一步提出其小说创作的"反牧歌性"这一概念，笔者拟对此进行专题系统的研究，并厘清沈从文小说创作中牧歌性与反牧歌性的辩证统一关系。从文本细读出发，并加以宏观把握，以期在沈从文小说解读方面有新的收获。

---

① 洪耀辉：《沉潜在田园牧歌中的愤怒和呐喊——论沈从文乡土小说的批判意识》，《山西大学学报》（哲学社会科学版）2003 年第 6 期。

② 张根柱：《乡下人的文学神庙——论沈从文的人性观对其创作的影响》，《齐鲁学刊》2002 年第 5 期。

第一节 牧歌性情调

沈从文平和的叙述、缓和的节奏、优美的自然、纯朴的人性、人与自然的和谐关系构成了其作品的牧歌性，它的本质是人与其本体以及外在环境的和谐。但这只是作品表面体现出来的，它是作者为了净化作品内在的反牧歌性而有意进行艺术加工后的效果。其中的内容——牧歌性世界是作者内心的理想追求。但不可否认，这牧歌性世界是相对于作品内在的反牧歌性现实来说的，并且这牧歌性世界只是对潜在的反牧歌性世界的抗争，因此，沈从文作品中的牧歌性只是表面体现的东西。

沈从文小说表面的牧歌性不仅体现在优美的文字叙述、缓和的节奏上，更为重要的是表现在他对原牧歌性世界的追忆以及对新牧歌世界的构建。这种牧歌性世界是指一种无外界干扰的、生命按自然规律成长的和谐世界，美好的人性（纯真、素朴、坦率、充满生命活力）是牧歌性世界的重要内容，这正如沈从文所说："要建立希腊人性小庙。"这种人性正是人类最初时所具备的如朝阳般纯美的品质及感情，也就是指人类的婴儿期所具备的品性。

一、人与自然的和谐

沈从文的牧歌性世界的主要内容包括人与自然的和谐，其本质也就是要求人回归生命的本源——自然，才能形成美好人性。沈从文笔下的"湘西"意象"所代表的都是基于自然、本于自然、回归自然的健康、完美的人性"[1]，因为人"本来就具有自然性"[2]。回归自然才是人本体所要求的，正如作者在《断虹·引言》中说人"无从与自然分离"；自然是单纯的，回归自然才能使

---

① 黄健、王东莉：《文学与人生》，浙江大学出版社2004年版，第46页。
② ［美］埃·弗洛姆：《马克思论人》，陕西人民出版社1991年版，第98页。

生命归于单纯，生命才有活力。自然中成长的生命性格单纯、健康、活泼，没有被知识和科学、社会习俗所污染，这种单纯意识由自然中来，只有回到自然中去验证，而不能为其寻找生命外部人为的标准，正如《青色魇》，驹罗那单纯的生命损伤只能用生命单纯的感情而生成的泪水来医治一样。

生命与自然的和谐，一方面体现在生命与自然一起律动，沈从文说湘西牧歌性世界中的人民"与其他无生命物质一样，惟在日月升降，寒暑交替中放射、分解"①。《阿黑小史》《神巫之爱》《龙朱》《萧萧》《边城》等小说则集中体现人与自然的和谐，而极少介入反牧歌性因素（破坏人自然成长的因素）。《阿黑小史》《神巫之爱》《龙朱》中，自然形态生命与其存在的原始形态的社会环境相协调，这种环境并没有现代社会的侵入。《三三》里三三单纯的生命与其生存的自然环境是分不开的；人是自然的一部分，也强烈要求融入自然、回归自然，顺从自然的节奏，契合庄子的审美观，"使万物是其所是"②。沈从文在其《断虹》《船上岸上》等作品中体现了此观点。

人与自然的和谐也体现在人与自然律动投契，自然的品质影响了人的品性，"太阳和夏日……每个小时和它的更迭都与一种心情相符"③。如三三、翠翠、龙朱、驹罗那王子、阿黑等性格皆与周围环境相契合；《边城》里的翠翠在自然中成长，具有自然的品性。作者来自于千里沅水流域，感情自然也有了水的柔缓，因此他的作品也有了水的格调，其作品"情感表达舒缓，柔和的格调"④。自然还教育了人，"给我明白了多少人事"，并且给人以智慧⑤。自然不仅予人以自然（呈现出牧歌性）的品格，还给人以智慧（宽容、坚定、真诚、自然），《会明》中的会明、《王嫂》中的王嫂、《长河》中的长顺、《灯》中的老兵等皆具有牧歌环境下培育出来的智慧。例如，会明"对土地长出来

① 沈从文：《沈从文全集》（第13卷），北岳文艺出版社2002年版，第280页。
② 王凯：《逍遥游——庄子美学的现代阐释》，武汉大学出版社2003年版，第60页。
③ ［德］瓦尔特编：《哲人小语——人与自然》，周美琪译，生活·读书·新知三联书店1993年版，第258页。
④ 曾小逸主编：《走向世界文学——中国现代作家与外国文学》，湖南人民出版社1985年版，第243页。
⑤ 沈从文：《沈从文小说选》（下册），人民文学出版社2004年版，第252页。

的智慧，坚信不移，又深懂知足常乐的道理，使自己的生活，不流于卑俗"。这正是人的自然本性。沈从文在《滩道上挣扎》中再次说明湘西牧歌性世界中的自然水使其拥有自然的智慧，作者也时常梦想回归到这种牧歌性世界里。人与自然的和谐是构成其牧歌性世界的重要内容，也使作品呈现出牧歌性，所以说牧歌性也是以自然为基点的。沈从文希望建立"希腊人性小庙"，这种人性正是人类早期纯真的品性，它是人类在牧歌性世界的产物，也是人与自然和谐的结晶。

这种纯真的品性单纯、健康、活泼、坦率，集中表现为童心，沈从文要求人要有童心，有了童心，才能求知、求真，而不应是负载文化重货、习俗的卡车。童心是征服一切的动力源泉，"童心在人类生命中消失时，一切意义即全部失去意义"①。《雪中》《会明》《萧萧》中皆展现了纯真的童心，这给作品蒙上了一层牧歌情调：《雪中》作者梦到兔子对他作揖，会明与小鸡一起调闹，萧萧梦见鱼求救等。这也是作者一味追求的心态，生命应按自然规律生长，社会也必须首肯人的新陈代谢（自然性），不要压抑、扭曲人的自然本性，作品《边城》《黔小店》《三个男人和一个女人》《绅士太太》等从正反两面去阐述这一观点。沈从文在《虎雏再遇记》交代小说《虎雏》中的主人公的归宿和命运，环境、种族决定人的性格，湘西野性、素朴的品格来自于其生长的自然环境——湘西："一切水得归到海里，小豹子也只宜于深山大泽方能发展他的生命。"②这表明牧歌性世界中形成的人性只有回到原世界中才能正常发展，接近人的自然本体，与真正的人的本体对话；自然的人纯洁、透明、无渣滓，只有完全与外界隔绝，才能回归本我，"必需同外物完全隔绝，方能同'自己'重新接近"③。

① 沈从文：《沈从文小说选》（下册），人民文学出版社 2004 年版，第 146 页。
② 沈从文：《沈从文选集》（第 5 卷），四川人民出版社 1983 年版，第 298 页。
③ 沈从文：《沈从文全集》（第 12 卷），北岳文艺出版社 2002 年版，第 22 页。

二、人与社会的和谐

沈从文的牧歌性世界的另一内容是人与社会的和谐，也就是寻找与生命和谐相处的社会。沈从文把这种牧歌性世界寄托在《寻觅》《边城》《龙朱》等小说中，《寻觅》中的白玉丹渊国"无法律，无私产，无怨憎"。沈从文对这些自由社会的追求与其儿时经历是分不开的，儿时经常逃避"书本枯燥文句去同一切自然相亲近"，这就形成了沈从文从自然中形成的品格——自由[①]。

如果沾染宗教和金钱，则生命会变得痛苦、无聊、虚伪，而失去自然的心态，从而引起人与外物以及本体的紧张，形成反牧歌性。如《大小阮》中的大阮、《阿金》中的阿金、《绅士太太》中的绅士太太、《八骏图》中的八位教授等，因此要求人与社会的和谐，归根结底要求人要以与自然的关系来处理人与社会的关系，要肯定人的自然性，"人不受制于物，不为金钱、权势左右"[②]。这是人与社会和谐要遵循的准则。人有童心，有活力，有了活力才能爱国，"至如阉寺性的人，实无所爱"[③]，生命在自然中自由生长，具有蓬勃的生命力，这些表现在作品中便是牧歌情调，使作品洋溢着湘西"原始田园气氛"。作者也自称其是牧歌世界中的人，"我毫无骄傲，也不自贬……保守、顽固、爱土地，也不缺少机警却不甚懂诡诈"[④]。这也说明了沈从文对原牧歌性世界封闭自在性有深刻认识，因此强调人与自然和谐相处，要改变牧歌性中自在状态，尽力避免命运摧残生命，这种意图表现在其作品中，如《如蕤》《三个女性》《一个女演员的生活》等小说，作品中的主人公都是为改变自己的命运而做出了不同程度的行动。

这些观念的产生都是源自沈从文对现代文明的警惕，即对反牧歌性因素的侵入引起牧歌性世界紧张的凝视、沉思，这正如庄子"提醒世人不要在文

---

① 吴立昌:《人性的治疗者——沈从文传》，上海文艺出版社1993年版，第3页。
② 曾小逸主编:《走向世界文学——中国现代作家与外国文学》，湖南人民出版社1985年版，第299页。
③ 沈从文:《自传集》，江苏凤凰文艺出版社2020年版，第325页。
④ 沈从文:《沈从文文集》(第11卷)，花城出版社1984年版，第43页。

明的发展中,日益丧失人的自然本性和纯真品格"①。也就是人们所说的自然文化与社会历史的冲突,沈从文对自然文化进行了再认识,并为原牧歌性世界注入自为的因素,生命要改变自在的状态,必须支配命运,这种新牧歌性世界的模式是建基在承认人与自然和谐、人与人和谐的基点上,促进了个人的自由和健康发展,从而推动形成一个健康有活力的社会。

人与社会的和谐要求人必须自由,首先应该尊重人的新陈代谢,沈从文在其创作中多处肯定人的自然欲望和情感欲望。沈从文在《边城》《阿黑小史》《夜》《生》《静》等小说中叙写人的情感欲望,如翠翠在成长中感到"孤独","想要在新的人事上攀住它";随着个体的成长,肌体本身的发育,生命个体的独立性越来越强,但个体本身在时空中显得渺小而孤独,并寻求一种依托:翠翠爱欲的产生,对花轿、少女的关注,对二老出差地——白鸡关的想象,采摘象征爱情的虎耳草等。沈从文在《柏子》《野店》等作品中则更大胆地肯定了人的自然欲望,这些人的本性构成人的动力系统,"由于它的内部作用和驱动,才促使人向外获取、扩张、占有和创造"②。相反,压抑生命本性,则人的生命力枯萎,沈从文在《雨后》《阿黑小史》《龙朱》等小说中,集中表现了山村儿女爱情与两性关系的和谐形态,这些自然本性构成了人的动力系统。

再者,人与社会的和谐目标应肯定他人的存在,承认人与人的平等,即牧歌性世界中的人与人是平等的,沈从文在《十四夜间》书写中体现了妓女与时髦女子的地位应平等的思想,小说主人公子高具有这种品质,他认为妓女和平常女子一样是纯洁的,还在《用 A 字记下来的事》《棉鞋》等小说中以主人公的口痛斥了社会的不公正。凌宇认为沈从文创作的主旨明确,"爱情方面是不应有什么等级差别"③。

牧歌性世界的自由则是一种不受压制、摧残和扭曲的健康生长,这正是

---

① 王凯:《逍遥游——庄子美学的现代阐释》,武汉大学出版社 2003 年版,第 265 页。
② 王江松:《悲剧人性与悲剧人生》,中国社会科学出版社 1994 年版,第 44 页。
③ 吴立昌:《人性的治疗者——沈从文传》,上海文艺出版社 1993 年版,第 84 页。

作者一直以来对自由的向往和追求 ①。卢梭也说:"放弃自己的自由,就是放弃做人的资格。" ② 沈从文平和的叙述、和缓的节奏、优美的自然、纯朴的人性、人与自然以及人与社会的和谐关系构成了其作品的牧歌性,它的本质是人与其本体以及外在环境的和谐。作品表面呈现悠扬的情调以及极力营造牧歌性世界,而作者却有意掩饰内在的反牧歌性,即作者所说的中和内在的现实的"苦痛",这使作品呈现出表面的牧歌性。

---

① 曾小逸主编:《走向世界文学——中国现代作家与外国文学》,湖南人民出版社 1985 年版,第 350 页。

② [法] 卢梭:《社会契约论》,商务印书馆 1963 年版,第 13 页。

第二节　反牧歌性的文学表达

牧歌性实质是和谐、不紧张，反牧歌性则与其相对而言，也就是指紧张、残酷、扭曲、不自然，其表现为生命与生命本体以及生命与外在世界的紧张。沈从文小说中多把人置于战争、现代化进程以及不测命运中，生命被摧残，人性扭曲（成为非人），这些是小说内在的主线，它贯穿于沈从文小说创作的始终，即沈从文小说创作的内在的反牧歌性。其一举打破了众多批评家为其创作冠以的"牧歌情调"的帽子，那种缓和、和谐、不紧张的牧歌印象被残酷、紧张的反牧歌性笼罩，苏雪林认为："他的故事却写得如何悲惨可怕，也不能不在读者脑筋里留下永久不能磨灭的印象。"[1]这清晰地道出了沈从文创作的反牧歌性。

一些左派批评家和读者指责沈从文只是一个娱乐别人的"文体家"，沈从文非常冷静地答道："你们能欣赏我故事的清新，照例那作品背后蕴藏的热情却忽略了。你们能欣赏我文字的朴实，照例那作品背后隐伏的悲痛也忽略了。"[2]"热情"即作者在作品中传达的为消除现实中的反牧歌性而重新构建的人与内外界关系的探索的良苦用心，"悲痛"寄托了作者对反牧歌性的存在而导致的人与内外界紧张的极度忧虑，由此看出：此处的"热情""悲痛"的内涵则道出了沈从文作品内在的反牧歌性；从这两个词的本义来看，"热情"和"悲痛"都体现了人与其本体的紧张（人情绪的极度变化）。这两个词也具有反牧歌性，因此可以说，上面的一句话道出了沈从文小说创作的特点：牧歌性外衣下的反牧歌性。而作品外在的显的牧歌性却迷惑了很多人，沈从文对社会形势进行分析，并将此渗透到作品的背景之中，使作品在外显的牧歌性中呈现内在的紧张，如人性扭曲（人与内外界的紧张）是作品内在反牧歌性

---

① 夏志清：《中国现代小说史》，刘绍铭译，台北传记文学出版社1985年版，第216页。

② 沈从文：《沈从文选集》（第5卷），四川人民出版社1983年版，第230页。

的体现。

沈从文小说内在的反牧歌性是指其小说创作深刻揭示了残酷的生存环境对生命的挤压破坏、人的扭曲异化、生命偶然性的无奈，其实质则是生命与外在环境以及生命本体的极度紧张，这里的紧张则指人的非人、无人倾向。

一、生存环境对生命主体的破坏、挤压

首先是战争对生命的残害。生命被残害，引起人与生命本体的极度紧张，从而形成反牧歌性的抒情气氛。20 世纪前期的中国社会，军阀混战，土匪迭起，贫穷的湘西也不例外，他们视生命为草芥，任意杀害，而使尸首遍地，而这些杀害又全是滥杀，没有任何根据、理由，"被杀的……不知道是些什么事"[①]；沈从文还描写了一些军阀以掷竹签来决定无辜民众生死的事实，而到辛亥革命后，这种残害生命的恶行仍没有改变，他在《自传》中写道："民六我随杨明臣半土匪军队初次出门，不久，即随军驻扎怀化，总计实不到一百户人家之小山村；萧选任军法长，不到半年，即屠杀人约一千左右，名为'清乡'。"[②] 这些无辜残害生命的现实渗透到沈从文小说的背景之中，使作品展现出内在的反牧歌性，虽然作者在有意模糊年代概念（为避审查），但从其隐含的时间可推断确切的年代[③]，即 20 世纪上半叶战争纷起的年代。这些无辜残害生命的战争现实在作品中表现出内在的反牧歌性，以一种紧张、残酷、恐惧的潜流在沈从文作品中流淌不息，这些作品如《黔小景》《静》《夜》《山道中》《乡城》等。

各路军阀屠杀的恶行反映在沈从文小说创作中，出现了反牧歌性的格调，即使牧歌性强烈的小说，也氤氲着悲伤的暗调。沈从文在滥杀民众的军阀队伍里混了六年，军阀血腥的屠杀渐渐麻木了他们的头脑，致使杀戮成为习惯，

---

① 沈从文:《沈从文全集》(第 13 卷)，北岳文艺出版社 2002 年版，第 270 页。
② 沈从文:《沈从文全集》(第 25 卷)，北岳文艺出版社 2002 年版，第 113 页。
③ 金介甫:《沈从文传》，付家钦译，湖南文艺出版社 1992 年版，第 347 页。

作者亲身体验了这一事实。① 这些真实的经历渗透到沈从文小说创作中，在《山道中》中描写兵匪战乱对无辜民众的杀害和对当地经济的破坏，没有生命的迹象，到处流淌着民众的鲜血，作品中弥漫着反牧歌性情调；在《静》中，岳珉乐观以及安静温和的画面，却掩盖不住战争残害生命以及人与外界环境紧张状态下的凄凉，埋在荒野的被战争残害的父亲的坟茔以及被战争所逼背井离乡的病老弱女，这些更加增强了作者关怀意识的传达。

战争成了沈从文创作的背景色，并使作品呈现出反牧歌性；战争残害生命，作者对人类做出的这种"蠢事"深恶痛绝，并由此将之归因为城市知识分子的罪责（这有一定的不妥之处，犯了以偏概全的错误，但他亲眼看到战争的领导者多为知识分子，作此论有一定的道理），因此他对城市中的知识分子深恶痛绝，而对湘西人民充满同情，当地人民虽在战争的威胁下仍在庄严地生活，这从反面痛斥了战争对生命的残害，"照样发生不断地杀戮，争夺，以及一到改朝换代时，派人民担负种种不幸命运，死的因此死去"②。

但是现代文明的入侵，利欲的肆虐，让很多人因逐利而压制了自己的情欲要求，或因利而伤害了自己和别人，从而引起人与内在本体以及外界的紧张，表现在作品中，就是反牧歌性。沈从文看到了湘西纯朴的风俗在改变，美好的人性在消失，唯实利的风气正在形成，"农村社会所保有的那点正直素朴人情美，几乎快要消失无余，代替而来的却是近些年实际社会所培养成功的一种唯实利人生观"③。人们因追逐利益而相互欺诈，《王谢子弟》中茅大、律师、老婊子、史湘云皆设计搜刮七爷身上的油水，伤害了七爷的感情，人与人之间互相暗算，人与外界关系紧张。而在《丈夫》中丈夫的妻子为了利不得不出卖自己的感情和身体，不仅伤害了自己，还压制了丈夫的情欲，从而引起人与内外界的紧张，形成反牧歌性。这些皆因人们过度追求物质文明，而被利物化，健康、正直、诚实的品性逐渐消逝，作者深切感受到人性的堕

① 沈从文:《沈从文全集》(第27卷)，北岳文艺出版社2002年版，第9页。
② 沈从文:《沈从文全集》(第13卷)，北岳文艺出版社2002年版，第278页。
③ 沈从文:《沈从文小说选》(下册)，人民文学出版社2004年版，第339页。

落，牧歌世界正在消失，"我想这世界成天在变，人心日坏，世道日非"①。因此军阀为了利益相互战争，统治者也为了利益相互勾结残害民众，在《劫余残稿》里，族里统治者为图谋田秀家的薄产，而以偷汉的名义把田秀妈沉潭。

庄子说："故尝试论之，自三代以下者，天下莫不以物易其性矣。小人则以身殉利，士则以身殉名，大夫则以身殉家，圣人则以身殉天下。故此数子者，事业不同，名声异号，其于伤性，以身为殉，一也。"②以物伤性，正如牺牲自己的生命一样，追逐物质利益而使人物化，成为非人，引起了人与生命本体的极度紧张，"湘西生命流变的这一现时态，在中国都市已经是一种人性变异的完成态"③。这反映在作品中，就呈现反牧歌情调。

沈从文从利欲对人的挤压、破坏而导致的异化和扭曲角度入手来写自己的悲悯情怀。《三个男人和一个女人》中，号兵和豆腐店老板因无钱娶会长的女儿而导致人格扭曲、变态行为，在会长女儿死后，挖掘尸体、睡尸。沈从文把现代文明给湘西世界（牧歌性世界）带来的困境体现在他的小说中，从某种程度上打破了作品呈现的牧歌性。在小说《丈夫》中，虽然平和的文字、徐缓的叙述、河边美景也不能遮掩金钱的铜臭、人性异化的主题，作品描述了金钱对生命的腐蚀和对人性的破坏，就连情感维系的关系也变得支离破碎，"就连卖淫本身，在人们眼里，也竟是极平常事情"④。

由于沈从文深受"五四"民主科学精神的影响，他深深关注民族生存，为湘西人的明天忧心忡忡，但他却不能从经济角度找到人性失落的原因以及解决的途径，这正如凌宇所说："他的笔端不能不流注民族的悲哀。虽痛苦并不绝望，却也掩抑不住内心的迷惘。"⑤而个性主义、民族振兴的理想又使他相

---

① 沈从文：《沈从文小说选》（上册），人民文学出版社 2004 年版，第 103 页。

② 叶玉麟：《白话译解庄子》，天津市古籍书店 1989 年版，第 101—102 页。

③ 凌宇编：《湘西秀士——名人笔下的沈从文，沈从文笔下的名人》，东方出版社 1998 年版，第 307 页。

④ 曾小逸主编：《走向世界文学——中国现代作家与外国文学》，湖南人民出版社 1985 年版，第 238 页。

⑤ 曾小逸主编：《走向世界文学——中国现代作家与外国文学》，湖南人民出版社 1985 年版，第 234 页。

信人的主体性，"只有打破、反抗和摆脱外部的桎梏才能获得自立"①。这促使沈从文二十岁时，独自过沅水，到北京去寻求生命真理，这本身就充满了悲壮感，而民众的无辜被屠戮，以及在文明侵蚀下，人性扭曲，淳朴民风的日渐消逝，这些都给他带来太多的痛苦；都市上流社会的堕落更使他感到失望，自己被迫在城乡间徘徊，"这种悲哀在他心里躁动着，驱迫他不能不将其流注于笔端"②。

作者对现实的悲痛以及对民族的忧虑融解在小说中，幻化为悲剧气氛，即使被称为牧歌文学代表作的《边城》也难掩"静穆的气氛"背后的"悲情"③：他们虽然勉强说些轻松的话，却一样难遣忧怀。这种悲伤的气氛，在这家庭住的昏暗屋子与屋子外无边的春色对比中，最容易令人感觉出来。这种悲伤的情调在很多作品中浓化为悲剧情调，翠翠的悲剧、五明和阿黑的悲剧、杨金标的困境、菜园中的肃杀等，这些又皆传达了作者对民族命运的担忧、关注。

二、情欲压制、人性扭曲

合理情欲被压制，生命发展受阻，人的发展因此扭曲，甚至变态，这是生命与其内在主体（本体）紧张的主要表现，它隐藏在人物身上，通过活动把这种内在的反牧歌性呈现出来。这反映在作品中以虚伪、丑陋、压抑和不和谐来表现出内在的反牧歌性，下面论述沈从文作品中这种反牧歌性内质。

情欲是人正常发展所需，这也是动物普遍具有的欲望，但人与动物的不同点是：人的欲望满足包括社会因素、文化因素，人处于社会，必然要与社会整体具有普遍认同性，这使得人的情欲要受到一定的制约。沈从文在《扇陀》中就以神话传说的叙述形式传达了此意，扇陀因不节制情欲，沉溺于声

---

① 王江松：《悲剧人性与悲剧人生》，中国社会科学出版社1994年版，第51页。
② 曾小逸主编：《走向世界文学——中国现代作家与外国文学》，湖南人民出版社1985年版，第240页。
③ 夏志清：《中国现代小说史》，刘绍铭译，台北传记文学出版社1984年版，第229页。

色，致使神性消失，而堕入庸俗。

但沈从文又从人性和神性的关系论证了二者的对立，人要远离生活（包括情欲的满足），一味追求神性，那么人必将为观念所缚，痛苦一生，将不为人。在此沈从文强调人应回归生活，应要求合理情欲的满足，否则生命力丧失，甚至于人将异化，或为非人。如《夫妇》中的璜，因过分追求知识，而荒芜了自己的本身需求，而导致生命力衰微，并且要野合夫妇头上的鲜花，并嗅了嗅，一方面体现了璜对生命力的崇尚，另一方面体现了作者轻微的变态心理；而村中的人皆要求剥光野合夫妇的衣服并鞭打，体现了他们集体的无意识的性压抑、变态行为。同样的例子如《劫余残稿》中的族长，他对自己调戏不成的田秀妈进行报复（以对裸露的身体多看两眼的方式进行）。在《都市一妇人》中，妇人为留住情人，毒瞎他的眼睛。

就此沈从文痛斥了那些城市中远离生活而一味压抑自己情欲的"场面中人"，他们追逐物质利益，逐渐物化而荒芜了自己的情欲要求。因此上流社会中，生命"无光也无热"。《大小阮》中的大阮被认为是"社会中坚"，但他除了做一些于世无益、于己有利的签名和写无痛痒的书外别无他事，且私吞了小沅寄存的正义的费用。沈从文将这些人生观称为"人死观""寺宦观念"，可是，这些上流社会的人们却被社会称为"中坚"，他们具有共同性，是被社会整一化的典范，而过分地压制自然欲望，"我们的风尚里有一种邪恶和虚伪的共同性，每个人的精神仿佛一个是模子里铸出来的，我们不断地遵循着这些风俗，而永远不能遵循自己的天性"[1]。在《八骏图》中，教授甲用保肾丸子、头疼膏治疗性压抑的情绪，教授乙赏玩女人踩过的蚌壳，丙则声称自己已过了年轻，却私下注视裸体像的凹凸处，更可笑的达士先生一直认为自己健康，而最终却为欲望苦恼，撕下了虚伪的面具。在《绅士太太》中，绅士不能满足其太太，绅士太太则通过变态行为来发泄自己压抑的情欲，如偷听少爷同三姨太的偷情，与三姨太一起看春宫折子。这正如尼采所说："现代者，你们除了这本来面目外，真不能再戴上更好的假面具了！"[2]

---

① ［法］卢梭：《论科学和艺术》，商务印书馆1959年版，第5—6页。

② ［德］尼采：《苏鲁支语录》，徐梵澄译，商务印书馆1992年版，第118页。

　　除了物化之外，社会伦理规范也是造成人本性不能释放的重要原因，以人为中心结构的故事则呈现出不和谐、突兀和断裂的特征，牧歌性氛围被打破，呈现反牧歌性特征。沈从文专门从心理学的角度解释湘西"巫婆""放蛊""落洞少女"现象，认为她们皆由压抑变态所致。小说《夫妇》《阿金》《萧萧》《劫余残稿》等从不同角度写了封建儒教对合理情欲的压制而导致的变态行为（人与内在本能的极端紧张）。《夫妇》中描写璜在城市儒教道德禁锢下生命萎缩、衰弱，到乡下静养；璜要野合夫妇头上的花，不仅是璜生命活力的苏醒，同时也反映了被现实压抑的生命欲望在相宜环境（自然状态）下唤醒后的更移，确切地说是性欲望的移变，性欲望转移还体现在村人鞭挞裸捆的年轻夫妇的身体。在《阿金》中，儒教中的寡妇不得再嫁，寡妇不洁的观念最终阻止阿金结婚，释放情欲。《萧萧》则从反面论证了合理情欲满足的愉悦感，萧萧从小没有父母，因此避免了受传统道德下性事的可怕影响，"从小没父母，寄养在伯父种田的庄子上，没有人传授此事，因此出嫁只是从这家转到那一家，不害羞，不害怕，只是笑"①。

　　沈从文评价事物"并不把那个社会价值搀加进去"，"我不明白一切同人类生活相联结时的禁忌……我不太能领会伦理的美"②。沈从文所说的"禁忌"指社会伦理规范，但也包括社会积累起来的习惯（封建迷信等）。"禁忌"是一种心意上的否定行为规范③，它是具有抑制作用的，一旦突破这种禁忌，惩罚是严重的，因此"禁忌"是"不可轻率接近的东西"④。

　　沈从文作品中的禁忌主要是指封建伦理下的女人，如认为寡妇是不洁的（《阿金》），是克星，勿接触，以此压制女性的合理情欲。这些禁忌慢慢演进为儒教规范，"男尊女卑""女人不洁"等，统治阶级维护这些禁忌以确立自己的权威或行己私利。在《劫余残稿》中，私奔是封建社会的禁忌，田秀妈因私奔被家族沉潭，引起族间仇杀；在《阿黑小史》中，虽结婚，但野合为

---

① 沈从文：《沈从文全集》（第 8 卷），北岳文艺出版社 2002 年版，第 251 页。
② 沈从文：《沈从文全集》（第 13 卷），北岳文艺出版社 2002 年版，第 323 页。
③ 万建中：《禁忌与中国文化》，人民出版社 2001 年版，第 8 页。
④ ［德］恩斯特·卡西尔：《人论》，甘阳译，上海译文出版社 1985 年版，第 137 页。

禁忌，"名份上归了五明，一切好处失去了"；在《夫妇》中，野合的夫妻受到众人惩罚，禁忌成为习惯，具有法的效力，"习惯法通过确认某些禁忌，使禁忌具有了法的性质和法的效力，从而能动地保障禁忌，用法的强制作后盾要求全体社会或成员遵守这些习惯法化的禁忌，违反者要给予各种惩罚"[1]；而在《僧侣》中，沈从文则描述了社会把两性关系视为邪恶的事，并对此充满恐惧，"诃欲不净观，即与社会上某些不健康习惯相结合，形成一种顽固而残忍的势力，滞塞人性做正当发展"[2]。

这些压制情欲的事实则用平静的文字表现出来，和谐表面的背后是情欲压抑的痛苦、悲伤与畸形的行为，人格严重扭曲、拉扯、撕裂，狼藉、悲痛与沉闷引起了人与本体的极度紧张。沈从文还探讨了其深层原因，情欲满足的根本原因是经济因素。在《焕乎先生》中，主人公一到钱用完时，就感到拥有女人的紧迫。在小说《重君》中，主人公因经济贫困（失业）而无暇满足性的要求，"只有经济问题的顺利解决，才能保障性的苦闷的消解"[3]。经济是基础，有了生存保障，才可能满足情欲，这与马斯洛的发展理论不谋而合。重君的这种状况正与作者年轻时的状况相合，这也是作者本人的亲身体验的映射。

沈从文还探索了体现这种内在反牧歌性的几种模式。第一种：在情欲不能满足时，只有把性欲转移到其他方面释放。《十四夜间》中压抑欲望的女人们追逐奢侈的生活；《八骏图》中八名教授表面文质彬彬，却私下里偷窥裸体女像；《若墨医生》中将压抑的欲望转移到争论方面，虽声称厌恶女人，而有女友后便"沉默"了。第二种：性欲长久不能释放而导致心理疾病甚至变态。因性欲是本能的东西，最终不能用这些东西来转移释放，"人由于欲望得不到满足而总是退居内心世界，结果让理性过分地压抑了人的潜意识，使人产生了心理障碍和精神疾病"[4]，这正如在《三个男人和一个女人》中，会长把号

---

[1] 万建中：《禁忌与中国文化》，人民出版社 2001 年版，第 508 页。

[2] 沈从文：《沈从文选集》（第 5 卷），四川人民出版社 1983 年版，第 245 页。

[3] 吴立昌：《人性的治疗者——沈从文传》，上海文艺出版社 1993 年版，第 6 页。

[4] 黄健、王东莉：《文学与人生》，浙江大学出版社 2004 年版，第 106 页。

兵和豆腐店老板所钟情的女儿嫁出去了，号兵和豆腐店老板因无钱得到钟情的女人，最终在会长女儿死后全方位释放，性格扭曲变态：豆腐店老板把死尸背出在山洞睡了三天。《贵生》中贵生对娶金凤而犹豫不决，怕被女人迷住了，而压抑的情感最终以放火烧金凤家的方式结束。

沈从文在城市生活中体验到情欲被压制的痛苦，并把这种紧张渗透到其城市作品系列里，作品一改牧歌情调，具有强烈的反牧歌倾向，营造出反牧歌氛围，作品呈现反牧歌性的风格。在现代社会城市中，追求知识理性而走向极端的人，生命本能衰竭，使人不完整，"失去那充满原始冲动的生命本能"①。沈从文在《烛虚》中认为，现代人性的迷失，主要是适应自然人性环境的消失，且生命追求的东西是观念，此与生命本体相离，这正如沈从文所认为的："一个人若尽向抽象追究，结果纵不至于违反自然，亦不免疏忽自然，观念将痛苦自己，混乱社会。"②

而沈从文对湘西乡下人不压制情欲的生活具有认同感，"仿佛一世的怨愤，皆得从这些野话上发泄，方不至于生病似的"③。这在《旅店》《阿黑小史》《柏子》等作品中均有体现。在《柏子》中，柏子定期到相好（妓女）那儿去，把水上运输挣来的钱消费掉。这是作者在摆脱命运控制、追寻更高生活中付出压制情欲的代价而厌恶城市生活后，对湘西自在社会的羡慕、回归和找寻。

沈从文久离湘西，在城市中又找不到相宜环境而痛苦，况且他的心态、性格皆是乡下人类型的（自称），他在城市中始终是边缘人，孤独、寂寞，常常向乡村去寻找生命的激素，去抵御城市及其主体带来的腐蚀，但常常因矛盾引起内心痛苦，"黄昏时闻湖边人家竹园里有画眉鸣啭，使我感觉悲哀。因为这声音对于我实在极熟悉，又似乎完全陌生"④。因此，沈从文极力歌颂湘西原始生命形态及其生存环境，但并非是对远古社会的追慕而是对城市压抑

---

① 黄健、王东莉：《文学与人生》，浙江大学出版社2004年版，第105页。

② 沈从文：《沈从文全集》（第12卷），北岳文艺出版社2002年版，第42页。

③ 沈从文：《沈从文全集》（第11卷），北岳文艺出版社2002年版，第143页。

④ 沈从文：《沈从文全集》（第12卷），北岳文艺出版社2002年版，第22页。

人性的厌恶[①]，湘西社会美好的自然人性存在只是历史，而今却被现代社会所摧残。但生命仍不自觉，处于"自在"状态，"他们却不曾预备要人怜悯，也不知道可怜自己"[②]。深受启蒙思想影响的沈从文要改变湘西这种状态，从自己、他人、湘西到整个中华民族，进行民族道德重塑，改变命运，这些表现在《三个女性》《一个女演员的生活》等小说中：蒲静从革命角度要求改变自己的命运，如蕤坚持个性，躲避被社会世俗化。

现代文明的侵入（导致人的合理情欲被压制），对人和社会形成冲击，造成生命的内在紧张，牧歌性世界被打破，呈现反牧歌性风格和情调。现代社会摧毁原始自然环境，而生命是自然的一部分，自然遭到破坏，生命活力也随之衰弱，"压抑了青春生命力的性本能的浪漫梦想"，"缩小了人的生活空间"[③]。这正如在《七个野人与最后一个迎春节》中所写，现代社会扩大了势力范围，却压缩了自然生命的生存空间。年轻人不再为少女唱歌，人们的活力也随最后一个迎春节消逝了。

自然和人成为现代文明的奴隶，解放自然也就成了解放人的前提。人要与自然和谐相处就要遵循人的生理规律，肯定人的新陈代谢，"恢复自然的'主体化'"，"看作是人的解放的前提和条件"[④]。弗洛伊德认为文明与情欲是对立的，文明进步是以牺牲性欲为代价的，"文明对于性欲的做法就象一个民族或一个阶层的人所作所为一样，使另一方遭受到剥削"[⑤]。沈从文在《大小阮》《早上——一堆土一个兵》等小说中书写革命者为了事业而不惜牺牲的精神，传达了作者探索当前文明与个人矛盾解决新路径的良苦用心。

---

① 曾小逸主编：《走向世界文学——中国现代作家与外国文学》，湖南人民出版社 1985 年版，第231 页。

② 沈从文：《沈从文小说选》（上册），人民文学出版社 2004 年版，第 31 页。

③ ［德］马尔库塞：《当代工业社会的攻击性》，《哲学论丛》1998 年第 6 期。

④ ［德］马尔库塞：《当代工业社会的攻击性》，《哲学论丛》1998 年第 6 期。

⑤ ［德］弗洛伊德：《文明及其缺憾》，傅雅芳、赫冬瑾译，安徽文艺出版社 1987 年版，第 48 页。

三、等级统治剥夺生存权利

沈从文亲眼所见残害生命和剥夺其生存权利及自由这些血的事实，并把这种体验融入小说创作中，因此反牧歌性成了沈从文小说创作中的内在主色调。等级统治严重引起人与人之间以及人与生命本体之间关系的极度紧张，这种内在的反牧歌性增强了作品的厚度和深度。

沈从文在《七个野人与最后一个迎春节》中说："有官的地方……种族中直率慷慨全消灭，迎春节痛饮将禁止。"[①] 封建等级制度的确立，限制了人们的自由。[②] 北溪人被逼回到山洞，缩小了生存的自然空间，被限制了自由。而在《泥涂》中，祖贵等穷人被统治者从贫困区驱除，生存空间缩小，街上、庙里到处是无处栖身的人，这些人得了传染病后更是无钱医治，到处是腐裂的死尸，由此可见生命在统治阶级的压迫下遭到破坏，造成了人与生命本体间极度紧张，作品表面的牧歌情调下是引人深省的反牧歌性。

等级制度的确立，沉重的盘剥使人民更加贫困，"成天纳税""交公债""办站"却使富人更富，"把巧取豪夺变成不可取消的权利；从此以后，便为少数野心家的利益，驱使整个人类忍受劳苦、奴役和贫困"[③]。不平等最终导致人与人之间关系的紧张，被压迫者痛苦，生存受到威胁，这些都是作品内在反牧歌性的一个方面。在《顾问官》中，统治阶级对地方的查捐、催捐、派捐，层层附加，给当地农民造成重大负担，富了统治者，而人民更加艰难、困窘；《泥涂》中，上边要人民摊钱送匾，歌虚功，送虚德，夺走人民的生存费用；《丈夫》中，由于统治阶级的盘剥，人民贫困，不得不出卖自己的身体，"一点点收成照例要被上边的人拿去一大半"[④]。

在第一节中，论述了统治阶级残杀民众，如《七个野人与最后一个迎春节》中的野人被斩杀，《菜园》中的玉家少爷被处死，《山道中》中作者所见

---

① 沈从文：《沈从文小说选》（上册），人民文学出版社 2004 年版，第 68 页。

② ［德］弗洛伊德：《文明及其缺憾》，傅雅芳、赫冬瑾译，安徽文艺出版社 1987 年版，第 5 页。

③ ［法］卢梭：《论人类不平等的起源和基础》，红旗出版社 1997 年版，第 123 页。

④ 沈从文：《沈从文小说选》（上册），人民文学出版社 2004 年版，第 207 页。

被滥杀的民众的人头,《黄昏》中稀里糊涂被冤杀的平民等。等级制度确立,要求民众服从,并消除其个性,使其成为被任意驱使的物。沈从文则用悲悯的眼光关注湘西人民的生存,他们有缺点,但与残酷野蛮的统治者来比是可爱的,黄苗子说沈从文"爱这些亲人的美好品性和怜悯这些人的缺点"[1]。

统治阶级不仅通过严格的法律和政治制度来役使人民,还从文化观念、伦理道德上控制民众的思想,剥夺人们的权利和自由,而导致生命的紧张。沈从文在《看虹题记》中说"惟繁文缛礼,早早地就变成爬虫类中负甲极重的恐龙,僵死在自己完备组织上"[2]。虽然伦理道德会限制人的自由,但湘西生活使沈从文找到了保持生命活力的来源,即回归自然;特别是湘西的水给了沈从文自由生活和追求自由的动力,"帮助我作着那种横海扬帆的远梦,方使我能够依然好好的在人世中过着日子"[3]。回归自然,也就是保持与自然的统一关系(但又要不被自然控制),即人要保持自然性。存在的此在又使作者不得不面对现实,抛弃那种幻想,必须改变现存社会,人们才能合理、庄严地生存。[4]

四、生命偶然、人生悲剧

生命的偶然,即偶然因素造成生命悲剧或生命喜剧,从而引起生命与外界的紧张。生命本体的存在受到威胁或者引起人情绪的骤然变化,这些紧张体现在作品中,会呈现淡淡的忧伤或者悲痛,与牧歌世界相悖反。沈从文由从军到成为著名作家、教授的巨变以及亲戚朋友的厄运(宗亲沈万林的不幸遇难,军部四千军士一夜间被当地神兵砍杀,他的朋友陆弢被水淹死,满振先1929年在桃源县被打死,战友郑子参东江作战消失)——生命偶然使他深刻体味到命运的无测和生命偶然带给人们的苦难,沈从文在作品中多形象地

① 凌宇编:《湘西秀士——名人笔下的沈从文,沈从文笔下的名人》,东方出版中心1998年版,第200页。

② 沈从文:《沈从文全集》(第16卷),北岳文艺出版社2002年版,第346页。

③ 沈从文:《沈从文选集》(第5卷),四川人民出版社1983年版,第31页。

④ 沈从文:《沈从文小说选》,人民文学出版社1982年版,第1页。

用人事描述生命意外因素下的悲剧，使作品笼罩着浓郁的反牧歌气氛。

《阿黑小史》《边城》《媚金·豹子·与那羊》《三个男人和一个女人》《夜》都叙述了自然中偶然因素导致的悲剧。阿黑的突然病死，五明的发疯，大老的意外遇险，二老的出走，爷爷的突然死亡，豹子为寻那白羊而耽误时间导致媚金误解后的自杀，号兵的意外跳石瘸脚而导致升官发财和荣归的美梦破灭，《夜》中老人意外死亡，这些生命的偶然给生命存在罩上了难测的灰色。沈从文还探索了社会（人为）因素导致生命悲剧的书写方式，如《贵生》《边城》《烟斗》《一个农夫》等。四爷偶然回乡，偶然在贵生的小茅屋里碰见了金凤而中意，这使贵生结婚的梦想破灭；中寨探风人的虚假话（告诉老船夫二老要碾坊，即要团总女儿而不要翠翠了），导致老船夫忧极而死；王世杰因查党事件忧心被炒，而忧虑重重。

而在生命偶然导致的悲剧中，作者着重强调人与人之间的误解而导致的悲剧。媚金被情人误解，认为情人变心而自己殉情；老船夫误解二老选择碾坊而忧心忡忡，船总顺顺认为老船夫、翠翠是导致大老出险、二老出走的责任者，因此对他们充满厌烦，二老因翠翠害羞躲避而误解翠翠不喜欢自己，这些一方面增添了故事的曲折，另一方面反映了误解导致的人与内外界的紧张，甚至人生悲剧。

"命"具有规定性，人具有主观能动性，挑战命运是沈从文生命哲学的主色调，具有悲壮感。为了战胜命运，沈从文在作品中探索出两种不同方式：一种是消极的方式，即死亡战胜命运，作者认为命运是外界施于生命的无形力，与生命自由、自足生长相对立；没有生命，也就无所谓"命运"，"命运"这个概念也就随生命个体消亡而消解；生命只要变成无生命，与"命运"不在一个层面上，使其无法参照，命运也就不存在了，生命将以另一种方式（意义）永存。沈从文认为："战胜命运只有死亡，克服一切惟死亡可以办到。"[①]《月下小景》中男女主人公因社会陋习而无法结合，最终以死亡来获得爱情的永恒，生命具有了现代意义，"现代主义通过把个体感性存在的一次

---

① 沈从文：《沈从文小说选》（上册），人民文学出版社 2004 年版，第 407 页。

性特征的突出"①。沈从文还给生命赋予了崇高的理想,虽理想破灭,但他们精神、气概永存。沈从文在《断虹》这篇小说中就讲述了几个年轻人准备把一种崇高理想移植到陌生地方去,满以为不多久即可眼见到它的郁郁青青。然而所做的试验,由于气候环境两难适应,最终不可避免地导致悲剧,虽然失败了,但沈从文发挥作品的鼓舞作用,"保留到文字上,成为人类关系的一个悲剧范本,使此后另一时另一处凡不曾被世故琢丧的年轻的心,还将为之而跳跃,并寄予长远的爱和哀矜"②。可以看出沈从文对青年的殷切希望及其写作的良苦用心,沈从文将改变命运的希望渗透在作品的字里行间。

还有一种战胜命运的积极方式,即用意志不断改变命运,这在《断虹》中已有体现。施魏策尔认为主导我们的命运,应"实现我们内在的生活意志并保持不变"③。沈从文在《夜》中则写到一位老人坦然接受命运的降临,这是一种潜在的反抗命运的意志。而在小说《生》中,作者以一种更加显影的方式来写对既定命运的抗争,一个玩傀儡戏老头的儿子王三被赵四打死,老头不承认此既定的命运,无论严寒酷暑,总是演出王三打败赵四的傀儡戏;《边城》中的翠翠也是把握自己命运的典型,翠翠经历了人生风浪后,仍在渡口等着傩送的归来。

沈从文要求人必须驾驭人生,摆脱命运的控制,并详细辨析了生命与生活的概念,并提出要生命,要以意志、理性支配命运,"使'生命'从自在上升为自为"④。这些思想最初萌芽在他早期的创作——《萧萧》里,萧萧自从认识到自己被控制的命运时开始羡慕"女学生"的自由,且向往与花狗一起逃到城中去摆脱族人的控制,去过那种自在的生活。一遗孀害怕遭受被遗弃的命运而毒瞎情人的眼睛(《都市一妇人》);萝要摆脱上层社会的怯懦、自私,坦然表达了对宗泽的爱(《一个女演员的生活》);如蕤要求支配命运,不为世俗同化(《如蕤》);蒲静则走得更远,为了摆脱命运的控制,她走上了革命的

---

① 李泽厚:《美学四讲》,生活·读书·新知三联书店2004年版,第189页。
② 沈从文:《沈从文全集》(第16卷),北岳文艺出版社2002年版,第340页。
③ 沈从文:《沈从文全集》(第25卷),北岳文艺出版社2002年版,第277页。
④ 曾小逸主编:《走向世界文学——中国现代作家与外国文学》,湖南人民出版社1985年版,第299页。

道路，以改变社会基础的方式从根本上改变命运（《三个女性》）。在《三个女性》《大小阮》中，作者将个人自由与社会解放结合起来，说明作者受到社会主义观念的影响，把个人经验"粘附到民族的向上努力中""对人类前景凝眸"[①]，但仍以人道主义为基点。

沈从文凸显改变命运要有雄强精神的必要性。沈从文在 1934 年回湘西后，看到古朴民风、美好人性的消逝，他甚为忧虑地方的未来，但当他第二次（1937 年）回湘西后，看到人们的狂热和兴奋已经从玩龙舟、恩怨斗争上转移到抗日战争中，他感到湘西的振兴还有一定希望，他把这些希望都淋漓尽致地表现在《黑夜》《早上———一堆土一个兵》和《长河》等中的年轻人身上。他们为民族、国家而不惜牺牲自己的生命，这些都是雄强精神勃发的正确途径，一改《虎雏》中虎雏的莽撞。

这些思想渊源与沈从文的体验是分不开的。军队的残酷经历使他从文，北上写作，付出了巨大的代价，既有精神上的也有肉体上的，在"窄而霉"斋中艰难度日，练就了"耐寒力""耐饥力""摸索阅读力""对于工作失败的抵抗力和适应力"[②]。在与现实的抗争中，锻炼了他的勇气和自立性格。

在沈从文的作品里，战争、军阀、等级统治、文明引起生命与内在本体以及外在环境极度紧张，和谐牧歌世界被打破，虽然沈从文的一部分作品呈现牧歌色彩，但掩盖不住作品中的凸出隐忧和作者的悲痛感。而有些作品反映真实的湘西现实，营造了一个非牧歌情调的世界，这增强了文章的厚度和深度，也为了解作者的写作动因以及思想倾向奠定了坚实的基础。

---

① 参见沈从文：《白话文问题：过去当前和未来检视》，载《沈从文选集》（第五卷），四川人民出版社
　1983 年版，第 105—116 页。

② 吴立昌：《人性的治疗者——沈从文传》，上海文艺出版社 1993 年版，第 51 页。

第三节　异类文学风格的统一

沈从文一方面反映现实，呈现反牧歌性情调，另一方面又形塑美好人性，构建牧歌性的文学世界，"在剪不断的乡恶支配下，沈从文仍要千方百计从匪身上挖掘多少还保留着人性美"[①]。这使作品呈现双重色调，但这并不是对立的，而是统一的。反牧歌性表意是内在的，是背景底色，牧歌性情调是显的、外在的，这一面表达了作者对湘西处境的深切忧虑和关怀，另一面也要求腐蚀美好人性的反牧歌性因素的消除，努力构建牧歌性的湘西世界。

一、隐与显

有人评价沈从文的小说是牧歌性的，而沈从文对此极为反感，"你能欣赏我故事的清新，照例那作品背后蕴藏的热情却忽略了。你能欣赏我文字的朴实，照例那作品背后隐伏的悲痛也忽略了"[②]。"热情"即作者在作品中传达的为消除现实中的反牧歌性而重新构建的人与内外界关系的探索的良苦用心，"悲痛"寄托了作者对反牧歌性的存在而导致的人与内外界紧张的极度忧虑，由此看出，此处的"热情""悲痛"的内涵则道出了沈从文作品内在的反牧歌性因素；从这两个词的本义来看，"热情"和"悲痛"都体现了人与其本体需求的紧张。因此可以说，上面的一句话道出了沈从文小说创作的特点：牧歌性外衣下的反牧歌性。而作品外显的牧歌性却迷惑了很多人，沈从文将社会巨变和生命悲痛情感投射到作品的背景或肌理之中，使作品在外显的牧歌情调中，有大量不和谐的元素存在，如"冲突表面平静，内部却十分激烈"[③]。

[①] 吴立昌：《人性的治疗者——沈从文传》，上海文艺出版社1993年版，第82页。

[②] 沈从文：《沈从文选集》（第5卷），四川人民出版社1983年版，第230页。

[③] 沈从文：《沈从文全集》（第16卷），北岳文艺出版社2002年版，第343—344页。

在沈从文的作品中，人与内外界紧张表现在以下几个方面：人性被残害，合理情欲被压制，生命遭遇不测。人与自然和社会和谐的画面（呈现为牧歌性情调）被冲击，沈从文极力追求人与内外世界和谐的新模式，构建文学和现实的牧歌性世界。在《在别一个国度里》中，沈从文将山大王设置为忠实、体贴、平等待人的善的品格，"流露着对北京现实世界的嘲讽和批评"，向往楚地的牧歌性世界，这是对现代文明和儒家伦理秩序的反驳。在《长河》中，作者的目的就在于揭示非牧歌性因素的增多，"分析现实""不免痛苦"。但他唯恐作品给读者带来痛苦，因此"加上一点牧歌的谐趣"①，这明确地指出沈从文小说包含着隐的非牧歌性因素和显的牧歌性谐趣，目的是消除影响人与自然和谐的内外因素，追求真善美，建构美好人性。

二、二者统一

现实中非牧歌性因素的存在是构建牧歌性世界的障碍，沈从文关心湘西现实，对过去的牧歌世界充满悲悼之情，以文学方式建构牧歌世界，但现实的悲痛和忧伤仍通过故事、人物和语言等方式表现出来。这种悲痛之情在沈从文作品中外显为平静格调，而内化为强烈的悲情之音，这种一显一隐，是冲突所致，这种显更加促进隐的显现，外在感情的平静更凸显作者内在的隐忧，这使不同的文学情调在这一层面上统一起来，以凌宇评价《丈夫》为证，"作者叙述有意带一种轻松的调子……叙述越是平静，这痛苦便愈显得强烈"②。沈从文自陈："神圣的悲哀不一定有一摊血一把眼泪，一个聪明的作家写人类痛苦是用微笑来表现的。"③

湘西牧歌性世界的陨落，使沈从文极为忧虑，他无法适应这种新的社会现实（人、自然和社会的失衡）。在湘西牧歌性世界长大的虎雏只有回到湘西自然中才能有活力，他对城市文明极不适应（《虎雏》），这不单纯是生态问

---

① ［法］拉美特利:《人是机器》，生活·读书·新知三联书店 1957 年版，第 6—7 页。
② 曾小逸主编:《走向世界文学——中国现代作家与外国文学》，湖南人民出版社 1985 年版，第 238 页。
③ 沈从文:《沈从文全集》(第 17 卷)，北岳文艺出版社 2002 年版，第 186 页。

题，更多的是思考人与内外世界的和谐问题，而非受到儒家伦理和现代伦理的规约导致生命的萎缩。沈从文对湘西未来充满忧虑，借小说去探索湘西明天的出路。他把希望寄托在牧歌性世界中成长的没有被非牧歌性现实因素侵染的孩子身上，认为孩子是单纯、真挚、活泼的，他说《长河》"写出'过去''当前'与那发展中的'未来'，因此前一部分所能见到的，除了自然景物的明朗和生长于这环境中几个小儿女性情上天真纯粹，还可见出一点希望"①。儿童是明天的希望，没有被污染，具有美好、淳朴、善良的人性，延续了"人性善"的道德模式，忧虑的是人性的扭曲②，肯定自然性及自然培育功效，常把乡村与城市中的人作为对立物，肯定了牧歌性世界中形成的美好人性，从中国乡村向殖民化的流变中"发现并紧捉社会人性扭曲的对立和冲突，明确做出自己的审美选择"③。

在湘西现实改变的情况下，沈从文反对湘西人民仍保持原有的自在状态，并想方设法警醒湘西人民，对明天"惶恐"。沈从文把这种意图渗透在其作品中，在作品《会明》中，为了实现这种超越，作者不断探索改变这种自在状态的途径，作者提出给人以知识，续以意志，为社会和国家出力，建设新社会和新国家。《三个女性》《大小阮》描写了这样的知识分子，他们为打破人的自在状态，"唤醒铁屋子里的人"而甘愿牺牲生命，这些人对当下社会批判和反思，"幻想一个未来社会的标准与轮廓"④。对目前社会的"批判"也就是消除现实中的非牧歌性因素，"新的社会标准"也就是建立新的牧歌性世界。

在新形势下，沈从文受到进化论的影响，认为新人应该有"竞争意识"，"人类把能力扩大延长"。沈从文又提醒应该保持斗的精神，但不是过去斗的形式，如果把过去斗的方式用到现代，就会出现斗的方式与时代的不匹配（历史与现实的错位），会出现愚行。小说《过去》中的刽子手的故事展现了这一意图，杨金标不适应时代的变化而出现的笑话则彰显了这一点，杨金标

---

① 沈从文：《沈从文选集》（第5卷），四川人民出版社1983年版，第239页。

② 吴立昌：《人性的治疗者——沈从文传》，上海文艺出版社1993年版，第3页。

③ 沈从文：《沈从文选集》（第5卷），四川人民出版社1983年版，第389页。

④ 沈从文：《沈从文全集》（第17卷），北岳文艺出版社2002年版，第362页。

把过去砍头的旧方式用在辛亥革命后（此时已用枪代替刀），因此很多人对杨的砍头、祭庙、求香等杀人禳解仪式感到荒谬。在《虎雏》中，虎雏的所为在城市被认作蛮行。由此可以理解，沈从文痛斥了近代军阀混战，依靠蛮力残害生命，"近代文明也就大规模毁灭人的生命。战胜者同样毁灭"①。由此看出，沈从文反对"斗"的误用（时空的错位）和滥用，他在《战国策》上大胆鞭挞国民党的战争行为，可作如是解。但他却被误解为鼓励战争的战国策派，甚为遗憾，"沈从文对民族、人类向上的冀望，以及由于坚守这一人生信念而形成的人格特征，却常常不为人理解"②。沈从文的这种反战观念是广义的，他反对一切战争，是自由主义知识分子的代表，"求种族生存，不单纯诉诸武力与武器"③。沈从文的言外之意（从沈从文全部著述来看）是用文学进行民族品德重造，通过重造经典，"使这个民族自信心的生长"，"小说形式为便利"④。在这里沈从文指出：消除非牧歌性因素，构建牧歌性世界，最主要的手段是对人的思想进行改造，输入美好人性，这个任务需要文学家来担负，用文字的艺术化作为工具，促使美好人性在社会中生根发芽，剔除人的恶劣品性，从而改变社会成员构成，重建牧歌性的新世界。措施是培养地方青年学习知识去支配个人和湘西的命运，用意志去创建新的国家形态（牧歌性世界），为牧歌性世界的实现奠定人才基础。《大小阮》《三个女性》《黑夜》等作品中则写了从事革命，为创建新的国家形态不懈努力的人。

沈从文从生命力的维度出发，反对"阉寺人"，但对生命意义的追求不能以否定人的情欲为代价，否则"感情被种种名词所阉割"会引起人与其本体的紧张。在这里作者指出追求生命意义时一定要照顾到生命的自然而不是完全抛弃自然要求。

综上所述，沈从文既肯定了人的自然欲望，又要求追求生命的意义。李泽厚说人是感性与理性的统一。这正是研究者所说的"抽象信仰是'远水'，

---

① 沈从文：《沈从文全集》（第12卷），北岳文艺出版社2002年版，第16—17页。
② 曾小逸主编：《走向世界文学——中国现代作家与外国文学》，湖南人民出版社1985年版，第4页。
③ 沈从文：《沈从文全集》（第12卷），北岳文艺出版社2002年版，第17页。
④ 沈从文：《沈从文全集》（第12卷），北岳文艺出版社2002年版，第40页。

现实煎熬是'近火',虽说远水救不了近火,但沈从文紧紧抓住二者之间的桥梁——文学创造"①。这正如笔者上文所说,追求生命意义正是沈从文对终极牧歌性世界(完美的想象物,可以说是乌托邦世界)的追求,在现实中协调二者有一定难度,沈从文的对生命意义追求的观点源自他对都市人堕落的现实的忧虑以及拯救,他们多数人"与真理相反","乐于在一种虚伪中保持安全或自足的心境"②。都市中的知识分子并不追求生命意义,而是转移到消遣打牌上,与人类进步不相干,是"生物"小悲乐而已,这同样只是自然欲望的异形,作者对这些人的懒惰思想深恶痛绝,"懒惰结果从整个民族精力使用方式上说不大经济"③。消除破坏现实的因素,理想是恢复湘西牧歌性世界,建立崭新的湘西,这是沈从文的创作思想和目的,在这一层面上,作品异类风格达成统一。

　　沈从文是京派的代表作家,他的小说被冠以牧歌性小说的帽子,研究者一直把他列为主流之外的边缘作家,而到20世纪80年代后他才被重新认识,但研究者还主要从他的生命意识、与现代社会的对抗、生态视野以及比较文学方面来研究,并且很多研究者看到了沈从文小说牧歌性的一面,也有的看到了小说中内在的悲剧以及作者的悲悯情怀,笔者是站在前人的研究成果之上,在详细阅读沈从文全集以及其论文资料后提炼出自己的一些新的看法。通过对牧歌这一体裁的认识和理解并对其本质进行挖掘得出牧歌性的本质,从而引出反牧歌性的美学定义。结合沈从文的小说研究得出:沈从文小说中的牧歌性只是表面的,而反牧歌性是内在的,并且牧歌性与反牧歌性是辩证统一的关系。沈从文是一位经受"五四"余潮影响的作家,具有启蒙主义思想,他深深忧虑民族的命运,提出"向人类前景远眺",因此沈从文要求消除反牧歌性,实现牧歌性,建立和谐的牧歌性世界,使人与自然、社会和谐存在,这是沈从文的良苦用心,也是理解沈从文创作的难点所在。沈从文是一位关注生命存在状态的作家,又是一位为民族着想的爱国者,作者把自己的

---

① 吴立昌:《人性的治疗者——沈从文传》,上海文艺出版社1993年版,第63页。

② 沈从文:《沈从文全集》(第12卷),北岳文艺出版社2002年版,第44页。

③ 沈从文:《沈从文全集》(第12卷),北岳文艺出版社2002年版,第19页。

理想渗透到其小说创作中，但一名真正的文学家是用文学的手法将自己的理想阐述出来，而不是直白地书写，沈从文就是这样的作家，难怪他的作品在将近百年后仍有动人的魅力。沈从文借鉴了契诃夫反衬的写作手法，表面的牧歌性正好衬托内在的反牧歌性，唤醒人们对现存堕落社会的警惕，给人们树立构建牧歌性社会的典范，消除反牧歌性因素，创建理想型的牧歌性世界，这使作品的双重色调统一起来，这也是沈从文小说的真正的美学内涵所在，也是沈从文小说独立于文坛的妙笔所在。笔者就此尝试进行阐述和论证，以图对沈从文的小说的美学内涵有新的认识。这是笔者寝不安睡、辗转反侧思虑的问题。

第三章

中国当代城市小说的生产：有限性、可逆性、超越性

　　新时期以来，城市小说多元化，突破了"二十七年文学"的阶级斗争范式，拓展了写作空间，但是阶级二元对立模式和乡土文化仍然成为城市写作的"幽灵"，因此，不能简单地将新时期城市小说视为现代城市文明的产物，更不能盲目地认定城市小说完全是战争和革命思维的产物；城市小说通过通俗小说、日常生活书写和身体写作等方式，探究城市与人、人与人、城市与风格和城市与现代性的关系，但是其受到中国城市发展程度、社会控制力度和出版发行机制的控制，城市小说多维发展面向受到制约，其自由度、广泛度和挖掘的深度受到束缚，因此对城市小说的发展采取二元对立的褒贬态度是不科学的；城市小说的未来面向与城乡的发展、网络技术更新、虚拟技术完善、地域特征彰显和文化传承密不可分，城市与书写是互动的关系，具有相互生成的意义，而不能仅仅用反映论或本体论来概括，书写可以超越具体城市边界，它以想象力创造城市，城市变化也会影响城市写作，不能从单一的线性历程看待它们之间的关系，本文试图勾勒城市和书写之间的可逆性和互动性关系。

　　随着1984年城市经济改革和1994年社会主义市场经济体制的建立，城市建设在各方面突飞猛进，城市与乡村的差别越来越明显，城市作为一种独立的社会存在，其经济、政治、文化和伦理构成相异于中国之前的任何时代，也有别于西方资本主义制度下的城市，虽然，媒体和学者经常将中国的城市与西方城市比附，但它们在经济形态、政治基础、文化背景和伦理结构上还

存在着相当大的差异。城市的发展促进了城市文学的繁荣，"中国城市文学在 20 世纪 80 年代才大量出现，并迅速在 90 年代形成汹涌澎湃的城市文学浪潮"①。综合场域中的城市小说具有独特的品格，它们折射出城市的变迁和中国城市小说独特的品格，那么城与乡、城与人、城市与未来和文学与城市是什么样的关系，笔者将在本章予以梳理，并试图勾勒新时期以来城市小说的发展限度和未来面向。

---

① 蒋述卓：《城市文学：21 世纪文学空间的新展望》，《中国文学研究》2000 年第 4 期。

第一节　乡村幽灵：革命、乡土、文化

城市小说是城市文学的一种类型，其定义可参考城市文学，城市文学有不同的界定，"一类是依据惯常的题材标准对城市文学进行定义，另一类则是突破题材的层面，从其他方面来对城市文学的特质进行界定。前者如凡以写城市人、城市生活为主，传出城市之风味、城市之意识的作品"，对后者"人们从审美、城市人身份、现代意识、都市意识、物化"①方面进行界说，对城市生活的描写是反映论观念，这是"他者"视点，城市仅是故事发生、发展的客观场所；对城市景观价值和意识的凸显是城市小说的本体论观点，这是将城市作为主体来写，也就是城市精神的书写，迈克·克朗说："我们不能仅把它当作描述城市生活的资料而忽略它的启发性，城市不仅是故事发生的场地，对城市地理景观的描述同样表达了对社会和生活的认识……因此，问题不是如实描述城市或城市生活，而是描写城市和城市景观的意义。"②笔者认为城市和文学是互相生产的关系，而不能仅仅用反映论或本体论来概括，应该将它们之间的互动生产的流动性作为城市文学的研究的主要内容。

中国古代城市文学多以"他者"视角建构城市，城市是被动的客体。汉魏六朝时期出现城市小说《洛阳伽蓝记》《西京杂记》，多以短篇传达教化理念；唐朝《李娃传》《霍小玉传》《柳氏传》、宋朝说话艺术的成熟催生了通俗小说的繁盛，宋元话本的诞生、"三言二拍"以善恶报应的道德说教为宗旨，以神话、传奇和轮回为特征；勾栏等娱乐场所的诞生，青楼小说繁盛，如《海上花列传》《九尾龟》等，它们成为中国狭邪小说的滥觞；宋朝朴刀讲说和佛经说唱等底本改编为小说，它们的内容与城市生活关系不大，仅是由城市说书人锤炼写就的，因此不能归入城市小说范畴；明清世情小说的繁荣与城市的

---

① 蒋述卓、王斌：《论城市文学研究的方向》，《学术研究》2001年第3期。
② ［英］迈克·克朗：《文化地理学》，杨淑华等译，南京大学出版社2003年版，第63页。

发展密不可分，《金瓶梅》《红楼梦》等家庭伦理小说书写城市人的生活与存在状态，《西游记》《封神演义》等神幻小说，写人与城市以及上层统治者的错综复杂的关系，它们不是土地关系的反映，而是城市生产关系的表征。清末民初，讽刺小说、黑幕小说、儒林系列、谴责小说和政治小说等城市小说以救亡与启蒙为旨归来审视城市人的表演和国家的存亡以及社会变迁。"鸳鸯蝴蝶派"等狭邪小说继承青楼小说的传统，融入现代理念和白话语言质素，拓展了世情小说的写作；"五四"时期城市小说被主流意识形态压制，鲁迅《伤逝》、郁达夫《南迁》《迷途的羔羊》、沈从文《八骏图》《绅士太太》、王统照《湖畔儿女》、老舍《骆驼祥子》《赵子曰》等文化风俗小说，这些城市小说多在"五四"启蒙和救亡的背景下开展，城市和乡土被人为地进行等级划分，乡土处于中心位置，城市被搁置在边缘，"中国 20 世纪的文学主流就是乡土文学，城市文学只是作为一些若隐若现的片断，作为被主体排斥的边缘化的'他者'偶尔浮出历史地表"①。在左翼文学中，城市小说突出阶级斗争的内核，革命加恋爱，无产阶级情感和小资情调有明显混杂情况，蒋光慈的《短裤党》《少年漂泊者》等、茅盾的《子夜》《第四病室》等小说探索民族资产阶级和知识分子命运，城市风景和生产关系是其小说的出发点；在红色经典中，城市小说则以革命和建设一体化历史建构为旨归，言说革命和建设的合法性和合理性，《小城春秋》《野火春风斗古城》和"一代风流"系列，建构革命历史和无产阶级政党领导的合法性，《上海的早晨》书写城市资本主义工商业改造流程，《年青的一代》《千万不要忘记》为社会主义新人塑形，《我们夫妇之间》中资本主义情调受到批判，这些小说体现了社会主义的现代性，但也遮蔽了小说的多元性，反用保罗·德曼的话，"洞见即盲视"。

新时期以来，城市小说突破了单一的阶级斗争为核心的书写模式，开启城市小说的多种面向，但是城市小说仍处在艰难的探索和蜕变之中。城乡之间的差别较小，可以说，城市是乡土的缩微形式，"我们拥有广大的农村，城市中的人都有着乡土的根，我们都是农民或者农民的孩子"②。不同之处在于户

---

① 陈晓明：《城市文学：无法现身的"他者"》，《文艺研究》2006 年第 1 期。
② 计文君：《想象中的城——城市文学的转向》，《当代作家评论》2014 年第 4 期。

口制度、粮食制度和文化制度，城市是权力的象征，"城市就是人类社会权力和历史文化所形成的一种最大限度的汇聚体"①。城市人群由企事业单位和小市民组成，城市的企事业人口多是解放后入城人员，乡村的文化、伦理道德和风俗顺理成章地侵入城市的肌理之中，城市的生产关系依然有计划经济的残留。比如北京的大院文化，大院的建制、格局、生活方式、等级体系和文化体系成为小说形式和内容的底色，王朔小说中的大量对话使用、痞子形象塑造和颠覆革命话语的个人话语的重建皆是大院文化的表征，但是大院中的等级制度和风俗礼仪反映了乡村伦理关系，如《顽主》《动物凶猛》等中的家长制和礼节风俗。

城市与乡土密不可分，乡村的生育观念、人情关系、自给自足经济和自私品格在城市中根深蒂固，这源于城市现代化进程中的文化的混杂性，"'城中村'、城市中的地区差等现象，表现出城市自身混杂的文化构成，设想某种单一的语言来表现城市，本身就是对城市空间的误读"②。李佩甫《生命册》《羊的门》《城的灯》三部曲，以脱离乡土进入城市的知识分子来叙说乡土对城市的纠缠，乡土的血缘伦理依然能够遥控城市中的新晋人群；城市的土著居民是小市民的主体，他们中一部分人种植城乡边缘地带的土地，维持的是乡土经济，有的则靠手工业和第三产业生存，自私、短见、妒忌和邻里互斗是他们群体的典型特征，《蜗居》《长恨歌》《启蒙年代》中的上海小巷弄堂中的居民以及居民文化，乡土文化气息浓厚。贾平凹《废都》以互文《金瓶梅》的形式传达了与乡土紧密联系的知识分子的堕落与颓废，既是传统知识分子被城市文明所阉割的表征，又体现了乡土培育的知识分子在城市无所适从而回归古典雅士生活的无奈和悲伤。

城市中的一系列制度严格限制了人口的流动，城市成为年青一代的梦想之地，他们只有通过招工、上大学和参军等单一途径挤进城市，他们以乡村视角审视城市，城市被他们赋予神秘、传奇和圣化的色彩，高晓声《陈奂生

----

① [美] 刘易斯·芒福德：《城市文化》，宋俊岭、李翔宁、周鸣洁译，中国建筑工业出版社 2009 年版，第 1 页。

② 张屏瑾：《城市中的文学空间：一种定义方式》，《文艺报》2018 年 1 月 24 日。

上城》等小说把城市高消费、卫生、稀见事物和文化等以启蒙的视角表现出来，传达支持现代化建设的意图，高晓声侧面反映了低层次城市的功能设置、管理和运行机制，在城市中，人起着螺丝钉的作用，铭刻着资本主义情调的人被社会悬隔，塑造的人物也是共名人物；作家王朔对自由的向往，冲击了现代城市构建的秩序和文化，这里的秩序是指在革命现代性话语下建立的社会规则，而非建基在西方资本主义经济之上的体系。

新时期以来，城市开始转型，计划经济主导下的城市逐渐走向市场经济；1994 年，国企改革，"铁饭碗"被打破，生产力和生产关系发生了重大变化，中国兼有现代社会和后现代社会双重文化特征，城市在这方面更具典型性，乡村价值被重新发现并成为城建的重要参考，乡村风景、世外桃源和家庭农场等词成为城市开发的招牌广告语；市场以利益为导向，劳动力、资本、知识、文化和地产等作为生产要素，人被禁锢在物、消费和虚拟影像的空间中，虚假与拟真是其主要特征，而实存的乡土风景和文化作为记忆景象被唤醒。刘震云《手机》将北京放在城市封闭的空间，严守一的欺骗和说谎成为常态而导致心灵疲惫，乡村风景、故乡回忆和情感维系为城市中的身体提供了休养和医治创伤的良剂。严守一回归乡土是新时期城市发展中对乡土和纯情的呼唤，是城市与乡土还未完全割裂的表征之一，也是对乡土记忆的一次现实还乡，乡村对城市病疗伤功能书写源自于"五四"小说传统，例如沈从文《三三》、郁达夫《南迁》等小说，"城市文学的发展过程就是在继承中不断强化旧传统，催生新传统，不断在文学观念与形式上锻造时代新质的过程"①。

在西方社会，城市小说与乡土小说是两种不同的形态，巴尔扎克把《人间喜剧》分为外省生活场景、巴黎生活场景和乡土生活场景等，城市小说与乡土小说具有不同的主题、人物形塑、故事情节和叙事风格，而在中国小说中，新时期以来的城市小说与乡土小说有很多类似处，这与中心话语和计划经济的一体化相吻合。20 世纪 80 年代以来，城市小说较为复杂，小说处于转型期，既有阶级话语的遗留，也有新话语的萌芽和发展迹象；在伤痕文学、

---

① 葛永海：《论城市文学视域中的 20 世纪上海文学图景》，《上海师范大学学报》(哲学社会科学版) 2011 年第 1 期。

反思文学和改革文学中，城市小说（《班主任》《伤痕》《将军吟》《乔厂长上任记》《新星》《龙年档案》）延续了阶级斗争话语模式，以传统的善恶道德、家庭伦理、血缘关系接续和劳动神圣等观念返回"十七年文学"革命意识形态，这些观念中混杂着乡土伦理和民间话语因子，它们通过乡土人性观弥合"文化大革命"造成的断裂；"现实主义冲击波"中的城市小说接续了这一思路，刘醒龙《分享艰难》、谈歌《大厂》《车间》、何申《信访办主任》、关仁山《大雪无乡》《九月还乡》、周梅森《绝对权力》和陆天明《苍天在上》，把城市改革的艰难和困境通过企事业单位的问题表现出来，人情和利益成为腐化根本，作者以善恶二元对立观念划分敌对双方，阶级观念浓厚，其中关涉职工下岗和困难问题的处理方法，以主旋律方式呼吁"分享艰难"，这是革命现代性的延伸和发展。

第二节　本体建构：窄化、多元、牢笼

马泰·卡林内斯库提出现代性的五种面向：现代性、先锋性、后现代、颓废和媚俗。在《上海摩登》一书中，李欧梵从印刷、电影书刊传媒、作家、身体和城市、颓废和时代角度重新思考现代城市小说的写作与解读。而葛兰西的文化霸权理论可用来透视新时期主流意识形态的形成，在新时期，国家以经济建设为中心，生产力发展促进新生产关系的形成，硬性的制度控制和阶级划分模式转化为文化霸权，这不仅仅是新的监控形式，更是新意识形态的重要症候，"工农兵想要领导城市文化、支配城市空间和生活时，必须掌握一定的知识文化，农村的生产工作经验在城市工作中是捉襟见肘的"[1]。文学的生产、发表、出版和评奖制度都会影响创作的形式和内容，从土改小说开始，城市小说的创作一度中断，虽有少量的城市小说生产出来，也会受到主流意识形态的规约，因此，人性、爱情、日常生活和个人情感等有关个体意识的主题自然成为创作的禁忌，"城市与资本主义生活的标签间建立一种无法抹除的联系"[2]，按此逻辑，城市书写者和作品必然会受到严厉的批判和彻底的清理，《我们夫妇之间》《红豆》《青春之歌》等小说触犯了这些禁忌而遭到批判或勒令修改就是典型的例子。20世纪80年代以来，经济、文化和政治制度的变迁使城市小说获得了新的增长点。

首先，城市地理文化特征开始受到关注，它成为城市小说可见的存在。北京、上海和天津等城市重新被小说所铭刻，地理标志和地域风俗文化借助小说产生城市名片效应；城市的交通、规制、居民生活、风俗、语言、文化

---

[1] 李屹：《从北平到北京:〈我们夫妇之间〉中的城市接管史与反思城市小说成为文化霸权的载体和传播媒介》，《文艺争鸣》2017年第4期。

[2] 俞敏华：《"本土化"之城与"想象"之城——当前城市文学的城市品格及写作期待》，《当代作家评论》2015年第4期。

和气候随之成为小说的叙事要素，它们承载了个人的体验和意识形态的信息，"文学的地域性就是其根本属性，根的意蕴一旦在文学的时空里展开，它就会成为一种符号和喻指，是生命在此展开与合拢的证明和叙事，而这种本根属性的深浅与长短，又成了都市文学安身立命的基点和撑持，真相与常态就是这样展现开来的，在这种基质里，永恒性与深厚性才有可能得以被揭示、被还原"①。陆文夫《美食家》关注苏州民间名吃，以寻根的形式发掘地理文化信息，作者表面上规避了中心话语，本质上却彰显了新话语，从这一层面上讲，作者重新落入新意识形态的窠臼，这不是个别作家的行为，而是一种普遍存在的现象。生产力发展，商品经济重新被接受，城市小说重新肯定了消费的能动性，它认为消费不仅是生产的要求，也是对解放以来人民生活匮乏的补充，阿城《棋王》主人公王一生对吃食的精细研究，莫言《酒国》设置研究人肉制作的机构和培训学校，精细刻画生产、制作和销售一体化系统和现代流水线模式。

北京作家邓友梅《那五》《烟壶》等京城世情小说从文化入手以历史视角审视城市以及人的变迁，通过小说的细枝末节传达出北京城的规制、文化、礼仪和历史。天津作家冯骥才《神鞭》《三寸金莲》等文化历史小说极具津门特色，对尚武和畸形性心理进行了文化批判，作家们将文化作为工具来撬开坚硬的意识形态内核，但并不能建构永恒的自然生态城市，因为，文化是城市生命的异形同体，应该与城市共生共长，而非纪念碑式的历史陈旧物，"这一文化必须立足于现实的表象，必须是正面积极且具有建构性特征，而非可供观赏的、留恋的或需加以保护的博物馆式的存在。换言之，文化应该成为日常生活的一部分，而非遗址或文物"②。所以，应该彰显新生的城市文化和一部分有生命力的历史文化，来建构城市新文化。

其次，通俗小说是新时期城市小说拓展的一个重要面向。20世纪80年代，城市通俗小说呼应"文化热"思潮，文化反思成为小说书写的一个重要

---

① 梁凤莲：《关于血脉——谈都市文学的地域属性》，参见杨宏海：《全球化语境下的当代都市文学》，社会科学文献出版社2007年版，第104页。

② 徐勇：《文化视域中的城市文学写作》，《中国文学批评》2015年第4期。

面向，作家从旧文化衰落入手，探源文化运行机制，研究国民和社会生命力衰弱的根本原因，旨在重新形塑民族文化，这是从全球化视野寻找民族文化认同路径的尝试。作家承载了文化重建的任务，这是"五四"知识分子启蒙和救亡使命的延续，也是对知识分子定性为资产阶级敌对身份的否定，是新世纪知识分子思想征程的再出发，《文化与世界》丛书、文化热、寻根小说等现象皆是知识分子重新登上历史舞台的表征。这与对知识分子地位的重新肯定是分不开的，周恩来将知识分子重新划归为无产阶级的一分子，从此，知识分子的小资产阶级身份被去除，他们由被改造对象转变为国家的主人翁，其主体功能再次被召唤。

再者，日常生活书写也是城市小说发展的一个重要方向。20世纪90年代以来，改革开放力度进一步加大，市场经济取代商品经济，城市小说也开始关注日常生活状况，"日常生活美学"切入城市小说的本体建构之途，这种理论"不仅在于'感性'重新回归人的日常生活语境，而且在回归日常生活之际，'感性'在理论上被理解为当代日常生活中人的现实情感、生活动机以及具体生活满足的自主实现，亦即人的日常生活行动本身"[①]。在文学思潮史上，日常生活书写被命名为"新写实主义"，例如刘震云的《一地鸡毛》《单位》，池莉的《烦恼人生》《不谈爱情》，日常生活成为城市书写的主力，它们处理的是城市与人的关系、人的日常生活与理想的关系、贫穷与未来和性格与城市的关系、城市历史和发展的关系。城市小说详细展现城市居民的日常生活，底层小人物取代高大全的英雄人物成为小说主体，底层人物的生存及其困境折射出城市和社会的现状与历史变迁，比如方方的《风景》将视点对准武汉棚户区一个家庭的生存和变迁，反映社会基层群落的生态，如贫穷、酗酒、帮会、暴力、苦力、子女众多、虐待、女性地位低下；城市社会底层的悲惨现实通过自然主义手法精雕细刻地描绘出来。从这个层面上讲，城市繁荣是建基在基层民众屈辱的生存基础上，可以说，底层群体的血泪铸就城市的发展史，这种左拉式书写再现了城市别样的风景，也曲折地表现了作者的启蒙批判精神。池莉《烦恼人生》通过武汉轧钢厂工人印家厚一日的烦恼

---

① 王德胜：《美学的改变》，社会科学文献出版社2013年版，第80页。

琐事的生活书写，凸显了底层民众的困苦，武汉的轮渡、幼儿园、早起赶车、迟到等详细信息，武汉的地理特征、工厂的监控机制、幼儿园的教育和家庭关系被客观描述出来，这种日常书写填补了左翼文学书写的空白，也超越了文学典型化模式，确立了无产阶级文学书写的新方向。

城市小说的日常化书写处理的是社会的微观层面。20 世纪 90 年代"新写实小说"着重城市底层民众的日常琐事书写，人与城融为一体，城市小市民的纯真爱情、亲情和友情被日常琐事和利益所纠缠，城市成为市民爱憎的载体。20 世纪 80 年代现代化的雄心和激情被失望、暴力和困境缠绕，《冷也好，热也好，活着就好》《太阳出世》等书写城市人相互利用和欺诈的道德沦丧事实，将城市藏污纳垢淋漓尽致地表现出来。武汉的作家着重描写小市民的卑微和弱肉强食的蚁民生活（棚户区和历史上的汉正街是底层人民和妓女居住地），触及城市的腠理、居民的言行、穿着打扮、风俗礼仪和吃喝玩乐；上海作家王安忆书写上海弄堂蹩脚的生活，并将小市民的排外、精打细算、注重生活细节、情感细腻和虚荣性格书写成上海的文化名片，《好姆妈》《长恨歌》记录了城市格局、机构设置、社会制度、人物处境和社会历史的变迁，将资本主义现代性和革命现代性杂糅状态描述出来，社会边缘的小资生活与处于中心的社会主义生活并行不悖，王琦瑶的人生经历即是明证。这在铁凝《玫瑰门》中也有深入的表现，司漪纹与街道主任罗大妈人格和生活风格的相互影响，司漪纹以优雅的小资情调征服了罗大妈，并在城市生态中不断地改变生活策略，献媚、积极主动参加社会活动，以期在新的城市生活中保持自由的生存状态，进行身份的再建构。《繁花》则以另类方式记录和留存了地方文化，吴方言、家长里短、偷鸡摸狗、日常聊天、交友、工作，再现了上海普通人的生活状态，它继承了《九尾龟》《海上花列传》方言叙事的特长，并通过地理文化特征、人物和文化氛围的书写彰显上海品格，采用日常化书写模式，远离宏观史诗的建构，真正回归小说本源。

城市日常生活书写的作者多为女性，凸显了女性性别优长：细腻、温情和感觉敏锐。女性作家将个人体验和城市生活结合起来，将生活由边缘地位提高到中心位置，以个人生活替代英雄叙事，填补了当代文学史的空白，重新建构新意识形态话语。但是，日常生活书写具有先天的不足，不足之处在于它淹没在日常琐事叙述之中，文学批判和启蒙意义被遮蔽，且缩减了抒情的质素，城市形象凸显为丑恶和冰冷，因此，它被认定为无意义生产的场所。实际上，日常生活审美化是对现代文明的批判，"现代主义写作模式下的城市日常生活体现的是对意义深度迷恋追寻的生命悲凉之重，那么，后现代主义写作模式下的城市日常生活体现的是意义解构后的生命不可承受之轻。一个是略带悲剧风格，一个是略带喜剧风格"①。但其批判力度难以与波德莱尔的《恶之花》相提并论。

城市的藏污纳垢特征类似于民间社会。莫言曾书写高密东北乡的复杂现状：英雄与土匪、开放与猥琐、光荣与卑鄙、锦衣与肮脏以及太平与内乱，他以虚拟的手法建构了酒国世界，以利益为目的，生产专业化，人性与人情被现代城市删除，制度、秩序、管理和科研等组成的现代文明形成了一套"吃人"的文化工程。莫言描绘了一幅自然被城市文明摧毁的画面，反思和批判了现代文明的极端性，在此层面上讲，城市和工业文明是同位词。现代生产要求生产要素的自由流通，并推动劳动力从土地束缚中解放出来，刺激了消费，消费反过来又促进了生产力持续发展，买方市场向卖方市场转移，消费者成为"上帝"。文艺作品不再主动承担教育功能，媚俗成为文学作品的一个重要方面。在消费社会中，感性泛滥，壮美的现代城市建筑、强烈的消费欲望、冷漠的人际关系和奇遇的期待成为城市小说反复书写的主题，邱华栋《教授》、朱文《我爱美元》、池莉《小姐，你早》、阎连科《风雅颂》、贾平凹《废都》、安妮宝贝《告别薇安》《八月未央》、陈染《私人生活》《嘴唇里的阳光》、林白《一个人的战争》，皆是这方面的典型。

全球化拓展了作家对城市的想象力，并超越城市的物理规制，将城乡从对立的两极中解放出来。它把全世界看作一个整体，作家从个人体验和全球经验来消费其被革命叙事搁置的剩余想象力；在远离小市民生活的高消费群体的书写中，符号化的消费品（高档名牌消费品、酒店、机场）、极端化的图像、极端个人行为（暴力、吸毒）成为颓废书写的主流，"人的物欲受到市场

---

① 赵彬：《断裂、转型与深化——中国九十年代女性诗歌写作研究》，光明日报出版社 2011 年版，第89 页。

功利的强烈影响。人的私欲潜伏于国际品牌、都市建筑、时尚用品等琐碎的物象中，通过作家文本中琳琅满目的物象的呈现和罗列强烈冲击阅读者的感观，并以此传达个体精神在物欲的冲撞下产生的焦虑和困顿"[1]。小说超越具体的城市存在，它受到港澳台和欧美影片的影响，大陆外的文艺资源和社会形态为作家想象力的展开提供了素材，所以很大一部分作品远离大陆城市生活和文化，例如所谓美女作家的作品。青春写作则更加极端化（它们主要包括复古和现代作品），作品中城市只是固定概念和场所的代名词，本身没有任何社会文化意义，人物悬隔于具体的城市之外，他们和城市之间也不再是互动关系，如郭敬明《幻城》。周宪曾指出现代城市与审美间的批判关系，"无论是韦伯所说的审美'救赎'，还是海德格尔所钟情的'诗意的栖居'，或是列费弗尔对'游戏城'的向往，或是福柯所主张的'生存美学'等，都隐含着某种对现代日常生活的深刻批判"[2]。

---

[1] 王美芸:《物象景观中的国际想象——新世纪上海城市文学一种主题与叙事研究》,《福建师范大学学报》(哲学社会科学版) 2011 年第 3 期。

[2] 周宪:《从文学规训到文化批判》,译林出版社 2014 年版，第 92 页。

第三节　生产城市：可逆性、文化传承、虚拟

城镇化进程的不断加快，促进了城市的迅速发展，2018 年《政府工作报告》提出"中国城镇化率从 52.6% 提高到 58.5%"，特色小镇建设方案为城镇化的多样性和文化的保留做了预见性的指导。城镇化建设并不仅仅是以城市为中心，新时代提出了以乡村为中心的理念，这种逆城镇化构想最早源自费孝通的"乡土中国"构想，而在新时代重新加以审视并破天荒地加以实践。2018 年 3 月 7 日上午，习近平总书记参加广东代表团审议时提出了"逆城镇化"构想，强调"一方面要继续推动城镇化建设。另一方面，乡村振兴也需要有生力军。要让精英人才到乡村的舞台上大施拳脚，让农民企业家在农村壮大发展。城镇化、逆城镇化两个方面都要致力推动。城镇化进程中农村也不能衰落，要相得益彰、相辅相成"[1]。"城乡融合"成为城镇化建设的目标，这是从整体上考虑城乡的互动以及辩证地建构城乡关系的尝试。城镇化是一个流动的过程，它将为城市文学的书写提供更多的素材，并将拓展作者的认知，无论农村人口进入城市，还是乡镇升格为卫星城市，乡土文化都会大量存在于现代城市，乡土异形的城市作品也会层出不穷，孟繁华曾预言："中国伟大的文学作品，很可能产生在从乡村到城市的这条道路上。"[2] 在小城镇或特色小镇建设中，小城镇会成为书写的重要对象，贾平凹《带灯》书写镇干部情感和处理乡里日常琐事的文人情怀，小说分为"山野""风清"和"幽灵"三部，从这些题名可以看出作者和带灯的自然情怀，这是知识分子内心纯洁的表征，也是独立心境空间的隐喻，虽然作品中有工厂的经营纠纷、上访事件和镇干部的争斗，但是带灯的自然情怀是小说的书眼无可置疑。小城镇成

---

① 习近平：《发展是第一要务，人才是第一资源，创新是第一动力》，新华网 2018 年 3 月 7 日。

② 孟繁华：《建构时期的中国城市文学——当下中国文学状况的一个方面》，《文艺研究》2014 年第 2 期。

为连接城市和乡村的中间地带，它兼具乡村和城市双重特点，虽然《带灯》中的小城镇还没有发展起来，但是它是特色小城镇的滥觞，习近平"逆城镇化"与费孝通"乡村衰败"观点有类似之处，提出了人才向下流动的指导意见，这会促进小城镇成为城市书写的重要客体。

未来的城市小说离不开文化的积淀。如果割裂与传统文化的关系，城市小说将会是无根之木和无源之水，"传统乡土与现代城市交杂缠绕的写作状态，出现在城市文学书写的诸多作品中，其所秉持的审美原则既不是城市标准，也非乡土经验，而是二者之中既取舍又融通，从而形成新的文化衡量"①。传统质素的保留和拓展是小说要解决的重要课题，当代城市小说的窄化与文化断裂有直接关系，五四运动直接切断了与传统的联系，因此，五四运动以后的城市小说发展受到很大的限制。有以下两种情况：城市被作为乡村叙事的点缀，如沈从文的湘西系列小说；城市作为现代文明的批判对象出现，如老舍的北京世俗文化小说。直接以大上海为场景的新感觉派小说，以城市上层社会的声色犬马生活场景为主要描写对象，以感觉为纽带，通过声光电色的蒙太奇描述，书写现代城市娱乐风景和电影片段，远离了中国古代文化传统，与传统文化和乡土风景的断裂，窄化了新感觉派的受众范围。20 世纪 90 年代的美女作家的创作与新感觉派有异曲同工之妙，主人公以高档酒店、购物中心和商场为活动场所，将名牌衣服、箱包、香烟和毒品作为生活的必需品，物欲和情欲成为商品，虽然赤裸裸的情欲和物欲书写赢得市场，但是小说与文化和传统的隔绝降低了它的格调和品格，"消费主义文化共同完成了对当代城市文化的重铸与改造，并形成了新的占主流地位的以消费为表征的城市文化形态，与传统的城市文化构成了一种断裂关系"②。因此，他们在 2001 年遭到主流媒体的封杀。从文化传承来看，新感觉派与传统断裂原因在于上海城市的迅速崛起，它的全球化背景与其他地区相差悬殊；20 世纪 90 年代的美女作家与新感觉派都是对物欲和情欲的地理书写，具有一脉相承的颓废风格，但研究者有不同声音，有的学者否定了它的颓废情调，认同其个人书写。

---

① 郭海军：《20 世纪 90 年代以来城市文学书写的一种读法》，《文艺争鸣》2015 年第 5 期。
② 杜云南：《城市·消费·文学·欲望——城市文学的叙事特征》，《理论与创作》2009 年第 2 期。

中国城市的发展与乡土社会不可分割，资源和人才的双向流动才可能避免城市对乡村的虹吸效应与竭矿悲剧，乡村与城市是相互渗透的关系，城市会促进乡村的城镇化，乡村也会将自然和文化输入城市，城市新移民将会促进城市新文明的形成，"这些人改变了城市原有的生活状态，带来了新的问题。这多种因素的综合，正在形成以都市文化为核心的新文明"①。取消城市和乡村二元对立关系，进行良性互动，城市小说的资源会更加丰富，思路会更加宽阔，人与城市关系也会更加丰富。

网络文学是城市小说发展的未来面向之一。随着网络的普及和信息高速公路的完善以及全球化的进一步深入，多元化类型将成为未来写作趋势；网络传播的即时性、瞬间性和消费性刺激了网络文学的迅速发展，从早期的榕树下，到起点中文网、纵横中文网、17K小说网、红袖添香和百度阅读等网络平台，它们的建立为网络小说的诞生提供了平台，城市小说获得了质的飞跃，突破纸质出版的限制；无纸化、即时化、电子化、易携带性和互动性等特点使它们赢得了读者市场，网络文学想象性和多元化的特征适应了年轻受众的需求，《上海宝贝》《悟空传》《蜀山奇侠传》《花千骨》《步步惊心》《青云志》《九州缥缈录》《鬼吹灯》《盗墓笔记》《心理罪》《琅琊榜》《芈月传》《欢乐颂》和《翻译官》等经典作品受到追捧；网络小说的作者借助城市生活、工作和写作的便捷条件，借鉴古典和现代文学资源，发挥想象力的巨大能量，建构了复杂而深幽的网络文学世界，"巨大的文本内容以及边写边上网而未能完成的文本内容，由于无法共时性地呈现于我们的面前，从而完全成为一种想象性的存在，具有极强的虚拟性，由此所带来的感受，也呈现出与阅读书本完全不同的特性"②。经典网络小说典型特征有两个方面：一是借用古典资源中的故事原型或人物展开想象力，填补历史细部的空白，通过善恶道德评价标准，深刻剖析复杂的人性，并以情节和智斗获得市场份额，如《芈月传》《鬼吹灯》；或者对古代经典改编，以现代思想改编古典或神话人物，

---

① 孟繁华：《乡村文明的变异与"50后"的境遇——当下中国文学状况的一个方面》，《文艺研究》2012年第6期。

② 蒋述卓：《城市文学：21世纪文学空间的新展望》，《中国文学研究》2000年第4期。

如《悟空传》《新聊斋志异》《我的邻居是妖怪》等。二是书写城市生活和工作的小说，如《欢乐颂》《心理罪》等，它们以城市为背景，以特殊职业为兴趣元，调动读者的好奇心和阅读兴趣。网络文学以市场为中心，生产、传播和销售等环节的赢利分成模式不可避免地驱使作者在情节、人物设置和资源选择上出现雷同化现象，并且追求情节曲折、炫富催情的叙述和人物极端化书写，快节奏发表速度和大部头的系列小说成为收藏和点击率的标准和常见模型，"网络写手在创作时不得不考虑到读者的感受，读者的'送花'、'灌水'、'拍砖'、'打赏'、跟帖、点击率、订阅量等就是对他们作品创作的直接参与和评论，这进而决定他们的稿酬、签约和他们的作品能否出版……我们不难理解他们的作品的媚俗化倾向"①。

虽然网络小说多诞生在城市，但是城市在小说中的价值并不很突出，原因在于网络小说的多元化特点，以及主要受市场决定而窄化创作范围及主题。通俗类小说获得市场认可，而网络上严肃文学的传播受到很大限制；事实上，很多网站对诗歌、剧本和散文不欢迎，主要也在于感兴趣的读者太少，小说成为创作的主要门类。但仅就小说来说，小说的书写面太窄，小说形式不受市场欢迎，且城市的小说品类和数量都很少，类型化突出，如仙侠奇幻类、励志成长类、鬼怪盗墓类、侦探心理类、宫廷争斗类、职场勾心斗角类，网络文学的类型化取决于市场的奖惩制度，但是市场的盲目性和无理性影响了网络文学的全面发展。因此，解决网络小说发展的困境需要从以下三个方面用力：第一方面，对市场加以适当调控，建立第三方评价系统；第二方面，网络文学应该获取公益资助或国家资助，城市小说会更加多元化，奇侠幻想、宫廷、鬼神和霸道总裁等文学样式将被更加多元化的局面取代，网络小说落地性指日可待；第三方面，重视新技术的发展。城市现代网络技术和信息技术更新换代，虚拟时空成为小说书写的方向之一，这里的"虚拟时空"指游戏世界，《魔兽世界》《我的世界》《饥饿游戏》《生化危机》《征途》《贪玩蓝月》等大型游戏出现，并随着虚拟现实设备 VR 眼镜和 VR 眼镜配套搭载的力

---

① 徐从辉：《网络文本逻辑与想象城市的方法——以 70 后、80 后作家的城市书写为中心》，《文艺理论研究》2011 年第 3 期。

反馈系统的更新升级，虚拟时空与现实会大幅度缩小差距，虚拟中的城市也会突破实体城市的样态，其结构和组成正在发生革命性的变化，对虚拟时空的书写将进一步解放人的想象力，这种想象力不是漫无边际的幻想，而是建基在技术的基础上，人与城市、人的感觉和人与人的关系的拟真化，会带来城市小说跨时代变迁，刘慈欣的《三体》是中国当代科幻小说的先驱，但还没有涉及虚拟时空的书写，好莱坞电影《头号玩家》根据同名小说改编，以科幻的方式叙述拟真化的世界，游戏成为现实城市世界的不可或缺的补充，游戏者为此变卖房产、生活贫穷、失业或获得新的工作岗位以及致富，在此层面上，游戏创造了新的城市，相反亦然，"当文学给予城市以想象性的现实的同时，城市的变化反过来也促进文学文本的转变"①。

新时期以来，城市小说在逃离一元化叙事的牢笼时，获得了多元化发展的机遇，因此，城市小说被赋予反拨意识形态的意义，并正在重建新的意识形态，它由边缘走向中心；城市小说书写日常生活、风俗文化和城市历史变迁，城市被贴上地理、经济和文化的标签，城市小说成为地域名片，但是城市并没有斩断与文化传统、革命历史和乡土的联系，它仍旧承载着这些历史的重担，并且受到制度、意识形态、评奖制度和出版传播的限制，使得城市小说窄化和表面化。本章突破固定的城市和书写的线性关系，将城市和小说视为可逆和互动的关系，"在文学与城市的关系中，城市文学之于城市，也绝非只有'反映'、'再现'一种单纯的关系，而可能是一种超出经验与'写实'的复杂互动关系"②。这种观念有助于文学想象中城市的生产和小说的深化，城市小说才有辉煌的未来。

---

① ［美］理查德·利罕：《文学中的城市——知识与文化的历史》，吴子枫译，上海人民出版社2009年版，第3页。

② 张鸿声：《"文学中的城市"与"城市想象"研究》，《文学评论》2007年第1期。

第四章

当代"底层书写"的盲点、阈限与未来

当代"底层书写"成为文学热点，然而底层书写存在众多盲点，局限于题材、主体、写作空间的狭隘化理解，呈现单一化、类同化、虚假化、概念化和传奇化特征。底层书写有脱离底层、时代的倾向，沦为现代性、启蒙思想和主流意识形态的工具和附属物，底层声音被削弱甚至消失，成为他者的底层。问题优先、日常生活浅表化、零度写作、苦难极端化、寓言化、官方化和物化，这些是底层书写的阈限或弱化的表征。扩大写作主体，拓展创作领域，培养新的写作主体，重视思想、形式双重维度，关注弱势文化空间，与新媒体接轨、更新写作模式，力避作品简单化和轻质化的思想内核及简单化的处理方式，才能提高书写质量，打牢底层文学未来发展的基础。

当代"底层书写"自 2004 年《天涯》杂志发起"底层与关于底层的表述"的专题讨论起火爆起来，成为文学热点，近些年有所降温，但底层书写仍是社会和文化界的关注焦点之一。冷静期也是反思其经验教训的最佳时段，从创作实绩来看，底层书写作品频出，题材较为丰富，形式愈加多样化，并突破众多写作禁忌，作家也竞相争胜，底层书写迈入新阶段。但不可否认的是，底层书写仍然囿困在历史传统书写之中，禁锢在"能否写"与"如何写"的观念争执之中，底层书写仍然存有众多盲点、写作阈限，需要仔细分析，厘清其与时代和社会文化的互动和对话关系，明确未来的写作方向。

第一节　盲点：苦难极端化、书写误区

细辨当代底层书写，发现有一致性的趋向，存在类型化、概念化和浅表化的缺陷，"很多作家写到'男底层'便是杀人放火、暴力仇富，写到'女底层'常常是卖身求荣、任人要弄，不仅人物命运模式化，故事情节粗俗化，而且人物性格也是扁平的，不见温暖，不见尊严，一律大苦大悲、凄迷绝望，鲜有十分丰饶的精神质感"[①]。底层书写着重苦难的极端性呈现，将底层男女的堕落视为社会失义的常态，并以离奇的情节和故事来满足消费阅读，如《还魂记》《活着》《马嘶岭血案》《哑炮》《月亮弯弯照九州》《日光流水》《年月日》《十三步》《受活》《大厂》《车倌儿》《丁庄梦》《世界上所有的夜晚》等，这些极端化苦难书写的作品，不是突兀而出的文学现象，其来有自，不仅是乡土文学写作主流的遗留，还与新中国成立后"为人民"的写作有直接关联，这种"介入美学"既凸显了作者的担当责任，又合乎审查的要求。当然，更重要的是，它符合阶级论的要求，也可以说是阶级斗争规约的成果。它们以农民（包括农民工）、农村、城市贫民作为书写的苦难对象，以政治正确的面貌发表、出版。但是，20世纪90年代以后的底层书写与"十七年文学"苦难书写有着显著不同，前者介入市场要素，作家不再以控诉旧社会、歌颂新社会、写阶级斗争为中心，而是将苦难作为视觉、听觉和感觉的消费品，作品成为展现苦难奇景的图像化集合，供读者欣赏、共鸣和发泄不平之情。但也不能一概而论，有一大批作品的苦难书写是切实的、落地的，确实反映出贫富差距、底层困苦和社会的不公正面，如《人生》《平凡的世界》《丁庄梦》《梁庄》《出梁庄记》《到东莞》《盖楼记》《女工记》等作品，它们深入城乡肌理，剖析基层权力和话语机制及其对个人的僭越和规约，揭批社会失义和贫富不均，呈现底层生存的困境和生活的荒谬。苦难的书写成为现实的镜像，反映

[①] 洪治纲：《底层写作仅仅体现了道德的文学立场》，《探索与争鸣》2008年第5期，第33页。

底层生存现实，折射现代社会发展瓶颈问题，也说明底层书写的困境，新的语境下，"农民阶级赖以发言的革命话语、阶级话语和道德话语在现代性话语面前统统失效"①。底层书写面临话语转型的困境，过渡期只有因袭共和国的苦难叙事，以政治正确的方式来表达底层诉求，甚至到打工文学仍在延续该思路，曹征路认为作家"对人类苦难无动于衷，是可耻的"②。

无论是苦难的极端化表现、寓言化表意还是生存境遇的拟真化写照，它们化约了现实苦难，虽然凸显了底层生存的艰难和社会失义，但也遮蔽了底层的真实生活，窄化了底层存在的多样性，简化了社会分层，并将社会矛盾焦点集中在底层问题上，这是文学化的社会矛盾的解决方式，也是现象化、表面化和浪漫化的想象性表达，从这一层面上讲，底层苦难的极端化书写并非呈现了真实的社会存在，而是遮蔽了社会现实，这就必然会引起对底层书写有效性的讨论：底层能够被表述吗？谁有资格来书写？

这关涉底层书写的主体性和本体性。底层书写是有意识形态的，作者是意识形态的载体，因为个体是主体（意识形态）、个人意志、性格的综合体，所以不同的个体，会有不同的书写形态，如果其主体、意识形态相同，那么他们的书写会出现大体一致的思想类型，但是他们的外在表现形态是不同的，因为个体的综合能力将意识形态上升到审美的高度，"意识形态成了个人与其实际生存条件的想象关系的表述"③。比如李佩甫和刘震云的作品，他们都揭示权力对个人的异化和规约，传达个人难以摆脱权力、话语的控制和约束的主旨，由此可见，他们都是从现代性的维度剖析个人和权力话语的关联的，所以，他们的小说呈现类型化特征。但是两位作家不同的人生经历、性格、知识结构和人际关系决定了写作的异质性。刘震云偏重幽默、哲理化，语言精练化，作品呈现宏大视野，并且注重借鉴西方艺术技巧进行文体实验，如他开创"新写实小说"先河，进行新历史小说、后现代小说实验，与影视媒介

---

① 孙国亮：《从主体生成论的视角诠释乡土文学发声的困境》，《上海大学学报》（社会科学版）2011年第3期。

② 李云雷：《曹征路访谈：关于〈那儿〉》，《文艺理论与批评》2005年第2期。

③ 陈越编：《哲学与政治：阿尔都塞读本》，吉林人民出版社2003年版，第352页。

紧密配合。而李佩甫创作题材相对单一，多集中在地方基层权力和个人间的纠缠，如《城的灯》《羊的门》《生命册》，语言相对质朴些，没有过多的修饰和锤炼。

作家的身份成为书写有效性讨论的核心。由于身份、生活、思维方式和知识结构的不同，知识分子（书写主体）与底层是有隔阂的。打工作家的出现，让批评家看到了底层文学新生的希望，他们以亲身经历或所见所闻来写作，更加逼近原生态，因此被认为是最有话语权的底层书写者。这种观念的前提是：底层书写的本质就是原生态地反映现实，纯自然地、客观地、静态地还原现实存在，但"缺乏精神资源的支撑"[1]，而且这种自然主义的写作模式并不能涵盖所有文学创作，进一步说，将底层书写归结为原生态再现，就是一种偏见、一种盲视，遮蔽了底层书写的广度和深度。这种窄化反映了认知的局限性，不可否定，它有历史传承谱系，其接续新写实小说，崇尚零度写作、无我介入。从文学创作的本质上讲，文学不可能完全排除创作主体的介入，"纯粹的不介入只是一种奢望，根本做不到"[2]。即使是打工文学，它也带有作者的主观感情、认知等个人色彩。

其次，打工文学也需经过市场、社会的遴选，其写作、遴选、发表和流通也需遵循市场、出版机构和社会文化的内在要求，否则不能公开发行，"一些边缘人的述说也是力图通过对身份的重新阐释，改变人们对所在群体的刻板印象，重新获得社会的承认"[3]。打工作家郑小琼由佛山文艺杂志社出资支持创作，所以说打工文学不是自然的客观存在，而是主观化的、个人化的表意命名，"底层并不是'客观'、'如实'地自行浮出地平线，他们的形象很大一部分取决于如何被叙述"[4]。打工文学具有同质性特征，这不仅是市场的需要，也是社会关怀底层、行使"文化霸权"的表征，更是批评家寻找新的学术增长点和承担社会批判责任的职业需求，打工文学并不纯净。再者，打工者大

---

[1] 赵学勇、梁波：《新世纪"底层叙事"的流变与省思》，《学术月刊》2011 年第 10 期。

[2] ［美］W. C. 布斯：《小说修辞学》，华明、胡晓苏、周宪译，北京大学出版社 1987 年版，第 4 页。

[3] 胡亚敏：《中国马克思主义文学批评中的文学与政治新探》，《文学评论》2019 年第 3 期。

[4] 南帆：《底层问题、学院及其他》，《天涯》2006 年第 2 期。

多数文化水平较低，语言运用能力、知识储备不足以支撑可持续写作，"一本书"写作现象不可能成为常态，历史事实证明，"一本书"作家及作品后发力不足，并且"那本书"也难以在历史长河中存留下来，成为经典。

回到原题，知识分子（非底层）虽然与底层有隔阂（不排除底层也有写作的知识分子），但这并不代表他们不能写好底层作品，《马嘶岭血案》《等待摩西》《一句顶一万句》《流逝》《奔月》《灭籍记》《北上》《许三观卖血记》等创作实绩就是最好的证明。

综上所述，谁有权来书写底层，这是一个伪命题。从严格意义上讲，任何书写，都不可能还原底层本真，也没有必要原生态地再现，这并不否定底层真实的必要，也不是肯定虚假的底层书写。

底层文学写作权的讨论与争夺，与"现实主义冲击波"的文学写作缺陷有直接关联。关仁山、何申、谈歌、刘醒龙等领衔的"现实主义冲击波"，是对先锋文学"形式高蹈"的反拨，凭借介入美学功能，重新燃起现实主义激情，他们关注下岗职工、民办教师等底层生存状况，呼吁为集体、国家分忧解难，设置力挽狂澜的英雄人物（类似改革文学），但未能解决问题。笔者认为，这是"清官政治"复活，远譬古代公案小说，近取改革文学模式，无甚新意，并且作者号召已经处于困境中的民众为经济危机买单，小说以居高临下的俯视态度审视民众，无形之中使他们与民众真实处境隔离开来，以致将底层置放在被竭泽而渔的尴尬位置之上，代表作品有《大厂》《破产》《大雪无乡》《凤凰琴》等。虚假的现实主义直接催生底层书写权的讨论，它是对"虚假现实主义"的修正和查漏补缺，因此，读者和批评界要求由底层来书写底层，是情有可原的。

作家的意识形态、写作立场决定作品的风貌，启蒙观、现代性、后现代性、革命观，乡下人、打工者、官员、知识分子，不同的持有者会创作出不同的文学作品。鲁迅以启蒙现代性审视底层新旧文化冲突，沈从文以"乡下人"立场从生存的角度写出《丈夫》《三三》等小说，而没有介入批判、怜悯情感，"三驾马车"以"官员"的领导身份要求底层"分享艰难"，莫言平视或仰视底层，并为底层发声，打工文学以打工者身份历数打工者艰难、堕落、漂泊和荒谬的处境，概言之，底层文学是一个综合性的文学类别，任何作者都有写作的权利，但文学"写真实"观要求创作贴近底层现实，而不是高高在上的"阳春白雪"或虚假的想象、空洞的呼吁。"底层不是一个概念，而是一道摇曳的生命风景……"①"现实主义冲击波"有盲点，同样打工文学也有盲点，打工文学罗列打工者身世遭遇，繁冗重复，如郑小琼《女工记》罗列34 名女工的悲惨命运，以线性时间为序地排列事件，与其说符合流水线工厂的作业流程，不如说是单调的无变化的单一形式，这是打工文学的共同缺陷，不仅容易导致审美疲倦，还会影响打工文学的深入开掘。他们的盲点就是徘徊在物的表面，而没有复杂的人性肌理书写。

---

① 蔡翔:《底层》,《天涯》2004 年第 2 期。

第二节　阈限：题材窄化、开掘不深、问题优先

底层书写在 20 世纪 90 年代提出，是有特指的，它是应"打工文学"繁盛而提出并命名的，然而这种命名和书写是窄化的。这就涉及对底层的理解，它将底层局限在城市打工群体，并且极具地域性，东莞为中心的广东地区以及长江三角洲、珠江三角洲经济先进地区成为写作空间和文本生产空间。然而这种文学现象的命名会限制文学的书写，而底层是一个广阔的跨界的概念，从空间上讲，包括乡村和城市；从职业上讲，它指所有职业底层民众；从社会角度来说，它指经济上、文化上、地位上、政治上等处于劣势、边缘的人群，所以不应将底层文学限制在打工群体上，而应扩域和跨界，以介入美学情怀来深入探讨其成败得失和未来发展。

底层书写的窄化、单一化和浅化关涉到底层文学如何写的问题，底层的界定、题材的选择、人物的塑造和情节的安排，都是底层写作应该考虑的问题，但从写作实际来看，底层书写误入题材偏执、精神萎缩、审美乏力的险滩，底层书写开掘不深，单调重复。除了上述苦难极端书写特征外，底层书写对象多为下岗职工、农民工、小贩、妓女、矿工、教师、基层职工、农民等弱势群体，刘庆邦的煤矿工人、郑小琼的打工群体、谈歌的下岗职工、阎连科的农民、刘震云的机关小职员和村落争斗中的权力者、刘醒龙的基层教师、莫言的乡村贫弱者，从写作范围来看，不可谓不广。但从文学作品的经典性来看，力作多集中在农民和城市贫民书写上，其他群体涉及较少，经典性不够突出。

底层书写并不仅是 20 世纪 90 年代文学现象，虽然其在 90 年代提出并命名，它的催生和兴盛与先前先锋文学热衷于形式主义试验和"人文精神"失落大讨论不无关系，但它并不是突然降生的，而其来有自。它的内在脉络与"五四"时期乡土文学、城市贫民写作有类似处，都是关注底层民众生存和精

神状况，尤其是后者，启蒙思想凸显。鲁迅提出"侨寓文学"①概念，"侨寓作家"（王鲁彦、蹇先艾、台静农等）以启蒙思想来烛照作品，虽然反映了农村现实，但对乡土要素进行了选择、重组和改编，将乡土和城市、传统文化和现代文明放置在新旧、先进和落后、科学和愚昧的对照位置上，这种前置预设使乡土处在被动的建构之中。"五四"时期底层写作重点放在乡村空间，当然也有城市贫民的书写，如鲁迅、郁达夫、老舍等创作的人力车夫主题小说（《一件小事》《薄奠》《骆驼祥子》），沈从文、丁玲等创作的城市底层生活主题小说（《泥涂》《腐烂》《阿毛姑娘》）。"五四"底层书写涉及乡村的方面被称为"乡土文学"，有明显的启蒙色彩，而关涉城市空间的多在城市底层艰难的生活处境、美好的道德品行、受压迫的边缘者角度做文章，知识分子启蒙意识减弱，除了稍微地呼吁社会平等、介入社会的姿态外，知识分子本身成了受教育者。

　　从 20 世纪 40 年代延安文学开始，乡土及工农兵在文艺政策中被确立为"主体"，乡土题材成为书写的重中之重，如山药蛋派、荷花淀派、大运河书写、土改小说、革命小说、合作化小说，底层书写盛行，主要表现为底层民众的新旧变化和阶级斗争。新时期以来，民俗风情小说、寻根文学、新写实文学也以底层书写为主，邓友梅的北京风俗书写、汪曾祺的高邮水乡、陆文夫的小巷系列、冯骥才的天津风俗小说、林斤澜的矮凳桥系列，他们直接让风俗民情说话，曾经被视为无价值意义的"吃喝玩乐"登上文学前台，底层作为主体开口说话，不再被捆绑在政治的战车上。寻根小说带着重建民族文学的期望，返身求助于己，在乡间、偏僻的地理区域、语言的风俗褶皱里寻找根据，《马桥词典》《爸爸爸》《小鲍庄》《红高粱》，即使在伤痕文学、反思文学中，底层也成为"右派"休养生息地。总而言之，底层书写一直将乡土作为主战场，其他区域写作较少，底层书写的不均衡、窄化和单一化，是显而易见的底层书写的盲点，这既有历史、时代和文化的原因，又有避重就轻的心理原因。

　　在新写实小说中，城市题材的底层书写有所开掘，但深度挖掘有限。新

---

① 鲁迅:《鲁迅全集》(第 6 卷)，人民文学出版社 2005 年版，第 255 页。

写实小说强调写作的零度情感介入和客观逼真的描述，这种"罗兰巴特式"的文学书写过滤掉了文学的温度，但不可否认的是，有些作品仍不可避免地透露出温情的一面，"'对生命抱有一贯的暖意关爱的写作'在现时代已经是一种所剩甚少的真正珍稀的'个性'"①。刘震云的《一地鸡毛》、池莉的《烦恼人生》将日常琐事按时间为序罗列出来，价值、意义被解构了，但生活不可能完全客观还原，它们经过作者的选择、梳理和组合，并形成了一个意义的链条，正如文题所示，日常生活是烦恼的、琐碎的，是应该被反拨、反思的贬义物，由此可见，作者仍然以现代思维审视和反思底层生活及存在状态。它不仅与十七年文学、改革文学、新历史小说建构英雄人物和价值系统的方式大相径庭，还与新世纪的底层书写有很大出入，如慕容雪村《中国少了一味药》密探传销组织，将所见所闻完整记录，并插入新闻报道和作者的防骗技巧，阅读后反思，这种"非虚构作品"犹如黑幕小说，只是将解密、传奇和追踪糅合在一起，具有工具性和猎奇性特征，与其说是作品，不如说是通俗的防骗秘籍，《到梁庄去》《妇女闲聊录》《速求共眠》，它们都有消费底层的嫌疑。

同样的缺陷在打工文学和非虚构作品中普遍存在，丁燕《到东莞去》对东莞城市的空间、工厂、消费、住宅、交通进行了细致的印象式的描述，浮光掠影地罗列，表达对现代文明的失望、厌烦和无奈。没有本雅明"拾荒者"的发现价值的眼光和心态，也没有波德莱尔"恶之花"的洞见，只有对现代物、时间和空间的厌烦情绪，当然这种厌烦又不同于加缪《局外人》中生存的荒谬，而只是懵懂地脱离牧歌乡村的失落感，尤其指在时空挤压现代城市中、城乡巨大落差下的一种心态。

而在乡村农民和基层工人的书写中，底层书写开掘较深，人性、良知、道德、伦理与时代互动较为频繁，底层书写频现生机。刘庆邦《神木》和陈应松《马嘶岭血案》揭批底层残暴、泯灭良知的恶魔性，同时对底层受侮辱、被损害的处境展开同情的呈现，有鲁迅"哀其不幸，怒其不争"的口吻。人

---

① 施战军：《独特而宽厚的人文伤怀——迟子建小说的文学史意义》，《当代作家评论》2004 年第 4 期。

性畸变被放置在现代性和城乡差距的语境中,作者并没有过多地批判人性中的恶魔性因素,而是剖析现代城乡差距和市场混乱背景下人性的畸变原因。唐朝阳和宋金明为了孩子的学费不惜害命以诈取赔偿款,这些快速发财的点子并不是他们的专利,而是大面积存在,这是市场和法律监管的空白点。他们以此为业,并不完全是他们的初衷,社会失义、贫富差距、资本话语、消费社会等起到了推波助澜的作用,他们被放逐在中心之外,边缘处境使他们铤而走险,"我却恐惧地看到,纯朴和善良,正在我的底层悄悄消失。底层不再恪守它的老派的欲望,对富裕的追求同样导致了人的贪婪"①。这在《马嘶岭血案》有恰切的演绎,挑夫九财叔受到踏勘队侮辱和损害,且在钱财的诱惑下,怒杀7人。但作者并没有沉浸在残暴的嗜血书写之中,也没有完全否定底层人物善的一面。宋金明善的苏醒,"我"不同意九财叔的行为,为小说留下光明的尾巴,当然这并不是作者有意为之,而是社会的本来存有。《马嘶岭血案》根据真实案件创作,宋金明最终牺牲自己救了元凤鸣,"伟大者、渺小者、罪恶者获得同样的关照,这才是一种最大的善"②。但作者叙事的重点不在人性恶的批判和人性善的发现上,而是在社会的批判性上,而非揭露人性的恶,只是探究人性恶生发的环境和路径,从而引起"疗救的注意",为社会开刀。

问题的优先性是当前底层书写的病状,问题优先有意无意地会忽略创作的艺术性探索。梁鸿的梁庄系列,贾樟柯的系列电影,李扬导演的《盲井》《盲山》《盲道》三部曲,阎连科的艾滋病患者书写,余华笔下的20世纪90年代卖血事件,莫言为家乡蒜薹事件伸张正义,刘醒龙聚焦农村拖欠工资问题,池莉寻找武汉汉正街的文化承传,刘庆邦执着于煤矿工人的生存状况,潇湘风、郑小琼以悲惨的笔触描述打工者的血泪史。这些底层书写带有迅速介入社会的敏捷和触及问题实质的直白,它们直面惨淡的人生和社会的阴暗面。如梁庄系列作品,记录乡村个人的日常谈话和生活状态,旨归在于还原乡村真实,鸡零狗碎,家长里短,这是新写实小说的延续,不同的是,少了

---

① 蔡翔:《底层》,《天涯》2004 年第 2 期。
② 周末:《飞入天中的梯田》,广西人民出版社 2013 年版,第 298 页。

作者的剪辑和组合，《梁庄》中以乡村各色人物为中心，记录他们的命运和生活，以人物叙述为主，作者退居幕后。贾樟柯《小武》《站台》《三峡好人》《天注定》等作品片段式地记录日常生活，反映突出的社会问题，《天注定》延续《水浒传》的串联法，以人物视角透视社会边缘人杀人和自杀的悲惨命运。这些底层书写将社会问题放在首位，有知识分子的担当意识，但影响或忽视了作品的艺术性尝试，梁鸿和贾樟柯都将人物作为第一视角，以此来真实地反映社会问题和矛盾，这种纪录片式的技巧，与其说是一种自然的创作方法，不如说是形式技巧的匮乏。

而早先出道的莫言、余华、阎连科、刘醒龙、刘庆邦，比较重视文学技巧的运用。莫言的《天堂蒜薹之歌》互文和颠覆了赵树理叙事模式，《生死疲劳》改写了合作化小说；余华借鉴寓言、重复、意识流叙事技巧，关注底层社会问题，《活着》以新历史小说、寓言方式抒写底层苦难，《许三观卖血记》在个人历史中以重复的手法结构全篇，将卖血与生存的悖论演绎得活灵活现，表现底层透支生命来生活的无奈和坚韧。余华小说尽量隐藏历史，从而达到哲理化和人性化的凸显；阎连科、陈应松和刘庆邦善于书写现代利益引诱下底层人性的异变，进行现代性的审视，精于在历史、权力、人性方面做文章，他们在小说技巧上下力较多，但也面临如何平衡问题和技巧关系的难题，技巧太多，也会淡化社会问题。

底层书写的题材拓展有限，书写的力度、深度不够，社会问题介入与艺术技巧关系失衡，底层书写的精神萎缩或缺失，审美后续乏力，这些都是底层书写的阈限，也是文学未来发展的瓶颈，如何解决这些底层书写存在的问题呢？

第三节　未来：扩域、他者空间、现代媒介

底层书写将不仅仅局限在城乡特定人群，而应该扩大书写的范围和力度。如何扩域，填充盲点？首先需要弄清底层的内涵和外延。底层是一个笼统的概念，源自葛兰西的《狱中札记》，英文原词为"Subaltern Classes"，翻译为"底层阶级"，这是从阶级角度进行定义的，遵循政治划分标准，意指无产阶级。而在现代社会，陆学艺的《当代中国社会阶层研究报告》则从经济角度界定，底层包括："全部的城乡无业、失业、半失业者阶层，部分的产业工人阶层，以及部分的农业劳动者阶层。"重点指"生活处于贫困状态并缺乏就业保障的工人、农民和无业、失业和半失业者"[1]。许倬云认为，历史上的底层"被践踏在社会的底层，也在礼法的边缘"[2]。乔健也持类似的划定方法，认为底层有两种含义，"一是指处于社会最底层的一个群体，一是指属于社会最边缘的群体"[3]。笔者认为底层具有经济、政治的双重属性，边缘化是其基本特征。

概言之，当代中国底层群体很庞大，就农民群体而言，依据第六次全国人口普查数据，居住在乡村的人口占总人口的50.32%，农村居民为6.74亿人，再加上城市贫民、企事业单位中处于边缘的人群，这个群体很庞大。那么，底层书写也就不仅仅限制在下岗职工、农民及农民工、妓女、矿工和城市贫民，还应包括游民、学生、僧侣、罪犯、企事业底层工人、老弱病残、特殊群体（代孕群体、网络直播群体、网络写手）等边缘群体。边缘相对中心而言，在单个群体内部，也有边缘的存在，大学教师群体不属于底层，但

---

① 陆学艺：《当代中国社会阶层研究报告》，社会科学文献出版社2002年版，第9—10页。

② 许倬云：《社会的底与边》，载乔建编：《底边阶级与边缘社会：传统与现代》，立绪文化事业有限公司2007年版，第36页。

③ 乔健：《底边阶级、边缘社会与阈界社会》，载乔建编：《底边阶级与边缘社会：传统与现代》，立绪文化事业有限公司2007年版，第14页。

个别的教师处于被边缘化的存在，他们也属于底层人群。比如阎连科以北京某名校事件为原型创作的《风雅颂》中，大学教师杨科就是一个边缘人，学术水平得不到认可、妻子出轨、授课受限，甚至被认定为精神病患者强制送到医院；《速求共眠》中作为作家的"我"，创作的剧本被否定，"我"坚持认为它是文学精品，这种执着、不随众的行为被导演、妻子认定为精神异常。

在当代底层书写中，游民、学生、僧侣、罪犯、企事业边缘人员、老弱病残、代孕群体、传销人群、网络写手，对他们的关注度并不高，究其原因，主要是行业的隐蔽性、小众化、写作主体的缺失和书写传统的惯性所致。即使有作品出现，也很难成为精品，如慕容雪村对传销的书写，仅浮光掠影地陈述传销洗脑的流程，而没有更多地关注时代、文化、人性、话语间的复杂纠葛，人性维度缺失，致使作品成为干巴巴的防骗宝典。学生是一个庞大的群体，并且学生又具有写作的能力和时间的余裕，但是以学生为主体的文学精品却很难看到，如孔庆东的《47楼207》，其中有些篇章以幽默语言叙述学生生活和老师行状，虽为畅销书，却很难说是文学精品。

底层书写质量的提高和题材的拓域，需要更新认识，这就涉及一个问题：底层人能说话吗？由谁来写底层生活？在《底层人能说话吗？》中，斯皮瓦克对底层的发声能力和有效性提出质疑，她从后殖民主义出发，借鉴福柯的"对抗记忆"和"文化考古"理论，重新认识历史，铺展历史褶皱。她和古哈、阿诺德主张"对磨坊工人、农夫、女性老公等群体进行田野调查，挖掘被历史淹没的声音和记忆，对抗和重写官方精英的历史观点"[1]。重新认识底层，打破既有的话语方式，质疑和悬置官方历史，以田野调查的方式探寻被遮蔽的历史，此方法论促成对底层的构型的重新认知。这也说明了底层可以发声，发声主体不一定是底层人士，能否发声关键在于认识历史的方法，从实证、田野调查入手可以重新发现底层。笔者认为，这实际上给中国当代底层书写开启一扇窗口：发现底层，需要新的认知模式、话语方式和实证材料，"每一种模式似乎都相对适合于话语实践的某些领域，不那么适合话语实践的

---

① 廖炳惠：《关键词200：文学与批评研究的通用词汇编》，江苏教育出版社2006年版，第238—239页。

其他领域"①。书写主体可以是底层人士也可以是其他阶层成员。这就找到了 20 世纪 90 年代"底层能否发声"的答案了,以此推演,"打工文学"也并不一定由打工者来创作,只要是书写"打工"行业的作品都可以归入,这一简单的问题在 90 年代却并不容易被澄清。

实际上,如何高质量创作"他者空间"的文学作品,可以从文学史上得到一些启迪。茅盾为写农村三部曲,详细调查江南农村经济状况;严歌苓为写《小姨多鹤》《金陵十三钗》详细翻阅相关资料;张翎在创作《金门》《望月》《余震》等作品时,搜索资料、实地勘察;徐则臣《北上》则于数年间搜索相关运河资料,并多次重走运河两岸,还原历史真实。这些实例无可争议地证明:底层书写的主体是谁并不太重要,关键是要真正地理解、认识和同情底层,要感同身受,对"底层有着同情与悲悯之心"②,而不是以他者的身份去阅读、审视和指责底层,正如莫言"作为老百姓的写作"③,而非以启蒙、官方、现代批判观来苛责底层。如在"寻根文学"中,部分作品批判底层的"国民劣根性",如韩少功的《爸爸爸》《马桥词典》,郑义的《老井》《远村》,朱晓平《桑树坪纪事》,它们批评底层的愚昧无知。同样,超越实际的溢美之词,也不符合严格意义上的底层书写范畴。

但这并不是说逼真描述日常生活就是底层书写,上文已经论述过,非虚构写作中,底层题材作品重视日常生活,但并不能承担底层书写的任务。底层书写最终是为了社会正义的达成或创造独特的审美作品或提供精神产品,"应该用现实主义精神和浪漫主义情怀观照现实生活,用光明驱散黑暗,用美善战胜丑恶,让人们看到美好、看到希望、看到梦想就在前方"④。康德认为文学有三种功能:宗教性、审美性、社会功利性。一些作家的底层书写重视文学的多种表达功能,在王安忆《流逝》中,明确劳动的价值和意义,女主人公端丽在历史更迭中坚定劳动的价值和意义,凭借日常生活的成功确证社会

---

① [英]诺曼·费尔克拉夫:《话语与社会变迁》,殷晓蓉译,华夏出版社 2003 年版,第 208 页。

② 李云雷:《"底层文学"在新世纪的崛起》,《天涯》2008 年第 1 期,第 185 页。

③ 莫言:《文学创作的民间资源——在苏州大学"小说家讲坛"上的演讲》,《当代作家评论》2002 年第 1 期,第 5 页。

④ 《习近平在文艺座谈会上的讲话》,《人民日报》2015 年 10 月 15 日。

改造的功效，逆伤痕文学和反思文学的写作模式；在刘震云《一句顶一万句》中，底层寻找生活的依据和根本，话友和宗教信仰成为底层生存的支柱，吴摩西的多次更名和话友的更换，平易道出民间的生存哲理。

底层书写并非为了创作而创作，为了表意而表意，也就是说，底层书写不能忽视形式问题，曹征路的《那儿》"在艺术性上被许多人质疑"[①]，形式即政治，而不仅仅是口号的呼吁或日常生活的实录。王安忆的《匿名》、范小青的《灭籍记》、鲁敏的《奔月》都是书写底层对已有身份的厌弃，偶然机会返回到匿名状态，以他者身份或远离人世的边缘者重新体验新生活。作者从审美现代性的角度，批判现代社会的高压、规约和控制，王安忆采取逆文明形式审视人的自然成长；范小青以侦探追踪模式多线交叉叙事来证明郑永梅的死亡，证明很艰难，小说予人以生存意义探索；鲁敏《奔月》双主线叙事，小六车祸失踪，丈夫贺西南否认小六死亡，脱序和在序的撕扯伴随着情感的悖谬，表现底层日常生活的无聊、隔膜和平淡，质疑了现代身份的存在意义，小说结尾小六厌烦他者生活返回原有生活环境时，却再也回不去了，这是对"奔月"故事的改写，也是互文鲁迅《奔月》和《影的告别》故事，但少了启蒙维度下鲁迅式的"反抗的决绝"，只能做"风箱里的老鼠"而左支右绌。

底层书写既要重视内容，又不能忽略形式，这在莫言的小说有卓越的表现。莫言的《等待摩西》是返乡小说的精品，与其说呼应了刘震云《一句顶一万句》，不如说与鲁迅对话，柳摩西改名柳卫东再到柳摩西的回归；在政治、经济变迁中，妻子马秀莲质疑丈夫背叛、幸福生活、守护爱情、等待丈夫，这一改祥林嫂萎缩的精神状态，她信仰基督教，完成了自身救赎；"我"以见证者、寻访者和探秘者身份，惊奇地发现柳摩西的回归，却无法回答马秀莲的质疑，也不愿踏进主人公的院子，只是以院外优美景色为读者留下似是而非的答案，留白等待读者填空，这种互文和改写的模式在莫言小说很常见，既提升作品的表意质量，又创作了独特的作品，由此可见底层书写形式的实验很重要，且很必要。

---

① 毕光明：《文学面对现实的两种姿态——以底层叙事为例》，《天津师范大学学报》（哲学社会科学版）2006年第6期，第3页。

底层书写还应考虑地域空间问题，关注弱势文化中的底层生活，少数民族、边疆地区、非汉文化区等边缘文化和空间应该一视同仁，甚至应该重点培育他们的创作主体。新疆的刘亮程、西藏的尼玛潘多、广西的周末和梁志玲、甘肃的雪漠，他们书写边缘文化中的边缘人、情、事，拓展、深化了底层书写，反映了他们的生存状态，完整地表达了底层思想和愿景，同时，也为文化中心区的创作提供了别样的书写经验，促使他们成为互相对话、协商、共赢的写作主体。

另外，底层书写不应忽视现代传媒的作用，改变写作模式，利用网络、新媒体进行写作实验。现代消费社会是语图时代，拟像、信息内爆、游戏介入、虚拟世界，底层文学要汲取现代元素，将底层审美表达与新媒体技术结合起来。这不仅是读者的内在需求，也是底层文学未来的发展方向，若自甘沉陷于旧形式旧思想的深渊，底层文学将会枯萎暗淡。这方面，阎连科、刘震云、莫言、严歌苓、张翎走在了前面，他们将自己的作品有意与影视接轨，为底层发声，严歌苓、张翎的作品更加突出，他们的写作更符合影视的内在要求，场景化、大背景、细腻的人性、底层艰难的生存与国族想象、身份认同，严歌苓和张翎的大部分作品都成为影视追逐和翻拍的焦点。

但应注意的是，避免作品的简单化、轻质化的想象，"这个时代就是缺那种常怀赤子之心，对世界充满悲悯情怀，经常思考关乎人类命运根本性、本源性问题的作家"①。重视底层的落地性和有效性，阎连科的《速求共眠》，同名电影与图书出版同时进行，打工者、大学生为主要人物，强奸、抢劫、色情、就业、拖欠工资、高考、学费等底层困境打包呈现，且作者以"非虚构"宣称诱人耳目，这种与新媒体接轨与包装的底层书写，不可谓不典范，但整个故事的矛盾却由人性的发现、良知来解决，过于重大社会问题却凭借"感化"而迎刃而解，不能说这种可能性不存在，而是说这种轻质化的内核并不是当代文学的做法，相比之下，莫言《等待摩西》的做法显得更高明一些。

底层书写存在众多盲点，局限于题材、主体、写作空间的狭隘化理解，底层书写存在单一化、类同化、虚假化、概念化的倾向，受到读者和批评界

① 曹征路:《曹征路文集》(随笔文论卷)，海天出版社 2014 年版，第 313 页。

指责，谁来书写底层和如何书写底层成为讨论的核心。笔者认为，前者本身就是伪命题，它是后殖民主义的产物，是意识形态的产物，书写主体并不仅限于底层人士。当代底层书写出现很多问题，如日常生活浅表化、零度写作、苦难极端化、寓言化、官方化、物化，底层书写脱离底层、时代，沦为现代性、启蒙思想和主流意识形态的工具和附属物，底层没有了自己的声音，成为他者的底层。因此，这也是讨论和批评的指责之一，然而并不能仅仅将此归因于写作主体问题。如何提高底层书写质量？笔者认为，不仅仅从单方面努力，扩大写作主体，扩展写作领域，培养新的写作主体，重视思想和形式双重维度，关注弱势文化空间，与新媒体接轨、更新写作模式，避免简单化、轻质化的想象，多维写作空间的拓展，才是底层文学未来发展的方向和基石。

第五章

莫言伦理叙事的维度：乡村伦理的解构和重构

伦理叙事是莫言小说写作的重要基点，乡土伦理支撑着莫言文学世界的肌理，但既不能简单地把莫言伦理叙事看作民间传统伦理，又不能盲目将之定性为阶级伦理的颠覆，在多元现代性境域下，莫言的伦理叙事具有多重维度；莫言伦理叙事与历史、地域文化和世界形成互动，具有内在的丰富性，莫言从伦理的微观视角考察政治社会的变迁，而改变以往自上而下的审视态度，乡土血缘伦理纠缠、链接和影响着政治走向，家庭伦理与政治形成庞大的块茎根系，而盲目强调乡土伦理与政治的割裂不符合历史现实；莫言的伦理叙事反思地域文化、传统文化、现代文化在伦理构建中的合理性和有效性，而不能用单一的现代伦理或民间伦理或传统伦理来归纳莫言的创作，莫言将伦理叙事放在本土化、殖民化和全球化语境下研究伦理的存在的合理性以及建构国家的有效性。

中外伦理的概念和范畴界定不一，英国 G.E. 摩尔将伦理定义为"什么是善，什么是恶"①，并将伦理分为自然主义、快乐主义、形而上学、实践、理想之物五种类型。"伦理"一词在中国最早见于《乐记》："乐者，通伦理者也。"② 儒家伦理核心以己为中心，推向社会，即费孝通先生所总结的"差序格局"，"在差序格局中，社会关系是逐渐从一个一个人推出去的，是私人联系

①［英］G.E. 摩尔：《伦理学原理》，陈德中译，商务印书馆 2017 年版，第 3 页。
②《礼记·孝经》，胡平生、陈美兰译注，中华书局 2007 年版，第 135 页。

的增加,社会范围是一根根私人联系所构成的网络"①。李泽厚则从广义的角度定义伦理,认为伦理"是人类群体社会,从狭小的原始人群到今天的全人类的公共规范,先后包括了原始的图腾、禁忌、巫术礼仪、迷信律令、宗教教义一直到后代法规法律、政治宗教,也包括了各种风俗习惯、常规惯例……伦理规范是群体对个体行为的要求、命令、约束、控制和管辖,多种多样,繁多复杂,不一而足"②。李泽厚伦理观凸显群体的主体地位,而忽视了传统伦理中个体的中心功能,而西方摩尔、斯宾诺莎和费希特从伦理的本质——善恶来探讨,莫言处于巨变的时代和面对多元的创作资源,其小说涉及的伦理面较宽,笔者结合中西伦理学来探讨莫言现代视域下的伦理叙事。

---

① 费孝通:《乡土中国》,上海人民出版社 2013 年版,第 29 页。
② 李泽厚:《伦理学纲要续篇》,生活·读书·新知三联书店 2017 年版,第 333 页。

第一节　现代性境域：血统、阶级和未来

现代性概念承载着繁复的历史内涵，它有多种含义，马泰·卡林内斯库提出"两种现代性"，即"资产阶级的现代性概念"和"导致现代性产生的现代性"，前者关键词是"时间""发展"和"理性"①，后者是反前者的现代性；阿里夫·德里克提出"多种现代性"，并阐释"欧美现代性"和"替代的现代性"②内在异同；汪晖将社会主义的现代性归结为"反现代性的现代性"③，中国社会主义现代性以实现共产主义为最终目标，无产阶级是生产的主体，并在社会关系中处于主导地位，而欧美现代性则以工业革命和文艺复兴以来形成的资产阶级为社会主导，社会主义现代性建基于社会主义社会基石上，把市场和资本从私有制的专属中解放出来，社会主义现代性和资本主义现代性是现代社会的两种类型，二者的社会性质、阶级构成、制度、生产关系有本质的差异，但它们在社会的生产、流通、消费、分配和再生产环节存在着类似之处，所以，社会主义政治、经济和文化制度丰富了现代性理论，拓展了中西社会、全球化和民族化、亚洲和世界、资本主义和社会主义研究边界和理论空间。现代社会的伦理道德属于"团体格局"，它的基本格局"建筑在团体和个人的关系上。团体是个超于个人的'实在'"④。

莫言小说创作源于20世纪80年代解放思潮，人道主义、人的异化和个人思潮轮番上演，新时期被称为"五四的回归"，这是针对"文化大革命"而

---

① ［美］马泰·卡林内斯库：《现代性的五副面孔》，顾爱彬、李瑞华译，译林出版社2015年版，第42—43页。

② ［美］阿里夫·德里克：《后革命时代的中国》，李冠南、董一格译，上海人民出版社2015年版，第19页。

③ 汪晖：《去政治化的政治——短20世纪的终结与90年代》，生活·读书·新知三联书店2008年版，第65页。

④ 费孝通：《乡土中国》，上海人民出版社2013年版，第30页。

言的，笔者认为此个性思潮非彼（"五四"）个人思潮，因为 20 世纪 80 年代所处的国际和社会环境异于"五四"语境，20 世纪 80 年代异域思潮汹涌而入，也不同于"五四"前后对西方和亚洲知识的引进和视域拓展；20 世纪 80 年代，存在主义、意识流、魔幻现实主义、现代主义和后现代主义、系统论、控制论和环境论等哲学、社会学、文学和管理学等跨学科引入，异于"五四"以启蒙和救亡为旨归的从亚洲和西方异域翻译引进的知识和思想；"五四"时期的问题小说、小诗、杂文、戏剧等以启蒙和救亡为主题，其紧迫感、宣传性、理念演绎一定程度上伤害了文学审美性。自 20 世纪 40 年代土改小说始，乡村宗族伦理和乡绅制度被阶级论突破，经济断裂成为伦理改变的直接动因，《暴风骤雨》《太阳照在桑干河上》中以宗族为基础确立的伦理关系在农会组织下开始瓦解，土地的重新划分确立了民众相对平等的主人翁地位，而摧毁了地主土地所有制及其形成的等级关系。

莫言小说突破"十七年"阶级伦理的书写规制，还原了血统自然遗传的本来面目，"仁义礼智信"儒家传统伦理回归社会本位——"仁"为核心社会架构。斯宾诺莎从社会学的角度定义仁爱力，"故凡一切行为，其目的只在为行为的当事者谋利益，便属于意志力，凡一切行为，其目的在于为他人谋利益，便属于仁爱力。故节制、严整、行为机警等，乃属于意志力一类，反之，谦恭、慈悲等乃属于仁爱力一类"①。《红高粱》中土匪的无产阶级成分，余占鳌、花脖子的贫民阶级身份，他们劫富济贫和扶弱锄奸的江湖道义反映了民间伦理内涵，这种伦理长期地形成于中国的封建社会，墨侠和儒家仁义思想是民间伦理的重要部分。莫言有选择地肯定和否定民间伦理的部分内容，"三纲五常"被"个性主义"取代，而此处的个性主义非"五四"主动意义上的个性主义，而是源自民间的原始强力，莫言将个人发现直接还原为个人的欲望，《透明的红萝卜》中黑孩对姑娘的隐秘情欲和对红萝卜的奇异感觉，《红高粱》中"我奶奶"戴凤莲与余占鳌、花脖子和罗汉大爷的亲密关系，突破了传统伦理的妇女伦理禁忌，以赞扬、羡慕和歌颂来凸显"我奶奶"大胆、泼辣与爱憎分明的性格。这是 20 世纪 80 年代改革开放带来的生命张扬的表征，它

①［荷兰］斯宾诺莎：《伦理学》，贺麟译，商务印书馆 1997 年版，第 149 页。

超越《老井》中"拉边套"的生存的无奈，沈从文《萧萧》原始状态中的情欲得到自然释放，莫言有意识地将山东齐文化中自由、奔放的品格表现出来，这类似张炜《九月寓言》对野地的留恋和认同。莫言为生命力唱赞歌的同时，还对控制人口的计划生育表达了复杂的情感，他既赞同卫生事业对生命质量、肉体解放（避孕措施和节育手术）做出的贡献，又有对计划生育政策对生命和心灵带来创伤的忏悔。莫言在此肯定了计划生育的生产性，计划生育是新的规训方式，"这种调整控制就是'一种人口的政治'。肉体的规训和人口的调整构成了生命权力机制展开的两级。在古典时代里建立起来的这一伟大的双面技术——既是解剖学的，又是生物学的。既是个别化的，又是专门化的，既面向肉体的性能，又关注生命的过程——表明权力的最高功能从此不再是杀戮，而是从头到尾地控制生命"[1]。权力者不再仅仅指各级政府机关、法官、执政者，而旁涉主流意识形态认同的社会各个阶层及其人员，不仅包括人文社科工作人员，还包括自然科学技术人员，规训更加隐匿化和广泛化，作为乡村医生的"姑姑"与村乡干部结成共生关系且成为规训的主体。

　　1942年毛泽东同志的《在延安文艺座谈会上的讲话》和第一次文代会上周扬、郭沫若等人的讲话确立和再确立了文艺为工农兵的写作规范，"二十七年文学"中"三突出""三结合"和"根本任务论"进一步细化文学的创作原则，工农兵的光辉形象以及工农兵家庭伦理的和谐关系成为书写准则，1951年《我们夫妇之间》书写不同出身的夫妇之间日常生活中的矛盾，陈涌在《萧也牧创作的一些倾向》中态度缓和地说："《我们夫妇之间》和《在海河边上》包含着资产阶级思乡情绪的作品。"[2] 丁玲认为萧也牧作品"迎合一群小市民的低级趣味"[3]。这些批评的共同特点是认定萧也牧违背了社会主义生活伦理道德。赵树理《锻炼锻炼》反映农村合作化中存在的现实问题，武养指责它是"一篇歪曲现实的小说"，"是对整个社干部的歪曲和污蔑"[4]。王西彦极为不

---

① ［法］福柯：《性经验史》，余碧平译，上海人民出版社2000年版，第99页。
② 陈涌：《萧也牧创作的一些倾向》，《人民日报》1951年6月10日。
③ 丁玲：《作为一种倾向来看》，《文艺报》1951年第8期。
④ 武养：《一篇歪曲现实的小说——〈锻炼锻炼〉读后感》，《文艺报》1959年第7期。

平地说，"按照武养同志的逻辑和情绪看来，赵树理同志这次是给了读者一棵毒草"，并认为小说"反映人民内部矛盾"①。王西彦认定赵树理作品是对社会主义伦理道德的书写，而非资产阶级伦理道德。由此可见，"十七年文学"和"文革文学"批评以《讲话》为规范，以阶级斗争为纲，莫言企图突破这一禁忌，从欲望、商品经济和资本市场的角度突破社会主义一元化伦理的书写，《金发婴儿》中军属紫荆毅然决然地触犯法律与黄毛私通，金发婴儿是情欲种子和对革命血统的改变的象征意象；在《球形闪电》中，商品经济和现代知识冲击农村阶级划分的稳定性，它们成为农村伦理变革的先在因素，家庭开始新的重组；《酒国》中肉孩的生产、流通和销售否定了社会传统伦理基础，资本成为社会分层和物化的关键质素。

　　莫言关注城乡伦理变迁，由阶级到血统，由家庭到成员，由集体到个人，由仁义到资本等准则的变迁，透视了社会经济和文化结构的变化。莫言重点书写乡村民间伦理传统，仁爱、正义、怜悯、互助和奉献，罗锅大叔的仁义，孙丙的正义，西门闹的慈善，上官鲁氏的母亲之爱，洪泰岳的社会奉献精神，作者从多个角度审视人物身上的伦理品质，它们纠葛多重因素，传统文化、自然欲望、社会监控和个人性格等，它们共同作用于伦理道德的构建，陆益龙认为："乡土社会中村民遵礼、服礼的主动性，不仅是对社区传统的遵从，而且也与礼教文化传统有一脉相承的关系，即文化的'大传统'也会在一定程度上影响着个体的行动方式乃至社会秩序。"②其表现为某一种或几种明显的伦理品质，如西门闹的慈善，既有社会文化的影响（在乡村树立个人威望的内在动力），又有善良的内在品质和家族文化传承；罗锅大叔的仁义，体现在留在作坊和寻找骡子而被剥皮的行为，他的言行不仅有民族文化的影响，又有现实因素和个人身份认同的需求。在社会主义框架下，莫言农村伦理的书写更加复杂化，人的社会角色不再单一和固化，《蛙》中"姑姑"作为非正式医疗人员，身份具有双重性，一方面，她是共和国培养的基层医疗人员和卫生政策的执行者和实践者，她负责管理农民卫生事业，又是计划生育政策

---

① 王西彦：《〈锻炼锻炼〉和反映人民内部矛盾》，《文艺报》1959 年第 10 期。
② 陆益龙：《后乡土中国》，商务印书馆 2017 年版，第 278 页。

的执行者，他们之间关系紧张，在这一层面上讲，"姑姑"摧毁生命的自然伦理（进化论自由竞争思想），干扰了血统传承的自然进程；另一方面，"姑姑"是健康的服务者，掌管新生命的健康生育活动，构建现代伦理关系；总而言之，"姑姑"不仅建构还解构乡村伦理关系，为现代化提供新的生产要素，这是现代化的要求，同时又损害自然人的存在。莫言城市场景的小说较少，其中《十三步》《酒国》较为突出，作者以社会问题导入伦理，思考文化和伦理的变异，《十三步》中基层教师的伦理困境，《酒国》中腐败文化对日常伦理的摧毁、"人"的崩塌，《蛙》中城市代孕产业对自然伦理观的冲击，莫言借此传达回归自然伦理观的信息，他最终发现自然伦理观在现代境域中的困境，政治、阶级、经济和文化成为自然伦理观的大蠹，"根据自然史的观念，我们可以洞悉舶来语言的语言外表，并思考由后革命中国的历史情境所规定的文化意识"[1]。

---

[1] 张旭东：《改革时代的中国现代主义——作为精神史的 80 年代》，崔问津译，北京大学出版社 2014 年版，第 85 页。

第二节 乡土的"种"、民间、庙堂

生命延续关涉到伦理关系的维系和稳定，传统伦理中"无后为大""子嗣绵绵""福荫子孙"等观念确立了父权制下男性的地位和权力，达尔文的进化论强调"适者生存"的雄性竞争优势地位，斯宾塞社会进化论则将进化论规则扩展到社会伦理上，清末中华帝国的衰微促使生命力追寻和呼唤成为一脉。沈从文探索楚地血性文化的根源，以此作为重振民族雄风的良剂；鲁迅从文化角度批判封建思想对人的异化，提出"内曜""心声""朕归与我"①立人路径，延续了梁启超先辈对"少年中国"的渴盼；周作人则从希腊健康的自然人性去寻找重振民族文化的质素；废名和沈从文步其后尘，废名的作品彰显诗化自然，沈从文则刻画"希腊小庙"和野地生命力的存留（探讨种的发展和延续问题）。新时期的背景是新中国成立后"十七年"和"文化大革命"历史，莫言对"种"的探索处于复杂的文化和国际形势语境。1979 年 11 月开始起草的《关于建国以来党的若干历史问题的决议》提出"拨乱反正"，纠正"文化大革命"错误，回归毛泽东思想路线，以经济建设为主，"种"的阶级划分仍旧是社会敌友标准，莫言意欲从此点加以突破，"我们播下虎狼种，收获了一群鼻涕虫"②揭露了样板戏《红灯记》等中铁定的革命后代一样红的血统论的荒谬。《酒国》检察员丁钩儿面对腐败群体的懦弱与沉沦，《生死疲劳》中坚定的政策执行者洪泰岳没有后代，"种"的书写成为革命史诗书写的突破口，莫言谨慎处理写作资源和政策允许度之间的微妙关系。

"种"的问题既继承了传统伦理主题，又融合了西方现代伦理资源。在莫言创作中，"种"的书写涉及"种"的堕落和"种"的拯救两个方面的内容。莫言书写不同于"五四"时期的探索，首先是针对点不同，莫言直接面对的

---

① 鲁迅:《鲁迅全集》(第 8 卷)，人民文学出版社 2005 年版，第 25—26 页。
② 莫言:《酒国》，江苏文艺出版社 2017 年版，第 250 页。

是"文化大革命"和"十七年"的历史，再启蒙、经济改革和发展以及文学现代化是待解决的主要问题；而"五四"面对的是救亡和启蒙主题，救亡的峻急不时干扰启蒙，救亡是历史主要脉流。莫言小说中"种"的衰落包括精神的衰落和身体的衰落两个层面，精神的衰落即精神的异化，最早的小说是1982年《黑沙滩》，郝青林为了获得政治利益而不惜写诬告信来打倒场长，这是对"文化大革命"历史的戏仿，《红高粱家族》中江小脚无辜向余占鳌索取胜利果实，《野种》中连长指挥无能、专业技术差和精神孱弱。作者的生命力退化书写主题承续了鲁迅和沈从文开拓的书写空间，它是清末民初国族危机的文学表征。鲁迅《风波》中"一代不如一代"的感叹点出生命力代际的递减危机，沈从文尊崇自然条件下健康成长的生命和由此孕育的自然品性——欲望的自然流露。沈从文认为生命力勃发和保持需要摒弃文化的侵入，包括汉族传统文化和西方现代文化，《虎雏》《萧萧》《长河》《柏子》等小说明确了生命力存在的地理和文化条件，把生命力与"民族重造"放在了同等位置，"在作品中铸造一种博大坚实富于生机的人格，使异世读者还可以从作品中汲取一点做人的信心和热忱的工作，使文学作品价值从普通宣传作品变为民族百年立国的经典"[1]。莫言在多篇小说中重提该主题，如《红高粱家族》《你的行为使我恐惧》《丰乳肥臀》《蛙》《酒国》等，《你的行为使我恐惧》主人公吕乐之自我阉割，他的没有生命力的歌曲却被称为"抚摸灵魂的音乐"[2]，反讽城市文明的审美原则，这是时代的隐喻。沈从文不断批评"阉寺人"的阴阳不定和无生命力，莫言《民间音乐》也透露类似主题，盲人歌唱家和店老板娘的消失说明了民间音乐存在的自在乡土空间，否定了市场消费文化和现代文明。

莫言并不是重复沈从文的写作，而是开拓、深化了这一主题，《食草家族》《红高粱家族》《野种》《丰乳肥臀》等家族传奇以回忆视角透视祖辈强盛的生命力，他们开疆辟土、创设家园、保家卫国、抗蝗、抗日、抗命运，他们与自然、社会不断地斗争，《檀香刑》中孙丙等为民族利益斗争，《四十一

---

① 沈从文：《沈从文全集》（第17卷），北岳文艺出版社2002年版，第296—297页。

② 莫言：《欢乐》，上海文艺出版社2012年版，第420页。

炮》中"母亲"为生存奋斗,"生命力"成为莫言书写的关键词;与之相对的是,莫言面对生命力退化的现实,没有像沈从文那样反复书写健康、优美的和生命力强盛的人性,莫言小说的在地性是他批判意识的表征,《天堂蒜薹之歌》书写高羊等民众反抗地方政府的不作为和乱作为,莫言的问题意识和干预意识使他直接对现实说话,赞同民众正义的行为和言论,而反对去势和懦弱。

莫言与乡土社会紧密相连,乡土社会的稳固是国家强盛的基础,传宗接代是乡土"种族绵续的保障"①,莫言突出了先辈的牺牲精神,即费孝通所说的"损己利人的生育"②,蓝脸为了子孙前途决然与妻和子划清界限,上官鲁氏毫无怨言地照顾子孙。莫言在《红高粱家族》中慨叹先辈"使我们这些活着的不肖子孙相形见绌,在进步的同时,我真切感到种的退化"③,鲁迅提出的这一现代命题在莫言的笔下有很大拓展,莫言从基因遗传、现代科技和生存空间角度探讨了这一主题。小说《白狗秋千架》从杂毛狗入笔,贯穿了一个大的隐喻结构,暖姑为改良孩子质量,要求与主人公结合,旨在获得健康的孩子;《蛙》中代孕公司的繁盛反证了生命力的衰弱和对优质基因的吁求;《爆炸》《蛙》表现计划生育制度和避孕措施对生命力的抑制和对人为干预自然进程的隐忧;《丰乳肥臀》《爆炸》《蛙》中对男孩渴盼,《丰乳肥臀》中基于传统伦理"种的延续"和赡养老人而考虑生育,而《爆炸》《蛙》中对男孩的强烈愿望是多种力量的角逐结果。陆益龙通过田野调查发现,农村生男"是一种群体心理特征。这一心理特征正是在村落的时空场域中,由村民与村民之间、村民与现行计划生育政策之间的互动和相互作用而形成的趋同心理压力"④。从这一层面看,莫言站在了民间立场去审视现代制度和文化,也可以说是从自然生命的角度来研究这一课题的。

莫言的伦理书写连接着乡土和庙堂,山东高密乡有鲜明的地域乡土风情,

---

① 费孝通:《乡土中国》,上海人民出版社 2013 年版,第 421 页。

② 费孝通:《乡土中国》,上海人民出版社 2013 年版,第 430 页。

③ 莫言:《红高粱家族》,江苏文艺出版社 2017 年版,第 4 页。

④ 陆益龙:《农民中国——后乡土社会与新农村建设研究》,中国人民大学出版社 2010 年版,第160 页。

民间伦理纠缠着政治，人际关系在历史时空中演绎，伦理的变迁与上层政治、基层权力和底层民众关系密不可分，莫言的多维度叙事展现伦理叙事的多重面向，乡土和庙堂不是二元的分割体，通过伦理纽带将乡土和庙堂紧密地联系在一起，他们以生命血缘为基点，形成庞大伦理根系图。《丰乳肥臀》中上官鲁氏九个儿女分别联系着不同的政治派别，庙堂与乡土、伦理与政治、乡村与城市形成不可分割的统一体，上官家与共产党、国民党和土匪等不同的政治体通过家庭婚姻伦理连接，乡土家庭伦理以家长制为组织社会原则，"家长制度者，实行尊重秩序之道，自家庭始，而推暨之以及于一切社会也"[①]。血缘关系链延伸到非血缘关系，乡土家庭伦理与政治勾连，并影响历史事件的走向，庙堂政治不再悬空于江湖之外；解放后，封建家长制被社会主义现代体制颠覆，阶级伦理取代血缘伦理。在《生死疲劳》中，地主西门闹及其妻子、儿女和长工身份的变迁是政治和乡土伦理相互作用产生的奇异的社会效果，迎春、秋香、西门金龙和西门宝凤为改变地主身份而再嫁和改姓，血缘伦理由阶级和政治标准重新厘定，改姓的蓝金龙、蓝宝凤和改嫁的迎春甚至与有血缘关系的儿子蓝解放、与自绝于政治的单干户——蓝脸划清界限，颠覆了以血缘为基础的伦理关系。从中可以看出，女性地位的改变是以男性为中心的，女性政治、家庭和社会身份的建构需要男性权力社会的认可和参与，从本质上讲，莫言小说中的女性解放并没有真正实现，"婚姻变成了社会容忍的中间道路：妇女始终是软弱无力的，她们的权利只有通过男人才能体现出来"[②]。

---

① 蔡元培：《中国伦理学史》，中华书局 2014 年版，第 4 页。

② ［德］马克斯·霍克海默、［德］西奥多·阿道尔诺：《启蒙辩证法》，渠敬中、曹卫中译，上海人民出版社 2006 年版，第 60 页。

第三节　伦理的"现代性"：殖民化、全球化和本土化

　　莫言伦理叙事被放置在中国现代化进程中的山东空间里，乡土、庙堂、伦理关系在现代化的进程中连接起来，伦理不仅牵涉乡村小单位——家庭，还关联国家民族的发展与稳定，伦理形式和内容的裂变内含现代性质素，莫言的伦理叙事不是家长里短的日常生活叙事，也不是宏大叙事式的史诗建构，而是民间视角和个人化历史的自由言说。莫言从历史大事件入手，从个人视角出发重新生成历史的细节或填补历史的空白处，抒情、叙述的狂欢化和多声部还原了历史的多种存在样态，丰富了历史的多种面向，他以悲悯、仁爱和对自然的无限崇拜的创作原则摒弃了生硬的单一政治伦理构建的社会形态，而凭借人类学视野和民间观念还原了活生生的伦理世界。简而言之，莫言以"小写的人"代替"大写的人"来书写现代化历史，并且以乡土的民众视野审视社会伦理变迁，折射出社会现代化进程中的苦难和欢欣。莫言创作思想不能单单理解为与主流意识形态的对抗状态，一体化的意识形态正在被个人多元化意识形态取代，莫言乡土、自然和个人意识吻合新的意识形态，莫言的个人话语并不是新话语系统规训的结果，与福柯话语建构理论有很大的出入，"主体的任何表意实践活动都是预先被规定好了，任何话语的陈述终不过是依照特定认知型来叙说而已。每个时代和社会都存在着实施这一权力的认知型，它就呈现在一系列的被标榜为科学性真理和知识之中"[1]。在新的经济形态（家庭联产承包责任制，商品经济和市场经济）和齐地文化语境中，莫言在小说世界中建构个人话语，这是逆福柯话语的生成理论，即建构话语来达到身份认同的目的，更接近于英国霍尔的话语理论，"话语研究方法把身份认同过程视为一种建构，一个从未完成——总在'进行中'——的过程。它始终是在

---

[1]　周宪：《从文学规训到文学批判》，译林出版社2014年版，第8页。

'赢得'或'失去'、拥有或抛弃，在这个意义上，身份认同是不确定的"①。莫言扎根于山东高密东北乡，从地域文化、鬼怪传奇和自身经历中汲取创作资源，创作中呈现明显的山东地方伦理观念和道德文化。高密属于齐文化，早期包括道家文化和阴阳文化，后来受到鲁国儒家文化影响，由于齐地是大陆泽并且近海而形成独特的近海文化特征，人们崇尚功利和革新，追求自由和开放，阴阳、神鬼浪漫气息浓厚。莫言把地域文化特征渗透在乡土伦理叙事中，在家族创生的系列小说中，《食草家族》《野种》《红高粱家族》《丰乳肥臀》等，人物设置、人物关系、情节处置和风景安排上有鲜明的地域特点，人物性格豪放，重义节和信用，讲正义，情感流露自然，"我爷爷""我父亲"在多篇小说中互文出现，作者意欲建构家族史的主旨明显，他们性格具有典型的齐地文化特征，如余占鳌的逞强斗狠，救助弱小打抱不平的墨侠精神，维护民族利益，不计较与游击队的利益纷争。莫言小说中女性性格泼辣、有胆量，爱憎分明，敢作敢为，戴凤莲、九儿、"我姑姑"、"怀抱鲜花的女人"、暖、黄互助、黄合作、眉娘等女性具有齐地文化特征，她们冲破爱情伦理中封建文化的束缚，回归以开放自由为本质的齐文化，身体特征铭刻着地域群落和文化特征，"族群认同所负载的身体特征，以相当不寻常的方式延伸，延伸到族群以语文、历史、神话紧紧依附的乡土、土地与泥土"②。

　　齐文化结构的乡土伦理超越了阶级党派政治阈限和资本主义、社会主义的经济划分，莫言在建构"农民世界"，"莫言的'农民世界'与官方文学史教程上的'农民世界'截然不同，这个世界里万事万物平等生长，是反'阶级斗争'原初世界"③。莫言的"农民世界"是独特的，单干户蓝脸扎根于土地，以土地意识对抗人民公社，最终土地的实在战胜乌托邦的想象（人民公社、大跃进等激进想象物），大地母亲上官鲁氏以血缘伦理结构起庞大的家族谱系，家庭成员分属不同的党派集团，从这一角度来看，小家内部的大家之

---

① Stuart Hall and Paul du Gay, eds. *Questions of Cultural Identity*, Sage Publications, 1996, p4.

② ［美］哈罗德·伊罗生：《群氓之族——群体认同与政治变迁》，邓伯宸译，广西师范大学出版社2005年版，第100页。

③ 莫言：《莫言的文学共和国》，北京大学出版社2013年版，第133页。

争，改变了以往叙事中大家视野中的小家模式，莫言这一改动彰显了乡土伦理在政治斗争中的关键作用，宏观政治存在于微观政治之中，而非相反，莫言将二者位置颠倒，隐喻时代的变革主题，吻合"修身齐家治国平天下"和"一屋不扫，何以扫天下"的内在机理，是传统儒家文化的"差序格局"的表征，"在差序格局中，社会关系是逐渐从一个一个人推出去的，是私人联系的增加，社会范围是一根根私人联系所构成的网络"①。不同的是，莫言的思维更加复杂和深化，小家的政治决定着中国大历史的未来，而非相反，这是自下向上的民间伦理观，这与1978年开启的"家庭联产承包责任制"有内在的一致性，家庭小单位替代人民公社大单位，二者地位改变影响着政治和经济的未来走向，莫言这种思维直接源于农村土地变迁，而其根本来源则是齐文化自由和开放的品格。这一特征契合了新时期改革开放的思想潮流，被赋予意识形态的特征，因此莫言小说能够被主流意识形态接受，在主流媒介上传播，莫言现代化的伦理叙事具有鲜明的本土化特征。

莫言的伦理叙事渗透着历史观，伦理的变与不变成为莫言书写的一大亮点，20世纪具有启蒙和救亡的鲜明特征，钱理群、陈平原、黄子平在1985年"三人谈"中提出"二十世纪文学"是"一个由古代中国文学向现代中国文学转变、过渡并最终完成的进程"，"世界文学中的中国文学"，"改造民族灵魂的总主题"，"悲凉的美感特征"，"艺术思维的现代化"②，虽然理论有建构的生硬和自圆其说的缺陷，但相对完整地表述了阶段文学的风格特征。莫言小说中时间大多放置在20世纪，他从伦理的角度关注民族的危机和存在问题，寻求伦理危机的解决途径，《檀香刑》中孙丙等猫腔艺人的民间群体以传统文化为维系纽带，抵抗殖民入侵和被动的现代化进程，他们视火车等现代技术为洪水猛兽，"三侠五义""桃园三结义"等民间伦理中侠义和以弱抗强精神支撑了孙丙等民众的民族主义行为，客观上反殖民化效果彰显了民间伦理的民族性和乡土性，孙丙等人的失败折射了传统民间伦理结构的群体行为的散漫性、盲目性和混乱性，他们的"扶清灭洋"理念混淆了正义内涵，政府与殖

---

① 费孝通：《乡土中国》，上海人民出版社2013年版，第29页。
② 黄子平、陈平原、钱理群：《论"二十世纪中国文学"》，《文学评论》1985年第5期。

民国家的利益结合实证了传统文化伦理的孱弱和无能，莫言肯定了孙丙等民众的反抗行为，但否定了群体的伦理组织结构和内在的封建文化精神，作者支持的是余占鳌、余豆官等身上的齐文化精神，而摒弃束缚人性自由的文化毒素。

莫言对传统伦理压制人性部分的批判和反思，反映了地方文化与现代思想的汇合。莫言的伦理叙事返归历史时空之中，将民族强大归结为个体生命的强健，他从生命伦理入手，结合乡土文化和历史进程，以传奇浪漫主义的手法探究伦理在历史流向中存在的合理性和合法性。《白狗秋千架》中要求基因的改变，家族系列小说中对先辈的崇敬和对"种的退化"的忧虑，《丰乳肥臀》中上官鲁氏为生育男孩而与马洛亚牧师结合，这不仅是20世纪社会的隐喻，还探究了乡土伦理的改变对大政治的影响，上官金童的嗜乳症隐喻殖民出现的怪胎，同时也否定了利用外来基因改变乡土伦理进而完成救亡使命的尝试行为。

乡土伦理掺杂在地方文化之中。鬼神文化在齐地历史悠久，蒲松龄的《聊斋志异》是莫言学习写作的一条门径，他还专门写过一本小说集《学习蒲松龄》，《聊斋志异》中动物与人关系密切，动物介入人的伦理关系当中，生命伦理关系重置。例如，莫言在其小说中大量运用狐狸来互文《聊斋志异》，狐狸成为传宗接代和助主人公脱离危机的关键角色，莫言小说中的狐狸带有《聊斋志异》的象征符号特征，如《爆炸》以狐狸对人的凝视和狐狸遭人驱逐与《聊斋志异》中狐狸与人类的私密亲近关系形成对照结构，这种落差点出计划生育政策与传统伦理观的矛盾，现代性制度直接干预生命进程，这与避孕措施和代孕技术对自由生命的干预形成呼应关系。莫言反思的脚步没有停止，《酒国》消费社会带来消费的无限膨胀，孩子作为消费品而被"酒国"按现代化机制细分为生产、流通、销售和制作流程，前三个环节还是小生产的模式，而制作环节则更加专业化和制度化，生命伦理存在的根基被现代性制度摧毁了，莫言以自然史的视角反观现代文明对生命以及伦理关系的摧毁和重置，前文明、原始社会、传统文明社会和现代"吃人"现象并置存在，形式不同，而内在机理相似。

伦理成为莫言分析社会的利器，他以超越的视角观察伦理存在和构建新社会的合理性问题，以地域和民间视角通过历史文化进程考察伦理的走向。莫言的现代视角超越欧洲式的现代性概念，以地域文化和乡土伦理为基点，在传统、历史、本土和全球化的进程中建构起反现代性的现代性小说世界，这恰恰吻合了德里克的后革命时代的全球化理论："资本的全球化并不能以欧洲的样式将世界同质化，相反，它导致了各种传统的复兴，这些传统曾经一度被欧洲现代性打入冷宫。传统的复兴对于全球化来说极为重要，它代表了欧洲现代性的崩塌。"①

　　莫言以伦理叙事为基点建构庞大的文学共和国，现代视域下的伦理叙事探究了历史时空中的伦理变迁，莫言以伦理叙事"告别'文化大革命'"，开启文学回归"人学"的大门。乡村是中国的重要地域，乡土伦理不可避免地进入莫言的创作视野，地域文化、传统文化和现代文化成为莫言审视伦理的入口，他摒弃单一的政治视角，以"种的退化"为始，开始探索生命伦理的改变，基因改变直接影响血缘伦理结构，从家庭伦理改变来审视现代社会的变化。莫言将现代历史和自然史放在一起进行比照，梳理伦理改变的有效性和合法性，并探求伦理在现代社会的存在形态和未来的发展方向，虽然莫言没有给出更加具体的实施路径，但是他以否定排除的方式考察了历史变迁中的伦理社会，为文学和社会学提供了伦理构建方案，具有参考价值。

---

① ［美］阿里夫·德里克：《后革命时代的中国》，李冠南、董一格译，上海人民出版社 2015 年版，第 272 页。

第六章

莫言的身体叙事的开拓性：超克"五四"启蒙和激进现代性

莫言的身体叙事从"种的退化"切入进化论思想，但它与"五四"启蒙思想具有鲜明的差异性，它的着眼点既不是医学的精神病学层面，也不是鲁迅等人的批判传统文化的启蒙视野，而是从科学和现代文明等生物学角度切入去探讨问题；虽然他们都是从启蒙的视角去评定，但莫言重视的是分析哲学，而非"五四"启蒙的价值先在理论，因此不能将莫言放置在"五四"启蒙的价值框架中去阐释；莫言从后现代视域审视身体在现代革命中的遭遇和身份变迁，身体与现代组织制度形成矛盾和抗拒关系，身体的主体性被建构，凸显了身体的超社会存在的人类化视野，并以身体话语来对抗阶级叙事和一体化政治，具有鲜明的反现代性的特征；莫言以大悲悯的情怀书写革命、市场和乡土中的身体，身体的在地性和超越性折射出莫言内在的困惑，不能简单将身体视作政治、经济附庸或土地的同类物，它具有复杂的身体政治内涵。莫言以平视态度对待身体、社会和风景，身体具有批判和生产的双重功能，身体的主体性建构凸显了后现代文化中个体的成长和作者认知的深入。

人的身体包括肉体和精神两个层面，肉体是身体存在的物质实体，精神包括文化和毅力等意识层面和潜意识层面，它是身体的无形支撑，决定身体的意志和方向；文学规制中"身体转向"是新时期文学走向之一，它反拨政治、阶级和集体等外在因素对文学的霸权，呼应了改革开放、消费社会对生产主体的重新审视和关注，但作者的创作置身于复杂的语境（传统与现代、东方与西方、本土与全球化、中国与殖民国、地域文化与道统文化、乡土与庙堂），莫言身体叙事以西方启蒙为基础，以分析哲学为出发点，反思"五四"启蒙的身体叙事本质和方法论。

他还将身体话语作为工具来解构阶级叙事和一体化宏大叙事，旨在建构个人主体话语模式，这种反现代性的言说方式，赋予身体叙事超越社会历史和文化的人类学视野，使个人主体不断解构和重构，呈现反现代性特征。张旭东曾说："针对意识形态客体而表述主体位置，通过重组时代的时空关系，这些文化实验把第三世界过程现代化过程展现为将传统根本性地、历史性地重新定位于其尚未定义的现代阶段，这一再定位过程也将一个新兴社会的文化内在性对象化。"① 莫言以身体为突破口，接续并突破"五四"个人话语理论范畴，借鉴苏俄等异域文学中人性书写质素，创造了具有独特内涵、文化传承和时代质素的反革命现代性的身体话语叙事范式。

---

① 张旭东：《改革时代的中国现代主义——作为精神史的 80 年代》，崔问津译，北京大学出版社 2014
年版，第 99 页。

第一节　反思启蒙：生命力、文明、救赎

退化是历史概念，它"最初同畸形概念并不相干，因为它是在精神病医学领域而不是在生物学家那里产生和发展的"①。这是西方退化的起源，清末民初，严复的《天演论》翻译自赫胥黎的《进化论与伦理学》，生命退化披上盛世危言的外衣而广为传播，鲁迅、沈从文等有志之士纷纷撰文呼吁和寻求拯救之道；新时期，莫言特别关注该课题，他的着眼点既不是医学的精神病学层面，也不是鲁迅等人的批判传统文化的启蒙视野，而是从科学和现代文明等生物学角度切入去探讨的，虽然他们都是从启蒙的视角评定，但不能将莫言放置在"五四"启蒙的价值框架中阐释，莫言重视的是分析哲学，而非"五四"启蒙的价值先在理论，"五四"启蒙缺少统一性基础，它与西方启蒙理论、基础、方法论是有明显差异的，汪晖指出，"五四"启蒙统一性无法构建"源自各种新思想的嫁接的无根基性和历史断裂性"，"五四"启蒙态度是统一性背后的观念混乱，"价值先在颠覆了分析重建启蒙的内在逻辑"；"态度同一性"批判对象的依据是其"伦理性"，而非"西方自然哲学和政治哲学"，批判凸显"情感性"而非"西方理性中的主客观一体性"，而是"主客观分离情态"。②质言之，莫言"种的退化"观念更接近于西方的启蒙思想而非"五四"文化。

莫言身体叙事以肉体为突破口，将身体实体视为个人景观发现的标志性特征，"肉体的抛出"换来的是个人的回归，这里的肉体不仅指性禁忌的突破，还指个人身体的凸显和张扬。在《红高粱家族》中，戴凤莲、九儿的身体自我支配，摒弃了过多的文化和习俗的制约，土匪余占鳌依凭强壮身体生

---

① ［法］阿兰·科尔班：《身体的历史》（第2卷），杨剑译，华东师范大学出版社2013年版，第252页。

② 汪晖：《汪晖自选集》，广西师范大学出版社1997年版，第313—319页。

存、满足欲望和延续后代，"大口吃肉，大口喝酒"成为莫言表现身体的俗语常用词。身体主体的公开化展演使莫言的书写贴上了两种标签，一种是女权主义启蒙观念，一种是前现代原始母系氏族文化的复兴观念。而莫言的创作是基于个人经验和阅读史的，齐鲁文化下的女性个性和善良品格的熏陶，《聊斋志异》和《鱼王》小说中的女性形象，启发莫言创作了混杂异域文化的本土形象，不能简单以启蒙观点来概括之。莫言由变种的红高粱和纯种白狗的绝迹指称和隐喻人"种的退化"，对身体遗传本身的强调成为莫言创作的一个焦点问题，他从基因变异及弱化、生育能力减弱、文明异化等角度透视种的延续和发展问题。这一介入价值理念接续了鲁迅"救救孩子"的思想，融入了沈从文"生命力"叙事的要素，但莫言扩展和深化了这一主题，并加入了现代社会质素，以全球化和历史的视野审视种的问题，而鲁迅从文化的角度以"立人"为旨归来关心"孩子"的位育问题，将传统封建教育文化作为批判的标靶，沈从文则从湘西美好人性的存留和维护国家完整的角度来强调"生命力"，质言之，二者以启蒙和救亡为出发点。

关于"种"的书写，莫言针对的是"十七年"和"文化大革命"十年的血统论，"龙生龙，凤生凤"传统理念被革命现代性承续，成分划分建立在财产多寡的认定基础上，成分成为判定人民和敌人的标准，"地富反坏右"与"贫农""中农"作为二元对立阶级，以直系血缘关系界定的家庭成员归属各自阵营，好坏善恶之分由血缘关系确定，也可以说，好坏由财产多寡确定，好坏品格通过血缘遗传。"文化大革命"十年带来了经济停滞和倒退，新时期发展经济的要求促使领导层重新思考经济问题，土地和财产直接与政治挂钩被推翻。莫言《生死疲劳》中地主西门闹一生勤劳节俭，置地买房积累财产，却被土改整肃，其妻妾和子女也受到政治的排挤和打击，莫言以民间事例实证了这一划分的荒谬。在1985年写作的《红高粱家族》中则以震惊的效果反写定型的人物形象，土匪成为民族英雄和小说赞扬的主角，易夫再嫁、出轨女性作为"个性解放"的巾帼女杰。《野种》中土匪的儿子与党的指导员成为褒贬的二元，莫言否定了善恶的经济划分标准，却保留传统文化中的血统划分；西门闹善于持家，而其子西门金龙在政治、经济方面具有独特才能证明了这一点，这也反映了作者思想中传统文化的根深蒂固和农村经验的存留。

莫言以乡村和城市为空间考察了"种的退化"问题，基因或者说自然因素成为莫言身体叙事的方向，"种的退化"主要表现为：生命力衰退、畸形生命体、阉寺生命的生产和崇拜。生命力衰退在《红高粱家族》中有确凿的体现，男性性格的缺失或阉寺人或阉寺文化的出现在《你的行为使我们恐惧》中有直接呈现，吕乐之自我阉割，而其音乐却符合城市文化的审美趣味，丧失阳性的阴性文化成为城市文明的追捧对象，这种阉寺性文化曾被沈从文贬斥，类似的小说还有贾平凹《秦腔》，自戕的引生隐喻传统文化命运（秦腔的命运）和异化的现代品格，阉寺文化成为现代文明的表征，"抽象的爱如同生命力，而一个人如不具备这种生命力，就如同阉寺人一般对人，对事，对理想毫无热忱"①。莫言还将身体的部分器官作为生命力的象征，胡须、脚、乳房、臀部、头发、头颅、体型等，如孙丙的胡须，眉娘的大脚，上官鲁氏的丰乳肥臀，黄毛的头发，蓝千岁的大头；畸形生命包含身体和精神两个方面，这两个方面是不可分割的，相辅相成，在《白狗秋千架》《生死疲劳》《丰乳肥臀》《酒国》《檀香刑》中，暖的聋哑儿子们，大头儿子蓝千岁，黑孩、上官金童、赵小甲身体残疾，作者追溯了他们生命力衰退的原因——隔绝自然、现代节育技术、计生政策、阴性文化崇拜，并以此来反思现代文明的弊端及其价值取向。

莫言与鲁迅、沈从文和王蒙关注生命存在和发展问题，鲁迅提出孩子的位育要从文化和环境两个维度入手，父亲须改变"养儿防老"的存款获息方式，应当"肩住黑暗的闸门"，去除子孙历史、文化和家庭"负担"，助其增强创造力；蔡元培认为人之独立有三：一曰生存；一曰自信；三曰自决。"②沈从文以诗化小说形式重点强调了乡民存在的原始环境的存留，排除汉文化和现代文明，倡导自然和自为的楚文化，认为自然环境能培育良好的"希腊人性"，鲁迅对传统文化和伦理开刀，沈从文以异地文化切入，两人殊途同归；不同的是：鲁迅借镜拜伦摩罗文化、尼采超人精神、基尔凯郭尔的孤独个人、施蒂娜的唯一哲学和叔本华的唯意志论等，在《破恶声论》中提出了"内

---

① 汪晖：《旧影与新知》，辽宁教育出版社1996年版，第165页。
② 蔡元培：《中国伦理学史》，中华书局2014年版，第137—138页。

曜""心声""人各有己""朕归与我""个人"①等立人的具体对策，更加现实，可行性高；新时期伊始，刘心武通过小说《班主任》呼唤"救救孩子"，点出教育的危机和紧迫感，仅仅提出问题而没有给出具体方法和操作路径；莫言在《红高粱家族》中慨叹"种的退化"，《白狗秋千架》以科学视角寻求健康生命体旨在基因的改变，它还包含着另一层面的意义，暖向大学讲师的"我"求子，她对优质基因的吁求不仅反映科学生育知识的普及，还反映出知识与之俱来的社会等级化品格，这是20世纪80、90年代城乡差距的表征。莫言借新历史小说《丰乳肥臀》传达黄色人种与外国人种结合出现退化的信息，毋庸置疑，这种信息的科学性值得怀疑，但莫言的真正意旨是表现国族生命力衰退和中西生硬结合的后果。莫言强调的是生命力来源于野地和民间，"生活离开了自然，人种也就跟着失去本来的野性和生机"②。《食草家族》《野种》《红高粱家族》《秋水》等小说传达了这一思想，但莫言异于沈从文的"希腊人性小庙"的建构理念和鲁迅立人的文化路径，从科学和自然劳动角度来存留健康的生命。

严复翻译的《天演论》影响着几代人的思想和观念，但他对赫胥黎的原作进行了选译、改译和漏译，从心理上将西方进化论思想窄化和简单化，这是清末民初知识分子启蒙和救亡的急切和躁动引起的普遍现象，严复忽略进化论中物种保存和倒退的可能性，只强调它的发展意义，承续斯宾塞的社会进化论，严译的改动"与价值判断紧密相连"③；救亡和启蒙的使命决定严复翻译只选择和改译对应的进化论内容，章太炎提出的"俱分进化论"和克鲁泡特金《互助论》中并存的"互助与竞争"则是对"严复进化论"的纠偏和补充，然而"严复进化论"观念影响广泛和深远。"种的退化"正是进化论的一种表征，鲁迅则提出种的保存和发展的策略，"健全的产生，尽力的教育，完全的解放"④。当然，鲁迅也不完全赞同"新胜于旧"；在自然进化论方面，莫

---

① 鲁迅：《鲁迅全集》（第8卷），人民文学出版社2005年版，第25—36页。

② 王玉：《莫言评传》，清华大学出版社2014年版，第76页。

③ 林基成：《天演＝进化？＝进步？重读〈天演论〉》，《读书》1991年第12期。

④ 鲁迅：《鲁迅全集》（第1卷），人民文学出版社2005年版，第141页。

言肯定生命基因改善和生命活力保存的意义，在社会进化论方面，他还批判现代文明和传统文化对身体的禁忌和生命活力的抑制，在《岛上的风》中以省悟的笔触写道："我抛掉了自己视为圣经的'社会达尔文主义'。"①

　　生命力的保持和生命健康遗传本质是现代启蒙文化的内容，它关涉民族和国家的救亡和认同问题，理性主义内核决定了个人的社会责任。新中国成立后，启蒙的任务仍未完成，尤其在新时期，启蒙重新占据了舞台中心位置，莫言在大多数小说书写中，显示出平衡社会问题和文学表达的困境，他以因果和反戏剧化来结构故事，具有反"巴比尔综合症"（自由、无秩序）的艰难和疲惫，从另一角度来讲，小说呈现出多元性风格，这是作者自由书写的表征。莫言的《生死疲劳》《锦衣》采用巧合的手法，将动物和人的生命统一起来，动物与人的文学质素融入进来，这种消除人与动物之间等级性的理念以身体为媒介，表征为巧合的书写模式，接通了与欧洲传统哲学的联系，古代人"把对世界的责任、世界上的意外和世界无法预料的频繁变化的责任都托付给了诸神，这就让他们有随意行动的自由"②。在此层面上，莫言与博尔赫斯创作有类似点，博尔赫斯小说多以"巧合"开始，每个人通过单数以无甚关联的方式行动，因果、规则的内核消失，任意性赋予了小说多重含义。

---

① 莫言：《白狗秋千架》，上海文艺出版社 2012 年版，第 96 页。
② ［法］让·博德里亚尔：《完美的罪行》，王为民译，商务印书馆 2014 年版，第 91 页。

第二节　超克革命现代性：革命、消费、土地

莫言将身体叙事从红色叙事的禁锢中解放出来，身体回归个人，并具有了独立的价值和意义，集体和政治对身体的占有的威力锐减；莫言祛除了政治和阶级添加在身体上的魅惑，这不是作者的独创，而是新时期小说共有的特征，不同之处在于莫言探索了身体叙事的多个维度，他以百年历史为经，以浓缩的高密东北乡为纬，以大事件和文化为线索，将身体作为穿透历史、思考生死、审视社会文化的刀剑，建构起一个庞大的生命世界，莫言的小说世界是鲜活的，是本土的和民族的，具有在地性和超越性。

莫言身体叙事被置放在历史和高密东北乡中，这里的历史是指从清末民初开始，贯穿 20 世纪直至当下，空间以山东高密乡为根据地，生产出一个涵盖全国区域的想象性空间。莫言采用卡夫卡的象征和比喻的修辞手法，小说整体上有象征的意蕴，具有超越具体时段和空间的可能性，将普遍性和特殊性融为一体。身体叙事在不同的历史语境下有不同的内容和形式，而莫言以超越历史的人类学的眼光审视生命的表演："站在高一点的角度往下看，好人和坏人，都是可怜虫的人。小悲悯同情好人，大悲悯不但同情好人，而且也同情坏人……只揭示别人心中的恶，不坦露自我心中的恶，不是悲悯，甚至是无耻。"① 莫言以大悲悯的情怀进行身体叙事，身体不再是铁板一块，它具有丰富的多种可能性，身体本身的外形、体态、健康状况，精神高尚和卑劣，肉体和精神的不对称，它们直接与现实和历史对话，"文革文学""三突出""三结合""根本任务论"，十七年文学"工农兵文学"史诗建构原则窄化和僵化了文学创作，"不同风景拥有了不同的秩序不同等级，不能违背、不能冒犯，小麦和杂草分明，玉米和高粱各有不同的排列，就如同表面上平等的

---

① 莫言：《天堂蒜薹之歌》，上海文艺出版社 2012 年版，序言。

村庄中,行走着大权在揽的村支书、村长们的身影"①。莫言从民间文学和苏联红色文学中汲取营养,认为人性书写包含好坏两个方面,英雄人物也有缺点,英雄人物形象不一定高大,被认定的"阶级敌人"可能也有很多优点。莫言的创作理念与刘再复"主体论""性格组合论""圆形人物"不谋而合,并开始尝试突破固定的身体叙事原则。《丑兵》中王三社,《生死疲劳》中蓝脸家族等人物,形象丑陋而内心却善良,人格突出,作者将他们作为褒扬对象。反之,《金发婴儿》中士兵们偷窥裸体女像,杨天球残酷掐死金发婴儿。新时期之前,军兵是英雄形象的代表,任何瑕疵的书写都不符合《讲话》思想,而莫言突破身体书写的政治魔障,生产出身体书写的多种可能性,革命者身体的书写有了不同的样态:《野种》中的指导员怯懦无用,《酒国》中的丘八爷形象邋遢、性格粗糙,《生死疲劳》中洪泰岳信仰坚定,但思想僵化,身体致残,最终为自己坚持的理念而抛弃了肉体,并摧毁西门金龙的生命。身体是构成思想的生命基础,而作者笔下的革命者通过抛弃肉体的方式来完成自我建构,莫言既肯定他们的信仰,又对他们某些缺陷深表遗憾。如指导员胆量和智慧的欠缺,丘八爷沉沦酒食而对丁钩儿无效的指导,洪泰岳对改革开放和土地承包的不理解,莫言则以大怜悯的情怀平视革命者,而没有采取非此即彼二元对立的态度判定他们。"莫言小说就是一种文学对历史的言说,这种文学的方式所见到的历史也就能够容纳原生态的未被政治过滤的生存现实,能够给'历史中的人'更多的关切与怜悯,审美话语特有的'复义与含混'也避免了以单一意识形态立场为是非的机械眼光,小说不再是排斥性的,而是极具包容性的话语实践。"②

　　莫言还原了身体的本来面目,他以雨果的"美丑对照"原则开展身体叙事,美丑是不可分割的一体,相互连接补充,莫言把丑和美毫不保留地淋漓尽致地展现出来,"最英雄好汉最王八蛋"③的土匪,"高尚"而卑污的士兵,为民服务的初衷和执行暴虐的天堂县执政者,外表放荡而内心纯洁的蓝凤凰,

① 叶开:《莫言的文学共和国》,北京大学出版社 2013 年版,第 6 页。

② 温儒敏、叶诚生:《"写在历史边上"的故事——莫言小说的现代质》,《东岳论丛》2012 年第 12 期。

③ 莫言:《红高粱家族》,浙江文艺出版社 2017 年版,第 4 页。

洪泰岳坚定的革命信念和僵化的固执。莫言赋予身体多样化的形态，肉体和精神、美和丑多样组合丰富了人物构成。如《生死疲劳》中的地主西门闹，政治定性为敌人而现实生活中仁义勤恳，地主的既定的政治形象的改写源自莫言的经验。莫言的朋友余华根据身世创作了《活着》，福贵父亲的形象与西门闹相似，也就是说既定的政治形象不能涵括所有的地主。费孝通由田野调查得出结论："儒家是反对地主们在享受上无厌求得的，克勤克俭，把主观的欲望约制住了，使他们不至于尽量地向农民榨取。这有限的土地生产力和农民已经很低的生产水准是经不起地主阶层们挥霍的。"[①]《檀香刑》中，孙丙被清政府定为罪犯，身体和精神要经历残酷刑罚，而赵甲将"檀香刑"看作审美艺术，身体受刑的每一个环节被赵甲演绎为审美的表演，观众也参与其中，身体既完成惩戒的任务，又成为文化消费品，身体被动承担外在的政治和文化消费，身体的自为性缺失，这是莫言对传统文明中社会身体存在的质疑和反思；这与"吃孩子"的现实和文化隐喻有相同的思想内涵，《酒国》虚拟酒国社会，市场直接消费孩子的肉体，既呼应中国历史上吃人的现实，又接续鲁迅《狂人日记》《孔乙己》《白光》中揭露的传统文化"吃人"主题。莫言身体叙事针对肉体说话，将肉体置于一个万劫不复的现实场景，身体的拯救即政治的救治，"身体的展布，最后是'身体的治疗'：不是拯救，不是未来的末日的拯救，而是当下的救治。仅仅发现生产的过程与病理特征还是不够的，而是要走向救治，寻找生命新的可能性"[②]。身体或沉默或直接借主流话语开口说话，《酒国》中红孩小妖以革命话语领导众小孩出逃，作为食材和商品的"肉孩"借用革命话语来处理生存危机；《红高粱家族》中罗汉大叔被活生生地剥皮，身体获得为抗日捐躯的正义意涵；《四十一炮》中罗小通参加吃肉比赛，身体获得了社会的认可，身体的欲望也切合 20 世纪 90 年代消费社会的内在理念，"消费拉动生产"，吻合 20 世纪 80 年代人的解放思潮，妇女地位持续上升的政治态势；《檀香刑》中孙眉娘主动追求县令钱丁，她的狗肉是钱丁性饥渴和物质需求的表征，莫言对他们性欲大尺度细腻的描写，展现了

---

① 费孝通：《乡土重建》，岳麓书社 2012 年版，第 78 页。

② 夏可君：《身体——从感发性、生命技术到元素性》，北京大学出版社 2013 年版，第 136—137 页。

饥饿和性具有内在的一致性。萨特曾说："饥饿和性欲一样，假设了身体的某种状态，在这里被定义为血液减少，大量的唾液分泌，腹膜的收缩等。"①莫言对这些女性的书写多带有欣赏的眼光和崇敬的态度，女性身体承载了社会对男女平等地位的主流认知。

在革命和社会主义建设中，身体是政治和阶级的附庸，身体的配角地位和符号功能将身体的情感和精神独立性抽干殆尽，"文明化进程越是将身体理性化，人们越有能力控制自己的身体，而他们可能面临的控制自己身体的要求也就越多"②。在萧也牧的《我们夫妇之间》中，夫妻对个人生活的关注即身体的觉醒书写遭到批评家和主流意识形态的扼杀，身体欲望被批判为与集体意志相违背的资产阶级趣味和欲求，这是革命和社会主义建设原始积累期的形势和处境决定的。莫言身体叙事冲决坚固的人设藩篱，大肆书写物欲和情欲，并将之放置在工农兵的群体之中，戴凤莲、九儿、上官鲁氏、上官金童、孙不言、鲁立人、余占鳌、黑孩、罗通父子、丁钩儿等皆属于人民阵营。莫言身体叙事承载着丰富的社会文化信息，传达出莫言独特的个人经验和认识。20世纪80、90年代，改革开放、商品经济、市场和消费社会的逐渐到来，"人的解放"全面展开，而不再局限于人的政治解放，经济和文化的表现突出，人的基本欲望成为当时文学书写的一大亮点。比如阿城"三王"小说对吃的热衷和精细描摹，刘恒小说《伏羲伏羲》对越轨情欲的大尺度书写，阎连科《坚硬似水》展示情欲支撑下的革命言说，接续了左翼革命加恋爱小说的规制，但情欲书写深度广度凸显。莫言的成长经历和经验为其身体叙事提供了思想支撑，20世纪60年代的天灾人祸给莫言留下了刻骨铭心的记忆，饥饿和孤独作为关键词汇不断被莫言在各种场合提起，回忆和再现这种体验，由其衍生的感觉以想象的方式细致入微地展现出来。莫言大量描写吃的材料、欲望和感觉，《透明的红萝卜》中对普通蔬菜萝卜精致创新的描摹，《四十一炮》中罗小通对肉食的细致感觉，《生死疲劳》中狗小四对气味敏锐而独到的

---

① ［法］让·保罗·萨特：《存在与虚无》，陈宣良译，生活·读书·新知三联书店2007年版，第475页。

② ［英］克里斯·希林：《身体与社会理论》，李康译，北京大学出版社2010年版，第156页。

鉴别力，感觉发达是身体存在的症候，"身体之为身体，一直是某一个主体感受到身体，身体即是身体的感受"①。身体的压抑反而刺激了身体某些功能的极端发展，革命和阶级斗争成为身体生产和意义增值的策源地。

革命中身体服从劳动和秩序的需要，进行了超越自然肉体的新型文化建构。工农兵形象概念化、单一化，经历传奇化、英雄化，而敌对阶级的形象则丑陋化和妖魔化，某些红色经典就是这些写作的标杆。新时期的生产力和生产关系的调整，使莫言的阅读经验和个人经历修改了其作品在"文化大革命"时期及之前对人的认知，比如土匪的正面书写、军人的阴暗面的揭露、地主形象的逆转。但是莫言并没有完全脱离文化和先在的文学影响，例如小说《生死疲劳》从民间文学《聊斋志异》和佛经轮回故事寻找新形式书写革命中的身体，地主西门闹转世为驴、牛、猪、狗、猴，形式即内容，客观上说，身体的动物化认可了地主罪犯的身份，"人受到惩罚而变成动物，是各个民族童话不断重复的母题。如果一个人被投入到动物的体内，就意味着他有罪"②。莫言无意中支持了阶级论，也可能是莫言有意为之的写作策略，身体支撑了阶级论。

---

① 夏可君：《身体——从感发性、生命技术到元素性》，北京大学出版社 2013 年版，第 13 页。

② ［德］马克斯·霍克海默、［德］西奥多·阿道尔诺：《启蒙辩证法》，渠敬中、曹卫中译，上海人民出版社 2006 年版，第 230 页。

第三节　身体政治：认同、生产、皈依

身体和意识对立的二元哲学在西方文化中源远流长，从柏拉图开始，历经笛福、康德、黑格尔、马克思、尼采等人的研究，意识和身体的对立关系并没有缓解，意识压制身体，身体欲望反抗意识的控制，身体具有了政治意义。身体政治包含微观政治和宏观政治两个层面：从政治学角度定义，宏观政治研究的是"政治生活的有序整合、政治资源的动员与配置、政治制度的创新与发展等问题"[①]。微观政治研究的是"政治角色和政治群体的各种行为动机以及政治利益所实现的图景等问题"[②]，而具体到身体政治，宏观层面指身体与国家意识形态和国家利益的关系，微观层面指身体在家庭、社会中等的地位和利益。身体政治的微观层面在莫言小说中体现为：身体的伦理道德关系、身体与土地等自然关系、身体与民间文化等。莫言小说的在地性体现在这些方面。莫言将身体放在家庭伦理范畴去考虑个人的处境，反思身体的位置和身体未来的发展问题。在《丰乳肥臀》中，从民间伦理角度讲，上官鲁氏的身体不属于自己，而是家庭的组成部分，她的价值衡定标准是生育男孩和持家，她借夫求子，生育七个女儿，而女儿并不能改变上官鲁氏的家庭地位，所以不能仅仅将上官鲁氏与不同人结合生育看成是性的解放，民间伦理是生育的主要动因。小说开篇驴生育和人生育并置、对比，上官鲁氏的身体作为伦理的附庸存在，"这种听起来非常荒唐的事情，在当时中国农村里是普遍存在的现象"[③]。上官金童的出生扭转了其身体和个人的命运，她一跃成为家庭的掌门人。女性身体与动物地位等同，价值由生育男孩衡定，类似的作品有《白狗秋千架》《爆炸》等。莫言重视女性在社会家庭中的地位，孙眉娘的

---

① 严强、张凤阳、温晋锋：《宏观政治学》，南京大学出版社 1998 年版，前言。
② 严强、张凤阳、温晋锋：《宏观政治学》，南京大学出版社 1998 年版，前言。
③ 莫言：《我的高密》，中国青年出版社 2011 年版，第 182 页。

大胆求爱、戴凤莲的易夫、紫荆的偷情，性凸显身体的权力，但这些并不能完全改变身体的地位，孙眉娘未能说服钱丁改变父亲被处刑的悲剧命运，余占鳌另寻新欢，紫荆和黄毛受到法律制裁，女性身体独立的要求在传统伦理中不被允许，她们的解放需要突破旧有的文化体系，"生殖作用在人类社会中已成为一种文化体系。种族的需要绵延并不是靠单纯的生理行动及生理作用满足的，而是一套传统的规则和一套相关的物质文化的设备活动的结果。这种生殖作用的文化体系是由各种制度组织成的，如标准化的求偶活动，婚姻，亲子关系及氏族组织"[①]。现代文明的到来，使女性身体也面临很多危机，计划生育，现代垃圾食品影响生育，代孕等影响女性的独立，身体沦为生理机能的附庸。男性是父系社会的主导者，但男性在社会伦理中也不能独立控制身体，上官金童是传统伦理的产物，他的嗜乳症否定了他的独立性。

身体与土地等自然的关系，是一个复杂的主题，莫言反思的维度较广：生命力的源泉问题，身体与现代化中土地的关系，身体最终归属问题。第一方面，生命力的源泉问题。土地培育人的野性，莫言将之与新人和乡土及国家重建结合起来，个人身体活力存留和激发是其出发点，身体与土地的共生关系确立了身体在乡土伦理中的权力和地位，肯定了身体对农业绝对的重要性，莫言对现代技术、文明的警惕的主要前提是它们干扰了生命的自然进程，影响了健康生命的生育，莫言以反驳现代科学的方式来保护个体主体的延续和发展，这是后现代性的视点；第二方面，身体与现代化中土地的关系，在激进革命中，身体被纳入现代化进程中，个人主体性的强调否定了社会主义的现代土地方案；阶级划分是重新组织生产的金科玉律，身体与土地关系重新厘定，莫言笔下的地主西门闹，生前和死后轮回始终没有脱离与土地的关系，蓝脸坚持单干，把自身与土地紧密连接在一起，土地耕作效率原则为他恢复了乡族荣耀；第三方面，身体最终归属问题。传统文化和宗族制度规定了人的最后归宿，莫言在《檀香刑》中表达了乡土遭到殖民侵略的恐惧和惶恐，乡民以神教信仰维护乡土的纯洁和宁静，在他们的视野里，土地是他们生死的物质基础和精神系念。莫言《生死疲劳》中蓝脸为逝去的亲属、动物

[①]［英］马林诺斯基:《文化论》，费孝通等译，中国民间文艺出版社1987年版，第27—28页。

和自己安排埋葬地点和位置，单干户土地成为其生死的归宿地，并嘱咐儿子简化自己葬礼和行装，以粮食为被（此做法与苏童《米》中五龙携大米还乡形成互文关系），其行为背后的理念不能仅仅用传统文化涵盖，而是渗透了莫言对历史、现代文明、传统文化和宗教的综合认知，土地、粮食和身体建立了微妙的关系，它们之间的权力机制是整个农业文明的缩影，莫言不仅肯定了自然朴素的土地观，也赞赏了身体回归自然的人类学理念。

身体在民间文化中具有重要地位，它不仅是生命延续和发展的基础，还是家庭强与衰的标志，男性劳动力功能和女性的生育本能构建了生态稳定的社会，身体的病症会危及家庭和社会存在，并且患病者在家庭和社会中的地位会急速下降。《红高粱家族》中麻风病者被土匪枪杀，妻子被抢走，《丰乳肥臀》中上官寿喜性无能使他在家中没有存在的位置，《麻风的儿子》中麻风病人及其家属被社会的区隔和嘲笑，病体在乡土伦理中直接关涉它们存在的尊严和交际的范围；身体的鲜明特征成为生命存在的标志，民间文化中对胡须、脚、丰乳、肥臀、生殖器官的崇拜，是身体获得社会权力的表征。

在宏观政治层面，莫言通过身体叙事突破阶级叙事的单一模式，个体生命和精神的发现，解构了左翼以来的群体叙事，身体欲望摧垮了一体化政治的中心地位，身体回到了本体，这与文艺复兴小说拉伯雷《巨人传》有类似之处，主人公庞大固埃对身体物质需求的强调，凸显了文艺复兴对人解放的要求。新时期"人道主义""人的异化""人的解放"等讨论促进了人的重新发现，莫言生逢其时地将个人饥饿、孤独、性记忆通过身体叙事表现出来，这种契机不仅完成了个人和时代的对接，作者还以超越现代性的态度解构了"大写的人"和集体等革命现代性思想。

莫言写作始于1981年，当时处于拨乱反正期和改革试水期，莫言的写作带有当时主流意识形态的色彩。克罗齐在《历史学的理论和实际》中提出"一切历史都是当代史"，柯林武德认为"历史就是活着的心灵的自我认识"[1]。莫言身体叙事具有改革意识形态的文学表征，带有反拨前在社会文化意识对身体压制的责任和意识，身体叙事成为当时生产力和生产关系变革的产物，

---

① ［英］柯林武德：《历史的观念》，何兆武、张文杰译，商务印书馆2009年版，第287页。

"身体也直接卷入某种政治领域；权力关系直接控制它，干预它，给它打上标记，训练它，折磨它，强迫它完成某些任务、表现某些仪式和发出某些信号。这种对身体的政治干预，按照一种复杂的交互关系，与对身体的经济使用紧密相连；身体基本上是作为一种生产力而受到权力和支配关系的干预；但是，另一方面，只有在它被某种征服体系控制时，它才可能形成一种劳动力；只有在身体既具有生产能力又被驯服时，它才变成一种有用的力量"①。莫言的身体叙事符合新时期新的意识形态的要求，个人解放为以经济建设为主的新经济提供新的生产关系，自由的个人成为市场所需求的劳动力，身体物质和欲望的需求又刺激消费的增长，反过来促进了生产。所以说，身体具有生产性，它为未来社会提供思想支撑，毋庸置疑，身体叙事是市场和主流意识形态的合谋者。福柯曾说："我们发现了一种新型投入，不再变现为通过压制实现控制的形式，而是通过激励实现控制的形式。'想脱就脱——但拜托要苗条瘦削、有型有款、肤色健康！'"②

莫言的身体叙事具有双重功效，它解构了先在的阶级叙事和史诗叙事，同时又适合新经济生产关系的要求，重新建构了新的意识形态。莫言主观上欲建立新的叙事类型，开拓新的书写园地，客观上配合了主流意识形态的建构。但如果将莫言的身体叙事单纯地归纳为意识形态的作用，"我们如果在颠覆和拆解主流意识形态的桎梏的同时，从一个极端陷入到另一个极端，就并不见得非常得当了"③。

莫言的小说具有丰富性，他的身体书写只是他写作的一个重要突破口，身体承载启蒙、救亡、传宗接代和土地生产者的使命，莫言以悲悯的情怀审视身体外的人为附加物，以人类学的视角去发掘身体本体的价值，而祛除身体上的意识形态的幽灵，作者的写作世界更加广阔，内涵更加丰富。

莫言的身体叙事从"种的退化"切入进化论思想，但它与五四启蒙思想

① [法]福柯：《规训与惩罚》，刘北成、杨远婴译，生活·读书·新知三联书店2010年版，第27页。

② Michel Foucault：Power/Knowledge：Selected Interviews and Other Writings 1972—1977，Brighton：Harvester，1980，p.57.

③ 李宗刚：《民间视域下〈红高粱〉英雄叙事的再解读》，《烟台大学学报》（哲学社会科学版）2005年第1期。

具有鲜明的差异性，它的着眼点既不是医学的精神病学层面，也不是鲁迅等人的批判传统文化的启蒙视野，而是从科学和现代文明等生物学角度切入去探讨问题；虽然他们都是从启蒙的视角去评定，莫言重视的是分析哲学，而非五四启蒙的价值先在理论，因此不能将莫言放置在五四启蒙的价值框架中去阐释；莫言从后现代视域审视身体在现代革命中的遭遇和身份变迁，身体与现代组织制度形成矛盾和抗拒关系，身体的主体性被建构，凸显了身体的超社会存在的人类化视野，并以身体话语来对抗阶级叙事和一体化政治，具有鲜明的反现代性的特征；莫言以大悲悯的情怀书写革命、市场和乡土中的身体，身体的在地性和超越性折射出莫言内在的困惑，不能简单将身体视作政治、经济附庸或土地的同类物，它具有复杂的身体政治内涵。莫言以平视态度对待身体、社会和风景，身体具有批判和生产的双重功能，身体的主体性建构凸显了后现代文化中个体的成长和作者认知的深入。

第七章

莫言土地叙事新解：原型、凝练和超越

  莫言土地叙事处在不停的更新和拓展的路途中，而非单一或静态的归位（概括），"谁的土地"成为一个复杂的亟须解决的问题。土地叙事只是一个存在，这个存在没有完成时，永远在行进中，小说呈现的只是土地的偶然性存在；土地叙事的轨迹和游移共同组成了莫言文学世界的存在，存在是不显形的，小说呈现的土地仅是偶然的瞬间。莫言通过回忆、回乡和写作而再造的土地是一个可逆的不断生成的存在，土地的颓败与复兴只是存在的两极，作者的书写是一个定型化的点，以简单的单一化或固化的视野审视作者的土地叙事是不准确的；莫言作品的魅力在于意义生成的动态化和内在的可逆与反复性，这也是作品繁复意义生成的地带，只有靠读者的经验与想象性的填空才能完成，这种填空也仅仅是这一个，是瞬间性作品，不能用永恒不变的观点来考察；莫言的土地叙事是一个复杂的存在，勾勒莫言笔下土地的生成轨迹，可以理清土地与个人经验、历史、文化、政治和经济之间复杂的互动、协商关系。

  从 1976 年离开高密东北乡开始，莫言对故乡的写作都沉浸在回忆的再造之中，莫言需要在政策允许度和创作自由之间平衡，莫言的强制性回忆是"戴着镣铐的跳舞"。土地是莫言书写的对象和故事的载体，他的"高密东北乡文学世界"的创生是土地叙事的结晶，是以高密乡为主导地域的，但也吸取其他地域的物质资源，类似《聊斋志异》，"取种种不同"，形成独特的"这一个"，即莫言所说文学的个性化，这是他 20 多年创作经验的总结。"尽管我

的文学观念发生了很多变化，但有一点始终是我坚持的，那就是个性化的写作和作品的个性化。"[①] 莫言从主体出发突出作品的独特性，但"这一个"不仅仅是作者单方面的功劳，它是一个复杂的生成，是文学建构的永远进行的动态。韦勒克从层积的角度阐释了意义的丰富性，"一件艺术品的全部意义，是不能仅仅以其作者和作者的同代人的看法来界定的。它是一个累积过程的结果，也即历代的无数读者对此作品批评过程的结果"[②]。但是他没有点明意义的生产是进行时，没有终点。

　　莫言的小说生产出来后，又重新反哺于山东土地的形象建构，继之，重新成为莫言建构文学大厦的基石，由此可见，文学与土地之间是一个互动的可逆流程。

①　莫言：《文学个性化刍议》，《文艺研究》2004 年第 4 期。
②　［美］勒内·韦勒克、［美］奥斯汀·沃伦：《文学理论》，刘象愚等译，生活·读书·新知三联书店
　　1984 年版，第 35 页。

第一节　土地原型及重组：地域、动植物、生死

在小说《红高粱家族》中，莫言以红高粱意象构建高密东北乡的诗性王国。红高粱被作者建构成颜色对比鲜明和生命力旺盛的典型植物，它的存在成为乡土复兴、地域文化重新崛起的整体象喻。而现实中高密东北乡的红高粱早已不再被大面积种植了，它仅仅作为地域的标志性植物，成了无根之木。专为电影《红高粱》拍摄种植的高粱地，由于长势不好不能满足小说中建构的高粱形象；事实上电影中的高粱如杂草一般，微弱扶疏，细茎少籽，这与故事宣扬生命力主题是有出入的。小说突出民间强盛的生命力，余占鳌、戴凤莲、罗汉大叔等生命形象与植物、地理特征是相互映衬的，高粱是一个中心意象，电影中高粱形象的不到位影响了电影叙事的效果。电影《红高粱》赢得柏林金熊奖，获得了国际认可，红高粱成为地方政府宣传地方形象的名片，政府为旅游和地方经济搭桥引线，开始大面积有规划地种植红高粱。这种有意为之的刻意为地方造型，却忽略了地理风景的自在性和时空的迁移性，此时非彼时。莫言《红高粱家族》书写的是大泽中的野高粱，它们是多年生植物，不必播种，秋天涝后即可收获，有规划地大面积种植，并不能体现高粱任意而生的特性，也不能彰显高粱强盛的生命力。且高粱是存在于作者记忆中的影像，它每次提取都有所不同，心境、阅历和年龄都会影响高粱地形象的建构。尧斯认为："第一个读者的理解将在一代又一代接受之链上被充实和丰富，一部作品的历史意义就是在这个过程中得以确定，它的审美价值也在这个过程中得以证实。"[①] 而克里斯特瓦却从语言学上解构了意义的生产，她认为文本是"一种超语言的程序、一种动态的生产过程，认为文本不是语法的或非语法的句子的静态结合物，不是简单的纯语言现象，而是在语言中受

---

① ［德］H. R. 尧斯、［美］R. C. 霍拉勃：《接受美学与接受理论》，周宁、金元浦译，辽宁人民出版社1987年版，第25页。

激发产生的一种复杂的实践活动"①。笔者认为莫言的《红高粱家族》是一个偶然的存在，读者、导演、评论者和演员等都在建构自己的红高粱世界；同样逻辑，莫言的高密东北乡的建构过程也有一个流动的轨迹，读者、评论者以至于莫言本人每次评价都有新的内涵，时间、空间和经验不同都会形成不同认知，所以，《红高粱家族》的建构没有终点，任何盖棺论定和判断式的表述都是不准确的。

莫言小说中的地域原型是高密大栏镇平安庄村，乡村的地理风景分布成为莫言早期书写的原型，胶河、村头小桥、打麦场、河堤以及河堤上的槐树、河中小岛、红沙滩、小学等，莫言早期小说围绕这些地理风景。小说中的风景最大程度上接近实存，因为莫言离乡不久并且经常定期回村居住，乡村变迁的风景持续层叠，书写对记忆进行遴选，突出和强化的风景被作为小说质素。典型作品如《枯河》《红高粱家族》《夜渔》《爆炸》《蝗虫奇谈》《透明的红萝卜》《三十年前的一次长跑比赛》等。莫言将乡村的植物适时嵌入文本，葵花、槐花、芦苇、牵牛花、大豆、红薯、棉花、芝麻，这些植物可分为两大类：一类是野地生存的植物，灰条草、三叶草、星星花、蒲公英等；一类是农作物，莫言则以田地书写为主要畛域，高粱田、黄麻田、萝卜地、玉米田、白菜地、谷子田、棉花田为常见意象。田地是莫言书写植物较多的风景源，本质原因是农民以土地为根本，直接动因可溯源到土地改革、人民公社化运动以及家庭联产承包责任制，社会主义劳动因素的凸显以及劳动制度的保障，不断地调动土地耕植的积极性，劳动与阶级等政治质素关联起来。且荒地缩减和田地增加成为解放后农业发展趋势，莫言对土地的书写反映了这一事实，在《天堂蒜薹之歌》《售棉大道》等作品中，莫言凸显农作物地位以及支持个体劳动价值的传承，而对集中规划下的农业生产则持批判态度，这是对柳青《创业史》、赵树理《三里湾》集体农业生产的反驳。莫言从历史事实和个人体验出发，反思农业生产的成败得失，批判计划经济对农民的冲击以及对乡村经济的破坏，认同和肯定单干户对经济的贡献。在《生死疲劳》中，作者大幅度书写蓝脸单干的言行，带着褒扬色彩叙述蓝脸的道路选择和

---

① 罗婷：《克里斯特瓦的符号学理论探析》，《当代外国文学》2002 年第 2 期。

生死安排，他是这一狂热盲从时代中的清醒者，犹如鲁迅《死火》中的清醒者，以坚定地燃烧自我来完成生命的大张扬，进而否定凝固永恒的风景观赏物。蓝脸晚上耕作，避免成为大众的观赏物，他的务实劳作精神以及劳动的成果成为潜在的坚固存在，"他以求清净的单纯动机对抗了时代潮流的巨大漩涡，因保守而前卫，像中流砥柱一样固守了土地所维系基本价值"①。莫言对农作物书写带有质感和体验性的回忆，此回忆强化了劳动的艰辛和依凭土地生存的艰难程度，在《白狗秋千架》中，暖背负沉重的高粱叶子，高粱叶子上的毛毛刺给人的尖利感觉在莫言的回忆中膨胀发酵，一个微小的劳作场景透视着莫言对重返故乡的艰难之感，莫言熟悉土地劳作及其艰辛，所以乡村劳动场景的再现是亲切的。从小说艺术角度讲，这一场景以陌生化的方式完成了乡村"根"的发掘。在此，劳作体验的记忆被场景激发，高粱叶带给皮肤的痛苦和沉重，作者难以将之作为完整美好的呈现，乡村被劳作的艰辛赋予一种痛苦和煎熬，这种既迎还拒的情感是小说展开叙事的背景和潜在思想流。简言之，莫言对农作物的书写不是一个固定的存在，也不是简单的使用价值的比附，更不是与城市相对的乡村表征，它是一个复杂的融入历史、现实、文化和自然的多元存在。

莫言野地写作被赋予野性的色彩，并成为寻根小说命名的标志，实际上莫言的野地自然物书写并不是有意为之，而是自然而发的。山东高密是未开垦的土地存在物，它的现状是由于自然条件的限制和经济发展所限，莫言善于书写野地植物和动物，儿时的记忆占据了重要位置，草甸子、大泽、河中小岛、红沙滩、槐树林子，成为小说中极具魅力的风景。它们并不天然具有意识形态的色彩，但在20世纪八九十年代的语境下，这些野地风景的书写承载了颠覆阶级一元化书写的重担，被归入"寻根文学"高峰和终结之作。笔者并不简单地肯定和否定这种文学史视角的判断和命名，而是提醒研究者重视莫言野地写作的无意识性和自然性。

莫言笔下的动物、植物是农村常见的物种，它们共同构建乡村生活和传

---

① 季红真：《深化结构的自由置换——试论莫言长篇小说的文体创新》，《当代作家评论》2006年第6期。

承乡村文化，同时乡村文化又返回形塑了它们，动植物与乡村是一个互动的建构过程。蚂蚱、蛤蟆、狗、燕子、蝈蝈、油蛉子、蟋蟀、蚂蚁、蛐蟮、螃蟹、黑鱼、山猫、野草，乡村是一个立体的多层次的生命空间，而人只是空间的一个重要组成部分。沈从文认为人是自然中一点，"人虽在这个背景中凸出，但终无从与自然分离……且把人缩小到极不重要的一点上，听其全部消失于自然中"①。余华说万物与人地位相等，他在《虚伪的作品》中说："我并不认为人物作品中享有的地位，比河流、阳光、树叶、街道和房屋来得重要。我认为人物和河流、阳光等一样，在作品中都只是道具而已。"②而莫言从自然史的角度书写土地和批判城市，张旭东曾说："人的世界、历史的世界被自然或自然史克服了。"③莫言笔下的动植物与人们的生活和工作紧密相连，将蝗灾视为天灾和人祸的共同作用的结果，还有刺球交合伤人难以治愈的神奇书写，狼、狐狸千里复仇和报恩事件。驴、马和牛是人们生存不可或缺的生产资料，比如《三匹马》中，刘起将马放在首要位置，优先于孩子和妻子，导致婚姻破裂；《白狗秋千架》中狗成为连接"我"与暖的桥梁，小说中交代了狗与乡村的关系，狗不仅促进了故事的发展，还承载通灵的功能，实际上这并不是虚无的夸张，而是狗与人密切关系的表征，同样的例子是《猫事荟萃》《养猫专业户》中对猫在乡村地位的书写。

莫言笔下的动植物既鲜活实在，又有神秘文化的气息，"听爷爷辈讲这里的过去，从地理环境到奇闻轶事，总感到横生出鬼雨神风，星星点点如磷火闪烁，不知真耶？假耶"④？其中《聊斋志异》的味道很浓，作者将神鬼文化与乡村动植物融为一体，动植物不再是单纯的自然物，而是被民间赋予了文化伦理的外衣，它是人性的隐喻。张清华曾说《红高粱家族》中的野狗"和此前莫言所写的无数可爱的动物一样，是人性的映射和叙事的必要补充"⑤。动

---

① 沈从文：《沈从文全集》（第16卷），北岳文艺出版社2002年版，第340—341页。

② 余华：《没有一条道路是重复的》，作家出版社1989年版，第175—176页。

③ 张旭东、陈丹丹：《"魔幻现实主义"的政治文化语境构成——莫言〈酒国〉中的语言游戏、自然史与社会寓言》，《人民论坛·学术前沿》2012年第14期。

④ 莫言：《白狗秋千架》，上海文艺出版社2012年版，第187页。

⑤ 张清华：《天马的缰绳——论新世纪以来的莫言》，《当代文学评论》2006年第6期。

植物不是纯粹的自然体，还是传统文化的产物，这里的传统文化指的是高密乡地域文化：齐地文化。聊斋文化是重要组成部分，它们不是祛魅的现代文明和科学主义，而是建基于野地生产出的通灵文化，是传统文化视野中的生态自然，非现代视域中的生态文明；莫言对狐狸进行大量描述，狐狸的炼丹、报恩、复仇和魅惑，《枯河》中狐狸被现代文明驱逐，隔绝了狐狸与人类的亲近，人是人，还是兽？这是现代社会隐喻之谜，这类似于斯芬克斯之谜，斯芬克斯的谜底还原了人的生物功能，将文化遮蔽物驱除，这是对文化偏执的反驳；莫言借狐狸与人关系疏离隐喻现代社会对人的生理本能的控制，聊斋文化中，在人与狐狸的夫妻关系的想象性架构中，人性解放，而在现代文明中，狐狸的放逐事件否定了过去人与兽的和谐关系。当然，笔者并不是认同人与兽的亲密关系，而是将其作为象征系统来审视现代文明，作者是站在此角度来理解人与兽的关系。

莫言凸显高密东北乡土地对人生存的重要性。他从对祖先创生谱系的追溯，到新世纪初对计划生育政策的反思，全面审视原始生态和现代生态下生命的自在和自为，并将生死和乡村的未来连接起来，思考民族的生命力问题。《秋水》《蝗虫奇谈》等小说书写先辈在大泽中扎根的艰难，并强调土地生产对生命保持和发展的重要价值。土地是乡村的根本，莫言在《生死疲劳》中反复书写单干户蓝脸和西门闹投胎的驴、牛执着于土地，将生产作为生命最重要的一项内容，土地成为他们劳动的载体。在《黑沙滩》中，暴风雨来临之前，场长打破僵化的政策，鼓励农民抢收农场（集体）麦子，这是重视粮食作物的体现，同时也违背了集体主义原则；《粮食》中的母亲为了维持家人日常生活，以自残的方式训练胃来储藏偷来的粮食。土地以及土地上的动植物成为人们尊崇的对象，而不仅仅是服务人类生存的工具或载体，土地披上了文化和宗教的外衣。

莫言营造了一个生和死的世界，反思传统文化、乡土文化和现代文明中的生死观。莫言的《秋水》以洪水与生命诞生神话相互映衬，再次形塑生命源起故事，这种书写建构了家族诞生的神圣性。在《红高粱家族》《野种》等小说中，塑造了生命力旺盛而具有家国情怀的家族谱系。在这一寻根小说的流脉中，根是生命力的象征，作者以自然的物欲和情欲开拓出庞大文学世界的谱系，莫言寻根彻底终结了寻根小说的文化寻根的本旨，颠覆了 20 世纪 80年代的文化崇拜和理想化的狂欢，"随着《红高粱》被改编成电影，及时迎合了人们对'寻根'的那个历史性深度和玄虚的形而上学观念的厌倦，卓有成效地完成了一次自欺欺人的狂欢节。20 世纪 80 年代关于'人'的想象力已经挥霍干净，英雄主义的主角怀抱昨天的太阳灿烂死去，理想化时代的终结倒也干脆利落"[①]。莫言认为生死是严肃的事件，他肯定了生死要报告土地爷和生命回归土地民间自然观，余占鳌、戴凤莲生与死的轰轰烈烈，蓝脸要求子女将自己埋葬在自己的土地上，并且将粮食覆盖在自己身体上。在《蛙》中，"姑姑"为陈眉的出生而违背政策。莫言反思人为控制生育的现代措施——避孕、代孕、节育和计划生育制度，既肯定了控制措施的必要性，又反思其非人性化的行为。莫言态度的游移正是现代社会和传统文明冲突的结果，在小说《弃婴》经验谈中，作者认为该小说"从表面看，是计划生育政策把一些父母逼成了野兽，但深入考察，我明白，重男轻女的传统观念，是杀害这些婴儿的罪魁祸首"[②]。

　　乡土生育观已经不再适用于现代文明社会，但是乡土观念的更新需要乡镇现代化的完成，乡土和城市不是对立的两极，而是互动的可逆性关系，城市和乡村的相互构建是新生死观诞生的基点。莫言认同蓝脸的生死行为并不是否定城市的生死观，而是批判乡村伪善的非理性生死观，洪泰岳妄视政策的变迁而一味沉浸在"左"倾思想中，他的牺牲虽然悲壮但彰显了愚昧和庸俗。

---

① 陈晓明：《最后的仪式——"先锋派"的历史及其评估》，《文学评论》1991 年第 5 期。
② 莫言：《白狗秋千架》，上海文艺出版社 2012 年版，第 312 页。

第二节　视界融合：城与乡、流动、他者

莫言视野中的土地是他者的存在。高密东北乡是莫言的故乡，并且莫言经常回到故乡居住，但莫言又不断地逃离土地，并且以一种决绝和憎恨的态度来完成他的逃离。作者的逃离—回归—逃离的循环模式增强了莫言与故乡土地的关系，但是又增加了它们之间的隔膜。莫言的每一次逃离和回归都是用一种新的视角重新审视土地，对土地的诠释也会有一些新的差异。伽达默尔认为诠释"带来了一种过去与现在的对话、他者与我们的对话，这种对话发生在二者之间视域融合的瞬间"①。莫言的创作就是新的创作路径，即使是莫言对他之前创作的改写，这种反复不是同一性的复写，而是差异性的生成。比如《野骡子》与《四十一炮》在小说形式、情节和内涵方面有很大的不同。后者有很多新的视点，小说中重要的一点涉及"父亲"好吃的渊源追溯，前者将之归结为土改的经验（地主败光产业而划为贫农，父亲的吃喝来源于历史动因）。而后者好吃行为来源于饥饿的残酷记忆，前者从别人的经验出发（如余华身世），后者从个人三年灾害亲身体验切入，更切近个人现实。由此看出，莫言找到了表达自己经验的路径，而非他人经验的模仿。

莫言出生于 1955 年，在家乡亲历人民公社化运动、三年自然灾害等历史事件，饥饿和孤独成为莫言乡村生活的总结。莫言在不同的场合对饥饿动因进行叙述，对作家职业向往源自饺子的动力，"他一天三顿吃饺子，如果不吃饺子，就一定吃包子，反正他不吃没馅的东西"②。莫言在小说中不断重写乡村饥饿体验，《透明的红萝卜》以感觉膨胀的形式书写饥饿外在物化，《铁孩》中刻画了饥饿的极端表现。莫言在回忆中不断刷新饥饿体验，由切实体验的详细描绘到反思自我的行为再到变本加厉的魔幻叙述。而他在诺贝

---

① 赵一凡、张中载：《西方文论关键词》，外语教学与研究出版社 2006 年版，第 6 页。
② 莫言：《师傅越来越幽默》，上海文艺出版社 2012 年版，第 118 页。

尔文学奖获奖演讲中则以幽默方式看待饥饿，这是繁复体验后回归云淡风轻的叙述样式，那种刻骨铭心的再造变迁为花甲之年洞透世事的洒脱与精神滋养，同时其幽默叙述也成为市场语境下消费灾难的谈资方式。莫言家庭富裕中农的成分使其家族在乡村受到挤对，最终导致莫言上学生涯终结。《猫事荟萃》《枯河》等小说和莫言的个人陈述显示了莫言在农村的痛苦和无奈，专制的父权制、痛苦的饥饿体验、乡邻的冷眼和兄妹们的厌弃，留给莫言过多的痛苦。

可以说，莫言对乡村的藏污纳垢本性赤裸裸的揭示与此有直接关系，作者视野中的乡村并不能简单用民间立场来盖棺论定。莫言对乡村土地的恨源自自然和社会带给他的创伤，因此，莫言《蝗虫奇谈》中将蝗灾视为天灾人祸的结果，在《欢乐》中说："我不赞美土地，谁赞美土地谁就是我不共戴天的仇敌；我厌恶绿色，谁歌颂绿色谁就是杀人不留血痕的屠棍。"[1] 作者的憎恨覆盖土地上的动植物及人，但不能理解为一概否定的虚无主义，而是将土地自然污秽和社会渣滓以审丑的形式表现出来，茅厕、蛆、腐烂的尸体，漫画化的乡村干部，比如白肉书记（《欢乐》）的言行；莫言对土地事物书写是选择性的，这种选择是莫言体验和离乡后的经验的结晶，例如《欢乐》中英雄高大同在乡村的悲惨待遇。离开土地的动力和定力使莫言一步步逃离乡土，棉站工人是莫言第一次逃离土地的尝试，而棉站的生活和待遇更坚定了他逃离土地的决心，且赋予他不同的创作视野。《售棉大道》《白棉花》等作品即是例证，小说中介入不同阶层的故事。前者还停留在阶级趣味不同引起冲突的模式，后者以爱情和友情为主题，书写一个乡村女子遭到城市纨绔子弟抛弃的故事。乡村遭受城市创伤的"巨型能指"，以此提升了作品的高度，一个传统故事放在乡村和城市对比视野中生产出新的意义。从反面来看，城市的现代性可以治愈乡村青年在城乡差距中造成的创伤，但是对西方现代性亦步亦趋，导致"在根本价值和认同问题上'空洞化'。这个空洞化的原因很多，

---

① 莫言：《欢乐》，上海文艺出版社 2012 年版，第 216 页。

但其中之一也许就是整个社会领域的'非政治化'和庸俗经济化"①。莫言在城市生活中体验和反思现代性的偏执，不断地回乡寻找、超越经济和系统等现代工程的自然存在，莫言在离乡与返乡中再造乡土神话。

莫言1976年入伍、提干，从1981年在保定《莲池》杂志发表《春夜雨霏霏》开始，莫言对土地的书写不断游移，并且对土地的理解也转向多元化。莫言早期小说书写没有固定的阵地，以模仿和改写为主，这也是众多初学者的共同点。《春夜雨霏霏》《岛上的风》有对军旅小说的模仿，且有阐释概念的嫌疑，《黑沙滩》模仿张一弓《犯人李铜钟的故事》，《石磨》模仿赵树理《登记》，《你的行为使我们恐惧》有沈从文阉寺人的影子。莫言的故乡土地的书写从《透明的红萝卜》开始，以个人体验为主，它"以内省和感觉的语言方式，将小说由'伤痕文学'、'反思文学'、'改革文学'、'知青文学'等外部符号化写作，引领到更加注重内心和艺术品质的道路上"②。作者以过去生活为基础，以回忆方式重新对饥饿、政治、社会公共活动和爱情纠葛展开立体性叙述，通感的时空性介入，增添了小说的张力。作者借黑孩的视角对萝卜前后的描摹并不一致，换个说法，就是前后对红萝卜的认知不同，"他希望还能看到那天晚上从铁砧上看到的奇异景象，他希望这个萝卜在阳光照耀下能像那个隐藏在河水中萝卜一样晶莹剔透，泛出一圈金色的光芒。但这个萝卜使他失望了。它不剔透也不玲珑，既没有金色光圈，更看不到金色光圈里包孕着活泼的银色液体"③。其中夹杂着黑孩不同时段的心境，这种不一致折射出黑孩心境变迁对感觉的影响。这看似否定了饥饿和食物匮乏在书写中的决定作用，实际上，这是莫言回忆的再造，或者说与当下现实的隔膜。莫言夸大了第一次对红萝卜美好的体验，也减弱了第二次描摹的力量，作者主观的理念增强了土地书写的效果，放大了爱情在小说中的作用，并将弱者黑孩提升到"人"的高度进行书写。这正如张贤亮小说借助美女来给受难的"右派"

---

① 张旭东：《批评的踪迹——文化理论与文化批评》，生活·读书·新知三联书店2003年版，第217页。

② 邱华栋：《故乡、世界与土地的说书人——莫言论》，《文艺争鸣》2011年第3期。

③ 莫言：《欢乐》，上海文艺出版社2012年版，第45页。

知识分子以物质和肉体的慰藉一样，这种情感的补偿机制在莫言小说中更加潜在化，差异、对比、补偿功能和人性化赋予小说以文学及文学史地位。

莫言坚定自己的写作根据地，以高密东北乡作为中心，以此向外延伸出庞大块茎根系。即使高密东北乡的书写，也不是均质的，它是一个流动的和游移的散落群体。莫言笔下的土地不是固定、僵化、单元和孤立的存在，而是在阅读、经验和体验重新聚合、时代变迁、评论者新阐释以及读者的不同反馈中共同营造了一个生机勃勃的土地世界。因此，"莫言的文学共和国"不仅仅是莫言的，也是他者的。从接受者角度来讲，莫言书写是由他者建构的，是视界融合的综合体。从创作角度讲，莫言的土地世界超越了土地实存，它是作者不断汲取思想资源和反思时代变迁重新再造的文学世界，作品的意义在游移中生成，且意义生成没有终止点，永远是进行时，它不是庞杂的混合物，而是在新视域下意义的不断升级和更新换代。莫言土地书写的主题有几种类型：生命力、女性、劳动、动植物、家族、乡村伦理与政权。同一主题的书写具有不同的含义。如对生命力的写作，作者从种的衰落切入并承续近现代文学创立的启蒙救亡课题，直接受到"寻根文学"的启发，且以重振民间文学为旨归，"'寻根文学'的崛起导致了中国文学思维转向和解放。文学从对社会政治的快速反应转向文化的反思，使民间文化重获生机。这对莫言混沌的、独特的感觉世界的释放提供了一个重要的契机"[①]。

莫言以土地生命力的保持和激发为核心，以《红高粱家族》这个起点获得主流媒体、评论家和市场三方认可，对《红高粱家族》解读也是多角度的，新历史主义、叙事学、意识流、感觉主义、考证历史与书写历史等，这些解读群共同再造了经典。莫言对生命力衰弱问题的思考，渗透了不同时期的不同理解，比如《你的行为使我们恐惧》中阉寺人的音乐受到现代社会的追捧，《红高粱家族》《野种》《人与兽》书写野地生命力，《丰乳肥臀》探讨"种的退化"的渊薮，《爆炸》中计划生育对自然生命和伦理的冲击，《蛙》对现代生育控制抱着理解和批判的二重态度。概言之，莫言将生命力课题放在现代

---

① 旷新年：《莫言的〈红高粱〉与"新历史小说"》，《杭州师范学院学报》（社会科学版）2005 年第 4 期。

和后现代文化、全球化和本土化、生物进化论和社会进化论多个二元时空中，这一思考的轨迹包含了作者不同时空、不同视域的创作观，凸显了莫言土地叙事的丰富性和意义的持续生成性。

第三节　土地再审视：自然、认同、超越

莫言笔下的土地是自然和政治的双重载体，它不仅孕育了动植物，同时又是历史变迁的见证者，抵抗外国侵略者、抗日、土改、人民公社、"文化大革命"、改革开放等重要历史事件赋予土地新的意义。莫言还原了土地的自然本性，承续了神秘的鬼神文化，再现了历史事件的土地创伤及其变革痛点。土地书写赋予土地更多的文化意义，作者探讨了土地在历史和全球背景下的命运和发展进程，土地和作品形成了一个可逆性的建构的循环系统。

土地和作品建基在实体之上，又超越了自性，它们是意义增殖的共同体，写作在记忆和土地实体间寻找突破，写作是一个不断诞生新意义的实践活动，写作时空差异衍生意义的异体，"写作正是一种自由和一种记忆之间的妥协物，它就是这种有记忆的自由，即只是在选择的姿态中才是自由的，而在其延续过程中已经不再是自由的了"①。

莫言对高密东北乡的土地书写，对北方土地风景的发现，成为突破红色经典和阶级书写的切入口。自然风景由小资情调阶级定性到无阶级性的补偿性书写，写作方式的变化同样促成新话语的诞生。计划经济向商品经济和市场经济的转换，生产关系发生变革，新的意识形态诞生，个人、自由和消费成为中心话语的关键词，自然风景以及个人感觉化叙事挣脱旧话语的藩篱，又重新落入新话语的怀抱，并且作者可能没有意识到这一陷阱。莫言对自然主题的重新发现并变本加厉地加以利用，不仅仅是有意为之，还有其个人对自然的熟知因素掺杂其中。

莫言以个人身份建构土地是其文本独特性的根本，高密东北乡是特异的这一个，作者充分发挥了个体的能动作用，对东北乡的历史进行了改写，他的改写不单单是事实的原始还原，还融入了个人理解和情感，并对历史细节

---

① ［法］罗兰·巴特：《写作的零度》，李幼蒸译，中国人民大学出版社 2008 年版，第 12—13 页。

进行了个人填空。这种空白的填充仅仅是历史的一种可能，所以莫言对历史的再现只是他个人想象性剩余的发挥，小说有意或无意渗透了作者当时的认知和思想。个人化的小说成为反拨一体化意识形态的样板，莫言的小说被命名为"新历史小说"，正是在个人言说历史层面上来讲的。但是莫言的小说是扎根于土地具体历史之上的，它不同于苏童的《我的帝王生涯》等小说建基在中国宏观历史之上，莫言迈的步子并不是最大。也可以说，莫言的个体叙事是与土地紧密联系在一起的，生命体被给予了意识形态色彩，这是市场和经济变革的共谋行为。《红高粱家族》中的自然描摹、感觉伸延、土匪的抗日和冷支队不光明的行为书写，"乡村景色：土地、树林、田野、河流、茅舍以及农具和动物，是如此亲密地与人组成一个和谐的生活环境，革命文学在意识形态方面所面临的虚幻性，在乡土的叙事中获得了美学上的本体、和谐和安慰"[1]。1980年代的社会文化语境将此小说自然而然地解读为个人意识的觉醒，是对革命文学的颠覆，而非补充。主体意识成为新历史小说的主导因素，莫言的个人书写构建了独特的文学世界，个人化叙事符合新话语的核心要求。

在历史时空中，莫言审视土地与人、地域与文化、土地与伦理、自然与土地和城市与乡土的关系，土地与乡村政治以及庙堂政治是共生关系，围绕土地不断地建构和更新自己的文学世界。在莫言的小说系列中，土地在历史时空中获得不同的意义，19世纪末20世纪初，外国经济冲击中国时，土地作为国家整体认同的载体，外国的进入被民众想象为魔鬼行为，殖民者以及其技术被丑化为鬼怪。在《檀香刑》中，德国修建胶济铁路，民众认为铁枕下是无数的中国民众的魂灵，德国殖民者被魔鬼化，这是民间愚昧的组织和抵抗方式，孙丙率领民众破坏，阻止殖民者占领土地。在《红高粱家族》中，余占鳌组织农民阻击日军，企图赶走乡土的侵略者，土地与农民是生死关系；外敌入侵，不仅仅是单个家庭或个人的事情，还关涉民族和国家的命运与未来，土地与政治紧密联系起来，且与土地相关的事件都被赋予象征色彩。例如，罗汉大叔返回日军驻扎地企图牵回东家驴子而被剥皮，罗汉大叔成了壮士，土匪余占鳌抗日成了民族英雄。《红高粱》电影更加强化红色视觉，并增

---

① 陈晓明：《现代性的幻想——当代理论与文学的隐蔽转向》，福建教育出版社2008年版，第19页。

强时代隐喻，将土地与现代经验链接起来，"通过纯粹的影像视觉特征（作为表现技术的现代主义），实在界被建构人类与世界之间想象性关系的审美投射（即作为中国现代性经验的现代主义）"①。

新中国成立后，在土地改革和人民公社化运动中，土地财产成为划分政治成分的主要依据，地主、富农、富裕中农、贫下中农和贫农是划分的主要类型，地主和富农是斗争对象，他们以及家人不再拥有政治权利。《生死疲劳》中地主西门闹被政府处死，妻子白氏经常被批斗，而两个小妾嫁给贫农却重获人民的地位，其双胞胎儿女也被迫改姓，土地成为最大的政治元素，它不再是单纯意义上的自然物，而是拥有生杀予夺权力的政治工具，土地成为政治的附庸。在市场经济的大潮中，土地作为生产要素列入生产力行列，成为资本增殖要素，并获得新政治的话语权。《天堂蒜薹之歌》的天堂县农民在县政府规划下种植蒜薹，而收获的蒜薹却没有按预定合同被收购，引起农民反抗。土地成为连接农民和政府的纽带，土地问题直接影响乡村政治和社会稳定。

土地是国家经济的重要来源，并且农业为国家建设提供原始积累，土地更显著地成为国家经济政治的命脉。于是劳动被赋予了神圣的地位，劳动叙事遂成为文学的一个经典话题。《三里湾》《创业史》等小说强调勤恳劳动，反对劳动中的偷工减料，延安时期改造二流子运动是劳动神圣的前史。莫言以带有家族自豪的口吻称赞爷爷的劳动，《大风》中对爷爷称赞，"爷爷是村里数一数二的庄稼人，推车打担、使锄耍镰都是好手。经他的手干出的活儿和旁人明显的两样。初夏五月天，麦子黄输了，全村的男劳力都提着镰刀下了地。爷爷割出的麦茬又矮又齐，捆起来的麦个中，中间卡，两头爹，麦穗儿齐齐的，连一个倒穗也没有"②。即使是战争英雄，也不能脱离劳动，否则就会被村民嘲笑和隔离，在《断手》中，战争英雄苏社混吃混喝，遭到乡民嘲笑和隔离，婚姻也面临危机。在土地上挣生活的人们视野中，苏社对英雄称

---

① 张旭东:《改革时代的中国现代主义——作为精神史的 80 年代》，崔问津译，北京大学出版社 2014 年版，第 311 页。

② 莫言:《欢乐》，上海文艺出版社 2012 年版，第 149 页。

号的消费并不是英雄的行为，英雄的日常生活遭遇反面衬托了劳动的神圣观。

土地与生命以及国家政治是一个互动的有机体，粮食自然是人类社会重视的生存要素，莫言从农民视角观察粮食在生命存在和社会政治中的作用，在《黑沙滩》中，暴风雨来临之前，场长违背指导员的荒谬指令而私自招呼农民抢收粮食，最终被揭发、被捕。在《粮食》中，母亲为了一家的生存而冒着生命危险用胃储藏偷盗的粮食帮助家人渡过难关，粮食将土地与生命以及伦理关联起来，这间接折射了土地在生命和政治中的重要作用。

土地与生命是直接联系在一起的。生命作为自然界的一部分，来源于土地归于土地，莫言认可这一朴素的自然观念。在《三十年前的一次长跑比赛》中，朱总人认为人死后应该回到原始森林，让肉身以最快的速度融入自然循环之中。在《生死疲劳》中，蓝脸为自己和家人在自己的土地上选择坟墓，并嘱咐家人埋葬他时要粮食为被，这一朴素的土地意识在苏童的《米》中有精彩的叙述，五龙叶落归根时带走的是整车皮的大米，这归根结底是土地意识在作祟。

土地意识成为这些主人公为人处世的准则，莫言以大悲悯的情怀来审视他们的土地意识，并没有给出肯定或否定的论断，作者的思考是开放性的。他的土地书写是无中心的延异，意义生成是瞬间的事实，却很快沦为过去的纪念碑，成为文学史上铭记的时刻，新的主体性诞生，并铭刻在文本结构差异中，"重新思考主体性的结果问题是绝对必要的，因为它是由文本的解构产生的"①。土地书写超越了时空的局限。

从经典的文本生成来看，莫言的小说在接受过程中，被不断地赋值、删削以及改写，莫言的小说有一个意义流动的轨迹，"这种文本没有终极意义和确定意义而存在于每一种理解中的情形，就是传统自身在艺术文本、习俗、尤其是语言里本质的表达"②。

莫言的大地叙事处在不停地更新和拓展的路途中，大地叙事只是一个存在，这个存在没有完成时，永远在行进中，小说呈现的只是大地的偶然性存

---

① ［法］雅克·德里达：《德里达访谈录》，何佩群译，上海人民出版社1997年版，第124页。

② 赵一凡、张中载：《西方文论关键词》，外语教学与研究出版社2006年版，第7页。

在；大地叙事的轨迹和游移共同组成了莫言文学世界的存在，存在是不显形的，小说呈现的大地仅是偶然的瞬间。莫言通过回忆、回乡和写作而再造的大地是一个可逆的不断生成的存在，大地的颓败与复兴只是存在的两极，作者的书写是一个定型化的点，以简单的单一化或固化的视野审视作者的大地叙事是不准确的；莫言作品的魅力在于意义生成的动态化和内在的可逆与反复性，这也是作品繁复意义生成的地带，只有靠读者的经验与想象性的填空才能完成，这种填空也仅仅是这一个，是瞬间性作品，不能以永恒不变的观点来考察。

第八章

莫言《檀香刑》中的正义问题解读

莫言的《檀香刑》借镜章回体和猫腔艺术形式，与之前的创作相比，有较为明显的改变，但不能将此简单地理解为传统文化母体的回归，他以酷刑、猫腔和双重语境下身体话语为载体，策略性和多维度地思考文化的"正义"性；而以"正义"或"非正义"这种"非此即彼"的二元对立观点来评定和统摄都是简单粗暴的表现，事实上，莫言的正义观并不能以统一观点涵盖，它是一个哈贝马斯意义上的"正义"综合性概念；本章试图梳理清末民初中国语境下的酷刑、猫腔以及身体话语中的"正义"问题，将焦点集中在莫言"批判现实主义"理念，探究刽子手政治"正义"和道德"正义"协调的自我建构路径，猫腔的多重"正义"性以及越界现象，中西语境下的"正义"，试图勾勒莫言创作中"正义"观念表达的焦灼与内在困境。

莫言创作以"批判现实主义"[①]著称，《天堂蒜薹之歌》《丰乳肥臀》《酒国》等小说以直接或间接的方式批判了社会，且质疑了宏大历史叙事，莫言曾在一次访谈中谈到鲁迅《铸剑》中的正义问题，"当三个头颅煮成一锅汤后，谁是'正义'的，谁是'非正义'的，已经变得非常模糊。它们互相追逐的时候，已经没有了好人坏人的区别"[②]。"正义"与"非正义"的"非此即

---

① 肖敏：《莫言小说创作与批判现实主义》，载《中国当代文学研究会第十八届年会论文集》，2014年，第321页。

② 姜异新整理：《莫言孙郁对话录》，《鲁迅研究月刊》2012年第10期。

彼"二元划分遮蔽了主体的复杂性,莫言超越了单一的归类模式,他认为酷刑、猫腔和中西语境中的"正义"是复杂的混合体,而不能简单地用"正义"来认领。"酷刑"代表政治的"正义",但行刑人背负着道德上"非正义"的指责,社会生态下行刑人需要建构道德"正义"说辞,行刑的"政治正义"需要"道德正义"的支持,行刑人在心理应激机制下完成"道德正义"自我建构;《檀香刑》借用民间文艺形式(猫腔),它蕴含多重"正义",是一个多种"正义"重叠交叉的实存地带,并且"正义"越界甚至相互矛盾。它们承载着不同的观念、意识形态,超越了具体历史空间,"猫腔"及其艺术形式的"去历史化"还折射出人类学特征;在中西文化语境下,工业经济逐渐代替小农经济,个人话语和物质欲望成为衡量社会发展的关键词,启蒙思想成为主要思潮,"个人主义""科学""民主""物质消费"成为"正义"的代名词。但是,过分强调个人主义又会走向另一极端,西方本身显露的问题否定了经济现代性的永久真理性,"正义"又陷入他种意识形态的陷阱。

1971 年,罗尔斯《正义论》对"正义"进行了卓有成效的分析,认为"政治正义"和"道德正义"具有内在一致性,"赋予了正义至高的美誉,即社会体制的第一美德"[1]。他于 1985 年发表一系列相关文章,结集为《政治自由主义》,思想发生了变化,"在《正义论》中政治的正义观念与道德的正义观念没有区别,而在《政治自由主义》中,罗尔斯坚持把二者区别开来,主张一种政治的正义观念"[2]。罗尔斯把真理从"正义"中分离出去,曾引发一系列争论,以哈贝马斯为代表的大陆哲学就提出不同的观点,他们"正好与罗尔斯欲使真理淡出正义观念的努力相反,哈贝马斯转而强调真理是人类交往与实践的基础"[3]。论战后,罗尔斯总结了他与哈贝马斯观点的区别之一就是"哈贝马斯的正义概念是个综合概念,而他自己的正义概念只是个政治概念"[4]。罗尔斯开始将正义作为一个综合性的概念建构社会哲学,即"正义"既

---

① 刘晨:《理想的下场》,上海三联书店 2015 年版,第 67 页。

② 杨宝国:《公平正义观的历史·传承·发展》,学习出版社 2015 年版,第 203 页。

③ 张凤阳:《西方现代社会思潮史》,山东教育出版社 2004 年版,第 68 页。

④ 袁久红:《正义与历史实践:当代西方自由主义正义理论批判》,东南大学出版社 2002 年版,第 288 页。

包括"政治正义",又包括"道德正义",真理是"正义"评价的重要指标。

2001 年莫言创作了《檀香刑》,引起了持久的争议。在小说中,"政治正义"体现为酷刑(规训和惩罚的载体)的合法性、各种国家机构和设施的正当性;"道德正义"体现在人的社会伦理层面,比如,刽子手(赵甲)的恐惧和负罪心理的有意识迁移,猫腔剧团队员和起义军的义举,统治阶级内部(钱丁)支持民众的言行等;哈贝马斯把真理作为社会交往实践的基础,真理成为"正义"评估的重要指标,超越政治和道德的范畴;"正义"评定的标准具有时空性,"正义"也随之重新厘定,清末民初,西方政治经济制度成为中国变革的参照对象,个人话语彰显,身体话语和物质欲望启蒙话语占据"正义"舞台,这回归到人类学的轨道,超越了政治经济学和社会学的维度;而20 世纪 30、40 年代,"救亡"即社会维度成为"正义"评估的重要尺度,左翼文学作为社会思潮主流彰显集体的力量,革命加恋爱模式凸显了个人欲望与革命的对接,虽然启蒙维度也是其重要支撑点,但被措置在集体利益之下,此段历史超越文本叙事视域,不在本次论述之内。

第一节　越界：酷刑艺术化及"道德正义"的建构

中国古代社会刑罚种类繁多，莫言从"酷刑"出发探究"正义"问题。"酷刑"强化了惩罚的力度，并以震惊的方式确定了"政治正义"性；从两千多年前夏商开始，"酷刑"种类、强度、仪式发生很大变化，但其内在主旨是贯通的：践踏生命，缺少人道关怀。直至 1906 年，《大清现行刑律》才规定以斩决代替其他如秦律所执行的车裂、定杀、弃市、戮、磔、射杀、具五刑、凿、俎醢、凌迟等酷刑。[①]"酷刑"的使命才告终结，但因历史的层积和文化的因袭，它的影响渗透在中国社会的角角落落，莫言选择"酷刑"来考察"正义"观念，意欲揭示文化的丑恶面，彰显了作者人道主义关怀和强烈的批判精神。

"酷刑"是古代极刑的特点，是意识形态规训的重要组成部分。从国家的角度讲，"酷刑"旨在维护国家社会稳定，体现了"政治正义"性。而对于受惩罚的个体来讲，它剥夺了生命生存的权利，违背"道德正义"性；从行刑人层面来讲，行刑人承受巨大的心理压力。"行刑职业中的'工具伦理'和'价值伦理'冲突构成了行刑者职业实践的伦理抉择困境。这个困境乃是一个沉重的职业'十字架'：无论你是执行还是不执行，都可能面对法律、道德或历史的争议及其审判。"[②]并且中国古代鬼神观念浓厚，行刑人内心恐惧，需要处理心理危机，他们将道德危机转移到锤炼技术中去，并以为他者（国家、刑犯、观众）服务的借口来建构"道德正义"性，因此他们精练"酷刑"的每一个环节，量化细节，以审美行刑形式消除心理的恐惧，其托词就是完美终结生命，行刑人以此完成"道德正义"自我建构，其溢出了"政治正义"范畴。"酷刑艺术化"扩大了受众群体，增强规训力，"政治正义"以柔性的

---

① 张天佑：《专制文化的寓言：鲁迅、卡夫卡解读》，甘肃人民出版社 2003 年版，第 245 页。
② 郭明：《生死朗读：行刑者的伦理困境》，《青少年犯罪问题》2011 年第 5 期。

方式或艺术化扩大受众的范围和突入"道德正义",在国家层面,惩罚具有"政治正义性",且是社会道德正义的替身,而在行刑人层面,规训合法性由单一"政治正义性"到"道德正义"自我建构,升级完成。

广场行刑是中国古代刑罚的一个重要组成部分,它是指在一个公开的场所允许群众现场参观刑罚仪式,包括死刑和非死刑,其中死刑包括砍头、烹煮、醢刑、车裂、腰斩、绞杀、烧死、弃市和灭族等各类酷刑。广场行刑是国家意识形态教化的一个环节,形式不同,但惩劝意旨一致,"一、显示了法律的严酷无情和刽子手执行法律的一丝不苟。二、让惯性的群众受到心灵的震颤,从而收束恶念,不去犯罪。三、满足人们的心理需要"①。

广场刑罚规训的意图潜移默化地融入行刑者和观众思想之中,强化了意识形态教化功能。同时,刑后回忆反思的过程强化了警示和规训,福柯的《规训和惩罚》把监狱选为意识形态规训和认同的典型场所,监狱的禁闭、管束、惩罚与凌迟等措施与现场刑罚有很多类似点,唯一不同的是,监狱行刑是一个长期的和受众范围较窄的活动,而现场行刑具有短期和受众多的特点,所以现场刑罚要求规格更高,需要在短时间内达到以儆效尤的效果。在《檀香刑》中,莫言详细描写行刑过程主要有四次:对太监"小虫子"施行"阎王闩",凌迟处死钱雄飞,斩首戊戌六君子,对孙丙施行檀香刑。《猪肚部·杰作》不厌其烦地介绍凌迟不同刑犯的技术要求,以肌肉皮肤弹性来鉴定凌迟的完美程度和揣摩观众欣赏时的心理活动,行刑者以科学的标准来量度,观众以奇观欲求推动行刑仪式发展,且使"酷刑"上升到审美的高度,"惩罚应该是一种制造效果的艺术"②。

刑罚伪装为审美艺术,观众带着"嗜残"的力比多冲动去欣赏表演,他们成为吃人者的同谋,《阿Q正传》中的民众(铁屋子里的人)要求阿Q唱几句,阿Q也稀里糊涂地激情澎湃地迎合民众开唱"我手执钢鞭将你打"③。

---

① 莫言:《檀香刑》,长江文艺出版社 2014 年版,第 145 页。

② [法]福柯:《规训惩罚:监狱的诞生》,刘北成、杨远婴译,生活·读书·新知三联书店 1995 年版,第 103 页。

③ 鲁迅:《鲁迅全集》(第 1 卷),北京:人民文学出版社 2005 年版,第 539 页。

阿 Q 不自觉地成为规训中的一分子，游行继而强化了规训的力度，意识形态的主体希望看到受刑者的配合，观众的参与。借用鲁迅《复仇》，审视观众配合的效果，"《复仇》以'也不拥抱，也不杀戮'自身的干枯实现着对旁观者的复仇"①。如果观众看不到两位仇敌相互争斗的激烈和惨状，失望扫兴，刑罚将失去广而告之的惩戒功能。

而在现代西方行刑中，参与的观众很少。且改变刑罚形式，电刑、枪毙等，甚至废除死刑，尊重生命，它们以"人道"的思想重新审视惩罚制度，"通过控制思想来征服肉体；把表象分析确定为肉体政治学的一个原则，这种政治学比酷刑相处决的仪式解剖学要有效得多。'启蒙思想家'的思想不仅仅是关于个人与社会的理论，而且形成了一种关于精密、有效和经济的权力的技术学，与那种君主权力的奢侈使用形成对照"②。清末民初，中国不可能有这样的认知，广场刑罚仍在场，传统行刑、游街以及公审制度依旧普遍存在。

莫言的创作展现了"酷刑"系列环节，《檀香刑》"升天台"的布置，檀香刑的准备，刽子手的技艺预演，游街的广告效应，每个环节都为一场大戏做准备，"俺会让你的爹变成一场大戏，你就等着看吧"③！这场大戏是谁的戏？由谁来做？这关系到惩罚和规训的主体的"荣誉"。檀香刑的实施主体——赵甲代表着政府的威严和对僭越者的惩罚，把犯人看成一件艺术品的生料，其每一刀都是完成艺术品制作的有机环节，他也成为国家机器完美的惩罚者，"只有一条条的肌肉，一件件的脏器和一根根的骨头"④。赵甲们认同、宣扬和锤炼这种"酷刑"技艺，膨胀、精细和完美每一个细部，如同庄子《庖丁解牛》中娴熟的解牛技艺，"彼节者有间，而刀刃者无厚；以无厚入有间，恢恢乎其于游刃必有余地矣，是以十九年而刀刃，若新发于硎。虽然，每至于族，吾见其难为，怵然为戒，视为止到，行为迟。动刀甚微，謋然已

---

① 孙伟：《向谁复仇，如何复仇？——重论鲁迅〈复仇〉〈复仇（其二）〉》，《西南民族大学学报》（人文与社会科学版）2017 年第 7 期。
② ［法］福柯：《规训惩罚：监狱的诞生》，刘北成、杨远婴译，生活·读书·新知三联书店 1995 年版，第 113 页。
③ 莫言：《檀香刑》，长江文艺出版社 2014 年版，第 235 页。
④ 莫言：《檀香刑》，长江文艺出版社 2014 年版，第 145 页。

解,如土委地"[1]。赵甲目光所及仅是一系列无生命的器官组织,而不是有情感的生命,这对于统治阶级而言,赵甲们的作用不言而喻。"酷刑"被赵甲们视为奇观伟业,但遮蔽了其"吃人"本质,"千秋壮烈,万古留名"的檀香刑是社会规训的载体,赵甲们也成为统治文化重要组成部分,成为"合法惩罚体制"来"正当控制权利"[2]的一部分。

"政治正义"通过一系列的程序渗透到民众的思想里,观众参与到行刑中,与受刑者融为一体,行刑艺术化在移位中起到重要的媒介作用,为达到良好的教化效果提供了坚实的基础。在对钱雄飞凌迟到 498 刀时,赵甲的徒弟和数十名士兵晕倒在地,伴随着好奇、恐惧、施虐、认同、屈服,他们加入了迫害的行列,"赵甲举起刘头,按照规矩,展示给台下的看客。台下有喝彩声,有哭叫声"[3]。国家机器借助技术的艺术化达到了意识形态控制的目的。在鲁迅《狂人日记》中,狂人认为"狼子村"的每一个人都是吃人者,甚至其本人也进入吃人的行列,狂人的自省与《檀香刑》观众的沉醉形成了鲜明的对比,行刑的细节都完全展开在观众视野中,观众成为"铁屋子"[4]里沉睡的民众,莫言在此讽刺了观众的麻木和酷刑的魅惑性,"酷刑"不仅完成了政治合法性的惩戒,还祛除了刽子手道德上的"非正义"感,作者通过细致的观察,解构了"酷刑"的合法性。

---

① 庄子:《庄子》,方勇译注,中华书局 2010 年版,第 46 页。

② [法]福柯:《规训惩罚:监狱的诞生》,刘北成、杨远婴译,生活·读书·新知三联书店 1995 年版,第 20 页。

③ 莫言:《檀香刑》,长江文艺出版社 2014 年版,第 158 页。

④ 鲁迅:《鲁迅全集》(第 1 卷),人民文学出版社 2005 年版,第 274 页。

第二节　猫腔：多种"正义"杂糅

猫腔是山东高密一带的地方小戏，"这个小戏唱腔悲凉，尤其是旦角的唱腔，简直就是受压迫妇女的泣血哭诉"[①]。它以地方历史和传统文化为书写内容，通过民间传唱、口耳相传来流播，其受众多，影响广泛；猫腔立足社会基层，传达民间文化认知，又杂糅庙堂政治；在政治、经济、文化多元语境下，"猫腔"既包含"政治正义"，又承载"道德正义"，还有人类学视野，多种"正义"出现在同一时空，并置、混杂、糅合，莫言以此为载体，有意或无意地生产出一个复杂的文本。

莫言的《酒国》被认为是西方形式主义的高蹈，《丰乳肥臀》被质疑立场问题，因此作者被迫退伍转业。遭受打击的莫言开始借镜民间艺术和章回体形式，创作《檀香刑》这个复杂文本，其回归传统并不是向传统思想臣服，而是借助古衣冠来安置其现代意识，原生态地呈现猫腔的多种"正义"性；自20世纪40年代以来，民间艺术形式被确立为艺术普及典范（中国气派和中国风格），被主流意识形态推崇；当社会环境不允许借用西方形式来行批评之能事时，莫言借用猫腔地方戏进行创作有其策略性的面向。

猫腔是《檀香刑》的载体，承载着民间的悲欢，它以民间的视角来思考问题和解决问题，反衬民间伦理观。孙眉娘重情（眉娘救抚钱丁），重孝（拼死拯救其父孙丙），这是民间伦理观的表征。在《豹尾部·眉娘诉说》中，小山子到监狱顶替孙丙受刑，这一故事原型源于木兰代父从军故事，其故事类型为观众熟悉，从接受美学角度来看，"代父从军"这一传统故事情节被借鉴和改编，迎合了消费市场的需求，形式创新性受到一定抑制（形式即内容），其思想观念也会不自觉地陷入封建意识形态教化的窠臼，"文状元武状元文武状元，有道是三百六十行行行出状元。咱家就是刽子手行里大状元。儿子啊，

---

① 吴树新:《读懂莫言》，安徽人民出版社2015年版，第9页。

这状元是当朝太后亲口封,皇太后金口玉言不是戏言"[1]。赵甲诉说的内质是忠君思想,"政治正义"观念渗透在字里行间;从另一个层面上讲,赵甲残害他人生命,道德"非正义"使赵甲承受巨大心理压力,他心理应对的策略就是不断建构道德的合法性,意欲将道德"非正义"转化为合理性,"但会想我是替皇上干事,真正杀人的是皇上,是国法,我不杀,别人也会来杀,但如果让别人来干,会让罪犯受到更多的痛苦,我干得更漂亮,会表现出残酷的优美。你们可以咒骂我,但我是在为你们表演,你们这些看客,实际上比我这个刽子手还要虚伪、凶残"[2]。赵甲所说的三点理由皆是从为他者服务角度阐述的,行刑也是尽职、帮忙和满足观众的好奇心,赵甲的三点理由是"酷刑"艺术化的升级之作,这一心理应激策略是以行刑艺术化替代纯粹的技术,目的是转移道德的谴责和进行"道德正义"的自我建构。

猫腔的成员小山子代替孙丙到监狱受刑,彰显了小山子的"正义"形象,这种"道德正义"建立在对孙丙崇拜的基点之上,戏中的孙丙被建构为封建王朝的名臣圣主,借用《三侠五义》和《三国演义》中人物相类比,朱八、小山子等随众比作展护卫、王朝和狄龙等忠诚侠士,他们借用历史资源以"政治正义"的名义来设计拯救孙丙,"小队伍,忒精干,展都尉,包青天,左王朝,右马汉,前狄龙,后狄虎,借东风,气周瑜,甘露寺里结良缘"[3]。民间乞丐群体以想象虚构的方式建构其合法性。

猫腔群体自我英雄化、神化和历史化,这是民间长期被遮蔽和压抑发泄的表征,他们凭借想象、艺术化和神化的方式走上了反抗的道路,他们要通过行动来显示力量和存在,以期取得合法性的地位,顺应了历史演化的逻辑,比如,起义军喝"符子",用猪狗假冒人质来戏弄德兵,以屎尿作武器,号称孙悟空和猪八戒再世,将传说和神话中的虚构人物认作现实,把想象中的神力假想为真实,这是儿童的幼稚心理在作祟;同时,他们的非理性、虚构性和妄想性也否定了他们行动的"正当性"(吻合主流意识形态)和有效性,历

---

① 莫言:《檀香刑》,长江文艺出版社 2014 年版,第 230 页。

② 姜异新整理:《莫言孙郁对话录》,《鲁迅研究月刊》2012 年第 10 期。

③ 莫言:《檀香刑》,长江文艺出版社 2014 年版,第 249 页。

史上无数的农民起义最终归于失败是最好的例证。而毛泽东等革命先驱，吸收知识分子进革命队伍，依靠工人阶级强大的组织能力和坚持力，以及农民阶级可靠同盟军的主体作用，革命逐渐理性化、组织化和制度化，无论延安边区改造"二流子"运动，还是延安整风运动，秧歌剧、新诗歌和经典文学作品的选编，这些都说明农民运动需要理性化、组织化和制度化，依靠工人阶级（20世纪50年代，周恩来把知识分子归入了工人阶级队伍）领导，才能获得合法性的地位。

猫腔群体自我神化的同时丑化敌人，钱丁、袁世凯和克洛德被放到了对立的位置，这一对立结构透示了叙述者或作者的写作观，包青天背后的宋仁宗，诸葛亮背后的刘备，被默认为潜在的合法存在，包拯带领属下除暴安良，前提是维护皇权。相较之下，朱八等反抗的对象是钱丁、袁世凯和克洛德等人，而并不是清政府和最高统治者。从这一层面上讲，他们"清君侧、抵外侮"的观念肯定了清政府的合法性。道德羼杂了过多的政治因素，"道德正义"就被"政治正义"遮蔽，这一隐形框架存在于众多的历史和神话小说中，如《西游记》中的孙悟空降妖除魔，但前提是遵从玉皇大帝和如来佛祖的最高统治，《水浒传》中"宋江招降"，《三国演义》中以刘姓皇族为正宗。

第三节 猫腔"去历史化":"正义"的新动向

猫腔表情达意较为随意,不拘时间控制,不同时代故事和人物放在同一空间,表达出混杂的"正义"观,莫言虽赞许猫腔群体的反抗性,但以幽默的语言讽刺了义和团队伍的盲目性、想象性和超现实性,多重"正义"混杂,猫腔戏词既含有"政治正义",又承载"道德正义"。群众深受猫腔熏陶,以至于戏和人生合二为一,群众的"正义"观念混杂,这是意识形态规训和民间伦理束缚的杂交体,其历史化和整体化的目标不可能实现,且不可避免地形成了历史碎片化的现实,宏观叙事解体。莫言其他作品也验证了这一结论,在《红高粱家族》中,莫言对土匪、冷支队、"胶高支队"的书写采取了冷静的旁观态度,把人物放到历史微观层面去考察,而对"政治正义"和"道德正义"不予置评,其体现为:缺点和优点并存,合法与违法并处,欲望与理性交织,莫言并不站在某一阶级的立场上去书写历史,而是回到历史现场,通过人性化的视角,以艺术化形式改写和重写历史,摒弃先在理念的命令式和一元化书写,这种重写历史的方式被命名为"新历史小说",其本质是历史可以被言说。

元话语被小众话语取代,历史的复杂维度浮出水面。在后现代文化中,差异性取代同一性,一元中心被多元中心取代,边缘力量凸显,线性叙事由发散叙事替代,中心结构更改为"星性结构",巴赫金的复调小说理念受到推崇。莫言《丰乳肥臀》以母亲为颂扬对象,对各种历史力量滚刀肉般的反复较量进行不厌其烦的叙述,大量通感手法的使用,身体、权力和物质欲望在莫言的笔下呈现出五彩斑斓的花色,个人话语成为启蒙时代的真理,多元意识形态取代了单一意识形态,人类学的视野占据了整个文本中心,存在主义成为文本的底色,母亲以大地之母盖亚的形象作为子嗣情感和心灵的寄托地,接受灾难,呕心沥血抚养后代,化解子女矛盾,母亲形象是大地之母的隐喻,极具生长性,这是生命的历史,而非社会化、阶级化和政治化的历史。

莫言作品多处出现人性化的处理方式：孙丙被抓，眉娘、朱八和小山子等人夜潜钱宅，孙眉娘人性的发现（回忆与钱丁幽会的美景，救父行程被延宕）；赵甲施行檀香刑时的沉醉，行刑每一个环节的美妙和刺激，紧张和愉快，他沉醉于酷刑的技术层面而无视刑罚的本质内涵，这些延宕既是人性迷误所致，又是社会禁锢带来的反作用和恶果。赵甲在政治正确前提下意欲获得"道德正义"，依他所述，一是为国家服务；二是为刑犯着想，意欲给他们一个完美的人生终结；三是满足观众的残酷的心理欲望，赵甲打着为他人着想的牌子完成了"道德正义"的建构，以酷刑的艺术化表演来完成救赎，这一"异形同构"让读者从人类学和艺术学的角度去反思这个问题，从而摆脱政治学的小视角。

小说追溯了猫腔的历史，由"哭丧"到"唱丧"，这一形式可以与刘震云《手机》和《一句顶一万句》中的哭丧文化形成互文关系。"哭丧"是一种对死者哀悼的形式，"唱丧"加进了表演和喜剧因素，旨在满足观众视听觉的需求，强化了对艺术形式的功效，表演者把"唱丧"提炼成为一种艺术。《常茂哭丧》是猫腔的第一个经典剧目，表演者与戏中人物混为一体，这回到了猫腔的起源和点出其本质特征，"您笃定了自己要进戏，演戏演戏，演到最后自己也成了戏"[①]。犹如酒神节上的表演，狄俄尼索斯沉醉在艺术狂欢之中，梦与现实界限不清晰，庄子哲学也有类似的精神体验："庄周梦为胡蝶，栩栩然胡蝶也，自喻适志与，不知周也。俄然觉，则蘧蘧然周也。不知周之梦为胡蝶与，胡蝶之梦为周与？"[②]猫腔的艺术回归是"去历史化"的表征，"猫腔"形式作为人生的载体，成为一种生命存在的形式，在这个层面上讲，"猫腔"表演即人生，"去历史化"的猫腔被还原到人类学的底色上去演绎。

孙丙从"斗须"开始，胡须的丢掉这一偶然因素，却改变了其一生的命运。他与小桃结婚，过着幸福的生活，小桃上街遭德国兵侮辱，孙丙怒杀德国兵，被追捕而逃跑，家破人亡被逼上反抗的道路，随之请兵义和团，扒铁路，占城池，一系列偶然性致使孙丙走上了反抗的不归路，这是生存的选择，

---

① 莫言：《檀香刑》，长江文艺出版社 2014 年版，第 8 页。
② ［清］王先谦：《庄子集解》，方勇整理，上海古籍出版社 2009 年版，第 29—30 页。

情节互文《水浒传》中林冲的遭遇；从另一角度来讲，孙丙的英雄主义情怀根深蒂固，无论是与钱知县的"斗须"，还是临死被救时表现："俺生是英雄，死也要强梁。"① 猫腔的熏陶成就了孙丙民间狭义的"英雄主义"，这反过来又害了孙丙，当朱八设计拯救孙丙时，孙丙盲目、无理性，不懂得韧性战斗策略，导致多人为此付出生命的代价，猫腔中所包含的民间英雄主义的自大、自傲与无理性将孙丙的所谓"正义"放在了廉价的位置上，其关键点是孙丙把人生和猫腔混为一体；人生是现实的、客观的和线性不可逆的流程，孙丙把人生当成猫腔，"咱们爷俩个正在演出猫腔的第二台看家大戏，这出戏的名字也许就叫《檀香刑》"②。

而艺术具有虚构性、超现实主义、主观性、无逻辑性和多元性特点，现实和想象是不契合的，必然会产生悲剧，所以孙丙人生就是大悲悯和大悲壮的猫腔，这应从人类学和艺术学的角度去审视，"超越利益只有在要求重新取得普遍适用性时才真正是高要求的。另一方面，超越利益也可以是很简单的，因为它们满足于最起码的人类学"③，孙丙的人生就是艺术的一生，而不能简单理解为反帝反殖的民间斗争。

---

① 莫言：《檀香刑》，长江文艺出版社 2014 年版，第 261 页。
② 莫言：《檀香刑》，长江文艺出版社 2014 年版，第 271 页。
③ ［德］奥特弗利德·赫费：《全球化时代的民主》，庞学铨、李张林、高靖生译，上海译文出版社 2014 年版，第 43 页。

第四节　中西文化语境中的正义

时间和历史在空间、中西衡量下败退，身体和物质文化启蒙在清政府崩溃的前夕全面侵入腐朽的传统文化之中，"个人"的禁忌被打开了一条光明的出口，西方文化的胜出凸显了其全球性战略优势，"力比多"书写从无到有，由边缘到达中心，演绎了一出鸠占鹊巢的好戏，中国传统文化被边缘化。从政治角度来讲，"正义"站到了西方文化、身体欲望和物质的一方，"正义"由"政治正义"到"道德正义"再到科学启蒙（个人发现）真理的"正义"，这种移位为我们提出了终极问题："正义"是谁的正义？"正义"的标准由谁来定？

小说中"公道"是建立在不触动清朝封建统治的基础之上，孙丙被抓，民众要求"公道"即释放孙丙，为死去的人进行赔偿，停止修建胶济铁路。由此可见，起义民众根本不想改朝换代，而旨在争生存，希望保持他们安静的小农经济生活，归根结底，他们维护的是封建地主阶级的利益，这种"公道"真的公道吗？孙丙主观上反对修建胶济铁路和资本主义方式的入侵，客观上却维护了封建经济的自足性和完整性，他们把火车（资本主义经济的隐喻）看作洪水猛兽，这与马尔克斯《百年孤独》对现代物质文明的恐惧何其类似，"片刻间，马孔多被可怕的汽笛声和噗哧噗哧的喷气声吓得战栗起来"[①]。

此语境下"个人发现"不同于资本主义的个人主义，中国"场域"下的个人发现融入了中西文化质素，成为文化的杂交体，不能用单方面文化标准来衡量，否则就会落入机械唯物主义的窠臼。孙丙的"英雄主义"是生长在中国传统文化下的狭隘的英雄主义，"一将功成万骨枯"，类似于小农意识的

[①] ［哥伦比亚］加夫里尔·加西亚·马尔克斯：《百年孤独》，高长荣译，北京十月文艺出版社1984年版，第209—210页。

民间英雄主义，他的起义反抗行为是自发的和盲目的，对旧王朝最终也不过是"取而代之"，而不是取而改制，其"正义"受到质疑。

这是两种文化、社会、经济和军事的较量，钱丁保护属民的愿望落空，钱丁"正义"之举没能达到预期的效果，钱丁是封建时代的知识分子，把克洛德假想成相同文化背景下的个体，幼稚地相信克洛德会退兵，孙丙投降而克洛德仍炮轰了村镇，彻底粉碎了钱丁的幼稚思想。清政府与德国殖民者调和，而以平民牺牲和孙丙受檀香刑为交易筹码，这一恶果使钱丁"正义"在覆巢之下安有完卵中名存实亡，钱丁的"正义"建立在清政府"媚敌买荣"的"非正义"的基点之上，清政府屈服于殖民者，默认殖民者残害属民的行为，他们站在政治和道德"非正义"的立场，何谈"正义"？钱雄飞弃科举出国学武，走军事科学救国的道路，以变革现有制度建立民主国家为鹄的；钱丁科举为官，目的是维持现存社会秩序和意识形态系统的稳定，两兄弟殊途同归，旨在救国图存，一个保守，一个激进，一个保皇，一个革命，兄弟俩是清末民初两股社会思潮的寓言和象征，是时代缩影，也即弗雷德里克·詹姆逊所说："所有第三世界的文本均带有寓言性和特殊性：我们应该把这些文本当作民族寓言来阅读。"①

莫言的个人发现从身体器官入手，胡子、眉毛和脚被赋予象征意义。孙丙胡子在斗法时被撸去了，选择与小桃结婚生子，过上了安定的日常生活。胡子隐喻阳刚之气，胡子去掉意味着去势，莫言在此隐含了生命力衰退的主题；这与沈从文小说中呼唤生命的野性截然不同，沈从文是从五四启蒙和新民的角度去寻找民族的根（自由的、强悍的原始生命），沈从文创作可以说是寻根文学的一个主要源头，莫言创作不同之处在于着眼点不同，他采用了人类学和社会学的视点；孙眉娘的大脚输给了钱夫人的小脚，本质上是大脚文化输给了小脚文化，从反面讲，大脚彰显了女性张扬的个性，这源于清末民初资本主义经济入侵带来的个体价值的发现，这吻合了葛兰西的文化霸权理论，"葛兰西则是通过'分子式'渐进入侵从外到内腐蚀文化核心，直至文

---

① ［美］弗雷德里克·詹姆逊：《处于跨国资本主义时代中的第三世界文学》，载张京媛主编：《新历史主义与文学批评》，北京大学出版社1993年版，第523页。

化权力在外部压力下坍塌"①。胡须、眉毛、脚等身体器官成为文化的代名词，它们承载着社会禁忌与喜好，成为打开文本和文化的钥匙。莫言既汲取了传统文化因素，又以现代启蒙和个体思想为媒介对丑陋的禁忌文化进行了讽刺；孙眉娘因大脚败北，但以身体和物质（狗肉）诱惑征服了钱丁，演绎了一曲欲望叙事的欢歌，"以身体话语来抗衡牢固的文化惯性对她们的约束，以身体的欲望与梦幻、回忆与怀想来确立女性言说的主体地位"②。

　　个人力比多的迸发，体现在肉欲开放度上。如果仔细考察一下莫言创作《檀香刑》的文化和社会背景，开放女性形象形塑其来有自；《檀香刑》发表于2001年，市场经济体制已经运行7年，消费经济冲击文化市场，个人观念得到尊崇，欲望表达冲出历史地表。20世纪90年代，"美女作家"身体写作吻合女性主义的兴起与发展，书报地摊上的欲望叙事、侦探叙事和猎奇叙事等迎合市场需求。在此潮流中莫言也不能例外，1993年《酒国》就采用了侦探小说的框架，1995年的《丰乳肥臀》则以书名来满足市场消费欲望，女性肉体形象塑造和性的描写量不断增加，这些创作新动向与社会文化环境和全球化语境密不可分。《檀香刑》中孙眉娘积极主动追求爱情，"不学那崔莺莺待月东厢，却如那张君瑞深夜跳墙"③。她与钱丁情欲的大尺度描写，不仅仅反映社会文化语境，还反映个体在全球化中的处境与挣扎，"第三世界的文本，甚至那些看起来好像是关于个人和力比多趋力的文本，总是以民族寓言的形式来投射一种政治：关于个人命运的故事包含着第三世界的大众文化和社会受到冲击的寓言"④。

　　"正义"与政治、经济和文化纠缠在一起，在文化场合力的作用下，"正义"戴上了有色眼镜。"酷刑"惩罚具有"政治正义"的性质，行刑者作为生命体和民间社会中的一员，需要在"政治正义"和"道德正义"上获得统一；于是他在道德谴责下不断地建构"道德正义"，但其"道德正义"是牵强附会

---

① 陶东风：《当代大众文化价值观研究》，辽宁教育出版社2014年版，第21页。

② 任亚荣：《20世纪90年代女性小说身体话语》，上海大学出版社2010年版，第19页。

③ 莫言：《檀香刑》，长江文艺出版社2014年版，第188页。

④ ［美］弗雷德里克·詹姆逊：《处于跨国资本主义时代中的第三世界文学》，载张京媛主编：《新历史主义与文学批评》，北京大学出版社1993年版，第523页。

的。猫腔是民间文艺形式，汇入大量异质文化，超越了单一的历史文化形态，它的杂糅性呈现出"正义"的多种形态，莫言运用这一民间形式传达出对历史的看法和解构宏大叙事的欲望，并质疑单一"正义"的思维方式；作者选定清末民初的山东（资本主义经济和文化突入中国的重要地域）作为故事的发生背景，并以个人话语作为突破口，思索个人解放的"正义"性，从社会回到个体，身体欲望（个性主义的张扬）彰显了个人话语的"正义"，莫言又警醒西方经济文化的偏执，理性反思这种偏激才是小说的主旨。莫言理性地将人还原为综合场域（社会、家和全球空间）中复杂的存在，超越了狭隘的政治、阶级和民粹主义的理念，具有大悲悯情怀和超越的文化境界。

第九章

如何拯救：莫言《酒国》拯救事件的文学建构

　　"救救孩子"作为文学母题被反复书写，追溯其创作谱系，该文学母题的书写具有共性和个性，不能简单地将莫言的书写归为社会或者启蒙主题。莫言的《酒国》是一个独异的文本，它是文化、市场和社会的合力的结果，这些细微的征兆可由文本的微观和宏观隐喻显现。莫言从社会问题切入，链接问题的文化、历史和社会层面，以审美现代性质疑经济现代化的病症，他从制度、引导者和批评的角度思考拯救孩子的可能性，莫言没有提出具体的拯救路径，但不能简单将《酒国》贴上隐喻批判的标签，莫言在人物设置、情节处理和叙述者声音视角以商量者身份探索问题的解决；莫言在时代限制和书写的阈限中试图勾勒现代"救救孩子"的文学路线，从叙述多重声音、戏仿经典"拯救"模式、文体互文等角度突破"救救孩子"的原有模式进行解构书写，尝试突破书写困境，凸显拯救书写的纵深性和复杂性，简单用"晦涩"和搁置评价的态度视之并不可取。

　　"救救孩子"主题是现代文学书写的命题，源自鲁迅《药》《我们现在怎样做父亲》《风筝》《故乡》等篇章，鲁迅从五四启蒙的视角去思考儒教视域下的孩子教育和成长问题，提出自我牺牲，保全下一代新思想，"自己背着因袭的重担，肩住了黑暗的闸门，放他们到宽阔光明的地方去；此后幸福的度日，合理的做人"[1]。莫言吸取鲁迅思想养料，探索"救救孩子"主题书写深

---

[1] 鲁迅：《鲁迅全集》（第1卷），人民文学出版社2005年版，第135页。

度，莫言在当代市场经济的视域下，调用多种叙事资源，精确地表现"救救孩子"的现实和书写困境，并寻找到表达的突破口；研究从"吃孩子"现代谱系、制度和批评等社会层面、文学形式的解构层面入手梳理莫言书写的复杂性，莫言也不无自豪地说："如果说新时期真有一个先锋派。那我就是第一先锋。"①

　　试图勾勒莫言"救救孩子"思想发展脉络和表达的多层次性，莫言《酒国》可以说是这一主题"传达某种文化隐喻的集大成者"②。

---

① 莫言：《莫言对话新录》，文化艺术出版社 2010 年版，第 90 页。
② 吴义勤、王金胜：《"吃人"叙事的历史变形记——从〈狂人日记〉到〈酒国〉》，《文艺研究》2014 年第 4 期。

第一节　"吃孩子"的现代谱系：文化、市场、病症

　　"吃孩子"的现象古来有之，从易牙烹儿开始，"吃孩子"事件不时出现在文学作品中，明清神话小说《西游记》就大量描写"吃婴孩事件"。现代书写从鲁迅起，以封建文化为批判对象，在现代启蒙的视角之下对吃人的现象进行审视。《狂人日记》首开"救救孩子"主题，鲁迅开了"救救孩子"现代小说的先河，《药》提到吃人问题，《我们现在怎样做父亲》涉及孩子的培育问题。新时期伊始，刘心武《班主任》涉及"文化大革命"中毒害的学生宋宝琦、谢惠敏，从教育角度提出孩子的拯救问题，刘震云《温故一九四二》审视大灾荒下的吃人事件，莫言《蛙》中吃婴儿胎盘的叙述，这些血淋淋的书写构建了一个文化奇观，这种文化是一种病态的、非人的丑陋嗜血文化，是反文明的，鲁迅提出要有儿童本位，要立人，"故将生存两间，角逐列国是务，其首在立人，人立而后凡事举"[1]。

　　莫言认为《酒国》是他创作的"迄今为止最完美的长篇"[2]，它的写作受到鲁迅的影响，"小孩被打死的情节，与读鲁迅有关系。《药》与《狂人日记》对《酒国》有影响"。"这部作品里有戏仿，有敬仿，比如对《药》的敬仿……我的本意并不是去说中国有食人现象，而是一种象征……作品中对肉孩和婴儿筵席的描写是继承了先贤鲁迅先生的批判精神。"[3]莫言写作该小说意旨，可以借镜小说中李一斗创作《肉孩》的话来蠡测，"对当前流行于文坛的'玩文学'的'痞子运动'的一种挑战，是用文学唤起民众的一次实践。我意在激烈抨击我们酒国那些满腹板油的贪官污吏，这篇小说无疑是'黑暗王国

---

① 鲁迅：《鲁迅全集》（第1卷），人民文学出版社2005年版，第58页。
② 张清华、曹霞：《看莫言朋友、专家、同行眼中的诺奖得主》，华中科技大学出版社2013年版，第4页。
③ 姜异新：《莫言孙郁对话录》，《鲁迅研究月刊》2012年第10期。

里的一线光明'，是一篇新时期的《狂人日记》①。

《酒国》采用侦探小说的程式，侦查员丁钩儿调查吃婴孩事件，对这一延续至今违背文明的人伦问题，丁钩儿紧张、兴奋、忐忑不安，这一大众心理源于吃人文化的源远流长，更来自吃人事件的隐蔽性，以及敌对势力团体的庞大且复杂，丁钩儿不断地揣摩吃婴孩魔王的凶狠与残暴，然而当遇见他们时，风韵的女司机、美女服务员、客气热情的党委书记、矿长，他们并不像人们日常建构的坏人形象的丑陋、凶狠和暴虐，他们只是普通人中的一员，莫言解构了十七年文学中非工农兵形象的丑陋、狡猾和凶残，莫言把小说的书写放到了与生活平等的地位，人物、环境和细节更加细腻、真实和切近事物的应在性，小说的可读性、可信性增强；小说整体的虚构建立在细节的真实上，建立在整个文化隐喻的基座上，增强了小说的讽喻功能，易引起读者共鸣，"恩格斯所说的'细节的真实'，实际上就是生活的真实，就是作品中所描写的一切，人物、事件、环境、景物等都符合生活的本来面目……如果做不到这样……就是通常说的缺乏和失去了生活的真实，读者对作品中所描写的一切就不能或不太信服了"②。莫言选择了五四文学中的"吃人"主题进行了现时代的书写，这种移植不仅仅是对启蒙精神呼应，还是对历史文化中反文明退化原始思想的否定，更是小说对资本市场中反人性、反生命的丑恶面的揭露和痛斥，莫言借镜历史，以启蒙为武器，质疑和反思资本市场本土化过程中的反人类性，莫言没有给出任何解决这一问题的方法和路径，以丁钩儿的悲惨、荒唐而又宿命论（丁钩儿谐音"腚沟儿"，即河北、山东一带土语"排泄器官"的代名词，"腚沟儿"本是污秽物的准出机关，它与污秽物同流合污，它不会排斥污秽物，否则"腚沟儿"本体就解构了，这隐喻丁钩儿的结局，最终以落入厕所而死，即是应得之所）的结局昭示了解决"吃人"问题既要注意文化因素，也要考虑经济因素，全盘照搬西方市场经济制度，会忽视资本市场盲目性、非理性的缺陷；启蒙与市场相伴而生，人的解放为市场提供了自由充足的劳动力，但资本市场反过来压抑人性（莫言更进一步地把市场

---

① 莫言：《莫言文集》（第3卷），当代世界出版社2004年版，第53—54页。

② 端木国贞：《试论恩格斯的典型学说——从〈创业史〉谈起》，文化艺术出版社1983年版，第66页。

吞噬生命的血淋淋展示出来，这种书写更加直接把资本市场与个人生命本体的悖逆性表现得淋漓尽致），这一圆圈逻辑昭示启蒙最终的恶果是葬送了启蒙，启蒙走向了反启蒙，解放生命走向了摧毁生命，现代性走向了反现代性。

　　莫言的人物名姓的设置、行动元的安排，客观上消解了丁钩儿作为检察官的职业功能，当他面对精致的"麒麟送子"时被震惊了，丁钩儿良知在视觉和回忆历史中被加强，他回忆吃人事件的鼻祖，易牙烹儿献给齐桓公，丁钩儿把市场交换价值规则下的"吃孩子事件"看作无法容忍之事，当然，这并不能说丁钩儿认同易牙的行为；莫言用了 12 个"啼哭"、2 个"哭"、3 个"哭声"、2 个"嚎哭"表示了丁钩儿内心剧烈的变化，终于以开枪来完成所有这些情绪的积蓄而达成的结果，丁钩儿的犹豫和拖沓，从侧面反映了丁钩儿对市场文化有认同的一面，文化"是由语言、想象世界以及一种文化或一个时代的价值和规范，以一个独特的方式促成和制约的"①。欲望和理智，职业和人性、良知和堕落形成了一个个矛盾体，这一矛盾控制其选择，最终以他射穿红烧婴儿的头作为结局，这是一个寓言，丁钩儿虽然没有加入吃人者行列，但是他的延宕行为客观上帮助吃人者去吃人，丁钩儿的行动和结果背离，主观与客观逆反，开始他认为"麒麟送子"是一道用各种瓜果蔬菜和肉类做成菜，与"孩肉"无涉，后来他又在金刚钻提醒下，认识到自己也吃了婴孩餐，在虚虚实实中被戏弄了一番。

　　作者承担了写作的文化批判功能，20 世纪 90 年代，市场经济体制建立以来，市场交换价值侵入社会的层层面面，家庭伦理遭到冲击，市场对自由劳动力的要求拆解着传统家庭、社会结构，配套的政治体制又没有马上跟进，政治体制与市场之间出现了裂缝，文学离开形式主义实验的高蹈，开始关注日常琐碎生活和进入消费社会的囚笼（先锋文学、现代派文学、新写实文学、美女作家写作浪潮等，它们不是追逐形式技巧，玩弄语词游戏，就是主张"写作的零度"②，对社会的热情消逝了，对国民性的批判退出了作家的视野），

---

① ［德］扬·阿斯曼：《文化记忆——早期高级文化中的文字、回忆和政治身份》，金寿福、黄晓晨译，北京大学出版社 2015 年版，第 135 页。
② 汪民安：《谁是罗兰·巴特》，江苏人民出版社 2015 年版，第 48 页。

莫言逆潮流而上，"我又写了一篇题为《肉孩》的小说……运用了鲁迅笔法，把手中的一支笔变成了一柄锋利的牛儿尖刀，剥去了华丽的精神文明之皮，露出了残酷的道德野蛮内核……是对当前流行于文坛的'玩文学'的'痞子运动'的一种挑战，是用文学唤起民众的一次实践。我意在激烈抨击我们酒国那些满腹板油的贪官污吏，这篇小说无疑是'黑暗王国里的一线光明'，是一篇新时期的《狂人日记》"①。

署名莫言的作品《肉孩》开篇写道："秋天的后半夜，月亮已经出来，挂在西半天上，半块，边缘模糊，好像一块融化了半边的圆冰。"②而在鲁迅《药》开篇写道："秋天的后半夜，月亮下去了，太阳还没有出。只剩下一片乌蓝的天；除了夜游的东西，什么都睡着。"③两相对比，可看出莫言仿写、呼应了《药》；在小说《药》中华老栓为治疗小栓的肺病去买沾满革命者的血的馒头，鲁迅从启蒙的视角来审视辛亥革命缺乏群众性基础的问题，五四科学民主的思想普及面较小，并且革命是以拯救民众于水火为旨归，而民众却并不理解，反而以革命者鲜血来治病，这一悖论渗透了鲁迅批判的深刻性，在《狂人日记》末尾鲁迅引出"救救孩子"的主旨，同时也看到了革命者宣传革命的无效和民众的愚昧和无知；小栓（懂事的孩子）的肺病需要救治，但救治的方法是医学，夏瑜等革命者们被救治需要革命理论的普及，需要韧性的战斗，而不是像身陷牢狱的夏瑜还以生硬的理论劝说阿义革命，革命需要策略，拯救孩子同样需要策略和韧性的斗争。

在《红高粱家族》中，江小脚使用劝、捧、拉、威吓的策略对土匪余占鳌动之以情、晓之以理，旨在争夺战争武器，这种叙事被很多研究者命名为"新历史主义"④（旨在改写十七年革命史并获得文学史地位）；类似的典型例子如赵树理的《锻炼锻炼》中，陈小四设计谎说大家来拾花却临场改变计划，把经常称病偷懒的村民惩治了一番，这种策略性的行为在十七年中遭到批判，

---

① 莫言：《莫言文集》（第3卷），当代世界出版社2004年版，第44页。

② 莫言：《莫言文集》（第3卷），当代世界出版社2004年版，第48页。

③ 鲁迅：《鲁迅全集》（第1卷），人民文学出版社2005年版，第463页。

④ 邱运华：《静默的旋律：学术史与文化研究》，社会科学文献出版社2013年版，第284页。

实质上赵树理真实地书写了现实情况，反映了农业合作化中的问题；如果还原到历史现场，党员陈小四策略虽不光明，但也反映了革命、建设中的需要策略的情势，他不可能超越历史而以规范化管理来进行生产，所以以现代化视角来审视陈小四的行为是有失公允的，"领导们不是对群众做说服动员，激发其爱社如家的积极性，不是针对农业社以往纪律存在的漏洞，完善制度机制，实现规范化管理，而是故意制造机会，借助百姓的人性弱点给予惩罚。这种工作方式暴露了年轻领导干部对待群众的冷漠，对普通百姓的自私给予扩大化的斗争，人为制造阶级斗争的紧张形势"①。

在莫言《红高粱家族》中，江小脚行为具有类似的性质。1985年，"人的文学"得到重新发现，十七年革命文学书写方式遭到颠覆，人物塑造开始摒弃"三突出""中心任务论"等书写模式，探索更加人性化、民间化和现代性的写作模式，江小脚、陈小四的塑造还原了人物的现实处境和处理困境的策略，他们的方式虽然不符合"高大上"的英雄人物的塑造方法，但此种写作模式是落地的，也是韧性斗争所需要探索的方式，"正无需乎震骇一时的牺牲，不如深沉的韧性的战斗"②。由此反观夏瑜们，革命的不在地性和生硬性不仅不能拯救受难的孩子，反而会葬送了自己的性命。

《肉孩》中，莫言着眼的是金元宝洗孩、送孩、卖孩的全过程，金元宝类在其父母眼中是有价值的商品，他的质量和等级是以标准化和金钱来衡量的，虽然母亲略有不舍，母性的光芒不时闪现，而男性的决绝和冷漠折射出这种交易的频繁和普及性，金元宝们在意的是自己孩子的等级，以此作为自豪的资本；这一现象折射了社会的价值观非人性原则和残酷的本质，叙述的质朴和细节的真实性，抛弃了魔幻的特色，但文本整体上仍是一则寓言，它不仅是一部分社会观念的寓言，以金钱作为衡定生命的准绳，还是对"吃人"的酒国的讽刺和抨击，莫言反思了市场对人性、生命的吞噬，物质的冰冷、情感的淡漠并不仅仅要求我们救孩子，还要拯救成人（大孩子）。

---

① 曹书文：《人的意识和性别意识的双重失落——重读赵树理〈锻炼锻炼〉》，《文艺争鸣》2016年第8期。

② 鲁迅：《鲁迅全集》（第1卷），人民文学出版社2005年版，第171页。

第二节　拯救如何可能？制度、引导者、批评

"救救孩子"在鲁迅《狂人日记》中是一句呼唤，在《我们现在怎样做父亲》中，鲁迅则建议父亲们要有担当精神，莫言的象征化手法延续了鲁迅"救救孩子"主题，细节上他使用形象化的语言描述了婴孩大餐，莫言旨在唤醒良知，婴孩的天真可爱与资本世界的狡诈与虚伪、亲情与无情、生命与食物构成了相异的语义世界，这种生命被现实的割裂、蹂躏和摧残使读者重新思索资本世界中的人伦关系；婴孩大餐与文中的卖肉孩的过程形成连续性，《酒国》署名莫言的小说《肉孩》和《酒国》书写的婴孩大餐构成了一条链条的上下级关系，现实和虚构或者虚构和虚构相对照，小说和现实的那种模糊不清状态，隐含了作者的写作隐衷和对这些现象的看法，并以形象质感的语言把大餐中婴孩的憨态、天真、可爱写了出来，那种固定的状态与无生命的机体形成截然两分的对比，更与《肉孩》中金元宝的儿子依恋母亲和懵懂无知的婴孩状态形成鲜明的对比，丁钩儿对哺育孩子的每一个阶段、每一个场景都体验过，这些使丁钩儿更加同情婴孩，他的拯救行为更加强烈；莫言的书写更加贴近人性，他揣摩人物经历和社会背景来引领读者进入人物的内心世界，且小说细节增强了小说的感染力，并激发了读者对婴孩大餐的愤怒和痛恨，读者更加认同和响应拯救孩子主题，而不是沉浸在小说的奇幻描述和猎奇的追逐中。

鲁迅在《我们现在怎样做父亲》中比较了传统教育和现代教育的区别，以进化论的观点提出以孩子为本位，改变以长辈为本位的传统模式，父亲们应该讲付出而不应讲回报，为后代创造自由发展的环境，"用无我的爱，自己牺牲于后起新人。开宗第一，便是理解……所以一切设施都应该以孩子为本位……第二，便是指导……长者须是指导者协商者，却不该是命令者。第三，

便是解放。子女是即我非我的人，但既已分立，也便是人类中的人"①。

莫言在《酒国》中探索如何拯救孩子的问题，他以文学形式研究三条拯救路径的可行性问题：第一，剥出婴孩制作艺术的合法性；第二，颠覆革命文学中引导人角色的主导效用；第三，知识分子、批评者的职责问题。莫言"拯救孩子"关注到语言、话语、制度层面，这不仅是对"文化大革命"借助毛话语的反拨，还是针对 20 世纪 90 年代市场经济条件下的各项制度规范的呼唤，提出不能有效执法的文化、社会背景问题，并对各种超越伦理道德、破坏文明"吃"的现象进行了强烈抨击。

小说《酒国》中，详细描述了"龙凤呈祥"制作流程，总而言之，是化丑为美，酒国婴孩的制作也变成一种艺术，从生产、储存到制作甚至制作人才的培养，着眼于制作的科学化、标准化，烹饪学校更把婴孩餐视为一种艺术品；这一系统工程使"吃人"变得艺术化、审美化，甚至逐渐走向合法化。"我们吃的不是人，我们吃的是一种经过特殊工艺制成的美食……他首先特别明确地强调，厨师是铁打的心肠，不允许滥用感情。我们即将宰杀、烹制的婴儿其实并不是人，它们仅仅是一些根据严格的、两相情愿的合同，为满足发展经济、繁荣酒国的特殊需要而生产出来的人形小兽。"②金刚钻以要人名人都吃过这道大餐为理由来压制和诱导丁钩儿就范，加入吃人的行列；并以"阶级弟兄"为之归类，这些"吃人者"凭借革命语言的话语权建构起一套合法的语言修辞系统，语言为他们做事敞开了合法的怀抱，概而言之，金刚钻们借助酒模糊现实和虚幻的界限，以审美为载体把非法的食物人为提升为艺术，掌控主流话语权，运用语言把非法事件变成合法活动，这是"吃人者"把非法的"麒麟送子"变成合法的一套严密的系统工程，每一个环节都精益求精，艺术和科学带来了事物、事件的伦理关系、文化关系和合理性的改变。

监控、侦查人员会被一套系统的陷阱所捕获：酒、肉、色。这些基本的生理需求本是无可非议的，但以此为人生目的，则是动物行为的表征，"吃喝、性行为等等，固然也是正常的人的机能，但是，如果使这些机能脱离了

① 鲁迅:《鲁迅全集》(第 1 卷)，人民文学出版社 2005 年版，第 141 页。

② 莫言:《莫言文集》(第 3 卷)，当代世界出版社 2004 年版，第 171—172 页。

人的其他活动，并使他们成为最后的唯一的终极目的，那么，在这种抽象中，它们就是动物的机能"①。当然，这一系列的诱惑皆是人不易抵御的，作者在这里对人为执法的随意性、不可控性进行了批评，这种没有制度和科学规范的传统执法模式并不能拯救"孩子"，从制度层面上，莫言探索了其有限性和无效性。金刚钻对丁钩儿说："你闯入私人住宅，强奸我的妻子，证据确凿……身为执法人员，知法犯法，罪加一等！"②这从反面证明了科学执法的必要性，随意性、不受监控性不能保证拯救孩子的成功，作者在这里强调了拯救孩子要走法律程序，要制度化、程序化、组织化。

拯救孩子还涉及拯救主体的意志性、勇敢和智慧性问题，涉及精神的指导问题，所以莫言在此设定了一个精神引导者的角色。这在以往革命小说中有类似人物结构，《红旗谱》中的贾湘农，《三里湾》中的老杨同志，《青春之歌》中的卢嘉川等，西方文学作品中也不乏引导者的影子，典型的如《高老头》中的伏脱冷，这一人物设置在不同语境中具有不同的含义。在小说中，丁钩儿调查酒国婴儿案，在金刚钻酒、菜、色的陷阱下沦陷了，丁钩儿没能挺过肉体的欲望，调查的任务延宕，他处于理智和犯罪的纠缠中，任务的严肃性受到敌方的嘲笑和亵渎，丁钩儿迫切希望寻找到前进的力量和方向；丘八爷就是丁钩儿寻找的父亲的形象，丘八爷这位老革命就是"父亲"的代言人，丁钩儿调查正义行动，沦陷，寻找"光明"的指引者"父亲"，这种框架模式与20世纪50年代以来中国当代文学发展的历程类似。十七年文学建构革命文学史，树立了英雄主义的"父亲式"文学，"文化大革命"时期，这种文学达到极致，文学的母性、落地性、人性特征被压制。新时期以来，伤痕文学、反思文学、改革文学、先锋派文学、现代派文学等开始改写文学观念、模式，虽然十七年模式仍然潜在于小说中，但父亲的地位受到冲击、颠覆，张承志的小说《北方的河》开始寻找父亲，这种文学谱系被莫言变形在《酒国》框架中。

丁钩儿寻找父亲，拯救自己，旨归在于拯救"孩子"，而老革命却对丁钩儿的能力提出了质疑，"瞧你那点出息……我们播下虎狼种，收获了一群鼻涕

---

① 张岱年:《中国伦理思想研究》，江苏教育出版社2009年版，第65页。
② 莫言:《莫言文集》(第3卷)，当代世界出版社2004年版，第134—135页。

虫"①。莫言笔下的丁钩儿被还原为普通人，而不是"高大全"式的英雄，"我们不是站在'红色经典'的基础上粉饰历史，而是力图恢复历史的真实"②。在老革命的言语激励和鼓动下，丁钩儿良知被唤醒，但是他仍然纠缠在与女司机、余一尺的情感三角中不能自拔，最终坠入厕所而亡，丁钩儿结局改写了革命小说中英雄人物的发展方向，"我觉得苏联的小说比我们的红色经典要好一些，好在真实。它们暴露了革命队伍内部的黑暗面"③。英雄人物有了缺点，英雄人物作为个体难逃时代和文化因牢，莫言在开篇同情和原谅了丁钩儿的堕落。余华曾说："随着时间的推移，我内心的愤怒渐渐平息……作家的使命不是发泄，不是控诉或者揭露，他应该向人们展示高尚。这里所说的高尚不是那种单纯的美好，而是对一切事物理解之后的超然，对善与恶一视同仁，用同情的眼光看待世界。"④ 无论丁钩儿怎么辩解、挣扎、抗争，也不能逃脱被大染缸同化的命运，莫言再次强调了拯救孩子的艰巨性、复杂性。

　　莫言从批评家角度来讲拯救孩子的问题，批评家应该发挥批评的职责，要不遗余力地批判"吃"的恶行，揭露社会黑暗，不应文饰是非（莫言《天堂蒜薹之歌》是这方面的典型作品），"奇观的文化当然会产生自己的意识形态"⑤。莫言结合文学建构的地主刘文彩的形象对腐败的特权阶层进行抨击，以历史的眼光审视这些权势者，对等级现状进行了批判和对一般民众生存困境进行关怀，并对批评界的沉默极为不满，这是文本副线索，并不断加进对婴孩大餐之作的精湛技艺的书写，且作为暗线来以小说、书信等虚构的形式呈现，《酒国》的主线索对丁钩儿调查的艰难性进行了书写，这一主一次，一明一暗，凸显了莫言写作的策略性和时代难以言说的困境，借助革命话语、革命人物委婉地来抨击酒国"吃人"现象及其借镜的主流话语体系，作者文人情怀及处事方式的策略性、艰难性粲然可观。

---

① 莫言：《莫言文集》（第3卷），当代世界出版社2004年版，第191页。

② 林建法：《说莫言》（上），辽宁人民出版社2013年版，第81页。

③ 姜异新：《莫言孙郁对话录》，《鲁迅研究月刊》2012年第10期。

④ 余华：《余华作品集》（第2卷），中国社会科学出版社1994年版，291页。

⑤ ［英］佩里·安德森：《后现代性的起源》，紫辰、合章译，中国社会科学出版社2008年版，第121页。

第三节　文学拯救路线图：解构的幽灵

《酒国》分两条线来叙述，主线是丁钩儿的侦查过程，副线是莫言和李一斗的通信以及莫言亲临酒国，两条线索交叉补充前进，丁钩儿每一个行程都有副线补充、逆反和解构。第一章中主线调查酒国的吃婴孩事件，丁钩儿却没有取得任何进展，副线交代了李一斗和莫言的情况以及对酒与写作的看法。这与鲁迅《魏晋文章与药及酒的关系》有互文关系，而莫言直接嵌入当代，《酒精》里介绍了酒国大学、酒与生命的关系、酒与灾荒时代的生活，副线却揭示了酒国吃喝现象存在并且已经达到登峰造极的地步，酒国大学、猿酒、酒博士，每一条信息都指向酒国吃喝猖獗的腐败现象。

第二、三章主线交代了丁钩儿受到矿长等招待，酒宴的景致和解酒技术精湛印证了第一章的副线，同时也是对第一章主线的解构，本章酒宴中的"麒麟送子"被认为是蔬菜水果做成的精品，否定了婴儿大餐的存在真实性；而第二章副线却交代了"绿蚁重叠"制作和酒国"吃孩子"真实存在，《肉孩》《神童》以小说的形式书写了"肉孩"的交易流程和神童自我拯救组织过程，这是对主线的颠覆和解构。

"妖孩"模仿革命文学语言和科学启蒙来取得被卖孩子们的领导权，为被卖孩子们建构了"父亲"的形象，"我给你们寻找光明""不是妈妈，不是姑姑，那是一个球，是一个天体，围绕着我们团团旋转，它的名字叫月球！""为我们带来光明的是电""同志们""斗争""光明""老虎""砸""爹""父为子纲"等关键词、句，把吃人者建构成"红眼睛绿指甲，嘴里镶着金牙"的妖魔形象，这是革命文学中对地主、反动阶级的丑化策略借用，莫言以此建构了这样一个革命、启蒙的事件，这些无父的孩子在"妖孩"的语词、行动和痛说家史的感召下组成了一个地下的反抗团体。

"妖孩"带领群孩杀害了监管男子，其残暴举动源于自身悲惨的历史，小妖精以暴制暴的行为和思想与酒国关系密切，孩童交易抹杀了亲情、爱情、友情，无爱的孩童以无爱来对待无情的社会，"莫言、阎连科、余华共同揭示的一个基本事实是，在物质的强烈刺激下，人已变成另一种生物。这种生物乃是欲望的动物，金钱的动物"①。酒国的腐败和市场的交换规则无孔不入，"资本来到世间，从头到脚，每个毛孔都滴着血和肮脏的东西"②。"妖孩"作为启蒙主体，启蒙内容包括革命现代性、封建伦理专制思想和通俗科学知识，这些资源来源较为复杂，传统文化、五四科学启蒙、革命思想，一言以蔽之，它们以点带面地统括了中国思想文化大部分，这些思想有的相互抵触，如"父为子纲"与启蒙思想，因此"妖孩"借用这些庞杂的思想资源不可能完成逃离的任务，这也可以隐喻中国自晚清以来各种思想被借鉴救国失败的现实，酒国与救国谐音，"妖孩"等出逃事件的失败昭示救国（酒国）、拯救孩子的困难，莫言"以小说套小说"双线形式重申拯救孩子的困难，并解构历史思想资源在当代场域中的有效性，"反抗者的消解和没落，既可以视为20世纪90年代后中国社会的某种镜像式写实，更可以看作中国当代启蒙精英叙事困境的隐喻式表达"③。莫言没有给出有效的解决难题的思想和方法，但他抛出的问题和探索的努力不应该被遗忘，作家的担当应该被肯定，"我立志要像当年的鲁迅先生弃医从文一样弃酒从文，用文学来改造社会，改造中国的国民性"④。第四章以丁钩儿所见为主线，驴食、蟋蟀以及特种粮食栽培中心的鸡米花，这些吃食与副线中对"驴街"的描述形成互补关系，合力为酒国"吃婴孩事件"的出水埋下伏笔。作者通过评价链接了主副线，并发表了对现实社会的看法。

第五、六、七章主线：丁钩儿堕入情网的陷阱以及调查受阻，副线以《一尺英豪》《烹饪课》《采燕》对酒国吃住特色尤其是"婴孩餐"制作过程进行了不厌其烦的叙述，主副线相互佐证了酒国"吃婴事件"。

---

① 刘再复：《"现代化"刺激下的欲望疯狂病——〈酒国〉，〈受活〉，〈兄弟〉三部小说的批判指向》，《当代作家评论》2011年第6期。

② ［德］卡尔·马克思：《资本论》（第1卷），人民出版社2004年版，第829页。

③ 吴义勤、王金胜：《"吃人"叙事的历史变形记——从〈狂人日记〉到〈酒国〉》，《文艺研究》2014年第4期。

④ 莫言：《莫言文集》（第3卷），当代世界出版社2004年版，第43页。

第八、九章，副线主线颠倒位置，这一设置赋予主副线不同的意义，副线中李一斗和莫言的通信以及小说中叙述的酒国浮出地表，酒国"吃婴事实"以小说形式获得真实身份，《猿酒》《酒国》考察了酒的历史和叙述李一斗的岳父岳母故事来建构"酒国文化"的传承和坚固性，吃喝文化根深蒂固，副线丁钩儿无法摆脱它的纠缠，生命欲望引导他最终走向预定的归宿，折射出作者解构现实社会的意图。

第十章，作为副线的莫言以主人公身份现身，开始以黑粗体出现在文本直接叙述中，莫言开始踏上酒国的路程，前置的侦查员斗侏儒、采燕、猿酒、红烧婴儿、偷情等事件和情节都作为背景存在，莫言的视角替代了丁钩儿的视角和李一斗的通信叙述样式。丁钩儿世界中"吃孩子"事件以虚幻的形式存在，丁钩儿始终没有接触到真正的婴孩做的餐，只是在旁听侧闻、想象虚构、当事人的语言迎拒躲闪中以职业敏感嗅出吃人者的现实。莫言以第一人称介入事件，与真实更近了一步，但莫言仍是小说虚构文学样式中的叙述者，通过真实和虚构交织，莫言把小说的批判性发挥到极致。

北京、天安门广场真实地点出现，并与酒国形成对照，莫言对这一细节的处置旨在营造一个真实世界，以纪录片形式把行踪介绍清楚，以期给读者一个真实的现实世界，并不断地把丁钩儿故事拉进这个世界进行重构，为丁钩儿侦查提供典型的场所，莫言在此解构了丁钩儿故事的真实性，明确暴露其故事的虚构性，"莫言到了酒国，立刻把李一斗和莫言两个人营造的小说瓦解了"①。同时也颠覆了酒国进行婴孩交易的真实性，在文本进行到过半时，莫言的出现是对小说真实性的翻盘，《酒国》前九章中丁钩儿探案、陷落、想象、经历瞬间变成了虚构，"我已经无法把丁钩儿的故事写下去，因此，我来到酒国，寻找灵感，为我特级侦察员寻找一个比掉进厕所里溺死好一点的结局"②。

莫言、李一斗等到达酒国，存在于丁钩儿虚幻世界中的金刚钻部长、余一尺、一尺酒店、绿蚁重叠，以现实存在出现在莫言、李一斗的酒国世界，

---

① 莫言:《莫言对话新录》，文化艺术出版社 2010 年版，第 90 页。

② 莫言:《莫言文集》(第 3 卷)，当代世界出版社 2004 年版，第 255 页。

莫言对小马的欲望，莫言欣赏杀驴场景，市政府人员陪喝细节，一系列的情节与丁钩儿的经历构成对照结构，丁钩儿调查过程中长满了细节的枝叶，并以魔幻色彩结构故事。而在第十章，莫言解构了故事的真实性，莫言写作的策略性可以看出莫言写作的拘谨和艰难，但字里行间仍然显现腐败和市场出现的乱象，资本侵蚀着良知、道德、情爱，甚至直接危害到孩童的生命。在刘心武的《班主任》中，控诉了"文化大革命"教育对孩子的身心戕害，莫言在《酒国》中直接控诉了腐败和资本市场对孩子生命的摧残；丁钩儿的惨败，揭示了资本渗透到社会机体的每一个组织中、动一发扯全身的现实。个体的清醒和反抗并不等于能改变整个社会局面，甚至个人最终只会沦落在吃人队伍中，这个"铁屋子"是万难破坏的，甚至清醒者也会被铁屋子禁锢住；20世纪90年代，市场交换准则被运用到各个层面，腐败丛生，吃喝成风，人文精神衰落，莫言从市场对个人生命甚至人类未来的角度思考，批判之深、抨击之厉可想而知。

丁钩儿正义感终因无法摆脱"吃"的欲望，落入厕所而死，丁钩儿（即华北地区土语"腚沟儿"的谐音，"腚沟儿"是排泄器官肛门周围，臀部说不准确）是"吃"后残渣排泄的部位，丁钩儿死的场所——厕所隐喻食物的结局，同时丁钩儿（"腚沟儿"）落入厕所，主体与污秽混在一起，彰显了作者"吃"（"吃"包括物质欲、肉欲和精神欲望）的欲望导致的恶的结果。这一精心设置的人物称谓、主题意旨、故事结局汲取了鲁迅的写作模式，小说中不断出现与鲁迅小说的互文，如《狂人日记》的主题"救救孩子"、《药》的仿写者《肉孩》、《魏晋文章与药及酒的关系》与李一斗博士论文酒的影响问题研究等，莫言凭借互文修辞向鲁迅的作品致敬，同时也继承了鲁迅的批判思想。不同的是，莫言运用了解构的策略，"解构——到目前为止一直采取了这样的策略——并不是坚持鼓吹多样性本身，而是强调异质性、差异、分离，这在与他者的关系中是绝对必要的……一旦你把特权赋予了聚集，而不是离散，你就没有给他者、给他者的强烈的'他性'和特殊性留下任何空间"①。

---

① ［法］雅克·德里达：《解构与思想的未来》，夏可君编校，杜小真、胡继华等译，吉林人民出版社2006年版，第48—49页。

小说中出现了三个叙述层次，一是以丁钩儿为主线的小说，二是莫言为叙述主体结构丁钩儿的故事，第三个层次是《酒国》文本层次；第二层次中的莫言颠覆了第一层次中丁钩儿及其故事的真实性，丁钩儿侦探酒国"吃婴事件"皆为虚构，第三层次是莫言著的《酒国》，是小说、虚构文体，又对第二层次中莫言的颠覆进行了颠覆，被否定的酒国、丁钩儿、"烹婴学校"和"吃婴事件"的真实性遭到颠覆，莫言在"否定之否定"①中表达了自己的看法，其叙述策略表达得淋漓尽致。莫言对社会的"吃人"现象进行了尖锐的抨击，"吃"的欲望能改变运命，"吃"又能使人、社会、国家堕丧，"吃"成了改变地方官员命运、地方经济、地方文化的推动力。莫言经常说对一碗饺子的向往成就了他的写作事业，而在此，莫言却从社会、民族存在与发展上反思了"吃"文化及其产业的畸形发展，这是对当前"吃"资源、"吃"自然环境、"吃"健康隐形的批判，"文学家莫言超前地看到了一个经济主义时代来临的巨大隐患，即放纵物欲追逐带来的社会全面腐败"②。

从宏观层面来审视，莫言《酒国》是对社会腐败和资本市场恶的方面的强烈批判，《酒国》"吃婴孩"虽然是一个宏大象征的隐喻，但莫言抛出的问题值得重视，"人性灭绝到如此程度，恐怕不是'现实'中的实有情节，但为了金钱而榨取童工的廉价劳力和造成孩子心灵方向的迷失倒确实是工业文明发展曾有的产物"③。莫言从审美现代性的维度，质疑和反思社会现代性问题，并且从叙述层面探寻社会敏感问题的文学干预路径，因此《酒国》呈现出复杂的美学倾向，也彰显了莫言探索孩子成长问题的难度和困境。

① 邓晓芒：《思辨的张力：黑格尔辩证法新探》，商务印书馆 2016 年版，第 202 页。
② 毕光明：《"酒国"故事及文本世界的互涉——莫言〈酒国〉重读》，《文艺争鸣》2013 年第 6 期。
③ 刘再复：《"现代化"刺激下的欲望疯狂病——〈酒国〉、〈受活〉、〈兄弟〉三部小说的批判指向》，《当代作家评论》2011 年第 6 期。

第十章

再解读莫言《白狗秋千架》的电影改编

　　莫言的《白狗秋千架》和改编的电影《暖》具有不同的语境，前者在新时期革故鼎新的前提下接续五四文化主题，参照现实完成书写中心和边缘的转移，既突破一元化书写的禁锢，又成为新意识形态的表征，后者建基在新世纪的文化、市场和新政治的场域中，简化原著主题，注入新的意识形态内核，古典风格、浪漫风格和现实风格并置，以温情为底调，以乡土现实爱情的守护来坚定乡土未来的信心，不能简单地以非此即彼的二元理论来肯定或否定二者；笔者从语境效应、意义生产和填白装置入手，仔细剖析二者异同以及与时空的互动关系，试图梳理电影改编路径和优缺点及其未来走向，并勾勒出小说和电影在乡土衰落和重建中运行的轨迹和操作机制。

　　莫言的《白狗秋千架》创作于1985年，在2003年被导演霍建起改编为电影《暖》，并于2003年获得第23届中国电影金鸡奖最佳故事片奖和第16届东京国际电影节最佳影片奖（金麒麟奖），又于2004年荣膺第11届北京大学生电影节最佳故事片奖，改编获得巨大成功。导演霍建起认为此影片最大的特点是写人性，因为"我觉得人性这个东西比较不概念，人性最普遍。不像有些东西好像一定要这样或那样。比如我觉得文化大革命前的中国，特干净，特别有秩序，虽然贫穷，但是简单，那是有一种素朴的干净……所以我就特别喜欢表达人性的东西，不愿意表达那种极端的内容，比较崇尚那种纯艺术呀，纯粹一点的东西"①。从长时段历史来看，电影的改编虽然有其独到的一面，但也有很多欠缺之处。质言之，霍建起的改编取其原作丰富内涵的一部分，窄化了作品的意义空间，压制了生产的多种可能性，而莫言原作内涵丰富，有丰富的生长点，具有超时空、超阶级和超政治的涵容量，文章以此为中心，梳理原作与影片的异同，试图勾勒改编的路径和内在的选择意图，发掘其中盲视与洞见的意义和缺陷，旨在为影视改编祛魅。

---

① 杨远婴、李彬:《影像·探索人生——对话新锐导演》，中国电影出版社 2008 年版，第 43—44 页。

第一节　语境效应：中心、边缘、启蒙

1985 年被称为"文化年"和"方法年"，西方三大理论（"控制论""系统论""信息论"）引进中国，文化、科学以及理性哲学成为知识分子追求的目标，这一潮流与"经济建设为中心"和启蒙精神不谋而合。莫言在这年创作了《白狗秋千架》，试图在红色经典小说影响的焦虑中寻找突破口，因此"种的退化"成为莫言思考问题的重点，并在其小说序列中占据着重要地位。该课题不仅接续鲁迅和沈从文的生命力书写的主题，还开拓出一套严谨的理论系统。莫言在《白狗秋千架》中使人和动物形成互文和隐喻关系，凸显"种"的退化的现实状况和救赎途径，篇首点出山东地方杂毛狗繁衍盛行，而纯种白狗正在日渐减少，"高密东北乡原产白色温驯的大狗，绵延数代之后，很难再见一匹纯种"①。杂毛狗成为贯穿全篇的线索，链接起女主人公"暖"与"我"的关系，"暖"希望有健康的孩子，这是对健康生命体的认可和肯定，狗和人相同的存在危机和时代处境凸显了"种的退化"形势；莫言以"种"的血缘基因切入，强调以科学的基因遗传启蒙知识来拯救生命力衰落，并将之以乡土民间故事来演绎，并以乡土伦理为故事结构的主线，民间伦理重视血统论，莫言以血统代替阶级划分，突破"十七年文学"和"'文化大革命'文学"藩篱，一元化的阶级叙事被个人化叙事代替，质言之，血缘、民间和爱情成为莫言创作挖掘的主战场，以血缘为纽带的家庭伦理开始重新登上文学舞台，开始从边缘向中心转移。这一创作倾向成为 20 世纪 80 年代中期的创作"事件"，经典的例子如家族系列小说的生产和传播，比如张炜的《古船》《家族》《柏慧》，莫言的《丰乳肥臀》《食草家族》。

"种的退化"在五四时期是社会问题，这是从国族危亡的角度来反思传统文化的。鲁迅批判封建吃人文化，沈从文倡导摒绝现代文明的湘西人性和

---

① 莫言：《白狗秋千架》，上海文艺出版社 2012 年版，第 199 页。

建构"希腊人性小庙",周作人主张以希腊人性恢复近代中国人生命力,废名崇敬的是世外桃源式的诗化人生。由上可见,知识分子从各角度来"立人"。鲁迅主张"破"的同时又突出"立",《摩罗诗力说》《我们现在怎样做父亲》《狂人日记》等开始探索立人的途径,"心声""内曜""朕归与我"①等立人的具体路径建立在个人健康发展的基石上,个人的发现和集体的警觉成为鲁迅"立人"的正反两面,周作人、沈从文和废名的主张和理论具有浪漫色彩,相较鲁迅的针对性和在地性,他们提供的是超越性的总纲,可行性不足。

在新时期,在新的时代和国内外背景中,莫言重新延续五四生命力衰弱主题,并将"种的退化"问题剖析得更加复杂化。他从科学角度思考生命力衰退和基因变异问题,并极力从历史维度和民间维度去反思生命力去留的内在本质,思考现代社会对生命力戕害的内外因素,代孕事件、计划生育、父权制、阴性崇拜和婚姻问题成为作者追溯的主要着眼点。莫言《白狗秋千架》呈现"种"的残疾,基因的缺陷问题,从民间伦理和人性角度思考解决女主人公的内在需求和社会压力,"暖"希望重回有声世界,希望正常后代的诞生,既是对传统儒家伦理的反叛,又是齐地自由开放文化的表征;借精求子违背了乡土伦理,但这种思想和行动却是诞生在儒家伦理的重压之下,这种悖论彰显了儒家伦理的自相矛盾,预示了其必将崩塌的运命;作者通过对暖的不同场景的故事的回忆和现在进行的访问细节构建了暖的女主人公地位,随着故事的展开,暖书写分量的增加凸显了暖的主人公地位,但隐含作者作为男主人公贯穿始终,这是双重主人公叙事并行模式;在爱情的多重回合中成为主角,暖的性格与《丰乳肥臀》母亲的性格是吻合的,她成为作家赞扬崇拜的对象,暖的善良、坚韧、泼辣和开朗的性格,"在电影创作者浓墨重彩的渲染下,温柔、勤劳、善良、坚忍、宽容这样一些中国妇女的传统美德在新时代的'良家妇女'身上获得了新的十分活跃的生命力,从而在相当程度上以情感化而非理性的道德评判替代了更为深刻的历史评判和人性评判"②。"暖"开始掌控自己命运和推动小说的行进,莫言将女性的被动提高到主动的

---

① 鲁迅:《鲁迅全集》(第8卷),人民文学出版社2005年版,第25—26页。

② 陈晓云:《中国当代城市电影的观念冲突》,《戏剧艺术》2000年第1期。

位置，乡土中女性的地位逆转反映了父权制存在的危机。

导演霍建起改编后的电影《暖》，抛弃了"种的退化"主题，狗和暖的生育需求被置换为爱情和知识，这与 2003 年普遍兴起的情感叙事有关联。1994 年市场机制开始建立，电影生产、传播和消费由计划走向市场，"生产者和消费者之间建立了直接的经济关系——这些背景的变化应该说都加速了电影的工业化进程"①。1993 年"人文精神大讨论"呼唤社会道德重建，《渴望》《新白娘子传奇》等温情剧风靡一时，这正是社会温情缺失表征的一个面相。《暖》中爱情成为电影的主要元素，它以男主人公林井河的忏悔为线索，以回忆为展现方式，将暖的三次爱情作为重点来透视对爱情的认知和发展流程，暖第一次恋爱是与剧团演员小武，初恋朦胧和甜蜜，始乱终弃的故事模式沿袭了传统小说。这改写了原著暖的单恋情节设置，重新以古典爱情叙事套式打开了受众市场，这与电影的市场化有直接的关系。原著中的文艺兵则改为剧团演员，可以清晰看出，政治身份转移到普通演员，这是对传统文学中优伶始乱终弃的形象母题的再演绎，电影将书写的古典气质作为魅惑市场的筹码。

暖的第二次恋爱对象是知识分子林井河，青梅竹马却是熟悉的陌生人，最后违背爱情承诺而留在城市，娶妻生子；情人之间的文化差异和身份悬殊悬隔了爱情，暖的自卑或善良促使她毅然斩断爱情，暖的爱情态度由无能为力到主动抛弃爱情，被动变为主动，反映了爱情观的成熟和女性地位的提高，这也是电影陌生化的内在需求。

第三次恋爱，暖的对象是用心帮忙的哑巴。爱情途径是日常生活培养出现实的爱，这也水到渠成地形成坚固的婚姻共同体，结局是：暖拒绝离开哑巴，这与原著中男主人公性幻想的实现大相径庭。电影中暖与哑巴的爱情故事，是对现实生活爱情的认同和肯定，这也是中国普通人爱情生活的翻版和隐喻。

简而概之，三种恋爱涵盖了新时期之前中国的几种婚姻类型：古典风格、浪漫风格和现实风格，他们丰富了电影的意义生产。《暖》是时代的文化、政

---

① 尹鸿：《世纪之交：九十年代中国电影备忘录》，《当代电影》2001 年第 1 期。

治、消费和市场在电影中合谋的经典，葛兰西"文化霸权"精确描述了后革命时代意识形态新的监控地带，"革命传统依然存在，并且我们'最终必须学会'与现存的和故去的革命传统一起'生活'"①。电影成为主流意识形态表达的载体和建构文化霸权的新平台。

莫言小说《白狗秋千架》带有拯救的启蒙使命，"我"不仅是生物学意义上的拯救者，"我"的知识分子身份还赋予拯救本身启蒙的意义。改编后的电影《暖》仅仅反思爱情的获得和失去的价值和意义，五四知识分子"拯救者"的启蒙意义不再显现。在原著和电影中，中心和边缘位置发生翻转，这是时代、作者、导演、文化和消费者共同作用的结果。

---

① ［美］刘康：《马克思主义与美学》，李辉、杨建刚译，北京大学出版社 2012 年版，第 226 页。

第二节　意义生产：场域、意象、文化

意义是生产出来的，从工艺的角度讲，小说和电影的真实性也是被制作出来的，是某种理念的产品，"真实性不应被获得、被发现、被复制，而是应该被创造出来"[①]。小说和改编的电影在场域、意象、文化和结局方面有较大出入，改编的策略和方式直接影响意义的生产。

场域是指艺术生产的时空，它的配置、重组和选择会造成独特的氛围、风格和特色。小说《白狗秋千架》的背景地是山东高密乡，天气、物候和动植物汇合成莫言独特的地理空间，凸显了原始强力，透视出乡土社会对后代健康活力的重视和传宗接代的强调。莫言将此以直接或隐喻的方式通过北方的物象加以表现，比如，农活细致描述，在《红高粱家族》《三匹马》《丰乳肥臀》等作品中有大量描述，收麦、割麦、耕地、运输等，沉重的农活通过意象表现出来，彰显了齐地风物特征。高粱叶、桥、河、白狗、大草驴、刀和秋千架是原著中出现的铭刻地理空间的意象，高粱相关意象是小说中一个关键意象群，高粱的意象不仅是多子多福的象征，耐寒耐涝也是其繁衍生息的内在特性，莫言将"暖"的劳动与高粱融合和比衬，透视出乡村生活的苦重和艰难，也衬托了农民生存的坚韧；高粱地成为暖和"我"完成"种"拯救任务的场所，藏污纳垢是民间高粱地的象征，高粱地的设置与革命时期建构起的正义意象的"青纱帐"形成鲜明的对照关系，由此可见，莫言还原了高粱地及其高粱的民间含义和想象。大草驴肩负生育使命，刀是劳作工具和力的隐射，秋千架是庆祝丰收的器具，狗是人类忠实的伙伴。

劳作和生育是乡村生活主要内容，"农活就是他们的职业，不是陪衬革命活动的副业，当现实生活中的农民能自主经营自己的生计时，银幕上的农民

[①] ［法］吉尔·德勒兹：《电影2：时间—影像》，谢强、蔡若明、马月译，湖南美术出版社2004年版，第232页。

也就回到了祖家传给他们的农耕生活中"①。《生死疲劳》中单干户"蓝脸"对个人劳动的坚持是农民职责的表征，这是莫言对劳动的肯定，呼应现代社会境域（但从现代社会的发展来看，一大部分农民脱离土地进入城镇，农活越来越成为少数人的工作）；乡村生育血缘绵延，重视社会的稳定，"血缘社会就是想用生物上的新陈代谢作用，生育，去维持社会结构的稳定"②。"暖"试图以基因遗传原则干扰血缘传承，这为社会稳定埋下危机，秋千架是一种休闲生活，莫言将其作为引起灾难的关键点，意象选择和对意象的认知是莫言乡村生活经验和接受知识熏陶共同合力的结果。

乡村伦理和文化是《白狗秋千架》一个重要书写方面。健康后代的需求、乡村等级分层、知识的崇拜和认可、城乡差别视域下乡村的自卑和无奈以及女性男性化倾向，这些方面传达出乡村伦理和文化的信息。《白狗秋千架》是一个复杂的文本，反映出时代、地方、民族、经济和政治信息，莫言以一个脱离乡村的农家知识分子来言说乡村衰败和拯救的故事，衣锦还乡、性幻想和忏悔杂糅在一起，古典气质和现代风格杂糅，作者采取卢梭的忏悔方式以拯救者身份介入乡土社会，施害者变为拯救者，这一错位折射了城乡和知识在现代社会分层化和制度化过程中的强势地位。

与小说相比，电影《暖》的故事场景发生了重大变化，故事背景由北方（山东高密乡）挪至南方（江西古徽州），北方生硬的线条被南方雨水池塘代替，阴雨连绵和水泽成为故事的背景，水的阴性品格赋予小说阴柔和舒缓的忧伤情调，感伤和温情是其主色调。南方系列风物呈现在电影场景之中，鸭子、蚕、池塘、发霉的墙、稻田、稻草垛和狭窄的顺河而建的小巷，这些意象成为爱情言说的支持景观，日常生活成为暖爱情选择的理由和支撑整个小说框架的基础。电影没有否定任何一种爱情，而是以不同的色调表现不同类型的爱情，初恋采用暖色调和喜悦氛围呈现，暖的第二次爱情采用清凉的灰色调，第三次爱情以雨雾的阴暗调为主，由浪漫到现实，渗透了导演对爱情的态度。电影中贯穿着《诗经》哀而不伤的基调，篇末暖拒绝哑巴的建议而

---

① 田民：《论西部电影中的历史感》，《当代电影》1990 年第 1 期。
② 费孝通：《乡土中国》，上海人民出版社 2013 年版，第 65 页。

依然与他生活在乡村，否定了《白狗秋千架》中的文化拯救的无效，确凿证明物质和知识并不是爱情的决定因素，"曲折的情节、充分的动作、鲜明的人物性格刻画和传统价值观念，这些小说特征更易于在影片中加以表现"①。乡村在霍建起的电影叙事中获得了尊严和倔强的自救。

电影《暖》的背景文化不再局限在具体的时空之中，而是具有长时段历史文化的特征和风格。2003 年，市场经济初步建立，消费社会正在形成，物质的地位正在上升，文化也披上消费的色彩，被忽视情感得到重申。但是电影出版发行需要通过国家有关部门的审查，符合"主旋律"是基本要求，"中国的电影在向市场经济迈进的过程中要面对进退两难的境遇和矛盾"②。《暖》肯定了乡土社会现实生活的爱情，认同乡土家庭伦理和乡土文化的连续性，符合国家基层稳定的大政方针。乡村物质贫乏和城乡差别构成电影的陌生化的基础，南方风景和爱情不同方式的展现迎合了电影市场的消费，尼克·布朗尼认为："最复杂、最有力的流行形式总包含传统伦理体系和新国族意识形态之间的相互妥协，这种形式能整合这两者之间情感冲突的范围和力量。"③

---

① 王志敏、陈晓云：《理论与批评：电影的类型研究》，中国电影出版社 2007 年版，第 297 页。

② 王志敏、陈晓云：《理论与批评：电影观念的演变》，中国电影出版社 2006 年版，第 178 页。

③ ［美］李欧梵：《上海摩登：一种新都市文化在中国（1930—1945）》，毛尖译，北京大学出版社 2001 年版，第 117 页。

第三节　填空装置：留白、多元、解构

吉尔·德勒兹和费利克斯·加塔利提出根茎概念，有别于根系一元决定论和簇根系的多元统一论，根茎理论借助根茎植物的形象来阐释非中心、无规则和多元化的思维方式，"所有根茎都包含着节断性的线，并沿着这些线而被层化、界域化、组织化、被赋意和被归属，等等；然而，它同样还包含着解域之线，并沿着这些线不断逃逸"①。这种游牧思想用于文学隐喻并跨界到数字媒介。莫言小说《白狗秋千架》语言精练，意味悠长，文字功夫很深，有"意在言外，韵外之致"的效果，文字适可而止，为读者留下深刻回味、补充和联想的空间，如其中蔡队长与暖的关系，只用暖脸上的红晕来表现，蔡队长临别亲吻暖的额头，称之为"小妹"，文末省略号，这些都为读者留下填补的空间。

电影《暖》却有相异的表达方式。首先，电影和文学是不同艺术媒介。文学表达具有暗示性和多义性的特点，电影则以画面语言和行动影像直接来表情达意，它比文学表达更清晰，暖和戏班小武的关系通过林井河和村民所见所闻毫无隐晦地揭示出来，通过亲密场面的展示和二人距离远疏以及镜头不断闪现同处情景来传播明确信息，而《白狗秋千架》通过肖像和语言传达："'他可没把我当小孩子。他决不能把我当小孩子。'说着，你的脸上浮起浓艳的红色。……他四肢修长，面部线条冷峭，胡楂子总刮得青白。'"②通过暖的语言和叙述者对蔡队长外表选择性的描绘（20世纪80、90年代择偶标准）来暗示他们的关系，原著作者并不认同这些标准，因此将"暖"对蔡队长的一厢情愿叙述为幼稚的幻想，这不仅是莫言对新时期之前社会建构的一套评定

---

① ［法］吉尔·德勒兹、［法］费利克斯·加塔利：《资本主义与精神分裂（卷2）：千高原》，姜宇辉译，上海书店出版社2010年版，第10页。

② 莫言：《白狗秋千架》，上海文艺出版社2012年版，第209页。

人的标准的反拨，也是莫言以此建构自我文学世界的起点；莫言安排知识分子和文艺兵进入小说，并对他们的爱情观进行了否定，知识分子和文艺兵的未来理想不在乡土和农村基层，作者站在乡土的边界上以大悲悯的情怀观照乡土的衰败和未来；莫言还对自然的实用的乡土婚恋观进行了否定，暖的不幸福和她的求子需求则是明证。莫言《白狗秋千架》探索乡村的未来，但没有给出具体的走向，他借镜现代科学知识希望乡村基因得到改善，但《丰乳肥臀》以中西结合的退化儿上官金童的恋乳症否定了这一极具现代性的操作。

在电影《暖》中，对三种类型爱情予以同等地位的展现，肯定了不同类型爱情的价值，浪漫、回忆和现实温情填充了爱情的不同空间，导演并没有采取非此即彼的简单判断方式，每一种爱情都有快乐和悲伤，导演的辩证观点渗透着新世纪的理性特点。20 世纪 80 年代文学的激进化、思想化和干预社会的能量已经开始显现熵的状态，理性反思和回归 80 年代成为研究的热点问题。小说《白狗秋千架》多元化的意义反衬了乡土思想的混杂，儒道文化和齐鲁文化以及西方文化共同构成高密乡文化的块茎，新旧乡土出现矛盾特征，思想混合杂糅体出现，《白狗秋千架》开篇暖对知识分子"我"自言的"高等人"有双重态度，既厌恶又羡慕，厌恶态度体现乡村自卑的地位，羡慕衬托乡村对城市文明和知识的向往，这在电影《暖》中也有类似场景，林井河赠予哑巴的名牌烟和承诺赠予二锅头而使他们的关系愈加融洽，并且哑巴意欲让渡妻子让他们过上城市生活，城乡差别彰显。在《白狗秋千架》篇尾，暖又说："怕你厌恶，我装上了假眼。我正在期上……我要个会说话的孩子……你答应了就是救了我了，你不答应就是害死我了。有一千条理由，有一万个借口，你都不要对我说。"[1] 她前后态度的矛盾折射了乡土社会在现代化中的尴尬处境。

电影《暖》肯定了乡村现实生活锤炼的爱情和婚姻，肯定了对乡村和乡村文化的坚守的态度，这是 20 世纪 90 年代城市扩张过程中对乡村的肯定，关注当下社会，而小说则探讨了乡村的未来发展问题，预设时间跨度较大，例如对狗的纯、杂的历史叙述；再比如秋千架装置的布置，文中"我"与秋

---

① 莫言:《白狗秋千架》，上海文艺出版社 2012 年版，第 216 页。

千架共同绑架了暖的命运，秋千本来是对丰收的庆祝设置，荡秋千仪式承载乡村美好希望和缓解乡村劳动紧张和疲惫的形式，仪式成为乡村文化的一部分，"仪式过程中最值得一提的普遍特征在于，它以高度特定的方式使持续期和延长期地方化"[1]。然而在《白狗秋千架》和《暖》中却成为祸端的起因，秋千质量不过关和使用频繁成为酿祸的根本原因，其中隐含着对乡村粗陋仪式存在的担忧。再比如，"我"的性补偿和帮助教育其后代的补偿是否能够延续纯种，是否能够恢复生命力，还是个问号，在这一层面上讲，《白狗秋千架》对种的堕落和救赎和《红高粱家族》是有区别的，《红高粱家族》中对"我奶奶"和"我爷爷"的赞颂，寄予了民族复兴的厚望，与沈从文有相似之处，而前者则对这种救赎方式存有疑惑。

电影《暖》中祛除了狗的结构存在和主题隐喻功能，《白狗秋千架》篇首书写起源于川端康成《雪国》中对秋田狗的描述，电影《暖》中狗的缺失，人的因素增强，戏班的武生与暖的交往，哑巴一直以来对暖的倾慕、骚扰和帮助，"我"与暖的交往。电影中还掺入更多的现实元素：哑巴以实际行动感动了暖，暖也不离不弃；贯穿整个电影的是情，无声的爱情战胜了各种信誓承诺的爱情，武生和林井河成了情的失败者，但成为社会的成功者，情和现实之间是一个巨大的缝隙，形成一个悖论，电影中的末尾企图调和这种矛盾，暖和哑巴让"我"把他们女儿带走，意图使之享受优渥的物质生活和接受优质的教育，他们对社会等级的屈服源于对儿女命运的担忧，文中的"我"是否能够完成自己的承诺，是否能够延续旧情，电影的末尾似乎给出了答案，林井河的承诺犹如飘蓬没有根基。

鲁迅的返乡在"恋乡"和"恨乡"的双重心理下进行，回忆中的儿时美好情景和当下乡村的衰败和沉闷形成对照，乡民和作者之间形成看与被看的互动关系，乡民传统封建伦理和启蒙个性形成对照，悲悼、怜悯和救世情感流淌在他们笔下。郁达夫的回乡则带有反思旧式家庭婚姻不自主的特色，家长意志与自我思想矛盾成为核心内容，周作人则回忆家乡风物展现名士隐士

---

[1]［美］阿尔君·阿帕杜莱：《消散的现代性——全球化的文化维度》，刘冉译，上海三联书店2012年版，第240页。

风度，传统文人品格和启蒙先锋思想是五四的知识分子针对家乡的两种态度，有时二者糅合。小说《白狗秋千架》以第一人称回乡的视角铺展情节，与众多返乡文学形成互文，这种思维模式凸显了鲁迅式的启蒙精神。莫言的《白狗秋千架》在忏悔的心情下叙述与女主人公的情感交往，小说以巧遇开头，拜访探秘女主人公的生活现状，离乡返城，"我"在忏悔和希望艳遇的心情下展开叙述，这是《聊斋志异》式的思路和情节安排，尤其篇末突兀的情欲满足，这种想象情欲奇遇完全摆脱乡土伦理的羁绊，并且这种违反道德的行为建基在乡土生育伦理之上，托词荒谬。"我"的知识分子身份获得乡土的崇敬和屈服，乡土文明以自身献祭于城市文明，莫言以古典文质传达了一个现代社会血腥的现实，这也是第三世界的寓言式写作，"基于自己的处境，第三世界的文化和物质条件不具备西方文化中的心理主义和主观投射。正是这点能够说明第三世界文化中的寓言性质，讲述关于一个人和个人经验的故事时最终包含了对整个集体本身的经验的艰难叙述"[①]。

电影《暖》中以长镜头丰富了电影的内涵和意义，影片开头，以景深长镜头和运动长镜头来展现林井河返乡，环山小路、上坡和下坡为观众留白，风景重新编码，其中蕴含着丰富的人生哲理。林井河在艰难和愉悦的基调下返乡，近景和远景交错，闪入和淡出将回忆和现实有机地穿插起来，凸显影片的层次感。日常生活镜头不断地闪现，延缓了小说中的奇遇和"探险"的紧张，永恒的自然和乡村融为一体，自在自为地反拨着城市文明的焦虑与峻急。电影运用了沈从文湘西的牧歌情调来抒情，而小说则借助聊斋文化的古典风格来结构故事，它们共同的特点是以中国风格来解构现代文明的偏至。

---

① ［美］詹明信：《处于跨国资本主义时代中的第三世界文学》，张京媛译，载张旭东主编《晚期资本主义的文化逻辑》，生活·读书·新知三联书店1997年版，第545页。

第十一章

日常生活视域下余华的小说研究

　　余华小说被贴上"先锋文学"标签，被认为是技术试验的"高蹈"，但是评论者忽略了余华创作的日常生活图景，即余华所说的"细部"。虽然这两个词内涵外延有巨大的鸿沟，但余华对日常生活经验的重视和关注，成为其创作成功的基石；本文意欲发掘日常生活在余华创作中的表现和意义，明确余华小说中的日常生活风格，并分析日常生活书写的阈限及其潜在的权力话语形态，但并不采取非此即彼二元僵硬观点，而是从成长地域空间、个人生活图景、生死的底层认知和社会承担的维度去分析内在的创作的日常生活图景和日常生活审美。

　　余华小说以死亡、暴力、血腥和残酷备受诟病，而评论家谢有顺认为它是"这个世界的基本现实，或者说，是这个世界内在的本质"①。也就是说，余华小说是对生命世界内核的高度概括，并通过生死书写将完整的人生放在历史之中，透视了社会的失义和生存的荒谬，生存的荒谬不是一个抽象的存在，余华以其自身经验为基点，把日常生活纳入书写之中，余华曾说："生动的生活细节与人生情境就成了历史与现实的主体，'生活'本身也以自在自为的方式'复活'，并呈现出了具感性的力量。在我看来这是中国小说不着痕迹地消

---

① 谢有顺:《话语的德性》，海南出版社 2002 年版，第 9 页。

解意识形态叙事最为成功的一种方式。"①余华的日常书写承载着余华对生死和社会的理解，日常生活磨难、悖论、恐惧和无奈，这是日常生活的常态，余华并没有刻意去追求苦难的极端化书写和血腥的焦点化描述，而是结合自身经历、家族身世、他者的真实故事完成落地性的书写，余华并没有简单地以道德批评去粉饰社会的苦难，而是真实地还原日常生活，并通过日常生活突变、心理扭曲、生存斗争将社会斗争转变为人之间的生存之战，这种还原视角下的日常生活之战，与其说是书写的无奈之举，不如说是余华慧眼识破生存的本质。

但是，这并不是说日常生活仅有争斗，还有"温情"、"人性美"、"坚韧"的品质、"美丽的爱情"、"割不舍的亲情"、"难忘的友情"、"童真的儿童之情"，等等，余华在书写日常生活之际，不由自主地将它们表现在字里行间，深深打动了读者和研究者，福贵的苦难和坚忍的生活观，许三观为了亲属的生活不断地透支生命，刘光头念及兄弟之情号啕大哭。夏中义、富华认为，余华"由前期的暴力主题转向了后期的苦难与温情的主题，叙述语调也从冷酷转向了悲悯"②。这也是评论界的分期说，笔者认为余华的前后期并不是完全分割的，前后期作品表征上出现一些分歧，但是内在肌理仍是相同的，即日常生活现实的书写，无论是前期还是后期，余华都是将日常生活作为其写作的载体，布展生活的褶皱、矛盾和人性的悖逆处，透射别样风景，也就是说日常生活折射了政治、经济、文化内部抑或之间的争斗。因此，可以说，过滤后的日常生活成为小说的创作基础，即"日常生活审美化"。

这不是空穴来风，更不是无源之水，它是内外因素共同作用的结果，内在因素是余华的职业、性格、生活经验、知识结构，外在因素是异质文学的激发和诱导，比如，余华从卡夫卡小说里汲取营养，开始化解和融会贯通"日常生活围困的经验"③，潜意识地将日常生活审美化，具体来说，是对现实

---

① 吴义勤：《告别"虚伪的形式"——〈许三观卖血记〉之于余华的意义》，《文艺争鸣》2000年第1期。

② 夏中义、富华：《苦难中的温情与温情地受难——论余华小说的母题演变》，《南方文坛》2001年第4期。

③ 余华：《没有一条道路是重复的》，作家出版社2014年版，第163页。

事件进行提炼、发掘，其实质是挖掘日常生活的"碎片价值"，从个人、民间的角度表示对宏大历史、巨型能指的排拒和批判，"悬搁'历史'则会极大限度地呈现生活的感性和人生的感性"①。余华"悬隔历史"并不是隔绝历史，而是不生硬地表现历史、建构历史或拆解历史，而是在生活的腠理反射历史，只是这历史没有明确的年代，只有靠读者从字里行间，从小说氛围、叙述口吻、社会标志中发现，这是有为的解读。实际上余华小说冷静的叙述风格、俭省的语言、不避残酷的血腥场面，正是现实生活的逼真还原，余华只是像鲁迅那样浓缩、集聚到一起罢了，批评者并不能以道德、社会建设的眼光视之，而应赞誉余华的担当责任和超越意识形态的人类学视野，那么，余华是怎样形成这样的写作观的呢？

---

① 吴义勤：《告别"虚伪的形式"——〈许三观卖血记〉之于余华的意义》，《文艺争鸣》2000 年第 1 期。

第一节 写作的空间环境

余华生活、工作的空间是其创作的有效载体，尤其是童年生活的地方，成为其创作经验不断发掘、创造的来源。余华出生于浙江省杭州市，三岁时，随父母工作迁居海盐县，并在此居住 29 年，海盐成为其创作的富矿地，余华曾经说："我只要写作，就是回家。"①

海盐是余华的生活空间，"通元镇""孙桥镇""南门""老邮政弄""松簧""千亩荡""王家旧宅""虹桥新村 26 号"这些真实的地名，在余华的作品中经常出现。这些南方水乡特点的地理坐标，以及南方阴雨连绵的气候特征，构成其小说写作的质素。《活着》《呼喊与细雨》《爱情故事》《古典爱情》等作品中的雨及雨中的桥、路、荡等风景设置，为人物出场、心理透视、情节推进和语言使用以及小说整体气韵风格奠定了基础，例如《爱情故事》中的桥，男孩站在桥上看女孩，桥与地面的高度差弥补男孩心理上的恐惧、畏怯，他以俯视的角度掌控局面，但女孩的镇定和执着粉碎了他瞬间重建的信心。《一个地主的死》对冬天湖水的细腻描写，竹篱笆、湖景，充满童趣的极具南方地理特征的风景描写，再现了童年的记忆，这段描写凸显周围环境的"静"，这种叙事安排有两种好处：一方面衬托了王香火向死而生的决绝和冷静，另一方面为日军走向终结埋下伏笔。

这些溢满江南风味的风物地理充溢在余华的日常生活中，才能够使余华创作出文学的"这一个"。可以说余华与作品中的人物处在同等的位置上，没有主体与客体、控制者与被控者之分，余华凭借故乡方言支撑起鲜活的生命序列，贴近海盐现实生活的形象。当然这些形象的存在离不开语言的辅翼，并且他对故乡的回忆也是以地方语言为媒介的，将日常生活中语言呈现出来。余华发挥了海盐方言简洁的优长，语言朴素、简练而又传神，但余华不是照

---

① 余华、杨绍斌：《"我只要写作，就是回家"》，《当代作家评论》1999 年第 1 期。

搬地方方言，没有像《九尾龟》一样完全用地方方言。而是以北方官话作为语言基础，吸取海盐方言的特点，形成了独特的极具地方韵味的语言风格，"标准的汉语就会洋溢出我们浙江的气息"①。

浙江的气息是什么呢？陈晓明曾经将先锋文学生产与南方天气关联起来，这有一定的合理性，《鲜血梅花》《古典爱情》《此文献给少女杨柳》《难逃劫数》《第七天》等神秘而朦胧的气息，实证了神话文化和梅雨氤氲下的日常生活。海盐人张乐平《三毛流浪记》漫画作品中的流浪意识，在余华作品中也有出色的表现，余华《十八岁出门远行》《活着》《第七天》《呼喊与细雨》《古典爱情》《许三观卖血记》等作品涵括流浪的影子，两者不谋而合，这种流浪既有离家探索社会的含义，又有生活流浪的隐喻，这种被生死放逐的人物在日常生活中坚忍地活着，并体现存在的价值和意义，余华通过具体可感的场景重置、并置、拼贴，把日常生活的鲜活、残酷、烦恼和疼痛细腻地呈现出来。

日常文化图景的发现，丰富了作品的质地，超越"先锋文学"中枯燥的技术操作。在先锋文学中，孙甘露语词拼贴和隐喻的堆叠，格非迷宫设置和语言的不及物性，而余华却以日常生活为根据地，将生活经验进行变形、夸张和选择，并选择性吸取川端康成、贝克特、福克纳、海明威、三岛由纪夫、布尔加科夫、博尔赫斯、舒尔茨、契诃夫、卡夫卡、鲁迅和莫言等作家的写作手法，形成了独异的"先锋"写作模式。

---

① 余华、杨绍斌：《"我只要写作，就是回家"》，《当代作家评论》1999年第1期。

第二节　个人生活风景：医院视域下的城与乡

1992 年前余华一直生活在嘉兴地区，其中 29 年居住在海盐县，余华生活在城乡中间地带，城乡风景成为日常生活书写的主要内容，农民、农村小孩、劳作成为余华观察的中心风景，城与乡的混杂，土地、农事、农作物和底层生活及人事纠葛，铭刻在余华作品中，具化为细枝末叶，《一个地主的死》《活着》中对耕作、耕具（牛）、地主的衣食起居的细致介绍，洋溢着日常生活气息，这也是对余华家族身世的再创作；《十八岁出门远行》中的抢劫，《黄昏里的男孩》中男孩偷窃孙福苹果以及被惩罚的详细过程，《许三观卖血记》中许三观为生存而十二次卖血的细腻描述，《第七天》中现实生活事件的"新闻串烧"，《死亡叙述》中两次车祸发生及主人公的心理负罪和自我救赎，在这些作品中，余华把底层民众的生活多角度地呈现出来。

小说多以城乡为活动平台，城乡交替出现，现代和前现代风格交织在一起，城乡的伦理、道德和社会观念的悬差，在字里行间显现出社会批判的锋芒。许三观卖血与血头、路人之间对话的错位，折射出城乡不同的观念；宋钢和李光头相异的人生观和世界观，他们殊异的生死观及余华的生死观凸显了城乡日常生活的内涵：活着（坚忍）、灾难、暴力、"以透支维持生命"、"向死而生"。

1962 年，余华 3 岁时，父亲结束浙江医科大学专科学习，回到海盐县人民医院做外科医生，余华全家由杭州迁往海盐县，住在医院宿舍，格非认为余华创作成功的一大因素是"他父亲的那座医院"①。1978 年 3 月，余华高考失利，分配进武原镇卫生院做牙医，工作 6 年。在 29 年中余华大多与医院频繁地交往，医院作为特殊的存在，其本身以及象征体凝聚成一系列关键词：病症、血腥、科学、冷酷、药、肮脏、生命体，这些词汇承载着独异的思想，

---

① 格非：《塞壬的歌声》，上海文艺出版社 2001 年版，第 69 页。

它们转化为余华的审丑文学。波德莱尔《恶之花》开了西方的审丑美学先河，以此来批判资本主义文明的机体的腐烂溃败，波德莱尔仅是批判，而没有提出解决问题的途径，本雅明《机械复制时代的资本主义》《单向街》等作品却以"震惊""碎片中闪光""光晕"来重建商品化浪潮中本体的真理性，从日常生活中发现非凡的东西，这种革命美学在余华作品中也闪现出惊人的光芒。

有评论家认为《细雨和呼喊》是余华创作的分界线，前期作品为先锋文学，强调技术创新，关注暴力、血腥和死亡叙述，后期作品回归经典小说路数，温情和怜悯替代冷酷；余华认为后期小说"告别了虚伪形式"，取代了"事实框架"，笔者认为这些评论者有此区分的标准是作品形式和风格，余华则是从创作认知改变为出发点的。从本雅明的革命美学层面来看，余华小说前后具有连贯性，余华前期着重日常生活悲剧的集中揭示，以此抵抗"文化大革命"的遗忘，《一九八六年》中深受"文化大革命"创伤的疯子归来以五刑戕害自我旨在抵抗遗忘，余华以此极端的日常行为和观者漠然表现来发掘历史的本质；从《细雨与呼喊》开始，余华发现了日常生活中的温情和人性美好面，李秀英对"我"的爱护，家珍对福贵的不离不弃，凤霞和二喜的相敬相爱，福贵对家人的惦念和对牛的怜惜，宋凡平与李兰如胶似漆的感情，即使在备受诟病的《兄弟》下部，余华仍能在现代的碎片中发现有价值的微粒，彰显了余华重建社会信心的"震惊"书写。

在余华看来，医院是熟悉的存在。把人视为单纯的生命体，这是西方传统的医学观点，西方现代医学和中医关注整体的人，由仅仅关心病症的生物体到全面考虑病体症状（包括生物体、情感、心理和社会关系等）；长期的医院环境和工作使余华对疾病、死亡和血腥的认知异于常人，他从传统医学的视角审视生死，残酷场景"在叙述者看来是生活中的常人和常事"[1]。

余华前期作品遭到一些批评，冷酷、血腥和暴力，这并不是余华有意夸张的书写策略，而是余华在医院和武原镇卫生院耳濡目染的现实生活使然，医院是整个社会的缩微版，医院"是这个世界的浓缩或提纯物"[2]，余华视社

---

① 王彬彬：《余华的疯言疯语》，《当代作家评论》1989 年第 4 期。

② 格非：《塞壬的歌声》，上海文艺出版社 2001 年版，第 69 页。

会为病体，将社会构成要素等同于生命体每一部分，人的日常生活类似社会的各个要素，社会对人的暴力和血腥引起疾病，余华从医生的视角以回忆和极端的方式审视批判社会对人的异化，抵抗遗忘"历史暴力"，这种"以暴制暴"的方式极为另类，貌似违逆传统道德观，因此受到一些道德批评家的指斥，"不仅偏离了以确立人的主体性为目标的新时期文学主潮，而且对五四新文学启蒙主义传统构成了解构和颠覆"①。这些指责误解了余华创作的本意，而是被作品的外在呈现迷惑，未能真正理解余华写作的初衷。

在余华后期作品中，医院、病体、治疗的整个象征系统依然存在。不同的是，余华更加重视日常生活的书写力度，他以异于常人的人生经历构建了他的医学和文学结合的看问题的方式，并为社会要素——人注入温情和美好情愫，作者希望得到社会的认可和肯定。因此，在《细雨与呼喊》《活着》《许三观卖血记》中，渗透了这种社会认同理念，并按预期获得了批评家、读者和市场的广泛好评。余华坦言这是从"事实框架"向"整体框架"的转变的结果，以至于他的作品成为"现代寓言"的加强版，这种转变被一些批评者视为"犬儒"的表征，这种说法虽有所武断，但情有可原，它是20世纪80年代为五四启蒙"招魂"的社会的狂热期的表征。余华的小说却逆向而行，他以自然观为起点，反思现代文明，质疑进化论和人类所谓"文明"进程，这种反思和质疑正是反现代的现代性的体现。

---

① 耿传明：《试论余华小说中的后人道主义倾向及其对鲁迅启蒙话语的解构》，《中国现代文学研究丛刊》1997年第3期。

第三节　残酷与温情：生死的民间向度

余华以观者和体验者的方式来建构日常生活观，他的医学家世成为他世界观形成的重要资源，生死既是其人文关怀的焦点，又是文学关注的核心问题，"海涅写下的就是我童年时在太平间睡午觉的感受。然后我明白了这就是文学"①。医院生活、经历和体验催化了余华对生死的理解，形成了独异的以医学为基质的世界观，他以医生视角审视人，而将人的超越性的意义悬隔起来，其思想直接来源是解剖事件。余华曾经回忆起到宁波医院口腔科进修亲眼看到死人被解剖的场景，"什么挖心的、挖眼睛的，那帮人谈笑风生，挖惯了……这就是现实"②。生命与无生命，严肃与戏谑，人情与冷酷，这一系列的对立二元的并置，消解了启蒙视角上的人的价值观。余华据此经验写就的《现实一种》，以近 3000 字的篇幅来详细描述山岗被不严肃的医生以科学的名义来肢解的客观事实，这种场景很少被搬进文学作品，更没有大肆铺展的血腥的解剖细节，这种书写解构了人超越性的意义，"尽管你很结实，但我把你的骨骼放在我们的教研室时，你就会显得弱不禁风"③。

余华认为生与死没有高低之分。基督教宣扬在世罪恶说，佛教倡导来世说，道家主张修道成仙说，现代文明主张现世享受说，而这些对生死的认知并不适用于余华的创作观，余华认为："伟大作家的内心没有边界，或者说没有生死之隔，也没有美丑和善恶之分，一切事物都以平等的方式相处。"④这种平等观的本质是民间的生死观，生与死是生命体的两种存在样态，贵生重死是中国传统生死观的核心，暂且不论这种思想是否有迷信成分的存在，而

---

① 余华：《生与死，死而复生——关于文学作品中的想象之二》，《文艺争鸣》2009 年第 1 期。

② 王斌、赵小鸣：《余华的隐蔽世界》，《当代作家评论》1988 年第 4 期。

③ 余华：《现实一种》，作家出版社 2014 年版，第 53 页。

④ 余华：《温暖而百感交集的旅程》，《读书》1999 年第 7 期。

从民间对丧事、鬼神、土地庙和城隍庙实体及文化的重视可以推出：在民间社会，生与死同等重要。余华毫不掩饰其对生与死平等的态度，无论前期作品中人的"符号"或"象征"作用，还是后期作品温情的介入，生与死皆以日常生活形式展开。《十八岁出门远行》（1987年）以时间为序详细叙述路上搭车和被抢劫的细节，颠覆了80年代小说追求技术实验和思想高峰的主流模式，从另一角度说，毫无目的的日常生活却被新启蒙文化赋予了哲理内涵，解构的同时建构了别样的意义，因此，可以说民间生活承载了革命的功能。

日常生活被赋予了审美化价值，《一九八六年》（1987年）以"疼痛"的方式抵抗"文化大革命的遗忘"，以暴力唤醒暴力，疯子自残和观者的漠视具体可感，看与被看、回忆与遗忘、严肃与笑话是"文化大革命"后日常审美的二元认知模式的延续。《现实一种》（1988年）关于日常生活中偶然和必然关系的考证，偶然错误诱发连环报复，结局必然是生命陨灭，暴力和嗜残解构了进化论中人的高贵形象，事件诱因、开展、高潮、结局皆在生活的网络之中，不同的是，作者文学的处理方式使日常生活审美化了，余华对残酷、暴力、死亡等书写以"感官的途径加以表现，而非抽象的思辨"[1]。

同时期作品《河边的错误》《世事如烟》《难逃劫数》《古典爱情》《往事与刑罚》《鲜血梅花》《爱情故事》《此文献给少女杨柳》《虚伪的作品》等死亡叙述开始转型，余华的"转型"主要包含在几个方面：中短篇变长篇，冷漠到温情，故事性、可读性增强。余华并创作了更加接地气的小说（《细雨与呼喊》《活着》《许三观卖血记》《兄弟》《第七天》），他试图将其归因为因果报应观，"为何自己总是在夜晚的梦中被人追杀？我开始意识到是白天写下太多的血腥和暴力"[2]。但他的世界观没有改变，一直以"中国的方式成长和思考"[3]。

余华"暴力"书写并没有夸张和抽象化，作者没有采取俯视和仰视的视角，而是以平视的方式"刻录"现实，当然，这并不表示作者不在小说中加

① 王侃：《永远的化蛹为蝶：再谈作为"先锋"作家的余华》，《当代作家评论》2014年第6期。
② 余华：《十个词里的中国》，麦田出版社2010年版，第96页。
③ 余华：《在法中交流会上对四位中国作家的采访》，《中国文学》1999年第四季度法语版。

入自己的思想和理解，这种客观的形式也折射了作者的文学观：形式即内容。余华在不断重复叙述生与死的故事，反思生死内涵和时代主题。在中国文化环境中，生死私密性具有了公共性的特点，《活着》中福贵亲人一个个地离去，《许三观卖血记》中买血者根龙向死而生的挣扎和日常幸福的瞬间，《兄弟》中李光头将宋钢的骨灰送上太空以缝补兄弟的情感裂痕，李光头主动传播窥视女厕所事件的细节，《第七天》中社会隐秘以新闻形式成为公共事件，节日狂欢取代日常生活，《兄弟》中处女美人大赛的盛况，这种前现代或后现代的生活观渗透在小说细枝末节里，乡村中国呈现出日常生活的公共性奇观。

余华并不停留在对人性残酷面相的揭示上，更重要的是思考人存在的意义，福贵直面惨淡的现实和淋漓的鲜血，以牛为伴，把牛命名为"家珍""凤霞""有庆""二喜""苦根"，在福贵的精神世界里，逝世的亲人仍然停留在人世，生死相通的民间伦理构成福贵对抗困厄生境的精神武器，也是其生存下去的勇气和信心的来源，这得益于卡夫卡的文学观，人的价值和意义"并不在于维持肉体的生存，而在于精神上寻找自己的家园和归宿"①。因此，在《第七天》中，余华将生死两个世界相互对照，死者以清醒冷静的眼光审视了生死两界，粉碎了来世乌托邦幻梦，肯定了福贵坚韧地活着的意义，并以荒诞离奇的生活事实碎片控诉了社会的溃败。

---

① 阎嘉:《卡夫卡：反抗人格》，长江文艺出版社 1996 年版，第 257 页。

第四节 底层书写与社会审视

余华的小说从《十八岁出门远行》始就独具风格，简单、朴素，并删削了枝丫蔓延的个人感性语言，加以日常生活细部的"童话化"写法，颠覆了已有的写作规范。他"拙笨"的写作样式暗合了文学创新的欲求，突破了红色经典社会主义现实的写作范式：二元对立和阶级斗争推动情节发展。"三突出""根本任务论"的创作规则被取代，以余华个人经验为基础的日常生活写作被赋予了新的意识形态，研究者王德威认为余华是"以一种文学的虚无主义面向他的时代"[①]。这里的"虚无主义"是指日常生活经验，是相对于"宏大叙事"和"巨型能指"所言，陈晓明则从余华写作源泉上分析了其意义，卡夫卡和新小说催生了他"无限切近物质却又在真实与幻觉的临界状态摇摆的叙述方式"[②]。

余华作品中有很多余华亲身经历的事实，《一个地主的死》和《活着》的故事来源于余华的身世，《我胆小如鼠》《细雨与呼喊》中主人公弱者地位与现实中余华胆小，与他经常受到哥哥欺负的事实不谋而合，《一九八六年》是余华在"文化大革命"中深刻体会的再创造，《现实一种》解剖场面是余华在宁波进修时亲眼所见，《第七天》《死亡叙述》《难逃劫数》《许三观卖血记》《兄弟》等作品中广为流传的民间新闻，意大利 Tuttolibri 报 1999 年 5 月 6 日评价，余华将生活的矛盾"凝聚在人活着最基本的要求里：吃、穿、住、繁衍后代"。

日常生活进入了审美的范围，余华无意间闯入这一"后现代的美学景观"之中。他以日常生活作为抵抗同质文学的武器，日常生活事件、形象和物体以边缘身份对抗中心。日常生活的温度和情感是余华转向后关注的重点，格

[①] 王德威：《从十八岁到第七天》，《读书》2013 年第 10 期。

[②] 陈晓明：《被历史命运裹挟的中国文学——1987—1988 年部分获奖及其落选小说述评》，《当代作家评论》1995 年第 3 期。

非认为余华转向"日常生活的磨难",但"力度都得到了强化"①。2003 年 11 月 9 日美国《时代》周刊则以医生职业化术语揭示《许三观卖血记》的主旨,"他没有放弃给折磨人的社会拔牙"。

余华在《兄弟》《第七天》中,将大量日常新闻事件"串烧"起来,具有美学生活化的意图,它是"当代消费社会中影像与代码构成的仿真现实"② 的重要表征。学者周蕾借镜本雅明的马克思美学理论,从现代社会的坍塌中发现了碎片的价值,任意拼贴、并置、非线性、无中心、反意义化形式,是后现代的风格典型表征,它"很好地达到了作品表达'现实的破碎'和'整体的颓败'的叙事目的"③。

余华对日常生活的书写的一个重要方面是对"身体欲望"的展示,《十八岁出门远行》中对陌生世界向往和探求,《河边的错误》中疯子嗜血的欲望,《世事如烟》中算命先生的采阴补阳对生命和性的欲望,《鲜血梅花》中血亲复仇的欲望,《兄弟》中消费社会欲望的狂欢,"身体欲望"是一个宽泛的词汇,而在作品中往往窄化为物欲和情欲的泛滥,在革命的年代里它被界定为贬义词。余华在作品里却把它作为日常生活不可分割的一部分,"在洋溢着感性解放的身体里,人对于日常生活的欲望已自动脱离了精神的信仰维度"④。消费社会改变了日常社会的形态和存在方式,富婆自杀、二奶、地陷、婚外恋、跳楼、餐馆爆炸、上访、伤亡数据统计失真、车祸、卖肾、代孕等已经成为日常生活的新形态,新媒体在其中起到了重新建构日常生活作用,"大众媒体提供的影像之流和信息符码在重塑日常生活时具有重要作用和意义"⑤。

余华对消费社会的日常审美化率先表示了理解的态度,这种预见必然会与缓慢的道德批评脱节,难免出现不同的批评声音,但余华牙医的出身,却凭借写作一以贯之地为社会和文化拔牙,无可置疑,这种态度蕴含着重建社会秩序的决心和努力。

---

① 王侃、余华:《我想写出一个国家的疼痛》,《东吴学术》2010 年创刊号。

② 陈博:《仿真现实与临界写作——论余华〈第七天〉》,《广西社会科学》2016 年第 5 期。

③ 周蕾:《见证"疼痛"的写作——论余华笔下的"中国故事"》,《当代作家评论》2014 年第 6 期。

④ 王德胜:《视像与快感——我们时代日常生活的美学现实》,《文艺争鸣》2003 年第 6 期。

⑤ 陈博:《美学生活论转向的社会利弊》,《社会科学家》2011 年第 8 期。

第十二章

余华的小说诗学研究："在地性"与救赎向度

余华是先锋文学的代表作家，其作品习惯被称为"形式主义试验品"，文体创新成为余华的代名词，这些评论一定程度上忽略了余华写作的"在地性"。余华创作始终扎根于历史事件和个人生活事件，他以"个人化"写作颠覆了史诗文学书写模式；余华写作中不断融进存在主义哲理思考：过去、现代与未来，偶然与必然，生与死荒诞性，简单地将余华写作归结为冷酷、血腥和暴力等"死亡叙述"有失公允。余华在哲理思考中寻找文学救赎的路径，富有文学救赎的时代性特征；他以现实为出发点思考历史和社会问题，挖掘痛点，以流浪汉小说模式探寻生死困境，如果忽略余华小说的现实性和文学救赎功能，不仅不能精准掌握余华创作的本质精神，还可能游离余华的创作初衷和深刻内涵。

余华创作以《十八岁出门远行》震惊文坛，很多作家和评论家认为《十八岁出门远行》"代表了新的文学形式，也就是后来所说的先锋文学"，反讽的是，余华却否定了这一说法，"我在中国被一些看法认为是学习西方文学的先锋派作家，而当我的作品被介绍到西方时，他们的反映却是我与文学流派无关"①。国内与国外评价的差异反映了评价体系的基础不同，国内学者是站在新时期文学创新的基点上，而国外评价是建基在西方文化和文学之上，他们各有偏重，这本无可厚非，但是如果一味强调余华创作的"形式试验"，而

① 余华：《没有一条道路是重复的》，作家出版社 2014 年版，第 106 页。

忽略余华创作的"在地性",会有舍本逐末的危险,"人们普遍将先锋文学视为八十年代的一次文学形式革命,我不认为是一场革命,它仅仅只是使文学在形式上变得丰富一些而已"①。

现实存在是余华小说的基础,余华自己就曾说:"那个时候我写《十八岁出门远行》《现实一种》,比较阴暗,我觉得跟'文化大革命'跟我的经历有关。"②周蕾认为解读余华作品应回到生活时代的大事件环境中,"我们理解余华先锋时期对暴力、邪恶、宿命与死亡的书写,也应该回到那场个人、群体与国家的创伤性灾难上来思考"③。但是现实包含着更加宽泛的内容,政治、经济、文化、阅读史、日常新闻、个人成长体验等,余华以此重组事件,并从存在主义哲学角度思考社会、历史和个人的生存问题,落脚点是在个人的存在的生死问题上,以此来反思外在的文化和制度,所以汪晖认为:"余华的批评的世界中不仅包含了现实的混乱和丰富,而且也包含了现实的紧张和对立,包含了'俄国态度'与'法国态度'的并置和斗争。"④"俄国态度"指现实主义,"法国态度"指存在主义哲学,余华并不是简单地将现实和对存在的思考并置,而是在现实事件基点上呈现生死的价值和意义,他是从个体经验出发来进行形而上的思考,"什么是文学天才?那就是让读者在阅读自己的作品时,从独特出发抵达普通"⑤。

---

① 余华:《没有一条道路是重复的》,作家出版社 2014 年版,第 106—107 页。

② 余华、王尧:《一个人的记忆决定了他的写作方向》,《当代作家评论》2002 年第 4 期。

③ 周蕾:《见证"疼痛"的写作——论余华笔下的"中国故事"》,《当代作家评论》2014 年第 6 期。

④ 汪晖:《无边的写作——〈我能否相信自己——余华随笔选〉序》,《当代作家评论》1999 年第 3 期。

⑤ 余华:《麦克尤恩后遗症》,《作家》2008 年第 15 期。

第一节　形而下注视与事实注释：事件、重写及阈限

余华小说一以贯之地重视事件的显性和隐性的介入，此处的"事件"不仅涵括时代的大事件（如"文化大革命"、家族变迁事件、底层卖血事件、新闻事件等），还包括影响个人的日常生活事件，如父亲手术形象、宁波解剖人体事件、成长"疼痛"体验、牙医经历等。这些事件以史诗或小叙事的方式呈现于余华的笔触之下，大事件作为余华写作的背景、氛围，或以显露或以隐在的方式出现，采取哪种方式取决于主流意识形态的容许度和社会的主导倾向，比如对"文化大革命"的书写。余华《一九八六年》《往事与刑罚》《世事如烟》等（20世纪80年代中期作品）则以模糊具体时间、空间和社会状况的方式，将"文化大革命"时期人物的荒诞遭遇以极端的方式表现出来，这是对新时期伤痕文学和反思文学的延续，不同的是，余华没有沿用控诉和批判形式而采用个人寓言的形式。《往事与刑罚》以卡夫卡的方式描写了"文化大革命"前后的荒诞，以四个时间点的放置和学者无罪被批判的场景隐射"文化大革命"，刑罚和救赎，过去、现在和未来，追寻、狂热和失败，"文化大革命"情绪和情景通过寓言呈现出来，存在与虚无的辩证思考渗透在寻找和失败的进程中；余华《世事如烟》、残雪《山上的小屋》和鲁迅《狂人日记》有内在一致性，前两者皆是以个人敏锐的感觉描述了社会的迫害，《狂人日记》则以启蒙的视角审视"迫害狂"的个人发见。

在20世纪90年代后，"文化大革命"元素氤氲为情绪、氛围或缩减为小说一个叙事元，"作者以此编织一代人的记忆碎片，看似缺乏主线的贯通，但能展现时代的整体氛围……"[1]余华6岁时，"文化大革命"开始，它给余华留下的印象是荒诞和恐惧，"深更半夜突然我父母非常紧张地回家以后，把我和我哥哥从床上弄醒，赶紧走，我们也搞得非常地紧张，两派要打起来了……

---

[1] 郜元宝：《不乏感慨不无遗憾——评余华〈第七天〉》，《文学报》2013年6月27日。

去的时候是非常恐怖，父母的神色慌张呀……现在回想起来，这种阴影一直影响了我们整个八十年代，影响了我们在八十年代的心态"①。赵毅衡也曾说："'文化大革命'的经验是他们（先锋派作家）作品中或隐或现但无法摆脱的大背景"，"读一下他们的其他作品，或许不再写'文化大革命'题材，但'文化大革命'鬼气森然。"②"文化大革命"的揭发、批斗和整人方式变形为余华的极端书写模式，象征和隐喻成了余华最好的文学武器，他以冷静的方式详细书写刑罚和暴力的实施细节，《一九八六年》《死亡叙述》《古典爱情》《现实一种》等作品成为暴力书写的集中地，冷静书写与"文化大革命"狂热、美与嗜血、文明与愚昧的二元对立，余华极端化书写为历史保存了证据，这才是伟大的文学，"伟大的文学，即是为自己国家和民族在某个时期的思想'保存了证据'的文学"③。

　　家族衰变却为余华带来意外的幸福，余华依据身世之变，写就《一个地主的死》和《活着》两部小说，他冷静审视历史的荒诞，反思存在的偶然性和必然性的关系，命运的翻转赋予生死和人生新的意义；卖血事件是 20 世纪 90 年代被新闻报道的重要事件，河南的艾滋病村是卖血的恶性结果，它是由市场利益和底层贫困催生的典型事件，这是市场的负面产物；以此事件结构全篇，许三观围绕个人和家庭等小单位的生存而卖血 12 次，饥饿、道义、亲情、性等日常生活需求成为卖血的主要原因，"以卖血透支生命"。在《许三观卖血记》中，余华将大事件作为叙事元，以重复卖血的事件来凸显其普遍性，事件不再是大背景、氛围，而是具化为个体的生存条件，许三观卖血的悖论渗透了余华对存在与虚无的思考。以根龙、许三观、来顺、来喜等人物设置构成卖血事件的过去、现在和未来的时间景观，根龙是许三观的过去，来喜兄弟是许三观的未来，卖血连接起这条人物脉络，小说弥漫着悲凉与辛酸的气氛。20 世纪 90 年代，余华将新闻事件拼贴、并置、补缀和穿插，借

① 余华、王尧：《一个人的记忆决定了他的写作方向》，《当代作家评论》2002 年第 4 期。

② 赵毅衡：《非语义化的凯旋——细读余华》，《当代作家评论》1991 年第 2 期。

③ 张清华：《存在之境与智慧之灯——中国当代小说叙事及美学研究》，福建教育出版社 2010 年版，第 234 页。

鉴《小癫子》流浪小说的特点，以"穿糖葫芦"的方式完成小说的新体探索，可以说，先锋文学血脉仍在余华身体里流淌，"在前卫、独创和不可模仿的意义上，余华的长篇小说仍然是先锋的，并没有'转型'"①。《第一宿舍》《"威尼斯"牙齿店》《鸽子，鸽子》《星星》等日常生活书写，《十八岁出门远行》《四月三日事件》《死亡叙述》等个人感觉方式融入，《世事如烟》寓言象征体的运用，《此文献给少女杨柳》时间结构故事，《细雨与呼喊》心理体验、漂泊成长的小说体式，《活着》《许三观卖血记》重复、民间传说样式，《兄弟》《第七天》新闻串烧"穿糖葫芦"式，余华的形式实验从来没有停止，这些创作实例否定了余华的"现实主义"转向说，张清华认为"这样一个'转型说'是十分表面的"②。不同的是，他的形式探索不再外现、集中和高强度出现。

小事件是余华亲历、体验和道听途说的"日常琐事"，余华的亲历事件以海盐为中心，以儿时感触为出发点，"写作是靠过去生活的一种记忆和经验""图像是在童年的时候形成的，到成年以后不断重新组合"③。余华通过回忆方式打开尘封的事件，重塑"震惊"体验，这些琐事区别于日常琐事，日常琐事司空见惯，而这些小事件却是余华从日常碎片中发现的价值载体，小事件显著的特点是不可替代，它以"震惊"方式存留在作者的长时记忆中。医院是余华生命体验里最重要的内容，生死体验、血腥记忆、冷酷解剖等共同影响余华世界观和写作观的形成，"在医院的各个角落游来荡去的，一直到吃饭。我对从手术室里提出来的一桶一桶血肉模糊的东西已经习以为常了"④。以此为资源，余华创作了以《死亡叙述》为中心的系列作品，繁复详尽地描写生死感觉，并通过看与被看视角丰富了作品的内涵，如《现实一种》血亲报仇母题被放置在亲人之间，这种极端的死亡叙述没有最终赢家，山岗肢解被物性书写，人的主体性被解构，医生的说笑与人体物化形成了反讽效果，余华以嗜血和批判的复杂心理解构了生死常规意义，生命在抛离和救赎间艰

---

① 高玉：《论余华的"先锋性"及"转型"问题》，《文艺争鸣》2008年第5期。

② 张清华：《文学的减法——论余华》，《南方文坛》2002年第4期。

③ 余华、张英：《现实、真实与生活——余华访谈录》，《中华工商时报》2000年6月29日。

④ 余华：《余华自传》，载《余华作品集》（第3卷），中国社会科学出版社1995年版，第381—386页。

难奔波。解剖事件的大篇幅描写的触媒来源于余华1979年到宁波一个口腔科进修所见枪毙的犯人被解剖的场景，"什么挖心的、挖眼睛的，那帮人谈笑风生，挖惯了……这就是现实"①。

事件成为余华创作的主题和思想来源，与其他作家不同的是，余华对事件进行了改写、挪用、拼贴和升华，他认为文学生活与"现实生活绝然不同，是欲望的、想象的、记忆的生活，也是井然有序的生活"②。但这并不表示余华对日常生活的摒弃，而是指余华对日常生活的文学提炼，日常生活的事实框架被置换为虚构框架，现实时间由心理时间替代，事件更加集中化和戏剧化；余华通过广泛阅读中外文学和复刊的杂志，得到文学的训练，"把人从一种革命话语中拉回到了日常话语之中；而在文学层面上，它是一种虚构和想象的训练，是一种叙述和讲故事的训练"③。

余华还对武侠小说和经典爱情小说进行了重写，如《鲜血梅花》《古典爱情》，在现代文学史上，冯至《伍子胥》，陈翔鹤《为陶渊明写挽歌》《广陵散》是历史小说重写的典范，但关涉20世纪90年代命名的"新历史小说"写作，余华作品是较早的尝试。20世纪90年代"新历史小说"的创作背景是新时期文学的创新浪潮，它反拨的是20世纪五六十年代的"史诗文学"，因此，它从个人视角出发，以抒情体式和修辞建构个人话语，呈现出民间的个人历史，具有后现代特征的写作，以致颠倒了边缘和中心的关系。

余华率先尝试"新历史小说"创作，重写就是创新，他借鉴传统武侠小说复仇和爱情传统文学的母题，改变了原来的书写模式，凸显个人体验和民间的真实，"这种形式背离了现状世界提供给我的秩序和逻辑，然而却使我自由地接近了真实"④。余华着重个人感觉意识的觉醒，如《鲜血梅花》，作者改变了复仇小说线性和目的性的写作模式，阮海阔多次延宕和游离于复仇对象之外，现实时间在他拔刀相助的正义之举下流逝，古代仁义传统败在了现代

---

① 王斌、赵小鸣：《余华的隐蔽世界》，《当代作家评论》1988年第4期。

② 余华：《我能否相信自己——余华随笔选》，人民日报出版社1998年版，第184页。

③ 高玉：《论余华的早年阅读与初期创作及其关系》，《浙江师范大学学报（社会科学版）》2016年第3期。

④ 余华：《没有一条道路是重复的》，作家出版社2014年版，第165页。

时间之下；在汪曾祺《复仇》中，复仇成了一种象征符号，无动力、无激情、无确切目标，主人公徘徊在日常生活及乐趣当中，而在余华的《鲜血梅花》中，复仇却被助人之事延搁，复仇被置放在儒家"义"的拷问下，余华重视的是偶然与必然的关系，"偶然是伟大的事物，随便把它往什么地方扔去，那地方便会出现一段崭新的历史"①。这是存在主义的命题，凸显了人生被抛弃的荒诞，从本质上讲，余华和汪曾祺都书写了现代语境下"复仇"困境。而鲁迅《铸剑》突出了友情在复仇中的关键作用，眉间尺的复仇目标明确，凭借黑衣人帮助而复仇成功，这是现代复仇和革命故事的寓言书写，它以血亲复仇方式颠覆了统治者的正义性。

　　1989 年中国改革进入深入期，农村、城市改革全面铺开，余华《鲜血梅花》中的主人公既没有《复仇》里注重个人生活质量的悠闲，也没有《铸剑》中对友情群体革命的肯定；在焦躁不安的改革年代，偶然性成为改变命运的决定因素，复仇事件敞开存在思考的入口，萨特"他人即地狱"成为《鲜血梅花》的注脚，但余华的思考拘禁在 20 世纪 80 年代的文化背景之中，而汪曾祺的思考却在资本主义现代性背景之下进行。余华的《古典爱情》是对柳生和惠小姐忠贞爱情故事的重写，柳生的视角改变了传统小说中柳生和鬼魂的双视角模式，柳生的看与被看视角具有了多重意义，余华看到了美好风景和生命残酷性的对立，这是审视灾难的民间视角，同时也是对宏大历史的隐喻，可以说是鲁迅"吃人"主题的具体论证。余华还原了历史风景，凸显对现实的讽喻。柳生在叙述人的视角下如木偶一般，按照"应然"行动，在民间故事模式的笼罩中，余华将故事结局定型为"悲剧源自人类好奇和欲望"，他将生死的思考置放在民间传说理念之中：生与死是人的两种存在方式，柳生与惠小姐的悲剧翻转了才子佳人小说的喜剧范式，这种理念仍在之后创作中延续。

---

① 余华:《余华作品集》(第 1 卷)，中国社会科学出版社 1995 年版，第 35 页。

第二节 形而上神思与哲理思考：时空、语言及寓言

事件为余华的创作提供了写作资源和思想源泉，从事实框架到本质真实的探索，从冷酷、暴力和血腥的极端书写到温情、怜悯的介入，从中短篇到长篇创作，从学习川端康成到学习卡夫卡，余华一直在探索小说的表达方式和哲理意蕴。余华创作中有较浓厚的存在哲学的味道，生死的荒谬、人的异化、悲观绝望、被抛弃和救赎、偶然和必然、时空意识、语言结构等质素分布在余华的创作肌理中。

余华从"日常生活经验围困"中逃离，学习川端康成到沉迷于卡夫卡寓言叙事样式，创作方式的蜕变并不代表余华完全改变了先前的叙述方式，日常细节的繁复书写保留了下来，兼之"我"的主观介入，日常事件拼接和重组，寓言表达形式，这种改变得益于卡夫卡的影响，"卡夫卡用人们熟悉的方式讲述所有的细节，然后又令人吃惊地用人们很不习惯的方式创造了所有的情节"[1]。

作家创作大多与儿时记忆、故乡生活体验是密不可分的，鲁迅的绍兴故乡、沈从文的湘西世界、贾平凹的商州情怀、苏童的枫杨树系列、莫言的高密东北乡，写作的时空定位成为作家的创作地标。余华更是毫不讳言表达灵感源自儿童经验："决定我今后生活道路和写作方向的主要因素，在海盐的时候已经完成了，应该说是在我童年和少年时已经完成了……我只要写作就是回家。"[2]余华从回忆的视角去重塑故乡形象,记忆中的故乡不可能是现实中的故乡，它融进了余华生命中各阶段的经验，并被改装、拼贴和取舍，故乡重组；这个故乡是现在的故乡，而过去是现在的表象，"一切回忆与预测都是现在的内容，因此现在的实际意义远比常识的理解要来的复杂"[3]。

---

① 余华：《我能否相信自己——余华随笔选》，人民日报出版社 1998 年版，第 186 页。

② 余华、杨绍斌：《"我只要写作，就是回家"》，《当代作家评论》1999 年第 1 期。

③ 余华：《没有一条道路是重复的》，作家出版社 2014 年版，第 170 页。

在余华观念中，过去、现在和将来不再呈现为时间顺序，而将之看作内含的互文关系，海德格尔说："将来并不晚于曾在状态，而曾在状态并不早于当前。时间性作为曾在的当前化的将来到时。"①萨特则更加明晰地表述过去是现在的衍生物的理念，现在思维和语言表述方式决定了回忆中"过去"的非独立性，"完全是现时的轨迹"②。回忆视角重塑了现在的"过去"假象，余华的表述符合存在主义的哲学要义。

余华小说从《十八岁出门远行》始，就把现实的思考注入小说的创作之中，过去经验重新"现在"化，余华曾说《呼喊与细雨》回忆整合全新的过去③。余华以"现在"视点重新建构"过去"，他对"文化大革命"书写是为了引起遗忘者的注意，对社会和人性的血腥、残暴、无理性等赤裸裸的展示延续了鲁迅极具现代意识的"吃人"主题，并不断探索社会荒诞和人存在的意义，他的创作围绕着"现代人"的生存困境展开，以个人生活为切入点，从社会、历史反思出发到思考人的存在和非存在的价值。

余华的回忆多借助儿童视角，以此抵抗成人化视角的虚伪和世俗，这也是新时期作家普遍采取的叙事模式（主要受到福克纳《喧哗与骚动》影响），其隐含的意识形态批判的功能，以边缘抵抗中心，以儿童世界拒绝成人化世界，余华借此"反抗既定语言秩序的感觉方式和语言表达方式"④。

余华写作以海盐为中心，辐射周围区域，浙江地理空间和人文状况成为余华创作的基点。江南的雨、桥、河、植物成为余华作品中的中心意象，它们具有独特的地理人文特征，成为作品"这一个"陌生化的基质。余华长期居住在县城，20世纪80、90年代的海盐还是扩大版的乡村，并且余华曾在武原镇做牙医，常与乡村打交道，这一城乡中间地带景观，成为余华作品中的具体地理空间，而在这种空间中形成的民间思维是余华创作理念的精髓。余

①［德］马丁·海德格尔：《存在与时间》，陈嘉映、王庆节合译，熊伟校，生活·读书·新知三联书店1987年版，第414页。

②［法］萨特：《存在与虚无》，陈宣良译，生活·读书·新知三联书店2007年版，第146页。

③余华：《我能否相信自己》，人民日报出版社1998年版，第149—150页。

④陈晓明：《胜过父法：绝望的心理自传——评余华〈呼喊与细雨〉》，《当代作家评论》1992年第4期。

华书写从乡村地理空间出发，生产出抵抗城市思维和文明的自然观念；民间思维认为：人是自然的一部分，土地是中心，人与万物地位等同，这与道家崇尚的"齐生死，等贵贱"思想相吻合，存在主义哲学认为"一个存在主义者永远不会把人当作目的，因为人仍旧在行程中"①。余华也曾坦率地讲，人与自然物地位同等，也只是"作品的道具"②。《呼喊与细雨》对城乡地带的景物描写，《一个地主的死》对江南水乡的掠影，《许三观卖血记》海盐到上海沿途地理风景的浮绘，这些景物的设置具有与人物相同的价值，并且景物暗含着讽喻的意味。

空间承载的人文传统渗透在余华的创作之中，余华流浪汉的小说结构可以说与海盐漫画家张乐平的《三毛流浪记》影响是分不开的，《十八岁出门远行》《呼喊与细雨》《第七天》《活着》《许三观卖血记》《一个地主的死》等作品，主人公在不同地理空间辗转流徙，完成故事建构和人物形象塑造，地理空间成为推动情节发展和创造陌生化文本的基础因素，其中的流浪意识是对社会规范的抵抗和反叛，所以这种结构本身就是一种意识形态的反抗形式，以唤醒怜悯的目的对民间的生存状态书写凸显了底层叙事的启蒙内涵，此与五四书写底层生存有异曲同工之妙，不同的是，余华以平视的视角来创作，而五四知识分子则凭借俯视视角呈现教化功能，说教味浓重。

海盐的神话（干宝的《搜神记》）、语言、习俗、"象数"理论无形中渗透到余华的创作之中，张旭东说余华的语言"繁复却很简练"③。余华写作使用的是书面语，与海盐方言大相径庭，所以余华不无遗憾地说："口语与书面语表达之间的差异让我的思维不知所措。"④地方语言的丢弃，并不意味着语言思维和特征的完全丢失，曾有研究者观察到余华《许三观卖血记》的语言是南方式的⑤。余华也意识到地理文化特征的效用，使作品"洋溢出我们浙江的气

---

① ［法］让·保罗·萨特：《存在主义是一种人道主义》，周煦良、汤永宽译，上海译文出版社1988年版，第30页。

② 余华：《虚伪的作品》，《上海文论》1989年第5期。

③ 余华、李哲峰：《余华访谈录》，《博览群书》1997年第2期。

④ 余华：《〈许三观卖血记〉意大利文版自序》，南海出版公司1998年版，第10页。

⑤ 沈蝉娟：《海盐地域文化对余华的影响》，《嘉兴学院学报》2002年11月第14卷。

息"①。

语言是小说的主要元素，语言呈现出作者思维结构和地理文化特征。余华小说语言干净、简洁，无繁杂的枝蔓瓜葛，尽量保持客观的态度，即使使用第一人称视角，"叙述是比较冷漠的……这种叙述的建立肯定与小时候的生活有关"②。余华小说呈现出自然的存在状态，余华区隔了个人感情的介入，而只是以第三者观看的姿态来审视叙述。余华的创作呈现出冷静、冷酷的品格，这是作者的叙述方式所达到的效果，并不能说明余华欠缺怜悯的情怀。《活着》《呼喊与细雨》《第七天》等作品温情和人性美的嵌入，反映了余华从对现实的静态地极端呈现到关注底层民众生活的变迁，见证了余华创作的渐变过程。

写作的局限和困境促使余华寻找新的表达方式，从对"文化大革命"的冷酷再现、批判到关注普通人的日常生活状态，其中皆有时代和日常生活的影子，余华以模糊年代、推远背景、渲染气氛和场景模拟来隐喻社会，他借镜寓言为小说赋形，方爱武曾经指出余华"多借用一些现实性较强的叙事符号"③。余华借鉴卡夫卡"寓言"的创作模式④，继承现实主义创作的优长和人类学的视点，创作了独具寓言特点的小说，《活着》对人存在的意义的思考，《呼喊与细雨》对成长体验的荒诞拷问，《许三观卖血记》对透支生命换取生存的悖论的思考，《第七天》对生死的探索，人的生存环境、文化语境、社会体制和历史连接着人的生存困境。余华把人的生存提升到哲学的高度，个别具有了普遍意义，余华为达到这种效果，除第三人称叙事外，还让人物发声，作者和叙述人的声音开始退出，"我写着写着突然发现人物有他们自己的声音"⑤。

寓言的开放性为寓言增添了多重意义。余华的小说具有了多种解读的可

---

① 余华、杨绍斌：《"我只要写作，就是回家"》，《当代作家评论》1999 年第 1 期。

② 余华、李哲峰：《余华访谈录》，《博览群书》1997 年第 2 期。

③ 方爱武：《生存与死亡的寓言诉指——余华与卡夫卡比较研究》，《外语文学研究》2006 年第 3 期。

④ 余华：《川端康成与卡夫卡的遗产》，载《余华作品集》第 2 卷，中国社会科学出版社 1995 年版，第 296 页。

⑤ 余华：《我的写作经历》，载《没有一条道路是重复的》，作家出版社 2014 年版，第 107 页。

能,《十八岁出门远行》既可从成长角度解读,又可从社会秩序、道德建设上进行,既可从流浪汉小说结构入手分析,又可从历史隐喻维度研究。余华小说里没有人变动物的异形书写,但采取了特殊的变形,《第七天》魂灵是活人的想象中的另一种形态,余华建构死人世界中的生命形态,这种变形以极端的方式完成生死寓言的呈现;《古典爱情》中惠小姐魂灵现身,柳生急于求成而导致惠小姐复生的失败,好奇和急躁导致悲剧,这是传统民间文化教化理念的故事赋形,它超越了时空限制,具有民间哲理意蕴。

余华受巴哈《马太受难曲》和肖斯塔科维奇《第七交响曲》重复旋律的启发,在《我没有自己的名字》《许三观卖血记》《活着》中运用重复形式来建构寓言。1999 年 4 月 25 日意大利 GAZZETTA DI PARMA 称赞余华"不断重复一些情节和词句,好像在讲述一个通俗易懂童话故事一样"。寓言文体的借用,使余华敞开了小说的表意空间,超越了社会道德范畴,蕴含着丰富的哲理内涵,张清华深有同感,"越出了伦理层面,而成为一个哲学的、甚至神学的问题"[1]。

---

[1] 张清华:《文学的减法——论余华》,《南方文坛》2002 年第 4 期。

第三节 文学救赎：路径、希望与可能性

余华创作由事实框架到本质精神真实的探索路径，见证了余华思想的蜕变，余华以存在主义的思想建构了自己的小说世界，卡夫卡在其中起到了启发和引导作用。余华致力于建构有价值的文学空间，他一贯重视细节的真实，"细部的真实比情节的真实更重要"①。陈晓明看到的是余华的"最细致而真切的感觉"②。余华对事件进行变形、重组和拼贴，甚至在《兄弟》《第七天》中让事件以"新闻串烧"形式出现；他重视细节和感觉，寻找内在的真实，即"本质精神的真实"，余华的真实观折射其对现实的重视，他的创作前后并没有大的区隔，内在精神是贯通的，"写出拥有灵魂和希望的作品"③。

"灵魂和希望"正反衬了社会精神和灵魂的丢失，梁小斌《中国，我的钥匙丢了》《雪白的墙》，北岛《回答》等作品指向"文化大革命"中正义和良心的丧失，"后灾难人性就是人在这种荒诞感之中，重新努力确立人的存在价值"④。20世纪90年代"人文精神"大讨论，矛头指向市场经济中人的异化，余华面对的是"文化大革命"历史和市场经济两大历史变动，人的生存处于痛苦的边缘地带，余华小说以极端化的形式表现了生存痛点，死亡叙述成为表述常态，暴力、血腥、肢解作为创作显著的标志，余华旨在展现历史真实，原生态的呈现突破了书写的禁忌，"坚持一种客观视角，以一种有节制的（非情绪化的）语言方式直接地描述一个过程（事件）"⑤。余华冷静叙述旨归在于以恶引发对恶的警醒和抵抗，结果可能事与愿违，客观上满足了人性的嗜血

---

① 叶立文：《叙述的力量——余华访谈》，载陈骏涛主编：《精神之旅——当代作家访谈录》，广西师范大学出版社2004年版，第129页。

② 陈晓明：《后新潮小说的叙事变奏》，《上海文学》1989年第7期。

③ 余华：《没有一条道路是重复的》，作家出版社2014年版，第107页。

④ 徐贲：《人以什么理由来记忆》，吉林出版集团有限责任公司2009年版，第233页。

⑤ 王侃：《叙述：从一个角度看近年的小说创作》，《文学评论》1991年第2期。

欲望，在这一维度上他受到道德的谴责。

历史与现实的荒诞对余华冲击很大，历史的恐惧感潜藏在他的记忆深处，死亡弥漫在任一时间和地点，任何预防和逃离的措施都是无效的。余华将精神上的恐惧转变为艺术上的逃离，"从一个实在空间向艺术空间的逃亡，精神对原有价值观念的逃亡，由此确立他与世界的精神关系"①。他将这些潜意识幻化为作品的背景、氛围、细节和人物设置，《一九八六年》《往事与惩罚》《河边的错误》《死亡叙述》等作品表达了历史暴力的后遗症，余华也经常处于这种噩梦的缠绕之中。鲁迅在作品中表达了同样的绝望，鲁迅的处理方式是"反抗绝望"，不吝惜"曲笔"，为作品添上"光明的尾巴"，余华则在作品中注入"温情和怜悯"的质素，《活着》中福贵与家人的亲情、与牛的深厚感情，《兄弟》中宋凡平和李兰的夫妻情，《呼喊与细雨》中李秀英对"我"的袒护，余华处理温情的方式是顺水推舟式的，避免了鲁迅式的刻意的"光明尾巴"，但是余华没有鲁迅决绝的反抗精神，作品只是呈现了命定性和人的坚忍，"活着"上升为存在的意义，鲁迅"反抗"具有了存在的价值。

道德和信仰的坍塌、生存困境、死界的阴暗和人际关系的恶化是余华作品中的主题，这些主题在《呼喊与细雨》之前的创作中尤其突出，余华刻意凸显这些因素。余华创作观念的不断变迁，反映了作者、读者、批评界、媒体、市场和国家意识形态共同合力的结果，但温情的介入存在只是小说的局部，而整体上呈现的仍是历史和生存的荒诞性，由此看来，此种处置成了一种小摆设，犹如鲁迅"曲笔"，旨在"慰藉猛士，不惮于前驱"；余华对人性美的发掘稍微减弱创作中的人性恶的分量，他赋予人物和读者以生的希望，肯定现实生活的价值和意义，但这种意义是建立在存在之上，而并没有建立在现实社会的认可基础上，人与社会文化环境的残酷和荒诞关系并没有缓和，整体上呈现象征意味，小说隐喻的是"政治的信仰的激情的大废墟"和"一个断裂了的历史"②。

---

① 格非、北村：《格非与北村的通信》，《文学角》1989 年第 2 期。
② 兴安、胡野秋：《90 年代以来的文学事变——兼说"60 后"、"70 后"、"80 后"作家的写作》，《文艺争鸣》2009 年第 12 期。

余华祛除了附丽在存在上的社会文化内容，并冷静审视失败的乌托邦理想，从生活现实出发，站在民间的立场上体味人的存在价值，余华的民间立场是其成功的主要原因，而评论家吴义勤看到的是余华民间立场的意识形态功能，“这是中国小说不着痕迹地消解意识形态叙事最为成功的一种方式”①。余华小说以存在主义哲学解构了主流意识形态，同时余华无形中也建构了新的意识形态，余华没有从启蒙中寻求神圣的个人主义，而是向后追索到佛教“忍”和“宽容”的要义，兼以道家“自然”观念，这些观念与西方存在主义吻合，余华以此形而上的追求完成了意识形态的颠覆和建构。

“灵魂和希望”成为余华文学救赎的关键词，余华需要面对的是“残酷现实”和“灵魂和希望”两个要素，救赎是否可能？我们从其言论中可窥一斑。余华重视现实斗争，他强调的回忆不是过去，而是现在视点中的过去，这与存在主义的观点类似，“一切都是现在的：身体、现在的感知以及在身体中作为现在轨迹的过去”②。未来也是现在的表象，余华创作从现实出发，旨归在对现实的批判，而并非寄托于童年世界和未来的黄金世界，余华不相信现在之外的时空会更美好，所以《古典爱情》中惠小姐并没能复生与柳生夫妻团圆，《第七天》中死界与生界同样荒诞，否定了美好承诺的来世说，《活着》中福贵为牛指派不同的亲人名字，亲人仍然存在于福贵的精神世界，作者并不逃避现实，他在《一九八六年》中提醒人们抵抗遗忘③，他不断提醒要记住历史，像真的勇士一样，直面现实。他以血腥、暴力、荒诞和死亡大篇幅强频率地描写来唤醒沉睡的民众，抵抗遗忘历史，正视现实荒诞和人的生存困境，唤醒社会的良知。

---

① 吴义勤：《告别“虚伪的形式”——〈许三观卖血记〉之于余华的意义》，《文艺争鸣》2000年第1期。

② ［法］萨特：《存在与虚无》，陈宣良译，生活·读书·新知三联书店2007年版，第146页。

③ 余华：《现实一种》，作家出版社2012年版，第120页。

第十三章

文学中"公共空间"的书写：陈忠实《白鹿原》新解

　　陈忠实《白鹿原》是一个复杂的经典文本，关涉社会、政治、经济、文化等多元领域，尤其在社会转型期，多种公共空间并存，此消彼长，增强了小说的张力。公共空间突出区域性、公共性、对话性和大众性特征，文章结合中国社会转型期的社会现实，以《白鹿原》为考察对象，分析社会转型期的三类公共空间：民间公共空间、政治公共空间与文教公共空间。仔细梳理小说中公共空间的书写形态、内在运行机制、不同公共空间之间的越界、扩域现象及其路径，并勾勒出不同公共空间升降兴衰的轨迹，理清它们与现代性之间的纠缠和关联。

　　此处的"公共空间"是中性词语，涵盖面广，贴切性高，适合分析社会转型期的中国乡土社会，它的主要特征是区域性、公共性、对话性和大众性。公共空间的引入参考了社会学"公共领域"的意涵，并进行了恰切的取舍与创生。"公共领域"概念最早由汉娜·阿伦特提出，她认为："人在劳动中并没有摆脱其动物性的自然存在……人在工作中却受制于工具和制度……基本属于'私人领域'的活动。然而，行动实际上是人类之间的互动关系，是人摆脱了物役（工具和制度的限制）而在自由个体之间进行的相互交流、相互接触和相互理解的互动活动，它展现的是人的独特性本质……行动则相对应于公共领域。"[1] 这是汉娜·阿伦特针对极权主义起源、宪政困境，并结合人的

---

[1] 黄丽珊：《思想道德修养与法律法规基础学生学习手册》，四川大学出版社 2015 年版，第 127 页。

存在而提出的解决社会问题的理论新范式。她认为公共领域与私人领域是相对而言的，是以互动、交流、对话为方式的人类之间的活动。1961 年，哈贝马斯在《公共领域的结构转型》中介绍了他的"公共领域"理论，认为其最早可追溯到古希腊城邦时期的广场文化，主要特点是：城邦人民可以自由对话和发表意见，自由、民主、平等、协商是其基本特征。由此看出，中国转型期的乡村社会与古希腊城邦广场文化有类似之处，小说中祠堂制度（凝聚、对话、协同发展）、乡约以及族长制度（服务于全族利益）、戏场（民间交流与对话）与广场文化制度有吻合的地方。但在语境、细节和深度方面有很多不同：古希腊城邦文化更加民主，而中国乡村社会承受着几千年多元文化的影响和多种权力的监控，民主程度较低，且社会阶段、民众心理以及经济状况都有较大不同，所以直接用"公共领域"概念来分析是不太恰切的。并且哈贝马斯认为现代意义上的"公共领域"是由新媒介（报纸、杂志）催生的，它以沙龙为载体，专指"一个国家和社会之间的公共空间"①。这个公共空间是以城市中的自由知识分子为主体，通过交流、讨论、协商等方式来批判社会，促进社会的健康发展。它与五四时期京派自由主义知识分子的定期聚会形成的公共空间有类似之处，但在小说《白鹿原》中却没有这方面的信息。

汉娜·阿伦特认为公共领域特点是人与人之间交流、接触、对话和相互理解，哈贝马斯也表达类似观点，"在这个领域中，像公共意见这样的事物能够形成……公共领域的一部分由各种对话构成"②。汉娜·阿伦特和哈贝马斯都强调了公共领域的区域性、公共性、对话性和大众性特征，这是与小说中公共空间的内涵相类似的地方。

因此，将以上两位理论家的定义和阐释作为参照，并比照中国社会，参考这一原初含义（区域性、公共性、对话性和大众性），结合中国乡土现实，引入"公共空间"分析载体，比较符合中国当时复杂的乡土状况。通过分析，

---

① [德] 哈贝马斯：《公共领域的结构转型》，曹卫东、王晓钰、刘北城、宋杰译，学林出版社 1999 年版，第 58 页。

② [德] 尤尔根·哈贝马斯：《公共领域》，汪晖、陈燕谷：《文化与公共性》，生活·读书·新知三联书店 1998 年版，第 125 页。

小说《白鹿原》涉及的社会空间可归纳为民间公共空间、政治公共空间和文教公共空间。民间公共空间介于国家权力和个人领域之间，主要指祠堂、戏台和迎神仪式形成的民间文化空间；政治公共空间指的是政治、权力主体形成的空间[①]，与小说关联的是军阀、共产党、国民党、土匪等群体内部抑或联合体形成的公共空间。

在小说中，文教公共空间是文化教育行为形成的空间，它与政治公共空间有交集，较为复杂。其大致可分为两类：第一种，新式学校及国家公办教育机构。由于新式学校的运营资本、机制和存在状态由政府与不同政党监控和管理，它们不可避免地会成为党化教育的重要环节，一定程度上满足了政治空间建构的需求，在这一层面上，可以说，这是文教公共空间与政治公共空间的交集地带。但由于教育的相对独立性，它们具有审美、道德、人文、科学等多种教育职责，从而学校避免成为纯党政教化的工具。尤其在社会转型期，学生运动迭起，激进学生成为对抗学校党化教育的重要力量。在这一层面上讲，新式学校又是新知识主体成长的空间，对社会来说，它是一种监视、批判和纠偏的重要力量。私塾、书院是民间教育机构，虽然在社会转型期有时不免受到政治空间的影响，但大部分时间保持自由发言、教育和批判的独立性，其经费由自筹取得，教师由民间旧知识分子（在科举中取得功名者）承担。私塾则完全由乡族筹集资金和聘请教师（旧式知识分子）来运营。在社会批判层面上，私塾和书院形成的文教公共空间，类似西方的"文学公共领域"。但两者有很大的不同：私塾和书院更加切近底层，源于乡村，归于乡村（而文学公共领域中的成员多为远离市民的新知识分子），功能更多（私塾和书院培养地方精英、维护地方和社会安定、引导社会走向真善美、批判社会），依托的平台[②]不同。

综上所述，考虑到中国社会现实[③]，使用"公共空间"进行分析，符合中

---

① 权力机构成员之间通过协商、对话、合作完成其空间的构建。

② 私塾和书院具有浓厚的宗族伦理、制定乡约和史志、躬身亲历等中国特色，文学公共领域多依靠现代媒体、现代建筑和现代方式。

③ 西方学者以城市社会为研究背景，本文研究对象则是社会转型期的中国乡镇；西方是比较成熟的资本主义社会，而中国是多种社会形态混杂。

国复杂的社会情况，这一中性词汇涵盖面更广，它的内涵和外延更加适合分析中国转型期社会。

本章从公共空间的分析出发洞察中国现代公共空间的走向，而不单纯从文学表现的角度去研究。带着问题意识追索公共空间的存在轨迹，研究它们是如何运行、博弈、扩域和崩塌的？如何由多元化到单一化的转变？它对我们当前基层民主建设有何借鉴意义？本章意欲通过文学、社会学和人类学的综合视角去发掘公共空间的存在类型、运行机制及其扩域、衰微的过程，从中发掘可资借鉴的原则、路径及经验教训。

第一节　公共空间的存在类型

在小说中，公共空间大体可以分为三种基本类型：民间公共空间、政治公共空间、文教公共空间。民间公共空间是指民间自由组织、交流信息、促进人际交往、处理群众事务的自主共享领域，即以民间组织为载体形成的公共空间。在中国社会，它指称的是祠堂议事、集会、露天戏场、祭神祭祖、民间群体组织、庆典、江湖帮社等形成的公共空间，"公众可就他们的共同利益和普遍关怀进行自由的、公开的合理性的辩论，促进公共权力合理化"[①]。在中国场域中，民间公共空间多存在于庙堂之外，它们以小农经济为基础，以民间聚合方式构建外在形态。它会受到主流意识形态的入侵，不是天外净土，因此，民间公共空间并不是指思想的自由，而是指相对松散的民间存在形式。

在《白鹿原》中，民间公共空间是社会公共空间的重要类型，也是作者给予厚望的存在空间，更是中国未来基层建设的重要参照物。在小说中，民间公共空间有三种形态：第一种，祠堂及其文化生成的公共空间，这是全书的重点所在。祠堂不仅是全书的中心意象，勾连全书，也是作者哀悼和希望重建民间精神的焦点。无论是空间布置还是精神表征，祠堂都处于白鹿原的中心。2000多年来，由祠堂生成的公共空间是基层乃至国家正常运转的重要组成部分，它以血缘为纽带，以三纲五常和鬼神观念为思想原则，构建民间宗族自治制度。祠堂"作为祭祖的场所，民间祠堂与天子宗庙同源而异流……可称为血脉崇敬的圣殿"[②]。白、鹿两家同脉同宗，同根异姓，其宗族图腾为白鹿。这一民间公共空间则是在祭祀、商议族事、处理宗族纠纷和应付上级事务的仪式或对话中形成的。

[①] 单世联：《哈贝马斯现代性理论综述》，载包亚明：《现代性与空间生产》，上海教育出版社2003年版，第114页。

[②] 刘黎明：《祠堂·灵牌·家谱》，四川人民出版社1993年版，第5页。

第二种，戏台上下形成的公共空间。戏台是民间公共空间形成的重要场所，它是民间休闲娱乐和酬神仪式的重要组成部分。在台上，演员之间、演员与后勤人员之间、演员与农村举办者之间构成对话协商的关系，他们内在的博弈和妥协共同完成了演出者和民间接受者之间文化空间的建构，这既包括薪酬、待遇和曲目的商讨，也包括演员与民众关系、女演员的安全问题。在《白鹿原》中，白孝文到贺家坊看戏，贺家坊点演《走南阳》这部“酸戏”，是民众与戏团之间博弈的结果。因为戏团一方面要满足民众要求，另一方面还要维护自己的形象，而民众的低级趣味迫使剧团降低格调，加入《走南阳》这段男女调情戏段。白孝文认为“有碍观瞻伤风败俗教唆学坏”，白鹿村“绝对不能点演《走南阳》”[①]。

白孝文作为新任族长，要想实践这一理想，也需要对族人进行劝导、说服和开会商议，而不能仅靠命令去实现。戏台下，观众与观众之间形成一个小的公共空间，谈天说地、结交朋友、交流信息、买卖商品、男女私会等成为民间公共空间的主题。白孝文和田小娥的私情始于戏台之下，也只有在戏场的环境下，田小娥才有可能接近和控制白孝文（以要流氓的方式要挟白孝文，使之屈服）。

第三种，在迎神庆典、集市、婚丧嫁娶等民间活动中形成的公共空间。小说中，迎神仪式集中体现在两个方面：第一方面是祠堂的日祭和重大节日祭祀，包括节日、修建祠堂、重修族谱、认祖归宗、惩罚违规者时的祭祀，这些祭祀要求宗族18岁以上的男性参加，且祭祀中信息的传递和交流是严肃的、辈分化的和相对公正的。第二方面，丰收祭祀、庆典仪式，多以祭神和民间娱乐为主，地点不再限于祠堂。在小说中以唱戏和荡秋千两种形式出现，前者已论述，后者以休闲方式开展，在清明节，无论老少、辈分高低，均可以平等方式参加，这种休闲是对“劳动的补偿，是对它筋疲力尽的状况的暂时改善”[②]。白嘉轩的稳重、鹿子霖的花式、黑娃的大胆、鹿兆鹏的惊险，样式各异的荡秋千风格，不仅是参与者人生和性格的隐喻，还是这一公共空间开

① 陈忠实：《白鹿原》，人民文学出版社1993年版，第268页。
② 张红翠：《都是空间与人的生存状态的研究》，高等教育出版社2017年版，第118页。

放与平等交流特征的凸显。它将人还原为日常生活中的人，情感自然流露和生命自由勃发的活力个体，而非文化和社会等级制中的受限或被监禁的个体。游戏者之间的交流以谐谑的方式进行，消解了崇高和卑微，类似于西方的广场狂欢节，它"是暂时的解放，即从占统治地位的真理与既定的秩序中脱身的解放，它标志着对所有的等级地位、一切特权、规范以及禁律的悬置"①。第三方面，灾荒瘟疫等特殊时期的避灾、禳灾仪式。例如，伐神取水、修塔事件。关于修庙还是建塔，白嘉轩召集族人商议，以乡约族规为依据，并听取朱先生的意见，坚持敬神而不是敬鬼，修塔镇邪，这从征集族民意见、协商到商议恰当的处理方式，达成统一意见、口径，甚至思想，在处理推进中，无形中在构建民间公共空间。

政治公共空间是政治主体活动或围绕政治议题进行对话而形成的权力空间，它是以各级权力机构为载体。古代皇权制度下的官僚机构是代表性的政治公共空间，资本主义制度下的权力机关是分层制的政治公共空间，社会主义各级代表机关是人民代表制的公共空间。小说中涉及这三种类型，但很少述及皇权制下的政治公共空间，仅仅涉及皇粮的征收、储存、赈灾以及白鹿仓的设置方面。

在社会转型期，按三权分立建立的官僚制度还处于萌芽状态。且在民族救亡浪潮中，国民党与共产党及民主党派合作，政府机构的构成呈现多元化态势。例如在白鹿原小学和县领导机构里，县长、书记以及小学校长由共产党员和国民党员分别担任，多种声音并存，成为公共空间形成的前提。但政党之间的分歧是必然的，它也是斗争的根本原因，比如，在共产党员鹿兆鹏领导下，黑娃带领农协闹革命，斗争目标瞄准国民党委派的总乡约田福贤，斗争不可避免，因此，政治公共空间成为政党协商、争斗和分裂的重点领域。小说结尾，时间段是解放初的几年，交代了黑娃被白孝文整倒的事件，这说明民间完全丧失了监控和制衡政治公共空间的能力。白嘉轩让孝文帮忙拯救

① 谢纳:《空间生产与文化表征：空间转向视域中的文学研究》，中国人民大学出版社 2010 年版，第 178 页。

黑娃,白孝文的一句话"你不懂人民政府的新政策。你乱说乱问违反政策"①,政治将民间噤声,隐喻了公共空间的单一化趋势。民间公共空间和文教公共空间都失去了发言的机会,政治公共空间一元独大。公共空间的变迁折射了不同的权力主体、对话方式、思想原则和组建方式。

文教公共空间是以学校、书院等教育机构为载体而建立的批评和教育空间,在小说中,主要体现为新式学校教育和民间教育机构建立的公共空间。新式学校以新知识和政党意识形态为培养宗旨,在共产党国民党合作期间,两个政党虽有合作,但也在或明或暗地培养自己的政治主体,为新政治空间的建构储备源源不断的后续力量,如共产党员鹿兆鹏培养鹿兆谦等人员,作为农协骨干成员,斗恶霸、揭批国民党员田福贤的贪污行为,并组织大量群众开批斗会。鹿兆海被新式学校培养为国民党员,他与成为共产党员的白灵(受到鹿兆鹏的感召)产生了巨大隔阂,由青梅竹马到感情破裂,这是不同政治公共空间各自为政的表征,也是宗族关系在新政治空间斗争中解体的症候。新式学校构成的公共空间不可避免地受到政治的宰控,如果说"完全控制",则不可行,也不可能。学校的教育多元化,人文、审美、科学、道德等教育内容、形式及宗旨,促使人才培养多样化。在家国、民族危机之时(抗日战争),优秀的白鹿原青年们摒弃党派政见,奔赴前线。白灵和鹿兆海不同的政党身份并不全是教育的结果,而是偶然的机会,以抛硬币的方式决定加入何种党派,这种随机的入党方式和意图不仅说明学校党化教育的失败,也说明在社会转型期,新式学校有很大的自主性,很大程度上并不是党政的奴化教育。当然,在小说中,这也与私塾和白鹿书院的民间独立教育是分不开的,白孝文、白灵、鹿兆鹏、鹿兆海、黑娃等曾在私塾、白鹿书院等民间教育机构中学习过,这也是他们独立思想形成的重要的先置场域。

私塾和白鹿书院是民间的教育机构,是文教公共空间的主体力量。朱先生着重培养人才的道义精神和仁义情怀,他批判社会的权力之争,体恤黎民百姓的疾苦,注重民众人生道路的引导,以"耕读传家"事件批评白鹿原鸦片经济,并带头铲除鸦片;"学为好人"理念肯定了鹿兆鹏、鹿兆海、白灵为

---

① 陈忠实:《白鹿原》,人民文学出版社 1993 年版,第 677 页。

国牺牲的壮烈行为和品格，赞扬了改过自新的白孝文和鹿兆谦。白鹿书院虽然是民间机构，但它的存在一定程度上维护了现存秩序的稳定，为国家培养了栋梁之材，它也承担了化解内外危机、地方与中央的矛盾以及交流学术、商讨国家大事的职责，"书院既是学校，又是研究机构，同时还是一个学术团体"①。白鹿书院朱先生参加广东学术会议，出面协调清军与革命军的矛盾，调解国民党党员岳维山和共产党党员鹿兆鹏的矛盾，主持赈灾、清除鸦片、辅助县学教育，这一民间教育机关的存在营造了一个柔和的公共空间，缓解了各政治主体之间的矛盾和斗争，其社会积极功能促使白鹿书院的教育体制及赈灾体系延留到民国时期。个中原因还在于辛亥革命后资本主义的三权分立制度还没有严苛执行，国民党实行一党专制和分层制的官僚制度，皇权制、地方军阀、资本主义制度多元并存，公共空间呈现多种形态。

朱先生抨击时事和撰写地方史志也促进了批判空间的建构。以朱先生为代表的批判空间的形成，成为监督国家机器运行和民间社会正常运转的中间力量。这一公共空间与西方的文学公共领域不同，西方的文学公共领域是以"报纸和期刊、广播和电视"为"媒介"②，它是现代产业下的产物，成熟、系统。而在《白鹿原》中，文教公共空间是在儒道传统文化下生成的，如乡约的儒家精神内核，书院授课内容为儒家经典。

---

① 陈薛俊怡：《中国古代书院》，中国商业出版社 2015 年版，第 4 页。
② ［德］尤尔根·哈贝马斯：《公共领域》，汪晖译，载汪晖、陈燕谷主编：《文化与公共性》，生活·读书·新知三联书店 1998 年版，第 125 页。

第二节　公共空间的运行机制

公共空间是一个建构、培养、维持和完善的结果，不同类型、层面的公共空间有其内在的运行机制。三种公共空间在小说中的分量有轻重之别，其中祠堂及其文化形成的民间公共空间是小说的核心，这一公共空间是由传统文化、地方先贤和族长的领导力共同建构的。其运行机制主要包括以下几个环节：领导人的选择、处理事务的原则、方法和实施步骤。

祠堂的领导人是族长。秦朝至清朝实施的"郡县制"，完善了统治阶级对全国的控制，而县以下单位是民间自治。民间自治的基础是族长制，因为它是以血缘关系为纽带，所以全族人具有自然的认同感，"一个人通过真实、活跃且自然地参与某一集体的生存而拥有一个根，这集体活生生地保持着一些过去的宝藏和未来的预感。所谓自然地参与，指的是由地点、出生、职业、周遭环境所自动带来的参与"①。除了自然的根维系着族人的亲密关系，还离不开儒家文化道德和有威望的族长的凝聚力。族长一般由同族中有威望、有能力、有道德和辈分高的人担当，他既是管理者和监督者，又是领导者。族长行使职能需要同族人到祠堂进行公开议事，依据族人的共同意愿做出决议，并倡导和监督执行。在《白鹿原》中，白、鹿本是一家，白姓是族裔长子的姓氏，因此族长的位置一直由白姓中长子或直系子孙担当，而很少也不可能主动禅让给鹿姓子孙，我们可以参照同名电视剧加以分析，鹿子霖一直想当白鹿原的族长，时不时地邀买人心，与白嘉轩明争暗斗，甚至暗地里设计整垮族长的继承人白孝文，但白嘉轩最终也没把族长的位置让给鹿子霖及其子孙，而是让自己的儿子白孝武继承，这种以血缘关系为基础的继承制延续了封建社会的皇权制模式。并且族长严于律己，时刻以本族人的楷模苛求自己

---

① ［法］西蒙娜·薇依：《扎根：人类责任宣言绪论》，徐卫翔译，生活·读书·新知三联书店2003年版，第33页。

及家人,以此树立威望来管理本族人的事务。

祠堂及其文化形成的民间公共空间是族人共同商议、解决纠纷、惩治越轨、维护儒家道德规范、构建安全共同体、集体教育、维持和发展村落公共事务的空间。在小说中,民间公共空间涉及的事件包括交农事件、修建祠堂、开办私塾、查种鸦片、修订乡约、防御白狼、应对收粮队、惩治田小娥等社会道德败坏者、祭祀祖宗、伐神取水、修塔镇邪、应对灾荒等。在这些公共事务中,族长等乡贤是中坚力量,如修建祠堂,白嘉轩和鹿子霖承担费用的三分之一;在赈灾中,白鹿书院朱先生严于律己,要求与灾民相同的生活标准;在旱灾中,白嘉轩、鹿子霖等率先接受"马角"的选取,这种以义为先、以集体利益为重的行为(不管他主观目的如何,客观上的确做到了身先士卒)受到族群乃至基层民众的支持和崇敬,"故国家只能对社会进行松散的不完全控制,群众的动员应有精英而不是国家来完成"①。

处理民间公共空间事务是以全族大多数人的利益为原则,原则可以概括为以下几点:第一,保证族人的安全。查种鸦片、防御白狼、应对收粮队、抵御灾荒和瘟疫,这些外在的威胁族人的因素是公共事务必须解决的紧急事件,白嘉轩召集族人到祠堂商量应对措施。为了族人的共同利益,族长白嘉轩接受姐夫的建议,率先清除自家土地上的鸦片,并对种植鸦片行为进行深刻反思。第二,维护族群的稳定,加强道德教化和惩治道德败坏者。如修建祠堂和族谱,使民众有归属感和荣耀感,族人才能在大难之后从亲人死亡的悲伤中恢复过来;先人以神的名义存在,还能对活着的人形成无形的警诫。刻乡约碑、重申族规,对违背道德者进行惩罚,如对白兴儿、狗蛋儿、田小娥、白孝文等人的惩罚。为了族群的稳定,为族人提供休闲的空间,丰富他们的文化生活,每年举办公共会议,商定在秋收后设置唱戏和清明节荡秋千娱乐项目,目的在于酬神或娱乐,这是促进社群稳定的必要环节,"健全他们的心理,增强他们的体魄,又有助于成人之间的联系沟通,增强群体的凝聚力和社会活动"②。第三,维护族人的繁衍和开展族人教育。为了促进族人的繁

---

① 陈来:《传统与现代性:人文主义的视界》,生活·读书·新知三联书店 2009 年版,第 260 页。

② 钟敬文:《民俗学概论》,上海文艺出版社 1998 年版,第 379 页。

衍，白嘉轩与族中长辈想方设法地减少拉壮丁的人数，并暗地里联络各村开展交农事件，成功迫使政府免税，稳定了族人的生活和促进经济的发展。在祠堂里建立私塾和支持建立小学等教育措施为白鹿原的未来发展提供了智力支撑和人才资源，鹿兆鹏、鹿兆海、鹿兆谦、白孝文、白灵等都是教育中的出类拔萃者，并成为白鹿原乃至陕西地区的精英。

　　处理民间公共事务还需依照封建礼法制度去进行，用"三纲五常"来绳规族人的言行。如对参与赌博的白兴儿等人的惩处，对狗蛋儿、田小娥奸情的惩罚，均对照乡约来加以实施。实施过程有一定的仪式性，如对白孝文的惩罚：先由族长继承人白孝武通知族人到祠堂监视惩罚，然后由白孝武领诵乡约和族规等相关条款，这个流程不仅解释了处罚的原因，还增强了个体对族群的认同感，"参与者在解释过程中可以获得共识的解释模式、价值共同体的团结以及社会化个体的能力"①。接着由族长继任者白孝武诵读乡约，族长白嘉轩使用酸枣棵子执法，鹿子霖等人跪谏，白嘉轩拒谏，孝武接着执刑，这种次第的行刑程序是一种政治上的策略，将"非法活动的惩罚和镇压变成一种有规则的功能……目的在于使惩罚更具有普遍性和必要性；使惩罚权力更深地嵌入社会本身"②。这是民间私法的展现，民间公共空间事务的开展是在民间法的基础上进行，既有法可依，又有法必依，将乡约作为立族、立家之本，这种家法和族法一致的原则将家和"族"合二为一。重建祠堂、重修族谱和交农事件也促进祠堂及其文化空间的形成。

　　除此之外，祠堂本身既是民间公共空间建构的物质存在，又是精神象征。在物质层面上，祠堂有自己的田产，被称为"义田"，能够提供自我存在和发展的经济基础，"祭之有田，业可久也。传曰无田不祭，盖谓此尔。吾宗祭社、祭墓、祭于春秋，俱有田也"③。在吴组缃的《一千八百担》中，祠堂共有的一千八百担公粮就是典型例证，祠堂的建筑风格和内在的装修布置、各种

---

① ［德］尤尔根·哈贝马斯：《现代性的哲学话语》，曹卫东等译，译林出版社2004年版，第349页。

② ［法］米歇尔·福柯：《规训与惩罚：监狱的诞生》，刘北成、杨远婴译，生活·读书·新知三联书店1999年版，第91页。

③ 赵华富：《徽州宗族研究》，安徽大学出版社2004年版，第290页。

礼仪形式和惩罚措施使祠堂成为存在的综合体。在精神层面上，祠堂是一个精神的存在，体现在以下几个案例中：田小娥面对祠堂的恐惧感，白孝文和黑娃需要被祠堂接受的强烈愿望，白兴儿等违背道德者受到惩罚后产生的羞耻感和畏惧感。

在民间思维中，祠堂是人神共处的场所，它监视着公共事务的处理，族长和族人都在祠堂的监视下净化了内心的污秽。白嘉轩严惩儿子白孝文，这被鹿子霖称为"心硬"，被黑娃认为"腰挺得太直"，他们的话外之音是白嘉轩的无情无义，实际上，白嘉轩是将祠堂文化的存在内化为立命之本，并自觉地仿照祖先行事和执法，这正是祠堂文化的症候之一。祠堂是公共事务的承载体，其中心位置不言而喻，祠堂及其文化是结构小说的主线，电视剧《白鹿原》中祠堂居于村子中心位置，进一步将祠堂核心地位具体化和地理化，"空间的表现始终服务于某种战略。它既是抽象的也是具体的，既是思想的也是欲望的，也就是被规划的"[1]。这与《规训与惩罚》中环形监狱的作用有异曲同工之妙，环形监狱犹如居民环形包围的祠堂，祠堂犹如怪兽一样监视着族人的言行举止，不同的是，环形监狱的监禁是有形的，而祠堂则是以祖先崇拜、道德约束、神灵哲学和群体政治造成无形的规训效果，祠堂动用更多的是情感因素、精神恐惧和集体利益理念。祠堂形成的民间公共空间不同于西方自由主义公共领域，西方打破了以血缘为纽带的形态，以小聚落公共空间为基础（城市中咖啡馆、沙龙等），政治、经济和文化利益是主要的讨论课题，以系统性、科学性为组织原则，而祠堂及其文化形成的民间公共空间是以祖先崇拜和巫术迷信为核心理念的。

戏楼文化、集市、荡秋千等庆典仪式形成的民间公共空间以民间休闲为主旨，它是一个自由的、随意的、开放的、欢庆的空间，也是男女关系重塑的场所，类似于西方的狂欢节（以酒神精神为主）。它的具体功能是自由交际、文化娱乐、商品买卖、信息交通、联络感情，它的实施多集中在相对固定的时间和地点。例如，集市的时间较为频繁，一月多次，以商品买卖、人际交往为主，地点多为村镇。集市除了丰富村镇日常生活外，还有娱乐、玩

---

[1] ［法］亨利·列斐伏尔:《空间与政治》，李春译，上海人民出版社2015年版，第24页。

要、交流信息和愉悦精神的作用，它也是缓冲社会压力的重要场所。唱戏以酬神和庆典为主，族长有时会在开戏前讲话，但很少以协商、对话和研讨的方式进行，仅以通知的方式告知。在唱戏期间，在台底下民众私下交往也只是个人间的交际需要，多以私人话语为主，而很少进行集体公共事务的探讨和对话。在《白鹿原》中，唱戏是为了庆祝祠堂落成或谷物丰收，曲目选择和主持均由族长及乡贤来完成，并参考民众意见，经费由族人共同出资或赞助人支持完成；台上按演出程序进行，台下民众则很自由，交往、私情和商品买卖，但也要遵循一定的规则：不能在戏台下公开要骚，不能大声叫喊。田小娥胁迫白孝文到破窑，正是运用这一原则和抓住了白孝文怕出丑的心理。在小说中，"伐神取水"是描述的重点，它建构了一个神人共处的想象空间，建构的空间"具有社会性、历史性、文化性"①。该活动遵循既定民间仪式，由族长组织、安排。程序是先通知族人和安排事项，于具体时间到关帝庙遴选"马角"，然后出发到黑龙潭，鸣铳跪庙，马角跪拜求水，夜半取水，果品祭祀，回还关帝庙，敬献关帝爷。这一系列的程序伴随着严肃和痛苦，尤其是遴选马角的环节，但它增强了马角（一般由辈分较高的人担当，但也由于身体、意志和心理等偶然因素存在，也可由一般族人担当，顺利完成任务者可以获得族人的拥护）在民间公共空间中的领导力和凝聚力。在小说中，鹿子霖担任马角失败，继而由白嘉轩担任，成为"神"的代表，完成仪式流程，增强了其在民间公共空间中的领导力，这也是民间权力的神化表达。

　　政治公共空间则通过官僚机构运营呈现出来。皇权时期的政治公共空间是代表制的公共空间，在小说中，它体现为官僚机构与基层宗族的交往、协商和对话。他们之间的交往主要是交皇粮、生死注册、服兵役徭役。国家机构包括行政、司法、执法机构和教育机构，行政、司法、执法机构是管理机关，主要是制定政策和执行命令，调节中央和地方关系，维护国家统一和稳定；另一种是教育机构，新式学校是政治公共空间形成的新兴机构，新式学校本身是资产阶级社会的一个重要意识形态机构，"它的兴趣是按照社会效益

---

① 谢纳：《空间生产与文化表征：空间转向视域中的文学研究》，中国人民大学出版社2010年版，第81页。

的标准,推行资产阶级交往的自然进步意义上的政治舆论的启蒙"①。小说中涉及的新式学校有三种:第一种是新式的白鹿原小学,这是国共谈判协商的成果,共产党员鹿兆鹏为校长,国民党员岳维山县长亲自为小学成立讲话。新式学校的课本是以西方科学知识为主的现代课本,教师毕业于新式学校。它是军阀、共产党、国民党等经常汇聚的地点,成为新的解决地方事务的场所。新式学校为新政治公共空间的建立培养了大量后备人才。第二种是农民运动培训学校。这是共产党的培训机构,鹿兆谦等十几个贫民成为原上的首批学员,他们将学到的马克思主义知识应用到白鹿原的农运中,成为领导底层民众的新兴力量,新的公共空间也被生产出来。在新的公共空间中,新的对话、协商、斗争对象、男女观念被生产出来,新政治公共空间充斥的是阶级话语模式,如土改事件和群众批斗运动。第三种是西安城中的女校。它是文化的混合体,既有自由民主的先进思想,又有传统妇女观,被戏称为"太太学校"。女校一方面培养了具有独立意识的女性个体,另一方面又为中国家庭培养了新式主妇(很多学校女生做了"官太太"),白灵及其同学的不同的人生道路说明了这一点。女校成为连接各种力量的平台,也是各种话语交锋的公共领域,鹿兆鹏向白灵传达回女校宣传革命、组织新力量的命令就可以看出不同政治公共空间之间的争斗。从这一层面上讲,学校是政治公共空间建构的一个主体,它不仅关涉地方和国家的命运,还影响到社会的未来走向。

政治公共空间还包括社会转型期的戏楼和乡约所②,这些机构是如何创建政治公共空间的呢?在社会转型期,戏楼不仅是民众娱乐的场所,还是各党派斗争的场地,如农协和田福贤等官僚恶霸之间的斗争。黑娃领导的农协斗争田福贤等官僚和地方恶霸是以运动民众的方式展开,将土地、财产等利益作为贫民的诱惑和动力源,有组织地进行诉苦、批斗和激发群众泄恨,建立了一个暂时的有限度的对话空间。诉苦人员往往夸大事实,用小说等文学的

---

① [德]尤尔根·哈贝马斯:《理论与实践》,郭官义、李黎译,社会科学文献出版社2004年版,第315页。

② 它们平时是族民休闲、聚会和庆祝的地方,作为民间公共空间存在。但在社会转型期,又成为各党派、军阀、政治势力、土匪的争权夺利的政治空间。此种情势下,在性质上,它们又属于政治公共空间。

手法编制苦大仇深的剧情，这种政治公共空间的建构不是在双方平等的基础上予以透明性的协商，而是着重通过文学化虚构手段运用现场叠加效应去鼓动群众情绪，致使情绪叠加产生大量过激行为，因此，黑娃受到共产党委员鹿兆鹏的批评。田福贤上台后，为了名正言顺地开展复仇行动，组织乡约所会计翻供，并与各位乡约串通一气，达成报仇的共识，进行有组织的批斗，且恩威并施。一方面争取民众的支持，另一方面又借助权力机制疯狂报复。在戏台上，田福贤与农协的批斗方式殊途同归，不同的是，农协动员的是民众，而田福贤动员的是官僚群体。乡约所是基层官僚对话的场所，它的职责是确定田亩、收税、核查人口、建立户籍制度、征兵和实施保甲制度，乡约所中的交流多是传达命令、商讨和执行政策，重点是执政，而非自由的协商，是有限度的公共空间。它的存在拆解和破坏了已经存在的相对自主的民间公共空间。

文教公共空间包括各级学校和教育机构形成的教育空间。但在中国场域中，新式学校和教育机构是政党和政府的重要支撑。在小说中，主要涉及白鹿原小学校、"太太学校"、"农协运动培养班"等。它们的运营、师资、授课内容、培养目标受到执政者的监控，可以说，它们属于政治公共空间的一部分，但由于文化教育的审美性和独立性，新式学校培养的人才也并非都是新政治公共空间的主体，也有很多投入民间公共空间、文化和科学空间中，他们逸出政治公共空间的边界，成为文化批判和独立的主体。

在小说中，文教公共空间的独立部分主要是以私塾和书院为代表。私塾是族长会议决定建立的初级启蒙教育机构，从严格意义上讲，它不属于国家机构，是民间的教育组织，虽然其内在运行机制在某种程度上遵循了国家的道德、思想和文化规范，但它并不以政党、国家和军阀等政治主体的意志为转移，更多的是强调独立的价值，以真、善、美、民族利益、宗族利益为重。白鹿原的私塾建立在祠堂内，并聘请当地的秀才为师，将儒家经典作为授课内容，学习四书五经、古典书法（毛笔字）等课程，重视"礼义仁智信"的道德培养，其教育对象是本族子弟，目的是培养能够维护现有秩序的人才，祠堂和学校的合二为一体现了这一点。书院是民间教育机构，它是更高一级的私塾学校，是祠堂、私塾的延伸，白鹿书院经费通过自筹和游说政府获得，并且书院有自己的义田，依靠出租来补充经费支出。

在社会转型期，皇帝退位，中华民国成立，军阀混战，而私塾和书院存留下来，培养了更多具有"家国情怀"的栋梁之材，鹿兆鹏、鹿兆海、白孝文以及后来入门的鹿兆谦等均成为地方或国家的重要人物。白鹿书院是参与政治公共空间构建的重要力量。身为掌门人的朱先生积极参与政治公共空间的构建，查种鸦片、刻撰乡约、赈灾救民等。朱先生还调解各种权力体之间的矛盾并积极开展对话，将当政者、在野者和基层放在同等地位，开展平等对话，白鹿书院成为斗争的缓冲区和处理公共事务的重要组成部分。因此，小说中将朱先生与白鹿并置、互喻，不仅体现了民众对朱先生的认同和崇敬，也反映了作者对当前这种柔性公共空间缺失的担忧，从这个层面上讲，陈忠实借小说来思考中国本土建构公共空间的可行性以及可资借鉴的资源问题。

文教公共空间的运行离不开孔孟之道。在《白鹿原》中，朱先生集合众先生之力编纂地方史和地方志，褒贬历史和现实，他们是以春秋笔法去建构批判空间的。朱先生对不同时期的共产党使用不同的命名方式，前期用"共匪"，后期用"共军"，前后时段的命名变化寄托了他们认知的改变，这不仅透视了他对国共两党的态度，还以文学的方式批判了当前的政治。因此，可以说，朱先生以文学的方法建构了批评的公共空间。他聘请测绘人员实地勘察地理情况，建构了科学知识的公共空间，以此批判无休止的争斗和劳民伤财的战争。

第三节　公共空间的越界与扩域

不同类型的公共空间不断地扩展疆域。它们之间相互越界、倾轧，产生了一系列斗争的空间，公共空间出现了并置、混杂的局面，从中我们可以看出权力之间激烈地博弈和国家形态、经济基础的变迁。在社会转型期，这是必然会出现的现象，仔细分析这种变化，可以发现公共空间与社会现代化、政党制度和地方文化间的复杂关联。小说中，民间公共空间、政治公共空间和文教公共空间共存共生、相互争斗，这是转型期公共空间存在的症候之一。

民间公共空间的扩域在小说中有突出表现。其中最为突出的是祠堂及其文化形成的公共空间，它不断地扩展疆界，侵入私人空间，它们之间的博弈成为小说的看点之一。白嘉轩代表的民间公共空间，是以儒家伦理（"三从四德"）来建构稳定的乡村道德，彰显了父权社会的本质特征。田小娥事件就是公共空间与私人空间冲突的典型，虽然黑娃和田小娥之间有真正的爱情，但在父权社会里，婚姻不是个人的事情，而是家庭、宗族的公事，自由爱情是对父权制的挑战和悖逆，从这个意义上讲，黑娃和田小娥不被族人接受甚至区隔在村落之外也就可以理解了。黑娃夫妻被迫住在村落外面的破窑洞中，他们企图"创造出一种属于自己的崭新的生活方式以及支撑该生活方式的异质于主流社会的空间形态，这是一种夹缝中的策略表达"①。最终，他们新的生存空间也被族人摧毁了。同样例子，田小娥、白孝文因为奸情受到族规处理也是民间公共空间对私人空间的践踏的典型。

它们甚至对男女私密之事进行干预。如白孝文与田小娥在一起生活后，遭到白嘉轩的族规惩治，被赶出家门。这些事件反映了儒家道德是衡量男女之事的主要标准，即使个人之间的性事也不能例外，也需要儒家道德来衡量；他们认为性事只具有传宗接代的工具性，而不能有过多的感情投入。白孝文

---

① 王志刚：《社会主义空间正义论》，人民出版社 2015 年版，第 243 页。

结婚前对性事毫无兴趣，阅读儒家经典是他的一大乐趣，入洞房后的几天，白孝文还以读书为由阉割了性事的兴趣，但是他一旦被妻子性启蒙成功，白孝文便抛弃书籍，沉迷于性事，不能自拔。而白赵氏直接干预白孝文夫妻的性事，致使白孝文出现性功能障碍。从白孝文前后对性事态度的变化可以洞察作者的主观态度，他对泯灭天欲的儒家道德极尽嘲讽。但这并不代表作者完全否定儒道。从小说整体的意蕴来看，作者对儒学是充满崇敬之情的，朱先生形象的完美塑造就是典型例证，所以作者对儒家道德态度是复杂的、矛盾的，需要我们仔细分析，区别对待，而不能一概而论。在白嘉轩支持白灵放脚和就读新式学校的事件上，作者对白嘉轩的认同体现了作者对儒家道德认知的突破。白孝武热衷于族长事务，而他却又生育障碍（禁欲的隐喻），为了补偿"不孝有三，无后为大"的道德缺陷，白嘉轩设计，向鹿三小儿子（兔娃）借种生孙，这种原始生育观实质上违背了儒家道德，这不仅是白嘉轩双重道德的虚伪表现，也是小说中的一个败笔，整部书建构的白嘉轩的道德形象瞬间遭到消解。

民间公共空间越界到私人空间，甚至完全占领私人空间，公共领域与私人领域是本质完全不同的领域，"公共性本身表现为一个独立的领域，即公共领域，它和私人领域是相对立的"①。民间公共空间的拓域直接抑制了个人生命力，个人在民间公共空间的强力驱使下，采取认可、臣服或逃离的方式去化解困境，如鹿兆谦以明媒正娶的方式再次结婚并认祖归宗，白孝文改邪归正后回白鹿原祭祖以认祖归宗，鹿兆谦和白孝文从背叛乡约和族规，到臣服祠堂宗族文化，这与黑格尔的"认识论圆圈"不谋而合，"认识论不可避免地陷入其中的圆圈提醒人们，认识批判把握不住本源的自发性，而且作为反思，当它同时产生于先前的东西中时，它始终依赖先前的东西，以先前的东西为准绳"②。鹿兆鹏在父亲、爷爷的逼迫下与冷先生之女结婚，接着是无数次和无限期的逃婚，这些都表明即使在私人空间，个人也是不自由的。个人及其生

---

① ［德］哈贝马斯:《公共领域的结构转型》，曹卫东、王晓钰、刘北城等译，学林出版社 1999 年版，第 2 页。

② ［德］哈贝马斯:《认识与兴趣》，郭官义、李黎译，学林出版社 1999 年版，第 5 页。

存空间的萎缩和活动空间的消失是公共空间入侵私人空间的必然结果，而民主制度提倡男女平等、自由等启蒙思想，这是资本主义政治的思想基础。个人获得了自由，但是有限度的自由。例如，鹿兆鹏、鹿兆海对党派的选择，白灵冲破儒家道德禁忌到西安城就读新式学校，参加革命并自由选择爱情。虽然白鹿原的子孙开始自由选择人生道路，但这并不能完全逃离政治公共空间对私人空间侵犯的厄运。白灵在肃反过程中被活埋，黑娃在"三反五反"中被枪毙，从这一层面上讲，个人并没有从政治公共空间中解放出来。农协运动的非理性和盲目性，致使革命力量被瞬间击垮，黑娃等领导人也被迫出走，导致个人家庭分崩离析，这一事件说明了政治权力对个人的主导作用，私人生活被抛弃在个人之外，个人成了政治权力的附庸，没有发言权，一个典型事例就是白灵被安排给鹿兆鹏做临时妻子，虽然最后两人阴差阳错私订终身，歪打正着，但也折射了个人在政治中的无奈，所以政治公共空间的自由也是有限度的自由，不是漫无边界的。

在小说中，民间公共空间主要是由基层自治形成的空间，文教公共空间是中国文化教育形成的空间，政治公共空间是权力主体或围绕政治主题开展活动形成的空间。在社会急剧动荡期，资本主义国家机器需要加强控制，以便获取更多的资源来重建和统一国家，来保障"倾销自己的商品"，本质是"资本和商品对新空间的渗透"①。辛亥革命后，资本主义制度开始建立，国民党加强社会控制，新生活运动、新式学校的建立、实业的开设、交通的畅通、机构分层制的实施，最有变化的是政府机关开始向县以下区域布置，县下设总乡约，其下设8—9个乡约，每个乡约管理几个村单位；后来又设置保甲制度，乡约所变联保所，各村设保甲一名。这种严密的官僚机构渗透到基层管理中，导致科层制的官僚制度对宗族自治形成极大威胁。确定土地亩数、征税、注销户籍、征兵等是乡约的职责，这本是宗族自治的范围，却受到官僚机构的剥夺，政治公共空间和民间公共空间的权力之争凸显起来。交农事件是冲突的开始，白嘉轩暗地里以鸡毛信传书形式组织起事，强大的宗族势力导致官僚制度的入侵暂时失败。以至于总乡约田福贤等人组成的政治公共空

---

① 汪民安：《感官技术》，北京大学出版社2011年版，第70页。

间还不得不邀请白嘉轩（民间公共空间意志的象征）参与，而白嘉轩却经常推托，避而不见，这是民主公共空间维持自我存在而不受同化、收买的策略和方式，但也透露出民间公共空间在政治公共空间威压下的无名和无语状态。这同样体现在白嘉轩与军阀刘军长、农协的往来中，刘军长的军阀政治完全无视以协商对话为原则的民间自治制度；同样逻辑，农协"天下为公"理念否定了地主所有制，否定了宗族自治的基础，宗族自治形成的民间公共空间受到致命威胁；在军阀征粮和农协运动期间，戏楼、庆典以及学校的运营不再行使原有的休闲或育人功能，而是被抛到权力斗争的战车上，戏楼成为党派斗争的重要场所，也是不同政党争夺的公共空间。

在公共空间的扩域进程中，私人空间不仅被民间公共空间占领，还被政治公共空间倾轧和挤压，无论是国法还是宗族的私法，它们都成为公共空间扩张的刽子手和保镖，私人空间公共化，私人完全成为公人。不同的政治权力也在进行着争夺生存空间和扩大地盘的博弈，民间公共空间迅速萎缩。各级学校逐渐被纳入政府管制之中，并加强意识形态灌输，培养的人才思想单一化，逸出政治边界的人才越来越少。书院等民间教育机构也不能再保持独立的批判地位，朱先生修撰史志，因经费不足向政权求助，却遭到条件绑架，"公共性的功能已经从一种（源自公众的）批判原则转变成一种（源自展示机制，如权力机关、组织特别是政党的）被操纵的整合原则"[1]。但是朱先生坚持独立的姿态，自力更生，变卖家产出版著作，却耗尽了生命，他的逝世不仅是个人生命的终结，也是白鹿书院文化批判空间的终结，文教公共空间独立面向逐渐消失，政治倾向愈来愈彰显，一言以蔽之，在社会转型中，政治公共空间的强势扩张，造成私人空间、民间公共空间和文教公共空间的全面崩溃，"随着集权化的经济和政治体制的发展，出现了强调服从系统的集体主义意识形态，国家权力得以扩大，韦伯所说的科层制扩展到更为广大的社会生活，公共领域受到限制……公共领域趋向萎缩"[2]。

---

① ［德］哈贝马斯：《公共领域的结构转型》，学林出版社1999年版，第241页。

② 单世联：《哈贝马斯现代性理论综述》，载包亚明：《现代性与空间生产》，上海教育出版社2003年版，第114—115页。

　　陈忠实的《白鹿原》是一个复杂的经典文本，它鲜明、大胆地将乡村转型期的多种"公共空间"展示出来，并且以颠覆性的创作为一元化的宏大叙事祛魅。从本质上看，与其说作者书写"民族秘史"，不如说以"皇帝新衣"方式真实呈现被遮蔽的"民间公开史"，陈忠实就是那个"天真无邪的孩子"。

　　乡村多元公共空间以文学的感性形式表现出来，尤其是以性、爱情、婚姻等两性关系为焦点来链接，瞄准了受众的阅读期待，将民间公共空间、政治公共空间和文教公共空间之间错综复杂的关系传达给读者，引起社会轰动性效应。陈忠实的《白鹿原》首次出版于1993年，正值民族意识高涨期，文学正从80年代的西化的浪潮中撤退，寻根文化、现实主义冲击波、人文精神大讨论等促使民间、民族文化被重新挖掘，浮出历史地表。陈忠实的《白鹿原》将民间的丰富性淋漓尽致地表达出来，不仅是一个文学作品，更是一个典型的中国社会文本。

　　在社会转型期，乡村的民间公共空间仍在发挥着稳定、交流和规约的功能，但泛滥的各种政治力量不时地干扰和破坏民间公共空间的存在，各种政治公共空间主体不断地开疆辟土，将民间公共空间作为斗争的角力场和控制的目标，越界与扩域，导致民间公共空间和文教公共空间的消解，结果是政治公共空间一家独大，使它具有前所未有的控制力。民间公共空间的崩溃和消解，预示着庙堂与广场、中央与地方、国家与个人之间的主要缓冲地带消失了，公共空间变得单一化，这就容易导致国家与民间、中央与地方之间出现隔阂甚至无法调和的矛盾，民族国家的凝聚力和认同感会持续下降，甚至双方冲突的加剧会导致政治公共空间的崩塌。

　　如何解决这种问题呢？虽然陈忠实的《白鹿原》没有提出具体的措施（当然，这也不是小说所要或所能解决的问题），但是小说提供的民间历史和乡村存在记录，为公共空间的建设提供一些线索和启示。这就需要我们重新思考公共空间相关问题，致力于重建和完善多元化的公共空间。毋庸置疑，在公共空间的重建过程中，个人平等权利应得到法律的保障，个人主体才可能自由地参与到公共空间的建构中，"个人不仅需要在法律上得到保护，免于别人对其自由领域的干涉，而且还需要在法律上受到保障，有机会参与公共意志形成过程"①。从国家法律层面看,除了保障个人参与公共空间的权利,还要为多元化公共空间的建构提供必要的法律、道德、经济、文化和政治支持,由此才能为培育多元化的公共空间提供健康的生态环境,才能增强国家的凝聚力和维护国家的长治久安。当然,这些措施还不足以达成良性公共空间的建设,仍需要在乡村实践中不断探索、更正和完善。

---

① 〔德〕阿克塞尔·霍耐特:《为承认而斗争》,胡继华译,曹卫东校,上海人民出版社 2005 年版,第 123 页。

第十四章

民族认同的历史建构：徐则臣《北上》的拯救叙事

徐则臣将河流作为历史生成装置，以河流、遗迹、考古和信件为载体，凭借文学想象建构另类历史。《北上》既有作者以往小说的影子，又有新的质素介入，它从现实和历史两个维度，发掘"行走着的人"的存在依据和运河价值。作者搁置战争、起义群体、江湖人士和教会的正义性质，跨越身份、国别、职业的区隔，寻找人的生存依据和人际和谐关系的形成基因。本文从小说的拯救叙事角度切入，从作者拯救什么、如何拯救、发现民众和文本形成的内外因素入手，探究拯救的内涵、路径和意义，勾勒情感共同体的形成轨迹。

徐则臣的《北上》荣获第十届茅盾文学奖，彰显其独特的小说想象与另类的历史建构，"带有个人体温的历史，一个人的听说见闻，一个人的思想和发现，一个人的疑难和追问，一个人的绝望之望和无用之用"[1]。作者以具体的物理实存——京杭大运河为纽带，从现实和历史两个维度凭借文学形式建构起一个完整的历史链条。作者不断填充民间历史空白点，将缺位的民间生活、人事、风俗呈现在笔触之下，虽然小说情节的链接点多为偶然和巧合因素，但作者的着重点并不在民间历史的建构上，而在于如何处理传统与现在、中外、历史和未来、政治和民间、战争和个体、人的内心和行为的关系，徐则

---

① 徐则臣：《徐则臣的获奖演说：历史、乌托邦和文学新人》，《当代作家评论》2008 年第 3 期。

臣"试图给出属于自己的理解和阐释"①。

小说中，冲突、矛盾、战争、仇杀、械斗、河盗等多元语境糅合，生产出复杂文本，也反映现实存在实景：人与人、中外、政府和民间、江湖和外在力量、异信仰之间存在着对立和冲突。作者的创作旨归并不是带领读者去历险和创造传奇，也不是盛赞运河文物连城的价值与运河人家一脉相承的家风，徐则臣重点表述人与人之间隔阂的消除和和谐关系的创生，强调的是人与人之间的自然沟通和真情存留。因此，小说传达出拯救的信息，中国人和外国人、义和团成员和外国人、邻里之间、家庭成员、男女恋人、父子关系由对立到和谐，其改变历程、轨迹与运河时空密不可分，运河不仅是触媒，更是一个"活"的流动的建构物，永远在路上。从这一层面上说，拯救叙事在时空的伸延中获取价值。

河流超越了政治、种族、语言和战争，它具有弥合纷争和矛盾的自然功能：缝合创伤、促成婚恋、繁殖生产、增强中外交流。河流不仅是想象的空间表达，更是河流自然功能的缩影。运河的废流终止了河流的拯救功能，而申遗成功则表明拯救意识的复苏和拯救实体的转型，这是后现代操作。运河历史的变迁凸显了河流对民间生活、中外关系、传统和现代、历史和文化的持重。徐则臣如何在运河和历史之间搭建桥梁的呢？在小说中，作者拯救了什么？如何拯救？文本内外存在怎样的关联？

---

① 张艳梅：《"70后"作家的历史意识》，《上海文学》2017年第5期。

第一节　拯救什么？运河、历史抑或文学

小说《北上》是一个复杂文本，它既关涉运河本身的兴衰变迁，又与历史文化和民间生活密切相连，更与文学想象密不可分，那么，作者到底在表达什么？作者又是如何处理地理标志、历史和现实的关系的呢？

运河"活着"生产历史，"一条河活起来，一段历史就有了逆流而上的可能，穿梭在水上的那些我们的先祖，面目也便有了愈加清晰的希望"①。历史包括正史和野史，小说《北上》以文学虚构的方式还原野史，将民间生活、家族史和个人史通过自然媒介呈现出来，这个自然媒介就是大运河。大运河已经废止100多年，运输功能也已经荒废，运河的"死"将鲜活的历史埋藏起来。作者崇尚"动"，在小说中安排两个行动元来让运河动起来，一个是迪马克兄弟的中国运河行，一个是谢望和拍摄《大河谭》。迪马克兄弟的运河行由南朝北，串联了运河的各种要素，地理标志、运河景观、运河民众、漕帮、殖民者、外国观光者、教会人员、大刀会、政府衙门、妓院、义和团。谢望和借助拍摄运河纪录片唤醒运河的历史以及两岸民众，以家族史的方式串联起五家运河子民，并以影像现代方式重新发掘潜在的运河文化，即以现代方式唤醒运河。其中，周海阔的运河岸边客栈连锁和沧州等地的运河景观带设置，是运河产业转型的表征，运河的文化通过新的方式仍然存留和凸显。两种行动元的设置使运河动起来，历史和当下衔接，中外因素勾连，流动的运河与国家、平民和外国人士的命运纠缠在一起。

小说既有运河的详细资料，又有运河景观、两岸风土人情的勾勒，更与现实政治、经济和文化勾连，一条运河就是活着的过去的中国。从国家层面上讲，运河于1906年废止，而对运河时代的人民而言，运河已成为他们生活的重要组成部分，并在潜移默化地操控着他们的生活。作者书写运河，意图

① 徐则臣：《北上》，北京十月文艺出版社2018年版，第466页。

将运河与各阶层联系起来，以串联的方式，以主河—支流的结构方式来审视家族史和河流的关系。运河不仅是载体，还是本体，作者强调运河自我净化功能。历史上运河的生态良好，河民以运河为生，而今天的运河生态遭到破坏。运河除了自然功能，还具有审美功能，保罗·迪马克一路上欣赏运河风光，并在行进中深深地爱上了运河，将自己的生命与运河融合在一起，他的运河旅行、埋葬于运河边以及其弟真正扎根运河边的事实，象征和隐喻老运河的人格建构功能，归根结底，这是作者的文学建构。

运河活起来才能完成人物及其人际关系的建构，才能够在行进中透视人与运河的关系。小说借鉴游记探险和拍摄纪录片《大河谭》的形式使运河"活"起来。大运河废止后，济宁以南还在使用，而其北（德州、沧州）则荒废，河道渐隐渐现。运河自隋开凿以来一直是漕运的重要通道，尤其明清以来成为京城物资的重要支撑，沿河两岸的百姓也以水为生，纤夫、运输船、船民、码头、漕帮、旅店酒馆、修船厂，这些名词与运河口唇相依。运河的衰落影响到两岸民众的生活、职业和习惯，如河运业不景气，邵星池坚持上岸，筹办修船厂，但因河运业冷清导致修船生意难以维持。运河还成为外国势力侵入的焦点地区，"利益均沾"，各国列强相机操纵运河生意，且拥有免税特权而集聚大量财富。保罗·迪马克的船只过闸时，挂上外国旗帜，就可优先免税通过。运河成为权力博弈和表征的物理空间，小说具有"浓厚的历史意识和它的现代性"[①]。

当然，运河两岸也是传教士较早登陆的地方，运河为他们提供了畅便的通道，小说描述扬州、沧州、济宁、天津等地的教堂和教会医院。作者书写教堂及教会人士，并没有将它们污名化或丑化，而是以理性的态度视之，区别对待。孙过程老家的圣言会帮助教民与大刀会对抗，教会以群体利益为主的帮派意识有殖民的嫌疑，但个别教会为当地民众提供教育、医疗和物质帮助，深得人心，他们与当地民众形成和谐的共生关系，与征收重税、不顾人民死活的天朝政府比起来，外国传教士还是受到群众欢迎的，所以当教堂将要被焚烧时，当地民众愤而维护教堂利益。在这里，作者没有美化传教士，

---

① 杨庆祥：《〈北上〉：大运河作为镜像和方法》，《鸭绿江》（下半月版）2019 年第 2 期。

而是还原传教士存在的真实状况，作者不认同对传教士一概污名化、丑化和妖魔化，从创作的层面看，徐则臣"寻求历史叙事的变异"①，展开另类历史叙事。

作者采用双线叙述，一条是南下，一条是北上。北上包括保罗·迪马克的北行以及费德尔·迪马克天津到北京的婚恋和运河生活，本线索以传奇、历险形式建构民间历史。南下则是对当下运河的历史发掘，旨在唤醒和重建运河与人之间的联系。北上过程中，运河自然、审美、文化功能展现出来；南下，作者梳理了历史和当下一脉相承的纹理，以对家族史追溯的方式复活运河。"家族史又往往与地方志相杂糅"②，无锡、扬州、高邮、淮安、济宁、天津、北京，地理空间的往复移动，复活了时间，建构了民间的生活史，填补历史的空白，展布了历史的褶皱。

运河自然功能的衰退或终止，并不能遮蔽其文化和审美功能的存留，申遗、纪录片、文物发掘以及沿河风景带的建设，正是运河现代转型的表征。马可·波罗、小波罗运河行和申遗是运河内引、外联的象征，运河超越种族、国别，具有人类学考察的意义，作者旨在对运河进行终极思考：运河的生与死、存与逝。运河归根结底是河流与人的关系。

作者不仅交代生态问题，更主要的是书写了政治和文化问题，并最终超越了单一的政治、经济、国族信仰和文化视角，而从人类学的角度反思历史。徐则臣带着70后理解和温和的态度，审视河流、外国人、传教士、船民、义和团、大刀会和战争，"70后作家是富有宽容度和富有弹性的，他们与社会和世界的关系是善意的和和解的，他们具有仁爱和温和的美德"③。通过运河人民共同感的发掘和梳理，凸显了运河的凝聚力、召唤力和生命力，作者将这一流动的自然景观人性化，体现了作者人类学视野和博大的文学理想。

作者具体怎样讲故事，讲了哪些故事？

---

① 江飞：《问题意识、历史意识与形式意识——徐则臣论》，《当代作家评论》2018 年第 1 期。

② 郭冰茹：《家族史书写中的"历史真实"》，《山花》2018 年第 6 期。

③ 张莉：《关于 70 后小说家的写作难局》，《文学自由谈》2011 年第 4 期。

第二节　如何拯救：考古、拍摄抑或讲故事

徐则臣采用考古、拍摄和讲故事结合的方式传达拯救意识，"只有经过形式，我们才能进入真正的艺术领域，进入从客体到形象的转化过程之中"①。小说先以龚自珍《己亥杂诗》和爱德华多·加莱亚诺的名句导入，龚自珍的选诗记录其行运河时由景寄情对故乡的思念与深情，运河成为龚自珍回溯历史和地域的载体。加莱亚诺的"过去的时光仍持续在近日的时光内部滴答作响"，交代作者创作内旨——过去和现在密不可分。作者从感情和哲学的高度点明创作的主线，它处理的是运河的过去和现在的关系，过去和现在是小说的两个时间维度。

小说以运河申遗前夕运河济宁段出土大量文物，作者以考古报告和发掘的信件入手，考古报告以丰富文物勾起了读者的阅读兴趣，再加上 21 世纪初的文物热、盗墓文学热，为小说预热。一封意大利人的家信将运河与历史贯通起来，这是小波罗弟弟费德尔·迪马克的战地信，陈述了自己抱着对运河的喜欢来到中国，却被迫参与战争，"当年的我的大偶像，马克·波罗先生，就沿着运河从大都到了中国南方"②。作者通过信件结构故事，并将运河与外国人的关系延伸到历史中去。《马可·波罗游记》将中国介绍给西方，中国的辉煌形象吸引西方到东方探险，掀起地理大发现、工业革命的序幕。依照蝴蝶效应理论，运河间接催生了现代世界的诞生。作者重启这段事件，以仿拟的模式演绎新时段的运河效应，期望发掘运河的多重功能。

徐则臣依据信件设置人物、结构情节、布展故事。故事分为过去和现在两个维度。过去包括两个故事，一个是费德尔·迪马克的战争经历和恋爱生活经历，他以运河为始终；一个是以其哥哥保罗·迪马克为中心，旁涉谢平

---

① 马里奥·佩尔尼奥拉:《当代美学》，裴亚莉译，复旦大学出版社 2017 年版，第 77 页。
② 徐则臣:《北上》，北京十月文艺出版社 2018 年版，第 3 页。

遥（河衙翻译）、邵常来（挑夫、厨子）、周义彦（船员）、孙过程（护卫）等人，这两个故事都将中国的大事牵扯其中，故事、河流、政治和文化纠缠在一起。现在维度上以拍摄运河纪录片为主线，将邵家、谢家、周家、孙家和胡家（费德尔·迪马克）的后代汇合起来，最后在"小博物馆客栈"汇合，以大团圆的结局与北上故事人物群形成呼应和循环结构。小说吸取中外游记文学、传奇、侦探小说的优长，揣摩读者的接受心理，采用类似说书人（花开两朵，先表一枝）的讲述方式，传统和现代糅合，古典和时尚并行，在现代形式下复活了运河。而在现代社会，现代运输最重要的一点就是高速度，而河运行业无法达到现代运输的需求，成为夕阳产业。但作者从非经济学的角度，赞赏河运行业的慢，将之视为一种风景，从思辨的角度看，它又是"快"，它带有不可复制的传统文化的光晕，成为标准化现代社会的后现代风景。济宁以北的运河废止，而沿河运河风景观光带建设不仅带有文化凭吊韵味，而且功能更变适应了现代社会对城市人文景观的需求。从这些层面上看，运河没有脱离人们视线，只是改变了存在的形式，它仍在发挥审美、文化和休闲功能。孙宴临拍摄的邵家船民生活和结婚场面的照片、谢望和的纪录片、周海阔的运河客栈，它们既是对古老运河的凭吊，又是对现代运河的建构。

运河除运输、凝聚、审美和文化休闲功能外，它还促使人的认知和世界观的改变。小波罗起始并不是来中国寻找马可·波罗足迹和体验运河文化的，其真实目的是寻找先前到中国的弟弟，他也并不真正喜欢运河，但当他从无锡出发，与运河以及中国民众朝夕相处后，在天津临终时，吐露真言，深深地爱上运河及中国人民，"我的呼吸更与这条河保持了相同的节奏，我感受到了这条大河激昂澎湃的生命"[1]。运河还促使费德尔·迪马克认知的改变，"它用连绵不绝的涛声跟我说：该来就来，该去就去。就像这条大河里上上下下的水，顺水，逆水，起起落落，随风流转，因势赋形"[2]。

费德尔·迪马克逃离战争，运河为他提供了遮蔽所，更为他与秦如玉相见、相恋提供了场地和惊险的经历。费德尔·迪马克目睹战争惨状，逃离战

---

[1] 徐则臣：《北上》，北京十月文艺出版社2018年版，第335页。

[2] 徐则臣：《北上》，北京十月文艺出版社2018年版，第326页。

争；费德尔·迪马克喜欢中国年画艺术和中文，并改名马福德，最终成为一个地地道道的中国人，并与秦如玉生活在运河岸边，以渡人为生。他最初因运河而来，最终超越了时空局限，"我一直以为马可·波罗很重要，运河很重要，后来我发现，跟如玉比，一切都不重要"①。在马福德的最终启悟中，没有像小波罗那样从中寻出人生哲理，对他来说，运河只是载体，是他爱情、亲情的媒介，是生命不可或缺的一部分，没有运河，就不会遇见秦如玉，所以，他叮嘱儿子自己死后葬在与秦如玉相遇的地方。

徐则臣从考古发现中找寻线索，并进行文学虚构，在现存的物体之间搭建桥梁，通过拐杖、信、罗盘等物将人联系起来。遗物传递的信息不仅仅是感情和价值，更重要的是文化。小说中遗物超越时空，在家族史中起着决定的方向作用，遗物发散着旧时代的独一无二的光晕，家族的人在神圣故事的引导下，不断地向它及其文化靠拢，家族职业、生活、习惯和志趣趋向一致。周义彦得到小波罗的意大利语笔记本，他的子孙通过出国或自学获得较高的意大利语言能力，周海阔更在运河两岸开设客栈连锁，搜集运河文物；邵常来得到小波罗的罗盘，邵家世代船民；谢平遥作为知识分子（翻译专家）陪小波罗北上，获得运河相关的书籍和资料，其玄孙谢望和拍摄《大河谭》，其孙谢仰止一直希望沿着运河到北京体验祖先的荣光；孙家被赠予相机，孙家改武习艺，后代执着于绘画和摄影。与其说物和人之间存在权力关系，不如说是文化与人之间存在权力关系，从更深层面上讲，是人与人之间的关系。作者通过物将运河、遗物和人链接起来，这一链条结构了线性的同类故事。

故事是小说的内容，遗物成为故事的原点，它结构了几个不同职业的家庭，但他们的情感倾向和信仰具有共同点，共同沐浴在与运河相关的祖先荣光中。共同情感的小集体是结构故事的基点，但也会产生文学上的缺陷，家族史的单一化影响了文学的丰富性，同时遮蔽了家庭小单位的丰富性。在这一层面上，可以看出小说的单调和贫乏。

但不可否认，运河内在的凝聚精神，尤其是活起来的运河更加有力，运河上的喜怒哀乐、创伤和荣光，都会烙印在文化中，影响一代又一代中国人。

---

① 徐则臣：《北上》，北京十月文艺出版社 2018 年版，第 413 页。

第三节 情感共同体：发现民众

在小说中，情感共同体的形成为战乱、贫穷、语言隔阂和孤立无援的民众提供了共鸣和支撑的平台。作者交代了多组情感共同体，这些情感共同体与运河有直接或间接的关系，不同类别的情感共同体使所属民众有了归属感，它们共同维护和保持成员的存在和发展。同时这些情感共同体的形成过程中，成员进行自我归类，"当人们需要与某一群体产生共同联系以获得某种归属感或话语权的时候，群内个体或群体在重要的维度上会放大自身群体与别的群体之间的差异性，并且根据类别成员的共同特征知觉自己或他人，形成刻板性知觉"[1]。在小说中，存在大刀会、漕帮、圣言会等情感共同体，共同体内部具有强烈的认同感，且对他者共同体有明显的排外情绪。圣言会与大刀会的对峙，漕帮与官府关系泾渭分明，而义和团与外国人之间存在刻板的认知局限。通过阅读，我们看到中国民间情感共同体的存在，运河将他们串联起来，成为民间社会稳定的重要支撑体。

上文论述了《北上》五家形成了情感共同体，他们情感最终所指就是京杭大运河。家族的光荣与耻辱、职业与兴趣都与运河密切相关。运河运输业成为"夕阳产业"，邵秉义仍然坚持不离船，保持船上的生活习惯和风俗，运河不仅赋予祖上荣光，个人成长也离不开运河，虽然大儿子葬身运河，但并不能改变他对运河的深情；邵星池卖掉祖传罗盘（船业象征），邵秉义倾其所有不惜一切代价将其赎回。邵星池后悔欲赎回罗盘，彰显了家族情感的根深蒂固。周海阔在听到邵星池尤其邵秉义为赎回罗盘的解释后，运河情结产生共鸣，他们祖先都有辅佐一位外国人北上的经历，于是主动退还遗物，甚至不再要求退钱。情感共同体将他们黏结在一起，谢望和请求孙宴临参加运河纪录片拍摄，孙宴临严词拒绝，当谢望和讲述其家族史后，感动了她，并最

---

① 钟媛：《代际意识与徐则臣的小说创作》，《扬子江评论》2017 年第 6 期。

终与谢望和走到一起。谢望和的父亲和堂伯谢仰止由于当年推荐大学生的矛盾拒绝认亲，谢仰止纠结的不是上大学后的待遇和出路问题，而是纠结于再也不能像祖先一样顺运河北上，重走运河路，运河的情结是揭开他们兄弟误会的钥匙。

谢家、邵家、周家、孙家和胡家（费德尔·迪马克的后代）在运河的感召下，重新聚集成一个情感共同体，共同投入《大河谭》拍摄，重新复活100年前祖先结成的情感共同体。他们祖先形成的共同体，不是一开始就存在情感共鸣，而是同在历险的过程中形成的。北上伊始，小波罗（外国人身份）具有财势双重优点，谢平遥受朋友托付，邵常来、老夏船长及徒弟（包括周义彦）为了丰厚的报酬，旅途中老夏船长及徒弟惧险退出，加入了老陈夫妇和孙过程。可以说，在北上中，他们是命运共同体，谢平遥常常将中国人对小波罗的咒骂翻译成赞语，不断化解矛盾，语言的遮蔽和有意的误译缓解了敌意；小波罗对谢平遥很大方，平等对待；曾经参加过义和团的孙过程起始对小波罗充满敌意，在接触过程中，外国人被妖魔化、污名化的形象得到澄清，"传说中凶神恶煞，抽中国人的筋，扒中国人的皮的家伙竟能如此亲和"①。小波罗在与大家平等相处、共患难旅途中结下深厚的友谊，在他去世前夕，将身上财物分给大家，旅途终结，命运共同体结晶为情感共同体，"日常生活中的人情支出缔造了一个情感共同体"②。共同体形成的同时，小波罗也与运河真正融合在一起。

费德尔·迪马克与大卫同为厌弃战争者，他们共同沉浸在运河的年画艺术中。对中国民众的勇敢、善良和艺术充满崇敬和赞赏之情，尤其是费德尔以马可波罗为偶像，从内心崇拜运河和东方艺术。他与秦如玉结成连理，学着改变自己，改名马福德，做一个真正的中国人，与中国人的"差异在无限地缩小"，"家庭首先应该是一个情感共同体，是人们生活的最基本的归宿和港湾"③。马福德孙女取名"马思艺"，重孙"胡念之"，是对马福德追念。并且

---

① 徐则臣：《北上》，北京十月文艺出版社 2018 年版，第 284 页。

② 刘建军：《居民自治指导手册》，上海人民出版社 2016 年版，第 186 页。

③ 秦前红：《新宪法学》，武汉大学出版社 2015 年版，第 113 页。

马福德为了秦如玉，击毙多名日本兵，并嘱咐儿子将其埋在运河边上，马福德家族与运河的关系凸显政治之外的情感共鸣点，中外抑或东西的对立是建构的对立物，对二者的概指和统一化标称有以偏概全的嫌疑，妖魔化处理更是极端行为，如义和团将西方一概而论，从而抹杀了个体特征，小波罗丧命与之有关。

小说中多处写到教会与民众的关系。如圣言会帮助信教群众出头对付大刀会，山东"巨野教案"等，教会成了邪恶魔鬼的代名词。作者并没有随声附和，追随教材概念化的定论，而是通过查史料和田野调查，发现并不是所有教会人士都怀有邪恶之心。如沧州二道湾教堂，孙过路按照义和团上级命令进行烧杀，教会人士戴尔定自杀，尸体被烧，方圆近百号百姓号啕大哭，跳圈凭吊戴尔定，从他的遗信可知，他不远万里，到中国帮助贫苦民众，帮他们重建信仰，他与周围民众形成情感共同体。

徐则臣发现了100年前运河边上复杂背景下情感共同体的存在，这是作者跳出教科书上刻板的历史窠臼，与民间共情而得到的成果，"作家只有放下姿态，把自己从一个旁观者变成与大众水乳交融的情感共同体，真正在思想上、情感上融入这个群体，他的笔下才会流淌出带着他们情感温度的浓情和诗意"①。小说呈现了他种历史风貌。

作者揭开运河表面的遮蔽物，发掘运河传统和现代的价值和意义，研究民间情感共同体的形成机制，绘制了运河疗治自然和战争创伤、消除种族隔阂和超越狭隘观的拯救路线图。那么，作者的拯救思想从何而来的呢？它又是如何成型的呢？

---

① 马忠：《忠言忠说》，宁夏人民出版社2016年版，第82页。

第四节　拯救来源：文本内外

徐则臣是"70后"作家，处在改革开放和市场经济体制的语境下，社会相对较为开放，有丰富的创作资源可资借鉴，新时期以来的各种文学潮流及其经典著作成为他模仿的对象。徐则臣最早创作"花街"系列，《花街》《镜子和刀子》《石码头》《梅雨》《水边书》《人间烟火》《失声》等，这是对苏童"枫杨树故乡"、莫言"高密东北乡"、贾平凹"棣花街"个人写作标签的仿作，不同的是，"花街"不是他的故乡，只是求学的地方，没有莫言他们对血地那种痛彻心扉的情感，所以徐则臣早期创作焦点放在淮安景观、风俗、遗迹以及理性的思考上，死亡和出走是两大主题。而在随后的北京为地理空间的小说中，如《啊，北京》《天上人间》《伪证制造者》《跑步穿过中关村》《耶路撒冷》《王城如海》，作者求学、北漂多年，挣扎于社会底层，将切身感触记录下来，善于书写底层边缘者的失败和困境及社会荒谬，但不仅仅沉浸在苦难的书写中，而是带着嘲谑、幽默的态度以"含泪的微笑"书写人与城市的关系，且探寻人物内心力量，发现人存在的意义和价值。《耶路撒冷》思考如何重建人生信仰问题，如何在重新认识世界中认识自我，"到世界去，归根到底是为了回到自己的世界；当然，这一去一来，你的世界肯定跟之前不一样了，因为你由此发现了更多的新东西，重新认识之后的你的世界可能才是世界的真相"①。

小说《北上》联结历史和当下、中外、民众与政治、现代与传统，作者寻找人类存在的情感共同体，且重新审视运河、历史、政治、战争和人性，以拍纪录片和重走运河路双线来发现存在的意义。这与《耶路撒冷》中的双线设置、人物结构和思想内涵有类似之处，"主线基本遵循传统故事的惯例，

---

① 徐则臣、张艳梅：《我们对自身的疑虑如此凶猛——张艳梅对话徐则臣》，《创作与评论》2014年第6期。

按时间顺序纵向展开情节序列，但在各个事件的安排上又以'景天赐'及其自杀为焦点，围绕此焦点分述以五位主人公为核心的次要事件，从而在情节链上形成焦点凸出、前后对称又彼此咬合的'齿轮'结构；副线则以初平阳为《京华晚报》撰写的'我们这一代'十篇专栏为主体，使情节又如蜘蛛网般蔓延开来"①。可以说，这完全是《北上》结构的翻版，《北上》采用两条线索，没有主副线之别，双线交替进行，两条线索互相印证。第一条线索以小波罗北上集结五家族先祖（马福德虽然单独由天津到北京，可视为小波罗北上的分支），而拍摄运河纪录片汇集五个家族后人，情节比第一条线索较为散漫。这两条线索在历史和现实层面激活运河，并在运河苏醒中，发现民间情感共同体的形成轨迹，由外在的文学建构转为内在的人类学问题，跨越国别、政治和战争的局限，探索人类共存的心理情感机制和超越性意义。

徐则臣重写历史，是以非虚构为基点的。在《北上》写作过程中，作者实地勘察大运河，"这一路旷日持久的田野调查改变了我对运河的很多想法。确是'绝知此事要躬行'……它还给了我另一个想象世界的维度，那就是时间"②。徐则臣在田野调查和实地勘察的基础上，展开现象，渗透思想，既考虑运河的空间和历史，又想打开历史的褶皱处，发掘和填充历史的空白。当然，这种发掘和填充是有一定的思想预设的，思想的生产建立在庞大的资料搜集和材料积累上，也是作家人生体验和知识升华的结晶，而非突发奇想的另类创新，是脚踏实地的民间发现和被遮蔽的小历史。如对义和团、教堂人士、外国人、战争的理解，作者超越了战争的正义与非正义的性质区分，"悬置了正义的战争和死亡"③，站在人类学的高度，思考人在战争、复杂社会环境下的困境和处理方式。如在孙过路家与赵满桌家因沟渠灌溉问题出现矛盾时，赵满桌老婆动用哥哥所在的圣言会，而圣言会并不想参与群殴，但为了更好地树立和维护圣言会形象，无奈参加，并警戒持枪者不得擅自发射，实质上，圣言会遵循的是民间互换实用伦理；而孙家召唤的大刀会基于义气

---

① 江飞：《〈耶路撒冷〉：重建精神信仰的"冒犯"之书》，《文学评论》2016 年第 3 期。
② 李婧璇、徐则臣：《河流堪称我文学意义上的原乡》，《中国新闻出版广电报》2019 年 8 月 23 日。
③ 徐则臣：《徐则臣的获奖演说：历史、乌托邦和文学新人》，《当代作家评论》2008 年第 3 期。

和排外心理参加，最终由于误射导致孙过路父亲去世；孙家兄弟愤怒报仇，然而当看到赵满桌女儿那种可怜的穷苦相时，共同的命运感油然而生，最终放弃复仇。这是民间历史，也是处在庙堂之远人的发现，"关注人的内心世界是个'现代性'的问题，如果你不去质疑和反思，不去探寻和追究，永远不会深入到人物内心"①。徐则臣从问题入手，发现他者历史，即民间历史，"不管是关于历史的叙事还是现实的表现，都是深处当下的人所意识到的问题"②。

徐则臣书写历史，继承新历史小说，但没有踏上老路，而是另辟蹊径。新历史写作是对旧历史写作进行反驳，注重个人视野下的历史重构。先锋派率先开启新历史小说的大门，他们"远离历史与现实，以形式主义实验来叙述他们并不真切的历史，与经典历史叙事构成明显对立"③。格非的《欲望旗帜》《青舟》等采取有限的个人视角，且以"空缺""留白"构建历史迷宫。苏童的《红粉》《妻妾成群》《我的帝王生涯》等新历史小说以个人虚构为核心，多采取第一人称，在历史的氛围下，书写个人在权力争斗中的心理、语言和行动，彰显个人的历史困境。莫言的《红高粱家族》《檀香刑》等小说从民间个人视角出发，重新审视历史，将战争、酷刑、运动等正义问题摒除在外，探寻底层民众、边缘人群生存的策略和路径。刘震云的《故乡天下黄花》《故乡相处流传》将乡村存在史揭露为权力的变迁史，权力争斗围绕个体利益展开，作者将乡土还原为赤裸裸的个人利益争斗场。乔良的《灵旗》以非虚构的史料入手，书写湘江之战，将红军残酷的被杀戮场面血淋淋的现实展示出来，祛除了乐观英雄主义的浪漫色彩的遮蔽，以一个个残杀红军的小事件为点通过青果老爹串联起来，更加凸显红军当时处境的艰险，乔良焦点放在现实的真实基点之上。徐则臣的《北上》既非五四启蒙叙事和田园牧歌叙事，也非共和国文学中阶级斗争叙事。

---

① 徐则臣、张艳梅：《我们对自身的疑虑如此凶猛——张艳梅对话徐则臣》，《创作与评论》2014 年第 6 期。

② 陈晓明：《论文学的"当代性"》，《中国现代文学研究丛刊》2017 年第 6 期。

③ 陈晓明：《众妙之门：重建文本细读的批评方法》，北京大学出版社 2015 年版，第 338 页。

作者在历史和文学虚构间搭建一座桥梁，想象成为建构小说的关键部件，但其想象建立在实地勘察、地方史志和考古材料基础上，"纪实的是这条大河，虚构的也是这条大河……强劲的虚构可以催生出真实……虚构往往是进入历史最有效的路径"①。徐则臣的文学观并不拘泥于事实或虚构，而是巧妙地将两者结合起来，当然作为 20 世纪 70 年代作家中的主要人物，徐则臣无形中带有代际烙印，具有浪漫主义的文学理想，是"最后一代的理想主义者了"②。作者对河流的书写，是"文学意义上的原乡"③，徐则臣青年时期生活在淮安（运河重要码头），对运河遗迹和文化涉猎较深，他带着强烈的问题意识，思考运河如何影响人民生活以及人民如何生存下去的问题，"这一方运河岸边的人是如何走到了现在，又为什么只能走成现在的模样"④。

徐则臣的思考不是对运河价值及其子民生存意义的盖棺论定，而是发掘和激活运河，寻找内在的文化承传，对行走着的中国人感兴趣，"对走在半路上的中国人感兴趣"⑤。在徐则臣小说中，小镇青年敦煌、子午，他们北漂，挣扎在社会最底层，矛盾、彷徨又有个人的内在坚持。秦福小在外遍览祖国山河后，回归故乡，发现故乡。厌倦北京生活的初平阳，前往耶路撒冷寻找人生的信仰。易长安逃离山沟中教书工作，作为北漂，办假证，最终在返乡途中进入监狱。杨杰驰骋于商海，永不停息。这些小说人物，无论在乡镇还是城市中，他们都是行走在中国大地上的人，他们都有自己的精神世界，这个世界是他们生存下去的精神支撑。徐则臣《北上》以行走在运河上的人（中国人和外国人）为中心，插叙历史背景，追溯行走着的人的情感共鸣，寻找他们及其子孙生存下去的动力和精神支撑，可以说，徐则臣发掘了中国底层民众的生存依据。

徐则臣《北上》是一部新历史小说，没有从战争的正义性质入手，而是着重书写战争中个人的逃离和转变，并且将不同种族的人放置在同一时空，

---

① 徐则臣：《北上》，北京十月文艺出版社 2018 年版，第 464 页。

② 徐则臣：《耶路撒冷》，北京十月文艺出版社 2014 年版，第 109 页。

③ 李婧璇、徐则臣：《河流堪称我文学意义上的原乡》，《中国新闻出版广电报》2019 年 8 月 23 日。

④ 李婧璇、徐则臣：《河流堪称我文学意义上的原乡》，《中国新闻出版广电报》2019 年 8 月 23 日。

⑤ 徐则臣：《别用假嗓子说话》，河南文艺出版社 2015 年版，第 208 页。

在时空行进中，完成的是情感共同体的建构，河流成了这种建构不可或缺的载体和文化基因。徐则臣以河流、遗迹、考古为材料，以文学虚构为工具，建构了他者历史，这是"去历史化的历史写作"①。因此，历史并没有远去，而是以另一种姿态扑面而来。

---

① 曹霞:《"70 后"：去历史化的历史写作》，《北京日报》2016 年 6 月 16 日。

第十五章

从文本细读到重构文学史：史论编辑策略

王晓明主编的《二十世纪中国文学史论》着重于收录 20 世纪中国现当代文学研究的新成果，瞄准最前沿的研究，从 20 世纪中国文学的整体建构到现代文学个案研究的创新向度，内容包括被压抑的现代性、进化论的改写、翻译的现代性、启蒙概念的混杂性研究，新传播媒介研究、鲁迅新研究、中西方文学影响和互文研究。全书采取宏观与微观研究、公案和个案相结合的研究视野，剖析了西方现代性影响下的本土性和民族性的彰显，凸显了现代文学中被压抑的现代性和古典特质，研究者从本土文学和民族文学中寻找别样现代性"反现代性的现代性"，企图建构中国文学的独特性和唯一性，研究者重读的直接动因是对 80 年代重写文学史的反映，间接动因是建构民族文学的责任和担当，他们有意无意地迎合新话语的建构，所以不能简单地以纯学术研究或新意识形态构建去概括之。笔者试图分析《二十世纪中国文学史论》（上卷）（2003 年修订版）选文主旨和脉络，梳理研究者思路、目的和背后的理论支撑，发掘 20 世纪文学建构的创新点和不足之处。

本研究以王晓明主编的《二十世纪中国文学史论》（上卷）（2003 年修订版）为分析对象，通过个案研究，发现文学史论编辑策略。上卷遴选了关于现代文学研究的 23 篇文章，这些文章是"重写文学史"的成果，并以独特的视角重构文学研究框架，为后起研究提供了新的维度和思考路向，并为重构文学史和开展文学批评提供了多种路径，这一开拓性的编纂不是一蹴而就的，而是经过时间的汰选和编辑认知的变迁而产生的成果，主要依据还是现代文学研究的"自我蜕变，在基本的理论预设上，也因此在整个学科的范围、对象和方法上，都做出重大的改变"①。

---

① 王晓明:《二十世纪中国文学史论》(上卷)，东方出版中心 2003 年版，序言。

第一节 编纂：主旨、遴选、修改

王晓明主编的《二十世纪中国文学史论》最早于 1997 年出版三卷本，并于 1998 年出版第四卷《批评空间的开创》，这四卷由上海东方出版中心出版，收录 51 位作者 82 篇文章，2003 年开始重新编纂（是本章的重点研究对象），选入文章缩减为 40 位作者的 49 篇文章，并且文章有增有减，原版文章保留 28 篇，新增加 21 篇。陈思和 1988 年在《上海文论》开设"重写文学史"专栏，从而引起文学史重写浪潮，1993 年又开启"人文精神大讨论"大幕，王晓明重视文学研究旨归在于人的本体，以热诚灌注文学史构建的大厦，"对真实人生的热忱，却直通人文学术的底蕴，一旦枯竭，就很难完全恢复的"[①]。王晓明对知识分子的人文关怀渗透在其编纂该书的角角落落，他认为知识、理论和方法可以后天弥补，而学术的创新来自于对学术的执着和热忱。

王晓明通过编纂想建构一个流动的开阔的有广阔生长点的文学史论文集，所以他重视文学的自身的演变规律和外在事实的变化。20 世纪 80 年代审美的围剿，90 年代人文精神讨论、现代性追逐以及后现代主义的引进，学术研究突破了单一的研究视角，内在的学术史建构和外在的国外视野的融入，现代文学研究突破时代和空间局限，现代文学开始越界旅行。众多研究成果出现，如陈思和"民间立场""有名与无名""潜在写作"，唐小兵的"再解读"系列，刘禾"翻译现代性"等研究空间的拓展，王晓明以开放的视域审视文学史论集的编纂，将不再适用的篇章去掉，将体现持久生长点的论文保留下来，作为文学建构的主体，王晓明以历史的视点重视文学史内在规律，并强调文学对现实的拥抱（胡风），他的人文情怀使他的编纂呈现出人文主义关怀特色，鲁迅"反抗绝望"的人生哲学，五四启蒙与西方启蒙的异同，进化论现代中国的变异，现代文学中的魏晋风度和六朝精神，生命和身体叙事等，王

[①] 王晓明：《二十世纪中国文学史论》（上卷），东方出版中心 2003 年版，序言。

晓明凸显文学的持久不变的人性，承继钱谷融"文学是人学"的人文底脉。

该卷内容极具概括性，并且经过时代考验，能够体现文学研究的新方向、方法和体式，它们涉及文学研究的内外（沃伦观点）两个方面，"所选论文均经过严格筛选，内中既有关于晚清小说、五四文学传统、'十七年文学'等命题的重新评价，也有中国现代主义文学、'当代文学的潜在写作'等论题的全面的观照，既有文学的内部问题，如小说、诗歌、散文、戏剧诸文类及文学翻译、文学批评等领域的审视，也有文学与社会、文学与城市、文学与其他媒体的关系等问题的阐释，既有鲁迅、茅盾、曹禺等大家的深入讨论，也有对《家》、《骆驼祥子》、《白毛女》等名作的精细分析……基本包括了中国现当代文学研究的各种方法体式"①。

该书的编辑方针，一是凸显文学性，二是注重文学史视角。例如上卷重点在近现代文学研究，论文主要观点之一是将晚清小说视为现代文学起点而非五四，王德威、袁进和唐小兵的文章阐述了晚清小说中多种现代面向的倾向，王德威提出现代性面向更加全面，袁进和唐小兵从单一小说流派考察，挖掘较深，而在原版书中收入的《性启蒙与自我的解放——"性博士"张竞生与五四的色欲小说》《王国维文学批评的现代性》在修改版中被删除了，这两篇文章分别从性欲和文学批评角度阐述现代性，而修改版保留了王德威、袁进和唐小兵的论文，从中可以看出原版中删除的文章落脚点在文化和文学批评上，这与选题有些出入，因此未被修改版收入。再如鲁迅研究方面，该卷增添汪晖的《"死火"重温》，该文着重鲁迅精神对当下知识分子启示，这篇自选集的"序"针对现实而写，企望有机知识分子的生产，这篇文章直接与 90 年代知识分子对话，也是对 90 年代"倒鲁事件"的回应和反拨，这是20 世纪文学现代文学精神延续和呼唤，对应着《三人谈》中"国民灵魂"重建主题。

现代文学精神继承和重建是该书一大特点，并注重 20 世纪文学精神的源头挖掘，国外现代思想资源和古典文化研究是两大因素，这也是重写 20 世纪文学史的原因，这与 20 世纪 90 年代"人文精神"大讨论有直接关系，且主

---

① 王晓明：《二十世纪中国文学史论》（上卷），东方出版中心 2003 年版，内容提要。

编就是该事件的倡导者，有意无意的建构不可避免。文章多以现代精神为切口，林基成对严复社会进化论翻译的研究，着重剖析进化论的社会层面，揭示社会进化论对 20 世纪历史和文学的深入影响，林文追溯了单一进化论的翻译源头；王宏志研究鲁迅的硬译兼及社会意译风尚，肯定鲁迅不同意译风尚的翻译风格，它原生态展现作品本来的风貌和语言样态，例证借鉴外来文化要完整展现作品原貌，并分析了鲁迅翻译作品不受市场欢迎的原因。这两篇研究翻译的文章论证了晚清现代方向的选择和中国现代性狭窄性。袁进和唐小兵的文章以鸳鸯蝴蝶派为对象论证了晚清小说的现代性面向；王德威提出晚清小说的被压抑的现代性；刘纳对星空意象的分析，剖析了辛亥革命文学与五四文学的不同关注点和背后的文化和思想意涵，不同的审美意趣透视了现代性复杂性，而非五四现代观念单一性。汪晖和王晓明则重新审视五四传统，汪晖区分了五四启蒙与西方启蒙的不同，并指出五四启蒙态度同一性缺乏分析哲学基础，因而五四启蒙表现的混乱和易变性，启蒙自我瓦解，作者指出了五四启蒙对中国道路的决定和影响；王晓明则从《新青年》和文学研究会创办的外部因素鲜明指出五四启蒙是设计的结果，而非建立在文化实践和哲学分析基础之上，五四传统不仅仅是文学作品建构出来，五四传统由多种因素组成，文学制度、期刊、社团、文化、市场、政治经济制度等，王晓明的梳理将五四传统一直延续到当下，为建构 20 世纪文学史提供了内在理论支撑。

研究鲁迅的三篇文章从"反抗绝望""鲁迅有机知识分子品格对当下社会的启示""鲁迅散文中的个人灵魂的建构"角度重塑现代精神，改变了以往的阶级论调。王富仁、陈平原和李欧梵的文章从史论的角度发掘现代文学精神，王文提出现代文学精神与现实主义及浪漫主义相联系，而西方现代主义则是在否定后者的基础上建立的；陈文研究了现代文学中的古典特质"魏晋风度"和"六朝散文"；李欧梵以现代文学特征"颓废"统摄现代文学内在的一条现代脉络，他们都以某种精神或特征打通现代文学以及前后的联系。个案重评的 7 篇论文中，祛除作品外在阶级、民族文学和现代文学评论的魔障，将作品还原到自然状态，发掘作品中作者与作品之间联系和微妙变化，并将生命存在以及存在主义作为研究主要脉络，人本精神成为现代文学史隐在红线。

邹羽以西方理论对郭沫若诗歌中批判与抒情进行微观分析，从而为审视整个二十世纪文学史提供路径；陈建华将身体作为考察城市和革命的意象，凭借"性话语"考察茅盾小说；黄子平以《家》中家的存在与抛弃来审视"家"的自然性和被建构反面形象，旨在探究五四传统的人为制作特征；王晓明从沈从文作品文体变化逆向追溯其身份变化；王德威从存在的荒谬对《骆驼祥子》进行解读；刘禾清除了覆盖在文本批评上的民族国家幽灵，还原小说到天然的状态；钱理群则将曹禺的人生变化与创作结合了起来。

第二节　内容：类型、篇目、研究路径

王晓明主编的《二十世纪中国文学史论》（上卷，2003 年修订版）主要分为五个方面进行归类：晚清小说、五四传统、鲁迅研究、中国现代文学史、作品的再解读。书中给出的顺序大体吻合论文主要倾向。黄子平、陈平原、钱理群的《论"二十世纪中国文学"》放在该卷的首要位置，具有提纲挈领的作用。1985 年 5 月在万寿寺现代文学馆座谈会"中国现代文学研究创新座谈会"上最初提起的，同年 7 月把它改成题为《论"二十世纪中国文学"》的论文发表在 1985 年第 5 期《文学评论》上，它在"文学回归本体"和"文学向内转"的背景下提出，企图打通现当代文学认为的时间分期，它以中国现代化为线索贯穿百年文学，突破阶级划分标准，以时间段来框限文学所在范围，它主要在"世界文学中的中国文学"、"改造民族灵魂的总主题"、"悲凉"的美感特征、"艺术思维的现代化"等主要方面阐释其论题，这种新型文学构架虽然具有印象主义特点，有些观点有些牵强不具有全局涵盖性，但整体观照文学的新型范式赢得了很多学者的认可。该卷其他论文与该论文形成主流与分支的关系，其他论文在分主题上深入开掘。

王晓明主编的《二十世纪中国文学史论》（上卷，2003 年修订版）可划分为 5 个研究主题：中国文学与世界文学的关系、重评五四传统、鲁迅研究、文学史和学科建设、个案研究。

第一个主题是研究中国文学与世界文学的关系。共有 6 篇论文：王德威的《被压抑的现代性——晚清小说的重新评价》、袁进的《觉醒与逃避——论民初言情小说》、唐小兵的《蝶魂花影惜分飞》、林基成的《天演＝进化？＝进步？——重读〈天演论〉》、王宏志的《民元前鲁迅的翻译活动——兼论晚清的意译风尚》、刘纳的《望星空——一个文学意象的历史考察》。它们的总体论述框架是中国文学在现代性的影响下，逐渐现代化，但这种现代审美是糅合了中国文化的现代化，准确点说，是"中体西用"的异形。其中三篇论

文研究晚清小说：王德威的《被压抑的现代性——晚清小说的重新评价》、袁进的《觉醒与逃避——论民初言情小说》、唐小兵的《蝶魂花影惜分飞》。三篇文章均发现晚清小说中的西方元素，并将着力点放在晚清小说多向性的彰显方面；王德威的论文否定了晚清小说是"中国文学"的"前奏"论，认为"晚清，而不是五四"才能代表中国文学兴起的最重要阶段的特征。"太平天国乱后出现的小说已谱出各种中国文学现代化可能的方式……构成了中国作家追寻现代性的一个特殊层面。"[①] 王德威以梁启超的《新中国未来记》、晚清言情小说、刘鹗的《老残游记》、谴责小说、科幻小说为例重点阐述了晚清被五四压抑的现代性，且以抒情、谐仿、再现法借鉴了西方现代小说质素，并将古典说书传统改造为适合现代社会的"模拟情景"，多种现代线索被王德威发现，重新阐释中国文学现代性的起源以及文学的复杂性。

袁进的《觉醒与逃避——论民初言情小说》与唐小兵的《蝶魂花影惜分飞》的研究对象是"鸳鸯蝴蝶派"小说，袁进发现言情小说中言情的比重和个人意识的朦胧觉醒，书写范围拓展到家庭新婚夫妇生活和闺房乐趣，不再仅仅局限于男女情爱，作者还分析了言情小说和晚明言情以及西方现代小说的异同，"与晚明充满自信的'唯情主义'相比，民初的'唯情主义'已是日薄西山，气息奄奄。民初小说家对爱情有一种本能的恐惧，他们对爱情是矛盾的，一面讴歌纯真的爱情，一面又将它视为'孽'和'魔'"[②]。袁进的《觉醒与逃避——论民初言情小说》洞察晚清言情小说的礼教内核，发现它向现代小说过渡的艰难，但也指出晚清言情小说在勾连中西文学中的桥梁作用也不可忽视。而唐小兵则从鸳鸯蝴蝶派小说培养现代人日常生活情趣入手肯定其现代性，这种日常生活不同于传统日常生活，"农业手工业社会式的社会里，人们的日常生活常常赋予神圣性或者浓厚的象征意义，亦即感官生活被不断地转译成某种超验的意义和目的。那么，现代城市文化则正是肯定日常生活的世俗性和不可减缩。日常生活，以至人生的分分秒秒，都应该而且必

---

① 王晓明：《二十世纪中国文学史论》（上卷），东方出版中心 2003 年版，第 37 页。
② 王晓明：《二十世纪中国文学史论》（上卷），东方出版中心 2003 年版，序言。

须成为现代人自我定义自我认识的一部分"①。唐小兵将日常生活的现代性与革命现代性进行比照，认为政治上的民主化以革命和解放为旗帜是对平民文化的抵制，革命现代性是对日常生活现代性或商品经济现代化的反驳，是"现代的反现代性"，唐小兵梳理了言情小说的内在运行机制，表意上的"传统价值观念"，运作上对现代市民价值的认同，作者重申了鸳鸯蝴蝶派小说的混杂构成性，它的平民现代性遭到革命现代性压制，晚清小说现代日常生活面向遭到压制，这种创作直到新感觉派小说都市新浪漫派小说兴起才得到继承恢复，张爱玲继承了鸳鸯蝴蝶派的衣钵。

林基成的《天演＝进化？＝进步？——重读〈天演论〉》和王宏志的《民元前鲁迅的翻译活动——兼论晚清的意译风尚》从翻译的角度关注中国对世界的探索，这两篇文章着眼点不同，林基成发现严复有选择性地翻译赫胥黎《进化与伦理学》，严复将复杂的进化论思想简化为包孕万物放之四海而皆准的理论，进化论被延伸到社会层面，物种退化和保留层面被删除了，严复改动"实际上是以斯宾塞的理论来修正赫胥黎的学说，或突出赫胥黎学说的某一侧面：其修正的方向或依循的准则是使进化理论绝对化，并与价值判断紧密联系"②。总的来说，林文剖析了严译意译的意义及其缺陷，严复实用思想的峻急性影响了五四道德文化的弃旧图新，这一非此即彼的二元对立思想否定了事物的复杂性，社会的连续和文化的传承被人为切断。实际上，林基成质疑了意译的价值和意义；王宏志考察了鲁迅的"硬译"，虽然以严肃的态度反映文学原貌（也反映了鲁迅反对盲目追风，追求真实西方文化的严谨态度），以此来为启蒙提供借鉴，但不能适应市场和读者的需求而告失败，这是晚清意译渐成风尚的外在原因。王宏志并没有褒此贬彼，而是采取客观的态度分析不同翻译的社会效果以及它们对未来的影响，但也提示了研究者要提高对"硬译"现代性的重视。

刘纳的《望星空——一个文学意象的历史考察》从意象"夜"出发比较五四作家和辛亥革命时期作家不同的关注点，来透视他们不同的写作视野和

---

① 唐小兵：《蝶魂花影惜分飞》，《读书》1993 年第 9 期。
② 林基成：《天演＝进化？＝进步？——重读〈天演论〉》，《读书》1991 年第 12 期。

创作价值观，五四作家关注整个星空，范围较大，而辛亥革命作家关注天空的一小部分——月亮（焦点在月亮的残和冷），有传统作家的审美经验传承，他们寻找的是现实的隐喻和暗示，而五四作家思考的是人生哲理和生命本体存在主义，并时时将星月连接在一起叙述（郭沫若），动静成为五四作家和辛亥革命作家新旧审美的主要区别，刘纳以一个意象为切口，深入挖掘比较了近代审美经验的现代变迁，为我们研究提供了一个类型研究的经典案例。

第二个主题是重评五四传统。收录两篇论文。五四传统是不同于西方的启蒙思想和个人主义，是经过改造的、涉及的态度统一性，是以否定来设计五四价值和意义的，没有建立在传统的思维逻辑和分析基础之上，因此五四只是破而无法建立持续生长性的坚固的基础，汪晖的《中国现代历史中的"五四"启蒙运动》比王晓明的《一份杂志和一个"社团"——重评五四传统》更具理论性和分析魅力，王晓明注重从文学与媒介的互动来考察文学的建构，汪晖具体分析了五四启蒙思想与西方启蒙的不同，并分析了五四启蒙态度统一性而导致基础的不稳定和分歧的现象与事件，并以《新青年》《新潮》等五四杂志和孙中山、陈独秀、鲁迅等人物观点和世事变迁为证据，分析了哪些"传统"会淘汰，哪些会被作为正面或负面的东西继承下来。

汪晖的《中国现代历史中的"五四"启蒙运动》分为三个部分：引言、"五四"启蒙运动的"态度的同一性"、"五四"启蒙运动的意识危机。第一部分——引言①，提出五四神话背后的意识形态建构，认为五四启蒙思想的同一性建构基础中存在自我瓦解的因素，以此提出研究的问题。第二部分——"五四"启蒙运动的"态度的同一性"，又分为三个小点去论述：启蒙的同一性问题、"态度的同一性"的形成和"态度同一性"与新文化运动的历史特征。在第一点（启蒙的同一性问题②）中，汪晖追溯了18世纪启蒙运动的特点和任务，特点是对宗教的怀疑和批判，方法论是"分析还原和理智重建"，表征是西方启蒙时代走向世俗化，而中国启蒙思想来源复杂，不可能寻找到统一的方法论，"试图在'启蒙'运动中寻找某种一以贯之的方法论特征几乎是不可能

---

① 王晓明：《二十世纪中国文学史论》（上卷），东方出版中心2003年版，第142页。

② 王晓明：《二十世纪中国文学史论》（上卷），东方出版中心2003年版，第143页。

的……对这些新思想的合理性论证并不能简单地构成对中国社会的制度、习俗及各种文化传统的分析和重建，而只能在价值上做出否定性的判断"①。汪晖认为五四启蒙统一性无法构建源自各种新思想的嫁接的无根基性和历史断裂性，其自身价值自动消除；第二点（"态度的同一性"的形成②），指出态度同一性背后的观念的混乱，认为五四价值先在的理论颠覆了以分析为中心重建启蒙的内在逻辑；第三点，"态度同一性"基础上的新文化历史特征③。汪晖指出五四启蒙的伦理内容非西方自然哲学和政治哲学，对象设置为共同批判的目标，其中的情感非西方理性中的主客观一体性，而是主客观分离的情态。第三部分——"五四"启蒙运动的意识危机④，从个体意识的附属于民族主义、人的分裂、个人解放与阶级解放的历史出发，分析五四启蒙的建构基础与其与西方启蒙的异质特征，启蒙无法获得统一的思想资源而导致启蒙的混乱，"'危机'不是外在的，不是由外部历史事实决定的，而是内在于启蒙思想运动的"⑤。

王晓明提供了文学与期刊、媒介互动研究的范例，他从同人刊物《新青年》入手，分析文本外的文化、编辑观点、组织机构、宣言以及期刊与文本生产之间的错综复杂的关系，剖析《新青年》建构的轨迹和最后呈现的状态的关系，它是一个建构的过程，也是同人、市场、文化和社会之间协调的结果，他的个性仅仅属于"功利主义""极端""绝对主义""表达的层面""以救世主自居"⑥，五四文学精神和个性是设计和人为引导的，文学规范是个别人建构起来的，这同样可以通过文学研究会的建立和组织情况考察出类似的结果，文学研究会的人员构成、组织形式、宣言主张、性质表现出它不是个通常意义的社团，而是一个统一的全国性政治团体，它的产生影响了其他社团的建立，创造社、太阳社、"左联"等，为以后社团的建立提供了可资借鉴的样板，同时他也清除了社团的纯民间团体的性质，这可透视出五四文学及其

---

① 汪晖:《汪晖自选集》，广西师范大学出版社1997年版，第309页。

② 王晓明:《二十世纪中国文学史论》（上卷），东方出版中心2003年版，第146页。

③ 王晓明:《二十世纪中国文学史论》（上卷），东方出版中心2003年版，第148页。

④ 王晓明:《二十世纪中国文学史论》（上卷），东方出版中心2003年版，第155页。

⑤ 汪晖:《汪晖自选集》，广西师范大学出版社1997年版，第339页。

⑥ 王晓明:《王晓明自选集》，广西师范大学出版社1995年版，第254—258页。

活动不是内部规律的推动，五四传统是设计的结果。

第三个主题是鲁迅研究。包括汪晖的两篇文章和钱理群、王得后的文章，它们与第二主题的研究内容都是建基在"改造国民灵魂"之上。汪晖的《鲁迅小说的精神特征与"反抗绝望"的人生哲学》以鲁迅作品细读和重评为基础，将鲁迅创作解读为反抗绝望，而不是王富仁的反封建主题的解读，这与论文创作的年代有直接关系。20 世纪 90 年代初，人文精神出现危机，文学创作和研究着重精神的重建，钱理群对《野草》心理结构和人本哲学的解读与汪晖"反抗绝望"精神呼唤形成鲁迅研究的双璧。钱理群、王得后的《论鲁迅的散文》则关注被大家忽视的散文，这一冷门文体选择填补了研究空白，为鲁迅研究的整体建构做了弥补，最主要的是作者选取能体现作者私人写作的散文入手，有计划地挖掘或者说有意建构鲁迅的心灵哲学，探秘心理活动的轨迹，研究涉及散文写作的时间、作者标注、关注的主题、话语方式来考察鲁迅创作和人生哲学，黑暗的夜、爱与死、独语、闲话题、孤独情怀，凸显了鲁迅的个人哲学；汪晖的《死火重温》以鲁迅人格来反思当下职业化和分层化知识分子的优点和缺陷，认同鲁迅有知识分子的独立性和批判性，并指出当下学院派知识分子自由度以及受总体结构的制约，小自由和大制约，话语体制下的知识分子如何赢得更大的心灵自由，在作家职业化体制中，鲁迅能够形成和坚持自己的人格和精神，这是研究者的主旨。

第四个主题是文学史和学科建设。收录 3 篇论文：王富仁的《中国现代主义文学论》、陈平原的《现代中国的"魏晋风度"与"六朝散文"》、李欧梵《漫谈中国现代文学中的"颓废"》。王富仁的《中国现代主义文学论》认为中国现代主义不同于西方现代主义。西方现代主义是个综合概念，包括浪漫主义、现实主义和现代主义，而西方现代主义有自己的演变逻辑，它是对浪漫主义和现实主义的反拨，中国现代主义文学是一个复杂的构成，它是以中国本土为基础的，但中国现代文学是在西方文学刺激下产生的，所以应该注意与西方现代主义内在的本质联系；作者从鲁迅、郭沫若、茅盾、胡风、路翎、左翼作家、四十年代作者为考察对象，中国现代文学学科构建是一个动态的建构的过程，不是僵化的一成不变的固定论，现代主义文学包括多种文学类型（包括左翼文学），而不能忽视文学多种面向；各种文体共同组成现代文学群体，不能简化文学和缩减文学构成物；中国现代文学学科建设应该注意人文精神的凸显。

陈平原的《现代中国的"魏晋风度"与"六朝散文"》提出"文学史图像的构建"要发掘古典文学传统在现代文学中的存在与继承，现代文学史应该打通断裂的传统与现代的关系；首先，作者从被压抑的文艺复兴视角进入，发现现代散文仍然保留着"民族特征"；接着追溯了散文古典文脉，以周作人对晚明小品文推崇，林语堂等文人的呼应，鲁迅、章太炎等对魏晋六朝古文研究和提出重写文学史应对"六朝文"重视，这是对文学史研究中发现多种传统，还原文学创作文化生产理论的尝试，也是对"三人谈"中文学史构想的支撑；现代文学不仅有凌厉浮躁的一面，还有平淡冲和的面向，这些风格不应仅从道德层面进行批判，而应从文学史和思想史上进行考察，这是作者提出的研究新路径；作者还详细考察了周作人与陶渊明、袁氏三兄弟和《颜氏家训》的关系和内在联系，梳理周作人人生历程，作者以文化的视角重构了文人思想微妙的思想变迁史，这为文学史的建构提供了文化和生活的视角；现代作家对六朝文进行选择和重构，使之汇入了现代文学肌理，这是现代文学史构建和文学研究不应忽视的面向。

李欧梵的《漫谈中国现代文学中的"颓废"》梳理颓废在中国文学流脉，将现代的颓废风格放置在中国文学脉络中，创新性地改变了"在新文学史的大部分研究著作中并没有把属于颓废的现象划归传统"[1]的研究偏见，作者凭借现代颓废面向建构中国文学史，他借鉴了马泰·卡林内斯库《现代性的五副面孔》中的现代性类别，李欧梵将《红楼梦》、鲁迅小说、郁达夫创作、新感觉派、邵洵美诗歌、叶灵凤小说、张爱玲小说作为考察对象，并以此个案来建构颓废的现代文学史脉络，我们先不论这种建构是否科学和全面，但是这种建构的努力为我们文学史的创作提供了不同的路径。这正如若干年后他的学生王德威以抒情来统率中国文学史的努力，构建中国独特审美品格的文学史构架，他们是一脉相承的，不同的是李欧梵以西方现代性概念来阐释中国文学，而王德威则从中国文学内部寻找独特性，建构民族文学的整体性尝

---

① 李欧梵：《漫谈中国现代文学中的"颓废"》，《今天》1993 年第 4 期。

试，他们的努力是对 20 世纪文学史整体观的时间点的双向延展，超越时间段的限制，将文学史看作前后联系的历史文化的产物，而非断裂的产物。

第五个主题是个案研究——作品的再解读。收入论文 7 篇：邹羽的《批判与抒情——论郭沫若早期诗作中的自我问题》、陈建华《"乳房"的都市与革命乌托邦狂想——茅盾早期小说的视象语言》、黄子平《命运三重奏：〈家〉与"家"与"家中人"》、王晓明的《"乡下人"的文体与"土绅士"的理想——论沈从文的小说》、王德威的《荒谬的喜剧？——〈骆驼祥子〉的颠覆性》、刘禾的《文本、批评与民族国家文学》、钱理群的《曹禺戏剧生命的创造与流程》。从量上看，编纂者将个案重新解读作为新文学史的重要部分，它是文学史建构的重要支撑力量，也是重启文学研究的实践环节，理论应从实践中来，而非凭空悬浮于实践的形而上学哲学。

邹羽的《批判与抒情——论郭沫若早期诗作中的自我问题》以辩证的视点审视批判与抒情的关系，将批判与抒情建立作为自我意识出现的表征，由此以小见大，透视整个 20 世纪文学史，抒情和批判变化反映着个人与社会、小我与大我的关系，批判占主导，抒情被删减，自我被隐匿，反之，自我也被滥情所吞噬，只有批判和抒情共同发挥效力，自我才能生长，获得个人自由；邹羽借用他者、延异、穿透、起点和终点来解读《天狗》《梅花树下的醉歌》《凤凰涅槃》《夕暮》诗歌，西方德里克、存在主义、康德等理论的穿插使用，别开生面，《天狗》中自我抒情的无限延异，自我品格的一贯性不再显现，语言反思和批判得以进行，"'自我'对自身的暴力摧毁成为语言反思和欲望捕捉的前提，在破坏者的我和被破坏者的我之间，语言对自身既在可能性和既在体制的批判得以展开"①。在郭沫若早期诗篇批判和抒情得以贯通，而在《夕暮》中，言说者物化阻碍了抒情的沟通与交往，批判和抒情分离，自我丧失。作者以西方理论介入对诗歌内部微妙分析，提供了一个考察抒情和批判外部历史的窗口。

陈建华的《"乳房"的都市与革命乌托邦狂想——茅盾早期小说的视象语言》以身体语言来考察城市和革命想象，作者从茅盾作品中的关键意象入手，分

---

① 邹羽：《批判与抒情——论郭沫若早期诗作中的自我问题》，《今天》1993 年第 4 期。

析它与城市文学和革命想象力过剩之间的契合和紧张，乳房现代性成为考察新旧话语的基点，陈文从身体凝视、都市阅读"性话语"、视象中的身体、视觉结构和理性的阻碍多个角度研究，将身体放置在市场、文化、理性多维空间考察。

黄子平的《命运三重奏：〈家〉与"家"与"家中人"》，从反启蒙的视角反思"家"作为安身立命空间被人为地驱逐，家成为被动的客体，而非主题，这一解读扭转了以往的启蒙视角，可逆研究开拓研究新思路，"颠倒了五四新文化神话凝定的叙事规范"①。

王晓明的《"乡下人"的文体与"土绅士"的理想——论沈从文的小说》从沈从文作品文体的变化入手，分析文体变化与作者身份、心态、地位之间的关系，而没有像大多数评论者那样沉浸在城乡对立的二元观点，也没有单纯从作品的角度去评价。王晓明的研究彰显了沈从文后期着力城市小说，原因并不是凸显牧歌乡土世界，而是中产阶级身份下的内心矛盾和最终认同，"倘说从二十年代中期开始，他就陷入了审美激情和世俗理想的深刻矛盾，二十年后的一组小说，却似乎标志着这个矛盾的基本结束：世俗生活逐步改变了他的审美趣味，成年人的理智渐渐消解了天真的童心，城里人的冷漠挤开了乡下人的热忱"②。王晓明的研究深入挖掘了作品变化与身份变化的关系，这开启了文学演变轨迹与作者经验变迁等外在文化之间的关系。

王德威的《荒谬的喜剧？——〈骆驼祥子〉的颠覆性》以现代风格荒谬特征来阐释老舍的经典作品，而没有落入阶级批判和城市文明批判的窠臼，王依照存在主义对《骆驼祥子》进行重新解读。刘禾的《文本、批评与民族国家文学》则为《生死场》中的民族主义解读祛魅，她以冷静的态度审视了男性批评、民族主义对文本的占有性批评，重写文学史应该还原文本的多种面向，避免以民族主义对文本的命名，文本的批评要警醒意识形态的过多干预。钱理群的《曹禺戏剧生命的创造与流程》类似于王晓明对沈从文文体解读，将作家创作与整个历史进程、文化思潮结合起来考察，重视关系之中生命轨迹与作品的动态映射关系。

---

① 陈建华：《"乳房"的都市与革命乌托邦狂想——茅盾早期小说的视象语言》，《读书》1991年第12期。
② 王晓明：《二十世纪中国文学史论》（上卷），东方出版中心2003年版，第461页。

第三节　重写文学史与学科建设

中国最早的文学史著作是 1904 年林传甲的《中国文学史》，林传甲从务实致用的教学角度入手，借鉴国外经验，探究古代文学源流，从文字、音韵、训诂、群经文体、杂史文体等 16 个方面分门别类考镜源流，内容庞杂，但条理清楚；周作人《中国新文学的源流》追溯了新文学文脉的源流：公安派和桐城派，明确了新文学对古典文学的继承性，而否定了新文学断裂论，郑振铎《中国俗文学史》响应五四知识分子到民间去的呼吁，关注处于文学史边缘地位的俗文学；胡适《白话文学史》以"文化进化论"指导思想，提出"白话文学就是中国文学史的一部分"① 的文学主张，从语言角度与郑振铎的文学史思想相类似，晚清到五四的文学史试图建构整体文学史观，他们打通近现代文学与古代文学的断裂，寻找近现代文学中的古典源流及质素，由此反观陈平原论证现代文学中"魏晋风度"和"六朝散文"影响，并不能算新的论证和思路，可以说他取径了先辈的文学史书写思路。

近现代学者的文学史还有一个显著的特征就是采取"文化进化论"思想，将文学视为进化的发展过程，这种时间线性发展观下建构的文学史多是条理清楚，发展轨迹明晰，而文学的内在反复和丰富性被线性发展遮蔽，比如胡适建构的白话文学史，人为剔除古文中的音韵学、训诂学等占上层阶级主流的文字，夸大并理顺了白话文学史脉络。还有一个特征就是发现被文学史有意或无意忽视的边缘文体或文学事件，以边缘来颠覆中心，或填补主流文学史的空白，这种现代性的文学史无疑受到五四传统的影响，虽然五四传统是复杂而混乱的。

1949 年，新中国成立，文学史的书写迎来高峰，国家开始将现代文学学科纳入高校中文系建设范围，并成为一门显学，鲁迅研究在其中成为重要的

---

① 胡适:《白话文学史》, 百花文艺出版社 2002 年版, 序言。

组成部分。国家开始组织撰写文学史著作，其指导思想不再是五四传统和文化进化论，而是被意识形态预先规定好的，《新民主主义论》《在延安文艺座谈会上的讲话》和《新的人民的文艺》成为文学史撰写典则。

1975 年司马长风的《中国新文学史》，1979 年夏志清《中国现代小说史》中译本在香港出版，掀起文学史研究的热潮，大陆外学者不同的研究视角和研究思想开辟了现代文学史研究的新局面；司马长风没有以政治事件为文学史分期，关注文学革命的序幕而非背景，并重视新文学的蛰伏期，这与后起学者王德威提出的"被压抑的现代性"有类似之处，他反对功利主义文学观，并否认杂文是文学，司马长风对文学本身的重视为文学史的书写提供了新的思路；夏志清也从文学审美层面着手，注重被左翼文学史忽视的作家的挖掘，沈从文、张爱玲、钱钟书和张天翼被重新发现，并确立文学史地位，他们的研究为大陆文学史书写提供了别样的视角；20 世纪 80 年代文学解禁一开始，文学史的重写便成为风尚，80 年代后期兴起的重写文学史热潮，无不得益于这两部文学史著作尤其是夏志清著作的直接影响，文学史书写打破了政党史和阶级史等外在因素主导的僵化模式，文学史开始重视文学的内部规律研究，进行文学作品的再解读。"传统对中国'现代'文学两种观念在时间上彼此冲突。第一种基于'强调'的征服思想，将现代定义为经由叛离及现代历史、过去与传统，而将时间向前推进。由此发展出的中国现代观包括下列特色：一具有线性发展的时间计划蓝图，渴望知识论的启蒙、自新的历程以及从根重组作者、读者与世界之间的关系。"①

文学史观念的更新和改变促进了对文学以及文学学科的重新认知。首先，现代文学与当代文学的界定以政治标准为标的，将文学外在因素作为文学评价的黄金准则，这一界定直接影响了新中国成立后 27 年的文学批评和创作，甚至在进入新时期后仍在以潜在的意识形态左右着文学的行程，但这并不能说当代文学脱离了五四传统，五四传统的复杂性和混乱性预示了文学的多种面向，汪晖分析五四启蒙传统的态度同一性，这始终贯穿在当代文学建设之中，"政治标准第一，艺术标准第二"就是其表征之一，五四启蒙的中国

---

① 王晓明：《二十世纪中国文学史论》（上卷），东方出版中心 2003 年版，第 36—37 页。

本土性和非基础性验明五四建设能力的不足，只破不立，这在 1980 年代各种思潮轮番上演，却很少能够提供持续的建设性基础，即使鼎鼎大名的"先锋派"，陈晓明和张清华以此解读而名满文坛，但"先锋派"兴盛的预言并没有实现，这与文学基础不充盈有直接关系，没有在扎实的作品基础上不断推进，而只是文学现象级事件的短暂表演，余华、格非、苏童纷纷向现实主义皈依，说明先锋派的无根基以及未来的转型，这对此前文学思潮的反拨，真正"立"的方面还是很有限的，能够作为写作经验而被传承的东西就更是凤毛麟角了。王晓明考察《新青年》和"文学研究会"后得出五四传统的人为设计的特征，这启发未来文学的操作者，左翼文学方针和政策的设计性，尤其是《在延安文艺座谈会上的讲话》对当代文学的建构，《斥反动文艺》《新的人民的文艺》发表，人代会、各种作家团体以及期刊的成立，各种运动和评奖制度共同作用于当代文学的发展方向，从这一层面上讲，现代文学与当代文学是贯通的，都是五四传统的不同面向在起作用；而不应人为断代隔离，"二十世纪文学史"的建构以现代性的价值理念重新串联现当代文学，时间成为标志，过去与未来、传统与现在、中心与边缘成为现代性的核心观念，所以"二十世纪文学史"将"中国文学走向世界文学"作为一个重要特征，而没有简单用现代性概念来界定。本卷书中现代文学中仍然内含古典文学质素，这一对传统的返顾或者说文学回溯传统，否定了线性发展的现代观，传统也是现代的，过去也是时尚的存在，现代存在于过去，这一存在主义的辩证法在陈平原、王德威、王富仁、李欧梵等论文中有突出体现。

"二十世纪文学史论"颠覆了线性发展观，也颠覆了文学中心论，并反思文学界定标准，试图将文学还原为内在审美与外在文化政治因素的结合。该卷收录的论文重绘文学地图，突破了政治批评、西方现代性批评和民族主义批评的藩篱，着重边缘文学重振，挖掘现代文学中古代文学传统、边缘文体的个性解读、存在主义视角、身体生命的重视、重视现代文学中国独特的文学经验，它们共同完成现代文学学科的现代建构。

该卷首篇"三人谈"中学科意识理论有很多缺陷，王瑶质疑一针见血："你们讲二十世纪为什么不讲殖民帝国的瓦解，第三世界的兴起，不讲（或少讲，或只从消极方面讲）马克思主义，共产主义运动，俄国与俄国的影响？"

王瑶的质疑本质在提醒研究者应该重视社会主义的现代性，这在选文中有所体现。汪晖对五四启蒙的剖析，可以看出五四启蒙的独特性，它内含中国现代性的面向，王晓明则直接将五四传统人为设计性与左翼文学以及共和国文学联系起来，明确这一传统的连贯性，并明确这一现代性内含在复杂的五四传统中。

第十六章

现代中国文学的研究理论和方法

考察中国现当代文学的历史变迁轨迹，可以发现理论和方法类型并不是同时并置和共在的，它们存在时段主导型模式，但不能将此作为文学断裂论的依据。从长时段历史来看，文学理论和方法是关联、互补和填白的类间性关系，以断裂论或关联论二元对立的非此即彼的观点来断定都是粗暴的表征。本章从新旧对比时间范式、意识形态主导类型、文学审美现代性、文化研究模式切入，详细梳理中国现当代文学理论和方法的时段主导类型，并剖析其中文学研究范式的关联和时代文化的互动，勾勒现当代文学研究理论和方法演变轨迹及未来发展走向。

中国现当代文学研究的理论和方法繁多，"工欲善其事，必先利其器"，掌握一定的理论和方法，有利于拓展研究领域，创新研究新路径。从研究的历史流脉来看，20世纪50—70年代末，中国现当代文学研究有鲜明的阶级论的特点，借助历史学进化论的观点阐述文学为工农兵服务的宗旨，批判了资产阶级研究的个人化路径；20世纪80年代以来，国内与国外交流的加强，外国研究新方法轮番引进，促进了现当代文学研究的繁荣与发展，研究视野拓展，研究方法翻新，研究领域更加广阔，研究成果迭出。

第一节 时间现代性：新旧对比范式的确立及突破

清末民初，尤其是五四新文学革命以来，新与旧、进化论思想从西方译介进入文学研究。胡适提出"吾辈既以'历史的'眼光论文，则亦不可不以历史的眼光论古文家"[①]。他在论述文白之胜中以进化论的观点阐释了白话文的优胜地位，为之张目，"故今日欧洲诸国之文学，在当日皆为俚语。迨诸文豪兴，始以'活文学'代拉丁之死文学；有活文学而后有言文合一之国语也。凡发生于神州。不意此趋势骤为明代所阻，政府既以八股取士，而当时文人如何、李七子之徒，又争以复古为高，于是此千年难遇言文合一之机会，遂中道夭折矣。然以今世历史进化的眼光观之，则白话文学之为中国文学之正宗，又为将来文学必用之利器，可断言也"[②]。

胡适的《五十年来中国之文学》叙述了晚清桐城派文学以来文学的变革，胡适凸显白话文的生机活力，并以实例论证文言文的衰败和萎缩，以进化论的观点呼唤和支持了文学革命的到来。周作人的《中国新文学之流源》是在北京大学授课时的教材，追溯新文学历史到明末公安派、竟陵派，并把历史上的文学划分为"载道"和"言志"两派，"明末之新文学运动与民国以后之运动，其为言志派思潮之兴起，殆完全相同。故胡适之'八不主义'实无异明末公安派三袁（宗道、宏道、中道）及竟陵派钟（惺）谭（元春）等。'独好性灵，不拘格套。''信腕信口皆成律度'主张之复活"[③]。由此推演出"一时代有一时代之文"的结论，周作人与胡适不同的是，他运用文学世界视野，审视文学迭变，没有以进化论的观点简单地套作，而是从学理的角度论证新文学与明末文学革命的"不期而合"；但它们属于"有意革命"文学范式的范

---

① 胡适:《胡适文集》（第二卷），北京大学出版社 1998 年版，第 28 页。

② 胡适:《胡适文集》（第二卷），北京大学出版社 1998 年版，第 29 页。

③ 周作人:《中国新文学之源流》，华东师范大学出版社 1995 年版，第 91 页。

畴，所以又是"遵命"的"有期之和"。周作人认为韩柳崇汉三代，欧梅尊苏白，它们都贵远贱近，用旧形式来装新内容，与公安派、竟陵派相同，结局不同，韩柳和欧梅文学革命成功了，得到推崇，而公安派、竟陵派性灵文学革命失败了却遭到压抑，周作人澄清了这一事实，并提出客观公允地对待这些文学变革，不以失败论英雄，没有将达尔文生物进化论简单照搬到文学评论上，这是给我们留下的研究的宝贵遗产。

从 1902 年开始，鲁迅发表了一系列科学文化史论文。除《中国地质略论》外，还发表有《中国矿产志》《中国矿产志例言》《中国矿产全图》《说铂》《昨年化学界》《文化偏至论》《摩罗诗力说》《人之历史》《科学史教篇》。这些科学文化论文从五四科学文化启蒙的维度来引入科学观念，并以进化论的观念重新审视中国文化和世界文化的差别和差距，强调立人，要力戒科学发展对人的过分戕害，要"内曜"，对达尔文生物进化论持反思精神，这可能受到了其师章太炎"俱分化合论"的影响。《人之历史》叙述人类进化学说的演变历程，寇伟、兰麻克、达尔文、华累斯，"故究进化论历史，当首德黎，继乃局脊于神造之论；比至兰麻克而一进；得达尔文而大成；迨黑格尔出，复总会前此之结果，建官品之种族发生学，于是人类演进之事，昭然无疑影矣"[1]。从神造到器品的进化，从用进废退到优胜劣汰，从个体进化到种族进化论，鲁迅陈述了人类发生演变的生物学历史。

而在《文化偏至论》中，考察中国尤其是西方文化发展历史，发现西方文化个人彰显的意义和社会价值，"然欧美之强，莫不以是炫天下者，则根柢在人，而此特现象之末，本原深而难见，荣华昭而易识也。是故将生存两间，角逐列国是务，其首在立人，人立而后凡事举：若其道术，乃必尊个性而张精神"[2]。而鲁迅极力抵制物质现代性过度追逐导致"灵明堕丧"。鲁迅立人思想资源是"别求新声于异邦"，援"摩罗"精神，这些新声是与中国平和的"旧声"相对立的，"老子书五千语，要在不撄人心；以不撄人心故，则必先自致槁木之心，立无为之治；以无为之为化社会，而世即于太平。人类既出

---

① 鲁迅:《鲁迅全集》(第一卷)，人民文学出版社 2005 年版，第 14 页。

② 鲁迅:《鲁迅全集》(第一卷)，人民文学出版社 2005 年版，第 58 页。

而后，无时无物，不禀杀机，进化或可停，而生物不能返本"。鲁迅以中西、新旧文化的对比来强调借镜西方个人观念重振中华文明的重要性，中国之治，"理想在不撄"，鲁迅援引柏拉图被放逐反证诗人撄心，中国诗虽强调性情却在"无邪"的前提干扰下书写，中国需要西方式的摩罗诗人，"自尊至者，不平恒继之，忿世嫉俗，发为巨震，与对蹠之徒争衡。盖人既独尊，自无退让，自无调和，意力所如，非达不已，乃以是斯与社会生冲突，乃以是斯有所厌倦于人间"①。鲁迅呼唤愤世嫉俗精神界战士迭出，旨在拯救中华文化的衰老与民族的危亡。

---

① 鲁迅:《鲁迅全集》(第一卷)，人民文学出版社 2005 年版，第 81 页。

第二节　意识形态为主导的文学研究范式

20 世纪 30 年代以来，左翼运动兴起，文学创作和文学研究逐渐受到意识形态的左右。1940 年，毛泽东发表《新民主主义论》，确立"中国共产党是无产阶级革命的指导者"地位，成为新中国成立后几部文学史撰写的指导原则，如蔡仪、王瑶、张毕来、刘绶松、丁易等人的文学史写作和研究；特别是 1942 年《在延安文艺座谈会上的讲话》（简称《讲话》）发表以来，尤其在解放区，现代文学的研究以《讲话》为准绳。

周扬、胡乔木等确立的"赵树理方向"正是以《讲话》为评论原则的典范，"总是以政治标准放在第一位，以艺术标准放在第二位的""文学为工农兵、小资产阶级""普及和提高，重点是普及""歌颂和暴露的阶级对象区分""作家如何创作为人民大众的作品""文艺是革命宣传的一部分""根据地群众写的作品具有全国性的意义"[1]这一系列的创作和判定作品的基准遴选出一批作品来，成为延安文艺的代表，如《漳河水》《王贵和李香香》《白毛女》《兄妹开荒》《太阳照在桑干河上》《暴风骤雨》等。其中典型事件就是赵树理的发现，赵树理作品以农民的书写视角来看农村社会的新变化，多以党领导下农村气象更新为主线，反映农村妇女婚姻问题、农民自私心理、党员干部执行政策的扭曲和不光明面和地方政府工作作风问题，例如在《小二黑结婚》中，金旺和喜旺投机于地方村机关，凭借权势强抢小琴，私刑小二黑，金旺和喜旺被认定为封建势力的代表，婚姻自由成为农村革命的动力手段。

王瑶的《中国新文学史稿》是一本正式确立现代文学学科地位的文学史著作，其编写目的之首就是"论证革命意识形态的合法性"[2]。王瑶的写作虽

---

[1] 毛泽东：《在延安文艺座谈会上的讲话》，人民文学出版社 1967 年版，第 27—114 页。

[2] 温儒敏，王瑶：《〈中国新文学史稿〉与中国现代文学学科的建立》，载温儒敏：《文学史的视野》，人民文学出版社 2004 年版，第 44 页。

然想在政治和学术间平衡，但政治意识形态的痕迹很明显，如对赵树理的评价，他多引用周扬、胡乔木等人的权威话语，而没有理性的第三方的声音参与评价，贯彻了《新民主主义论》政治思想理念，把新文学史分为四个时期：1917—1927 年、1927—1937 年、1937—1942 年、1942—1949 年，把《讲话》作为划分界限的标准，强调人民本位和革命现实主义。但他在毛泽东思想的框架内又试图有所突破，他把文学史的学科性质分为文艺科学和历史科学两部分，遭到了批判，学者黄药眠将之定性为"资产阶级的立场"，李何林评价"他所论述的新文学的发展，和当时的阶级斗争看不出显著的关系。由于这个缺点，王瑶同志著作的思想性不高"①。

张毕来的新文学研究集中在其教学讲义《新文学史纲》，作者把五四作为划分线，五四前的文学性质是资产阶级性质的，五四后是无产阶级性质的，其依据是毛泽东在《新民主主义论》中对五四革命的定性。张毕来在导论中说："新文化和作为新文化的一部分的新文学都是当时的新的政治力量和经济力量在观念形态上的反映。"②张毕来将五四后新文学的主流简单化为鲁迅的革命现实主义和郭沫若的积极浪漫主义，依据的是阶级二元划分法。学者刘绥松的《中国新文学初稿》和丁易的《中国现代文学史稿》和上两部现代文学研究著作一样是在政治正确的前提下开展研究的。

新中国成立后，对俞平伯《红楼梦辩》的批判，清算了忽视资本主义学术思想的遗留，对电影《武训传》批评，解决了投降主义的封建思想，对所谓的胡风"反革命集团"开展了大规模运动。这些批判运动规训了现代文学研究，政治标准优先，并且一度成为唯一标准，无产阶级和资产阶级之间的斗争成为文学研究重点，这些决定了题材、思想、人物塑造、艺术形式选择的成功还是失败，文学研究成为政治意识形态的表达形式。依据此种理念，红色经典作品的诞生，国家机构、评奖制度、出版制度、书评制度和图书流通机制决定了红色经典的单一性和意识形态性，概括为"三红一创，青山保林"。1995 年，由人民文学出版社遴选出版的那些"红色经典"在 50 年代就

---

① 吴组缃、李何林等：《〈中国新文学史稿〉（上册）座谈会记录》，《文艺报》1952 年 12 月 25 日。

② 张毕来：《新文学史纲》，作家出版社 1955 年版，导言。

已经家喻户晓，这不能不说得力于现代文学研究的意识形态的单元化规训所致。这些作品有统一的特点：工农兵题材、无产阶级领导革命成功或无产阶级对资本主义斗争的胜利、语言艺术形式民间化、传奇化和通俗化、"三突出"人物类型化和"一本书作家"等。单一思想指导的文学研究窄化了文学研究和摧残了文学创作，虽然 1956 年出现百花齐放的现象，但是这短暂的繁荣并没有为文学研究和创作带来持久的春天。

第三节 文学性——审美视角下的文学研究

1949 年，中国大陆现代文学研究者大多囿于整一的意识形态而未能有效地自由地展开文学研究，虽然百花齐放时期有见地的研究时有出现，如姚雪垠的《打开天窗说亮话》、秦兆阳的《现实主义——广阔的道路》、巴人的《论诗人》，钱谷融的《论文学是人学》等，他们不约而同地批评了创作的公式化、概念化的严重倾向，以现实主义和现实的人作为刀具企图劈开密实的权力话语的禁锢，一缕阳光的清新只是短暂地照耀这段坚硬的历史时期，随之窒息的雾霾又幽灵般地徘徊在社会的每一个罅隙中。

此时的国外的汉学研究者夏志清于 1961 年由耶鲁大学出版了自己的研究专著《中国现代小说史》，开创了以文学审美视角研究现代中国文学的先河，致力于"优美作品之发现和评审"①，发掘并用大量篇幅论证了张爱玲、张天翼、钱钟书、沈从文等重要作家的文学史地位，一改国内研究界以左翼文学研究为重点的僵化模式，虽然由此引起了夏志清和史华慈之间几个回合的争论。我们撇开夏志清本人的政治倾向，单从其研究的价值来看，的确为我们现代文学的研究提出了异样的研究世界和视域，他对现代中国文学研究起到了突出的引领带动作用，并直接开启了 20 世纪 80 年代中国现代文学的多元研究的先河。简而概之，夏志清的研究贡献如下：第一方面，文学内在的尺度作为文学价值评定的标准，突破"政治标准第一、艺术标准第二"的黄金玉律；第二方面，发掘出被意识形态有意无意搁置的作家、作品，以专章的形式来填补现代文学研究的空白；第三方面，搜集资料，完善、补充当下研究视野的狭窄和不足。国外的研究生态为夏志清提供了便利的条件，这间接促进了国内研究转向和拓展。

1985 年，陈平原、钱理群和温儒敏提出的"20 世纪中国文学"和上海

---

① 夏志清：《中国现代小说史》，香港中文大学出版社 2001 年版，出版者语。

陈思和等人提出"文学整体观",以及 1988 年在《上海文学》开设"重写文学史专栏",这种重写文学史的努力带着对当时文学研究单一的政治标准局限的认知,试图突破近代、现代、当代文学的政治划分局限,从整体上建构现当代文学学科,意图弥合现当代文学人为割裂的现实缝隙,"二十世纪中国文学"分为以下层次:"走向'世界文学'的中国文学;以'改造民族的灵魂'为总主题的文学;以'悲凉'为基本核心的现代美感特征;由文学语言结构表现出来的艺术思维的现代化进程。"[①] 仔细分析这几个层次,清楚地看出,"二十世纪中国文学"是在现代性统筹下的注重文学性的民族文学综合性定位的新概念,它打通近、现、当代界限,为政治分期祛魅,着重于文学世界视野和国际眼光,以整体的视角替代民族视野和短时段的历史,以开放的姿态来融入世界学术史进程。现代性视角包含着文学审美视角也就是审美的现代性内涵,文学本体的因素成为本时段文学研究的重要参照维度,钱理群等教授的研究改写了现当代文学研究的视域,从而影响了一大批学者的研究。如陈思和潜在写作和显性写作、民间文学和庙堂文学、共名和无名等研究新拓展,刘再复的圆形人物论和复杂性格论,唐小兵的再解读,王晓明、季红真等人的研究。最典型是陈晓明的研究,他从现代性的角度去研究文学,把现代性分为资本主义现代性和社会主义现代性两种,以社会主义现代性的建构为基点把当代文学的起点向前推移到 1942 年延安文艺座谈会上的召开,并以社会主义另类现代性视角分析共和国文学的建构和变迁,陈晓明主要吸收了马泰·卡林内斯库《现代性的五副面孔》的思想,以反现代的现代性作为研究的出发点和解构框架。

1993 年,西方后现代文化的代表人物弗雷德里克·詹姆逊到北大演讲、授课,伊哈布·哈桑的《后现代转向》,哈贝马斯的《晚期资本主义的合法性危机》、让-弗朗索瓦·利奥塔的《后现代状况》、福柯的《知识考古学》等经典著作陆续被翻译,后现代性成为文学研究重要的理论和工具。中国文艺理论学者开始研究后现代文化,比如王岳川的《后现代主义文化研究》;现当代文学开始以后现代思想研究,代表性研究成果如陈晓明的《无边的挑

---

① 黄子平、陈平原、钱理群:《论"二十世纪中国文学"》,《文学评论》1985 年第 5 期。

战——中国先锋文学的后现代性》；后现代成为解构的另一代名词，它的主要理论是重视微观叙事，历史可以言说，个人生命关注，悲凉、失败风格，非线性叙事，审丑艺术，地域、方言风格，空间理论等，这些新的理论和分析工具对现当代文学的研究提供了独特的视角，尤其是 20 世纪 80 年代中期的先锋文学和 90 年代后兴起的城市文学、新生代诗歌、女性文学和网络文学。

新时期以来，政治环境宽松，改革在农村、城市有序开展，国外科学、文化思潮次第引进，信息论、系统论和控制论受到学者的追捧，它们作为研究方法被似是而非地误用到文学研究之中，从而有意无意地促进了文学研究的广度和深度。荣格的《文化心理学》，勃兰兑斯的《19 世纪文学主潮》等研究成果也促进了国内文学研究的关注和挪用，例如张清华从《19 世纪文学主潮》中得到做学术研究的营养，陈晓明从现代西方学术名著中汲取营养，尤其是从德里克著作中学到分析的理论和方法，鲁迅研究者也从日本的鲁迅研究中找到新的分析思路和理念，比如竹内好、本山英雄和丸山升等日本学者的鲁迅研究方法。

第四节　外部转向：文化研究

从 20 世纪 90 年代开始，文化研究在中国学术界风起云涌，这类似于韦勒克的外部研究说，而文化研究范围和领域更加宽阔。自从 20 世纪 60、70 年代的英国伯明翰大学当代文化研究所设立以来，雷蒙·威廉斯、李察·霍家特、霍尔等开启了文化研究的先河，文化研究跟社会意义上的生产、流通、消费相似，它跟权力、身份和认同密切相关，文化研究具有了跨学科的性质。它吸取众多的社会理论质素，有西方马克思主义、后结构主义、后殖民、符号学、东方主义、种族与认同政治、侨民散居、大众化理论、同性恋理论、第三空间、结构主义等，其关键词高频率出现，如权力、意识形态、性别、文本、霸权、接合、全球化、身份等。进入新时期后，文化研究传入中国，为中国现当代文学研究提供了新的工具。文化研究关注文学的外在研究，如性别研究、文学生活研究，社会阶层调查研究，电视剧、电影传媒研究等，文化研究注重文学外在因素的影响和文学与文化的互动研究，首先关注文化研究是中国文艺学研究的学者，如童庆炳、陶东风、王岳川、王一川等。

现当代文学研究者也迅速接纳这一分析工具，迫切地应用到文学研究中。如研究鲁迅，关注鲁迅与东亚形势的研究，研究鲁迅的社会交往、起居生活，研究鲁迅小说空间与现实空间的错位与原因等；如对陈忠实小说中风俗的地方性研究，对白鹿原地理空间的考证，研究齐鲁文化中的鬼魅文化对莫言创作的影响。2010 年由人民文学出版社出版的《上海摩登》就是利用文化研究理论，构建城市文化地形图，从上海典型空间和建筑物入手，探究文化载体的实物，研究现代印刷文化与杂志、画报、文库、妇女儿童生活的构建，研究电影的生产空间和流通环节要素，书刊与现代社会的互动，现代上海背景下城市文学颓废、幻想、性、实验、唯美、传奇等典型现代特点。李欧梵以文化研究的视角填补了研究城市与文学的空白，使国内学者找到了研究城市与文学关系的路径，陈平原"城市想象与文化记忆"丛书出版延续了这一文化研究的足迹，研究北京等文化城市与文学、大学、风俗等的关系，并拓展了城市研究的范围，超越了单一的文学藩篱，认为记忆和遗忘也是一种建构的过程，探究"无言的建筑、遥远的记忆、严谨的实录、夸饰的漫画、怪诞的传说、歧义的诠释"①，追溯该课题研究深入和推广的可行性。

当下文化研究在中国比较受到关注的一块是媒介研究，报纸、杂志、电影、电视、出版、评奖机构、作协、文联等媒体和媒介成为文学生产和传播的主要载体，媒介研究涉及跨学科知识，社会学、传播学、文学等学科交叉融合，媒介的形式和形态影响甚至决定了文学的呈现，对媒介研究也就是挖掘文学产生的场域，探究文学诞生的权力场重合力，还原文学生产的微细场景和因缘际会，分析失败文本的淘汰要素。当下媒介研究的兴盛与社会环境密切相关，但也有利于资料的挖掘与整理，稀见资料的搜集和整理可能会改变文学史的现在面态，被历史遮蔽的细节和扭曲的现实对文学史的重新书写具有重要作用。关于陈思和的《当代文学史教程》，如果撇开其是否科学合理来讲，他选择了一些非经典的文本，可以说书写了别样的文学史，此经验可以追溯到夏志清的《中国现代小说史》。夏志清对钱钟书、沈从文、张爱玲、师陀等自由主义作家重新发掘，还原了他们在 20 世纪前半期中的文学地位和社会地位，以及他们在媒体里的地位。如张爱玲和《紫罗兰》等鸳鸯蝴蝶派杂志的密切关系，沈从文与《大公报·文艺副刊》《晨报副刊》等京派杂志的关系，夏志清小说研究成为国内文学研究的标杆，直接影响了中国现当代文学的版图重新绘制。

空间理论也是文化研究的一个分支。亨利·列斐伏尔的《空间的生产》分析了物质、精神、社会三种空间，西方研究开始转向空间理论，曼纽尔·卡斯特的《网络社会的崛起》，大卫·哈维的《地理学中的解释》以及爱德华·索亚的《第三空间》，这些著作促进了空间理论的形成，中国国内学者也开始关注。文学地理学兴起正是这一理论的运用和深入，杨义《文学地理学汇通》《重绘中国文学地图》等专著，提出文学地理学的三条研究路径：第一，整体性思维与"太极推移"；第二，互动性思维；第三，交融性思路。虽

---

① 陈平原：《刊前刊后》，生活·读书·新知三联书店 2015 年版，第 146 页。

然这是杨义从古典文学研究过程中发现的路径。王兆鹏诗歌地理统计也是走的这个路子，不过加进了科学统计和电脑显示的技术参数，这些成果对现当代文学研究提供了新的思路和研究方法。中国现当代作家的文化地域研究，浙派作家、河南籍作家、山东作家群等，需要挖掘的空间很多，例如：以地域或文化群划分是否合理，尤其是解放后，作家受单一意识形态的影响较明显，新时期后，市场力量凸显，各地交流增强，作家间沟通增强，文本间性关系凸显，文化间的差异性在语言一体化趋势下逐渐减少。所以从文化地理学研究现当代文学存在着明显的困难，但文化地理学也为研究提供了新的契机。挖掘中国现当代文学与文化、意识形态、社会、伦理、风俗、气候等互动经验，可以找到研究的新面向。